Rowohlt Verlag GmbH, Kirchenallee 19, 20099 Hamburg

Kontaktadresse nach EU-Produktsicherheitsverordnung:
produktsicherheit@rowohlt.de

Petra Schier, Jahrgang 1978, lebt mit ihrem Mann und einem Schäferhund in einer kleinen Gemeinde in der Eifel. Sie studierte Geschichte und Literatur und arbeitet mittlerweile freiberuflich als Lektorin und Schriftstellerin. Nach «Tod im Beginenhaus» (rororo 23947), «Mord im Dirnenhaus» (rororo 24329) und «Verrat im Zunfthaus» (rororo 24649) folgt hier nun Band vier der Reihe um die scharfsinnige Kölner Apothekerin Adelina.
Ebenfalls im Rowohlt Taschenbuch Verlag erschienen sind «Die Eifelgräfin» (rororo 24956) sowie die Reihe um die Reliquienhändlerin Marysa: «Die Stadt der Heiligen» (rororo 24862) und «Der gläserne Schrein» (rororo 24861). Band drei der Trilogie ist in Arbeit.

Mehr Informationen zur Autorin unter
www.petra-schier.de.

Petra Schier

Frevel im Beinhaus

Historischer Roman

Rowohlt Taschenbuch Verlag

3. Auflage Januar 2017

Originalausgabe
Veröffentlicht im Rowohlt Taschenbuch Verlag,
Reinbek bei Hamburg, August 2010 Copyright ©
2010 by Rowohlt Verlag GmbH,
Reinbek bei Hamburg
Umschlaggestaltung any.way, Cathrin Günther
(Foto: akg-images / Erich Lessing)
Satz aus der ITC New Baskerville (PageOne) bei
Dörlemann Satz, Lemförde
Druck und Bindung
BoD - Books on Demand GmbH,
Norderstedt, Germany
ISBN 978 3 499 25437 6

*Der Weg der Frevler ist wie die dunkle Nacht;
sie merken nicht, worüber sie fallen.*
Sprüche 4, 19

Personen in dieser Geschichte

Familie:

Adelina Burka	Apothekerin mit eigenem Geschäft am Alter Markt
Neklas Burka	ihr Gemahl, städtischer Medicus
Colin	Sohn von Adelina und Neklas, drei Jahre alt
Griet	uneheliche Tochter von Neklas und somit Adelinas Stieftochter
Vitus	Adelinas jüngerer Bruder, geistig zurückgeblieben, 19 Jahre alt

Freunde:

Jupp Kornbläser	Chirurg und alter Freund von Neklas
Marie Kornbläser	Jupps Ehefrau und Adelinas gute Freundin, Tochter eines ehemaligen Ratsherrn und Schöffen
Binah und Malka	Jupps halbjüdische Zwillingstöchter, sechs Jahre alt
Georg Reese	Tuchhändler, ehemaliger Ratsherr, jetzt Gewaltrichter

Gesinde:

Franziska	eine junge Magd im Hause Burka
Ludowig	Knecht im Hause Burka und Gefährte von Franziska
Magda	ältliche Magd im Hause Burka

Weitere Personen:

Vater Emilianus	hoher Geistlicher, enger Freund des Erzbischofs
Endres	ein Schlitzohr, sitzt derzeit für diverse Vergehen in der Kunibertstorburg ein
Tilmann Greverode	Hauptmann der Stadtsoldaten
Mira von Raderberg	Lehrmädchen in Adelinas Apotheke, von adeliger Abstammung, 16 Jahre alt
Amtmeister Hirzelin	Vorsitzender der Gaffel Himmelreich
Hugo und Michel	zwei Büttel
Köbes	Messerschmied
Else	Frau von Köbes
Zunftmeister Leuer	ältester Meister der Zunft Himmelreich
Ludmilla	alte Hebamme und Weise Frau, lebt vor den Toren der Stadt in einer Waldhütte
Pitter	Wachmann in der Kunibertstorburg
Bruder Thomasius	Dominikaner
Wolfram Stache	Stadtsoldat
Meister Winkler	ein weiterer Apotheker vom Alter Markt

Historische Person:

Erzbischof Friedrich III. von Saarwerden

Und nicht zu vergessen:

Fine	schwarz-weiße Katze von Vitus
Moses	sandfarbener, struppiger Hund, der Adelina einst in einer stürmischen Gewitternacht zugelaufen ist

… sowie die vielen, vielen Bewohner und Besucher Kölns, für deren Aufzählung hier leider der Platz fehlt.

Prolog

Sie blieb stehen und versuchte tief durchzuatmen. Die Sonne brannte schon seit den frühen Morgenstunden unbarmerzig auf die Dächer Kölns herab. In den engen Gassen staute sich heiße Luft, die sich mit dem Gestank der Abfälle in den Rinnsteinen und dem Duft von frisch gebratenen Zwiebeln und gekochtem Kohl mischte. Schweiß stand ihr auf der Stirn, den sie immer wieder mit dem Ärmel ihres Kleides wegwischte. Der Korb an ihrem Arm schien immer unhandlicher zu werden, obwohl er nicht wirklich schwer war. Dennoch stapfte sie tapfer weiter.

An der Kreuzung zu einer weiteren Gasse, die der vorherigen glich, blieb sie erneut stehen. Ihr Rücken begann zu schmerzen, und das Kind in ihrem Leib bewegte sich unruhig. Sie wusste, dass es unvernünftig war, so kurz vor der Niederkunft derart weite Strecken zu laufen, noch dazu ganz allein. Aber wie sonst sollte sie ihren Mann bei der täglichen harten Arbeit unterstützen? Sie besaß ja nicht einmal eine Magd, die ihr die schweren Arbeiten hätte abnehmen können. Er hatte es selbst erledigen wollen aus Rücksicht auf ihren Zustand, aber sie hatte ihn beruhigt und ihm versprochen, langsam zu gehen und Pausen einzulegen.

Jetzt, um die Mittagszeit, waren die Straßen und Gassen wie leer gefegt. Die Menschen hatten sich in ihre Häuser zurückgezogen. Auch die Bettler und das unehrliche Gelichter waren für eine Weile von der Bildfläche verschwunden. Vermutlich hatten sie sich irgendwo verkrochen. So gab es weder Gedränge auf den Plätzen, noch lief sie Gefahr, belästigt zu werden.

Fast hatte sie die Judengasse erreicht. Von dort aus war

es nicht mehr weit. Der Gedanke beflügelte ihre Schritte. Sie wechselte den Korb vom rechten Arm auf den linken und überlegte, ob sie auf dem Rückweg einen Bogen über den Fischmarkt machen sollte. Vielleicht ergatterte sie ein wenig billigen Lachs fürs Abendbrot.

Plötzlich hielt sie inne und verlangsamte ihre Schritte. War da hinter ihr ein Geräusch gewesen? Sie blickte über ihre Schulter zurück und erschrak, als sie den Mann dicht hinter sich stehen sah. Er grinste sie verschlagen an – kannte sie ihn irgendwoher?

Und dann tauchte wie aus dem Nichts ein zweiter Mann auf, der ein Messer in der Hand hatte. Auch er lächelte heimtückisch.

Bevor sie auch nur Luft holen konnte, packten die beiden sie, hielten ihr den Mund zu, sodass sie nicht schreien konnte, und schleppten sie in den Eingang eines Hauses.

Ihr Herz pochte wild vor Schreck und Furcht. Sie wehrte sich, trat um sich und wollte einem der beiden Angreifer gerade in die Hand beißen, als etwas hart gegen ihren Hinterkopf krachte. Sie spürte den heftigen Schmerz und dann … nichts mehr.

1

«Gottlob sind wir wieder hier.» Adelina ließ sich erschöpft auf die Ofenbank in ihrer Küche sinken und lockerte mit den Fingerspitzen ihre Haube. «Bei diesem Wetter ist das Reisen geradezu eine Strafe.» Mit halbgeschlossenen Augen beobachtete sie ihren hünenhaften Knecht Ludowig, der eine schwere Reisetruhe an der geöffneten Küchentür vorbei zur Treppe schleppte.

Neklas betrat nun ebenfalls die Küche und schenkte sich aus dem Krug, der auf dem langen Eichentisch stand, Wein in einen Zinnbecher. «Reisen kann bei jedem Wetter beschwerlich sein. In deinem Fall jedoch …» Er musterte sie besorgt.

Sie winkte lächelnd ab. «Mir geht es gut. Ich bin nur müde. Hoffentlich bringt Franziska etwas aus der Garküche mit.» Sie sah sich um. «Wohin ist eigentlich Vitus verschwunden?»

«In den Garten. Vermutlich sucht er nach Fine. Schließlich hat er die Katze die ganzen acht Wochen über vermisst.» Neklas trank von seinem Wein. «Kortrijk ist ruhiger als Köln, nicht wahr?»

«Mag sein.» Adelina hob die Schultern. «Ich bin dennoch froh, endlich wieder zu Hause zu sein. Nichts gegen deine Familie, aber …»

«Sie kann recht anstrengend sein, ich weiß.» Er stellte den leeren Becher auf den Tisch. «Ich gehe hinüber zu Jupp und sehe nach, was es Neues gibt.»

«Sag Marie, dass ich morgen zu ihr komme. Heute wird es das Beste sein, in der Apotheke nach dem Rechten zu sehen.»

«Ruh dich doch erst einmal richtig aus.» Streng blickte Neklas sie an.

«Ja, ja.» Sie scheuchte ihn mit einer Handbewegung hinaus. Nachdem er die Küche verlassen hatte, stand Adelina etwas schwerfällig auf und rieb sich den schmerzenden Rücken. Die mehrtägige Fahrt von Kortrijk nach Köln hatte sie wirklich sehr angestrengt. Aber sie hatte darauf bestanden, jetzt zu reisen, denn ein paar Wochen später wäre es vielleicht schon zu gefährlich gewesen. Noch einmal zupfte sie an ihrer Haube herum, unter der sich ihr schwarzes, zu ordentlichen Schnecken geflochtenes Haar verbarg.

«Herrin, braucht Ihr etwas?» Magda, die ältliche Magd, trat durch die Tür. Um ihre Augen lagen viele kleine Fältchen, die von ihrem heiteren Gemüt zeugten. «Ich habe Colin in sein Bett gebracht. Er ist dabei zum Glück nicht aufgewacht.»

«Ich habe auch lange genug gebraucht, um ihn zum Einschlafen zu bringen.» Adelina lächelte wieder. «Ist Mira schon von dem Besuch bei ihrer Familie zurück?»

«Nein.» Magda schüttelte den Kopf. «Ich hab seit ihrer Abreise vor sechs Wochen nichts von ihr gehört.»

«Ich hoffe, ihre Familie kann sie bald wieder entbehren», sagte Adelina. «Wenn ich die Apotheke morgen wieder öffnen will, brauche ich jede Hilfe.»

«Mutter?» Mit leicht geröteten Wangen und blitzenden Augen kam ihre Stieftochter Griet in die Küche gerannt. Ihre zu Zöpfen geflochtenen schwarzen Locken wippten erregt auf und ab. Adelina stellte fest, dass das Mädchen schon wieder gewachsen war. Griet benötigte ein neues Kleid. «Mira ist noch gar nicht wieder hier! Ihre Kammer ist leer; nur das dicke Kräuterbuch liegt auf dem Tisch. Und in meiner Kammer liegt eine tote Maus auf dem Boden.»

Adelina nickte. «Mira ist noch bei ihrer Familie. Warum hast du die tote Maus nicht gleich hinausgebracht?» Sie wandte sich an Magda. «Was macht Fine eigentlich den ganzen Tag? Eine so faule Katze habe ich selten gesehen.»

Die Magd gluckste. «Das arme Tier hat Vitus vermisst. Und sie hat sich mehrmals mit dem dicken schwarzen Kater geprügelt, der seit kurzem hier herumschleicht.»

«Ich bring die Maus schon weg», sagte Griet und machte auf dem Absatz kehrt.

Adelina wandte sich ebenfalls zur Tür.

«Ihr seid schon ganz schön rund», befand Magda mit einem Blick auf Adelinas gewölbte Leibesmitte. «Wird nicht mehr so lange dauern, nicht wahr?»

«Das Kind soll im September geboren werden», antwortete Adelina und legte automatisch ihre rechte Hand schützend auf ihren Bauch. «Ich werde Ludmilla in den nächsten Tagen Nachricht geben, damit sie mich vorher noch einmal besuchen kommt.» Mit diesen Worten machte sie sich auf den Weg in ihre Apotheke, die sie, wie sie beim Anblick des polierten Verkaufstresens und der ordentlich aufgeräumten Regale ringsum merkte, bereits schmerzlich vermisst hatte. Sie fuhr mit dem Zeigefinger über eines der Regalbretter und musterte dann missbilligend die Spur, die sie in die dünne Staubschicht gezogen hatte. Das war eine gute Beschäftigung für Griet, beschloss sie und ging zur Tür, um sie aufzuschließen und frische Luft hereinzulassen.

Sie lachte über sich selbst, als sie die Tür aufstieß und ihr sofort schwere Gerüche entgegenkamen. Der Sommer in Köln hielt nur selten frischen Wind bereit und noch seltener Wohlgerüche. Das bunte Treiben auf dem Alter Markt hatte ihr trotzdem während ihres Besuchs bei ihrer Schwiegermutter gefehlt.

Jetzt, am späten Nachmittag, schoben sich unzählige Kauflustige – Hausfrauen, Mägde und Besucher der Stadt – zwischen den Ständen und Schragentischen der Bauern und Kaufleute hindurch. Barfüßige Gassenjungen in schmutzigen und meist zerrissenen Kleidern rannten umher. Hühner gackerten in ihren Käfigen, irgendwo blökte ein Schaf, und über allem schwebte ein Gesumm von unzähligen Stimmen, immer wieder durchbrochen von den lockenden Rufen der Marktschreier. Erst nach dem Läuten der Vesperglocke von Groß St. Martin würde sich das Gedränge nach und nach etwas lichten.

Gerade wollte Adelina ihre Tür wieder schließen, als sie die Gestalt einer jungen Frau wahrnahm, die einen großen Korb am Arm trug und auf die Apotheke zusteuerte. Ihr rotblondes Haar trug sie zu einem festen Knoten hochgesteckt mit einem schlichten Kopftuch bedeckt, und die hellen Augen funkelten erfreut über ihrer kleinen Stupsnase. «Herrin!», rief sie von weitem und beschleunigte ihre Schritte. «Ihr seid ja schon da! Wir hatten Euch erst für den späten Abend zurückerwartet.»

Adelina öffnete die Tür wieder etwas weiter und trat beiseite. «Guten Tag, Franziska. Wie ich sehe, warst du einkaufen und ...» Sie schnupperte. «Hast du gebratene Hühnchen mitgebracht?»

«Aber ja doch, wie Ihr es Donatus gesagt habt. Als er uns die Nachricht von Eurer bevorstehenden Rückkehr überbrachte, meinte er, ich solle eine sehr große Portion besorgen, denn Ihr wäret gefräßig wie ein ... ähm ...» Franziskas Gesicht überzog eine feine Röte, als sie sich ihrer ungezogenen Worte bewusst wurde.

Adelina lachte jedoch nur. «Gefräßig wie ein Wolf? Da hat er gar nicht so unrecht. Bring die Sachen hinein, ich schließe ab und komme nach.» Sie kam jedoch wieder nicht dazu, da plötzlich ein langgezogenes Heulen und dann wildes Bellen erklangen. Im nächsten Moment schoss eine Fellkugel auf Adelina zu. Jaulend und winselnd sprang der kleine Hund an ihr hoch und brachte sich beinahe um vor Freude, seine Herrin wiederzusehen.

«Moses!» Sie beugte sich zu ihm hinab und ließ es zu, dass der Hund ihr Gesicht und ihre Hände abschleckte. «Wo kommst du denn her? Warst du drüben bei Marie?» Sanft tätschelte sie sein prall gefülltes Bäuchlein. «Anscheinend hat sie gut für dich gesorgt.» Als sie sich wieder aufrichtete, sah sie ihre Nachbarin und gute Freundin Marie Kornbläser mit ausgebreiteten Armen auf sich zukommen. Sie trug ein praktisches braunes Arbeitskleid mit Schürze, da sie wohl bis eben ihrem Gemahl, dem Chirurgen, den alle nur Meister Jupp nannten, in seinem Behandlungsraum geholfen hatte. Ihr hellblondes, fast weißes Haar hatte sie vollständig unter einer mit Blumen bestickten Haube verschwinden lassen.

«Adelina, wie schön, dass ihr wieder hier seid!», rief sie vergnügt, und ihre hellen Augen blitzten fröhlich. Sie umarmte Adelina herzlich und musterte sie dann eingehend. «Du siehst erschöpft aus. Eine so weite Reise in deinem Zustand ist anstrengend.»

«Das kannst du laut sagen. Aber wir mussten jetzt reisen. Stell dir vor, wir hätten länger gewartet und das Kind wäre womöglich auf der Fahrt geboren worden. Neklas hatte schon jetzt arge Bedenken, weil die Straßen ja so schlecht sind. Er hat mir meinen Sitzplatz im Wagen mit drei Decken ausgepolstert. Mein Rücken fühlt sich trotzdem an, als habe man mich verprügelt.»

«Das kann ich mir vorstellen. Aber nun seid ihr wieder hier.» Marie hakte sich bei Adelina unter. «Kann ich dir bei irgendetwas helfen? Ich muss dir unbedingt erzählen, was sich in den letzten beiden Monaten in Köln zugetragen hat. Du wirst es kaum glauben – die Geißler sind durch die Stadt gezogen, mehrmals sogar. Der Stadtrat musste sie mit Waffengewalt vertreiben und hat allen eine schwere Strafe angedroht, die mit ihnen sympathisieren. Gerade in den letzten Tagen brodelt es in Köln mal wieder.»

«Das ist doch nichts Neues», warf Adelina ein.

«Vielleicht nicht», gab Marie zu. «Man munkelt, dass der Erzbischof und einige seiner Mitkurfürsten planen, König Wenzel abzusetzen. Stell dir das mal vor ...» Während sie weiter munter auf Adelina einredete, lotste sie sie in die Küche, wo sich die beiden Frauen am Tisch niederließen. Adelina lauschte dem Klatsch sehr aufmerksam, damit sie für ihren morgigen ersten Arbeitstag gerüstet war.

Wenig später stießen auch Neklas und Jupp zu ihnen. Das folgende Abendessen fand in einer vergnügten Runde statt, zu der sich natürlich auch Griet, Vitus und das Gesinde gesellten. Sogar Binah und Malka, Jupps achtjährige rotlockige Zwillingstöchter, durften daran teilnehmen. Sie und Griet steckten tuschelnd die Köpfe zusammen, und Adelina ließ sie gewähren. Obwohl Griet mittlerweile fast zwölf Jahre alt war, gab sie sich gerne mit den jüngeren Mädchen ab. Adelina freute sich, dass ihre ehemals so stille Stieftochter inzwischen viele Freunde gefunden hatte. Nur noch selten schien sie an ihre schlimme Vergangenheit zu denken. Adelina und Neklas taten alles, was möglich war, um die Schrecken ihrer Kindheit verblassen zu lassen, ihr eine glückliche und sichere Zukunft zu bieten.

Als sich das Gespräch erneut den politischen Entwicklungen in Köln zuwandte, riss sie sich von diesen Gedanken los. Wichtiger war es jetzt, etwas über die allgemeine Stimmungslage in Köln zu erfahren.

2

«Mutter, wann kommt Mira zurück?», fragte Griet, während sie die winzigen Gewichte der Apothekerwaage polierte.

Adelina war gerade dabei, die Zutaten für eine Arznei im Mörser zu zerstoßen, die Magister Pierre van Stijn, der Medicus der Universität, bei ihr bestellt hatte. Nachdem vor einem Jahr der alte Magister Arnoldus gestorben war, hatte van Stijn dessen Posten an der Universität nun ganz übernommen. Ihm oblag es seither, neben den medizinischen Vorlesungen die Scholaren ärztlich zu betreuen. Beinahe täglich schickte er einen der Jungen mit einer Arzneibestellung zu ihr. Die Universität wuchs und gedieh – und mit ihr natürlich auch die Menge an größeren und kleineren Verletzungen und Krankheiten, die sich die jugendlichen Scholaren immer wieder zuzogen.

«Ich weiß es nicht», antwortete Adelina. Vorsichtig füllte sie das grobe Pulver in ein mit Wachshaut ausgekleidetes Leinensäckchen. «Wir haben noch keine Nachricht von ihrer Familie. Aber da sie schon fast sieben Wochen fort ist, dürfte es nicht mehr lange dauern, bis sie zurückkehrt.»

«Hoffentlich.» Griet legte das letzte polierte Gewicht zurück in die Sammelschale. «Es macht keinen Spaß, die ganze Arbeit allein zu machen.»

Adelina lächelte. «Du machst das aber gut, Griet. Und bedenke, dass Mira sehr lange nicht mehr bei ihrer Familie zu Besuch war. Zuletzt vor anderthalb Jahren. Ganz sicher ist sie froh, ein bisschen Zeit mit ihren Verwandten zu verbringen.»

Griet hob den Kopf. «Glaubst du, die wollen sie überhaupt haben? Sie besuchen sie doch auch niemals hier. Na ja, außer ihrer Mutter. Bestimmt sind sie froh, Mira los zu sein.»

«Griet!» Streng schüttelte Adelina den Kopf. «Solche Reden möchte ich von dir nicht hören. Miras Mutter hat sich damals gegen die Pläne ihres Gemahls durchgesetzt, der Mira ins Kloster geben wollte. Aber das hat sie ganz sicher nicht getan, um sie loszuwerden.»

«Das meine ich ja auch nicht. Ihre Mutter ist zwar ein bisschen hochnäsig, aber trotzdem nett. Wenn Miras Stiefvater sie ins Kloster schicken wollte ...»

«Ich weiß, was du meinst. Der Adel bringt jüngere Töchter sehr oft in einem Stift oder Kloster unter. Daran ist nichts Ungewöhnliches.»

«Das machen sie doch nur, um die Mitgift zu sparen.»

«Griet, hüte deine Zunge!» Nun runzelte Adelina deutlich verärgert die Stirn. Wenn sie nicht achtgab, würde ihre Stieftochter ein allzu vorlautes Mundwerk entwickeln.

Da Griet wegen ihres harschen Tonfalls den Kopf einzog, sagte sie mit etwas milderer Stimme: «Ein Kloster verlangt auch so etwas wie eine Mitgift für eine Novizin. Oft steigen adelige Mädchen zu bedeutenden Positionen auf, können sogar Äbtissin werden und großen Einfluss erlangen.»

«Mira als Äbtissin?» Griet machte große Augen, dann zuckte es um ihre Mundwinkel. Nur mit äußerster Anstrengung schien sie das Lachen unterdrücken zu können.

Auch Adelina verkniff sich ein Schmunzeln. «Du siehst, ihre Mutter tat gut daran, sie in unsere Obhut zu geben. Als Apothekerlehrling ist sie weitaus besser aufgehoben.»

«Es ist trotzdem komisch, dass sie so lange weg ist und uns keine Nachricht schickt», beharrte Griet. «Was, wenn ihr Stiefvater sie doch noch ins Kloster gesteckt hat?»

Adelina schüttelte verwundert den Kopf. «Weshalb in

aller Welt sollte er das tun? Sie hat schon weit mehr als die Hälfte ihrer Ausbildung hinter sich. Wenn sie sich anstrengt, kann sie die Gesellenprüfung sogar etwas früher ablegen. Nun hör auf, dir unnötige Gedanken zu machen. Das bringt Mira auch nicht schneller wieder her. Geh lieber ins Hinterzimmer und sieh nach der Destille. Aber pass mit dem neuen Alembik auf. Er ist größer als der alte und schwerer.»

«Ist gut.» Gehorsam ging Griet zu der Tür, die in die Kammer hinter der Apotheke führte. «Ich hab trotzdem kein gutes Gefühl dabei», murmelte sie gerade so laut, dass Adelina sie noch verstehen konnte. Dann schlug die Tür hinter ihr zu.

Adelina sah ihrer Stieftochter überrascht nach. Seit ihrer Rückkehr nach Köln waren fünf Tage vergangen, und die letzten beiden hatte Griet immer wieder nach Mira gefragt. Ob sie sie derart vermisste? Während ihres Aufenthalts in Kortrijk hatte sie nie etwas verlauten lassen. Zwar war zwischen den Mädchen in den vergangenen Jahren eine innige Freundschaft gewachsen, und vielleicht sah Griet in der mittlerweile knapp sechzehnjährigen Mira so etwas wie eine große Schwester, aber das erklärte nicht diese merkwürdige Sorge, die nun in Griets Gesicht geschrieben stand. Mira war auch früher schon zu längeren Besuchen bei ihrer Familie gewesen.

Adelina legte das sauber verschnürte Säckchen mit der Arznei zu zwei weiteren auf den Tresen, dann holte sie die Zutaten für eine Salbe gegen Gicht aus den Regalen. Bestimmt war Griet nur verschnupft darüber, dass sie alle Arbeiten in der Apotheke, auch die weniger angenehmen wie Putzen und Staub wischen, ganz allein übernehmen musste. Das tat sie zumeist klaglos, und sie gab sich sogar beim Lernen redliche Mühe, das konnte Adelina erkennen. Doch Mira war es, die ein wirkliches Talent für das Apothekerhandwerk besaß, ganz besonders für die Herstellung von Duftessenzen und Konfekt. Griet orientierte sich gern an dem älteren Lehrmädchen und bemühte sich, ihr alle Handgriffe abzuschauen. Da sie jetzt allein war, fehlte ihr diese Stütze vermutlich.

Spontan beschloss Adelina, in der kommenden Woche mit Griet ein paar zusätzliche Lektionen einzulegen und mehr mit ihr zu üben.

Das Klingeln des Glöckchens an der Tür riss sie aus ihren Gedanken. Überrascht und erfreut zugleich blickte sie dem hageren Mann in Kaufmannskluft entgegen, dessen schütteres braunes Haar inzwischen zunehmend von grauen Strähnen durchzogen wurde. «Guten Tag, Herr Reese, wie geht es Euch?»

Sie kannte den Tuchhändler schon lange; vor Jahren hatte sie ihm mehrmals bei der Aufklärung von Morden an Kölner Bürgern helfen können. Noch immer bekleidete er das Amt des städtischen Gewaltrichters. Wenngleich sich Adelina seit den letzten Vorfällen erfolgreich aus allen städtischen Angelegenheiten und insbesondere aus gefährlichen Ermittlungen herausgehalten hatte, war der Kontakt zu Reese nie ganz abgebrochen. Das war vor allem auf die Tatsache zurückzuführen, dass seine Frau eine Schwäche für Adelinas gutes, wenn auch sehr teures Konfekt hatte. Dies schien heute wieder Reeses Anliegen zu sein, denn er trug eine der hölzernen Konfektschachteln bei sich.

«Frau Adelina, ich grüße Euch.» Lächelnd kam er näher und stützte sich dabei schwer auf einen Gehstock, um seinen mit einem Verband umwickelten Fuß zu entlasten. «Rosa hat mir keine ruhige Minute mehr gelassen, nachdem sie erfahren hat, dass Ihr von Eurem Verwandtenbesuch zurück seid. Sie wünscht eine Schachtel voll kandierter Kirschen, ohne die sie, wie sie behauptet, nicht mehr lange leben würde.» Er verzog die Lippen zu einem nachsichtigen

Lächeln. «Sie übertreibt natürlich, wie gewöhnlich. Oder mischt Ihr in dieses Konfekt etwa eine Essenz, die die Menschen dazu bringt, immer mehr davon zu wollen?»

Adelina lachte. «Aber nicht doch, Herr Reese, was denkt Ihr Euch? Wir Frauen lieben nun einmal süße Sachen. Aber sagt, was ist geschehen? Habt Ihr Euch den Fuß verstaucht?»

«Nein, das nicht.» Reese trat an den Tresen und lehnte den Gehstock daneben. «Muss wohl die Gicht sein. Mein Zeh ist ganz rot und geschwollen, und das Auftreten schmerzt. Da ich schon mal hier bin, wollte ich Euch um eine Arznei gegen die Schmerzen bitten.»

«Aber sicher.» Adelina wies auf die Zutaten, die sie gerade bereitgestellt hatte. «Ich war gerade dabei, eine Salbe gegen Gicht zuzubereiten. Das kann aber etwas dauern. Wenn Ihr wollt, gebe ich Euch fürs Erste eine Mischung aus Goldrute und Brennnesseln mit. Lasst Eure Gemahlin einen Sud daraus bereiten, von dem Ihr dreimal täglich trinken müsst. Die Salbe lasse ich Euch morgen bringen.»

«Ich danke Euch.» Reese atmete sichtlich auf. Er zog seine Geldbörse aus einer Innentasche seines Zunftmantels und legte ein paar Münzen auf den Tresen. «Ihr seht gut aus, Frau Adelina. Eure Schwangerschaft scheint schon weit fortgeschritten zu sein. Wird Euch die Arbeit in der Apotheke nicht allmählich zu beschwerlich?»

«Bis jetzt noch nicht.» Rasch nahm Adelina die Münzen an sich und legte sie in die Geldkassette unter dem Tresen. «Ich habe meine Apotheke in den vergangenen Wochen sehr vermisst und bin froh, wieder hier zu sein.» Sie schwieg einen Moment. «Wie ich hörte, planen die Kurfürsten den Sturz des Königs.»

Reese kräuselte die Lippen. «Das ist Euch also schon zu Ohren gekommen, wie? Na, hätte mich auch gewundert, wenn diese Information vor Eurer Tür haltgemacht hätte.»

«Ist der Stadtrat in diese Angelegenheit verwickelt?»

«Nicht direkt.» Nachdem Adelina das leere Konfektkästchen wieder aufgefüllt hatte, nahm er es an sich und griff wieder nach seinem Stock. «Der Erzbischof hat die Stadt nicht um Einmischung oder Unterstützung gebeten, aber der Rat steht in jedem Falle hinter ihm.»

«Der Rat toleriert also die Absetzung König Wenzels?»

Reese schnaubte. «Wir würden sie sogar begrüßen. Wenzel ist kein König, sondern ein unnützer, fauler Hundsfott. Nur Saufereien, Weiber und Schwermütigkeit – mehr hört man nicht von ihm. Ein solch unwürdiger Mann darf einfach nicht der Verwalter unseres Reiches sein.»

«Und wer soll sein Nachfolger werden?»

«Das ist noch nicht sicher.» Reese senkte die Stimme ein wenig. «Man sagt, Ruprecht von der Pfalz habe die besten Aussichten.» Er wandte sich zum Gehen.

Adelina eilte zu ihm, um die Tür aufzuhalten. Reese trat auf den Marktplatz, machte jedoch sogleich wieder einen Schritt rückwärts, denn ein Trupp bewaffneter Reiter passierte gerade die Apotheke. Neugierig ging auch Adelina hinaus. Den blauen Mänteln nach handelte es sich um erzbischöfliche Soldaten. An ihrer Spitze ritt ein großer, beleibter Geistlicher im Dominikanerhabit auf einem ebenso stattlichen Rappen, einige weitere Ordensbrüder auf wesentlich kleineren Reittieren folgten dem Trupp. Der Mönch jedoch, der gleich neben dem beeindruckenden Geistlichen ritt, blickte ausgerechnet in diesem Moment zu ihr herüber. Adelina zuckte zusammen, als er ihr mit einem feinen Lächeln zunickte. Dann beugte er sich zu dem Priester hinüber und flüsterte ihm etwas zu, woraufhin dieser sich zu Adelina umdrehte und sie einen Augenblick lang anstarrte.

Sie schauderte aus einem unerfindlichen Grund; das feiste, ungewöhnlich braunhäutige Gesicht des Geistlichen hatte zwar keinerlei Regung gezeigt, dennoch hatte sie den Eindruck, er habe sich ihre Züge während dieses kurzen Moments genau eingeprägt.

Energisch räusperte sie sich und rieb sich über die Oberarme. «Bruder Thomasius.»

Reese blickte sich zu ihr um. «In der Tat, das habt Ihr richtig erkannt. Seit er das Predigen des Jüngsten Gerichts aufgegeben hat, taucht er immer öfter in Vater Emilianus' Gesellschaft auf.»

«Ich habe ihn schon sehr lange nicht mehr gesehen», sagte Adelina. «Wer ist dieser Vater Emilianus?»

«Ein Gefolgsmann und enger Vertrauter des Erzbischofs», erklärte Reese. «Er scheint auf dem Weg zum Rathaus zu sein. Entschuldigt mich, ich denke, es wäre besser, wenn auch ich mich sogleich dorthin begebe.» Er nickte ihr freundlich zu und humpelte in Richtung der Judengasse, in der sich das Rathaus der Stadt Köln befand.

Einen Moment lang blieb Adelina noch vor ihrer Apotheke stehen. Bruder Thomasius trieb sich jetzt also bei den erzbischöflichen Gefolgsleuten herum. Kurz nachdem sie Neklas geheiratet hatte, war der hagere Dominikanermönch in Köln aufgetaucht und hatte begonnen, Unfrieden zu stiften. Er kannte manch dunkle Kapitel aus Neklas' Vergangenheit, ja, war sogar in einige davon selbst verwickelt gewesen. Außerdem besaß er ein ausgesprochen sauertöpfisches Wesen und bemühte sich redlich, den Menschen das Leben schwerzumachen. Lange Zeit hatte er Neklas mit seinen Verdächtigungen verfolgt und gleichzeitig auf den Plätzen und in den Gassen Kölns von der Sündhaftigkeit der Menschen und Gottes Zorn gepredigt, der die Menschen niederschmettern würde. Seit jenem Sommer vor drei Jahren, als er ihnen geholfen hatte, Griet aus den Fängen eines habgierigen Entführers zu befreien, hatte sein beständiges Hetzen nachgelassen. Seit einigen Monaten hatte Adelina nichts mehr von ihm gehört und schon vermutet, dass er die Stadt verlassen habe. Offenbar hatte sie sich geirrt. Wenn Neklas am Abend von seinen Patientenbesuchen heimkehrte, würde sie ihm sofort berichten, was sie soeben erfahren hatte.

Langsam ging sie zurück in ihre Apotheke und kümmerte sich wieder um die Herstellung der Gicht-Salbe. Dabei lauschte sie mit einem Ohr den Geräuschen, die aus dem hinteren Teil des Hauses kamen. Sie vernahm das Lachen ihres dreijährigen Sohnes Colin, fröhliches Hundegebell und die mahnende Stimme ihrer Magd Franziska. Mit einem kurzen Blick ins Hinterzimmer überzeugte sie sich, dass Griet noch immer auf die Apparatur achtgab, mit der sie derzeit Aqua Ardens herstellten – Weingeist, den sie verschiedenen Arzneien zusetzten.

Zufrieden kratzte Adelina die nun zerkleinerten Ingredienzien aus dem Mörser in eine kleine Holzschüssel und verrührte alles mit Gänseschmalz. Danach deckte sie die Schüssel ab und stellte sie beiseite.

Sie dachte gerade, dass heute ein ungewöhnlich ruhiger Freitag sei, als die Tür aufgestoßen wurde und Meister Jupp die Apotheke betrat. «Adelina? Wärest du so gut, kurz mit nach nebenan zu kommen? Einer meiner Gesellen hat auf der Straße eine junge schwangere Frau aufgelesen, die gestürzt ist. Sie ist nicht schwer verletzt, musste sich jedoch schon zweimal übergeben. Vielleicht hast du eine Arznei für sie?»

«Aber ja doch, ich komme sofort.» Adelina nickte ihm zu. «Nur einen Augenblick.»

Meister Jupp zog sich zurück. Adelina nahm schnell ein paar Gefäße sowie ein Leinenbeutelchen aus dem Regal. Sie packte alles in einen kleinen Weidenkorb und rief Griet herbei. «Bring dies nach nebenan zu Meister Jupp, ich komme sofort nach.»

Das Mädchen gehorchte, während Adelina rasch durchs Hinterzimmer in den Wohnbereich des Hauses ging und nach Magda rief. Statt ihrer kam jedoch Franziska aus der Küche, den fröhlich krähenden Colin an der Hand. «Ja, Herrin, was gibt es? Magda ist draußen im Garten. Soll ich sie holen?»

«Mama! Wir spielen mit Moses Fangen. Komm gucken!» Mit einem freudigen Lachen hob Colin die Ärmchen in die Höhe, sein Zeichen, dass er auf den Arm genommen werden wollte. Doch Adelina schüttelte den Kopf. «Nicht jetzt, Colin. Ich bin beschäftigt.» Sie wandte sich an die Magd. «Hab bitte ein Auge auf die Apotheke. Ich muss kurz hinüber zu Meister Jupp und einer Schwangeren helfen, der es nicht gutgeht. Griet nehme ich mit.»

«Aber sicher doch, ich passe schon auf.» Franziska nahm nun ihrerseits Colin auf die Hüfte. «Kommt, junger Herr, wir bewachen die Apotheke Eurer Frau Mutter», sagte sie in soldatischem Ton, der Colin zu gefallen schien, denn er klatschte begeistert in die Hände. «Ich bin ein Ritter und du das Pferdchen», krähte er, während er auf ihrer Hüfte herumruckelte. «Hopp, hopp, hü!»

Franziska lachte und ging hinter Adelina in die Apotheke, wo sie sich mit dem Jungen auf einen Hocker setzte und ihn auf ihren Knien reiten ließ.

Adelina beeilte sich, in das Nebengebäude zu gehen, das an ihrem eigenen Haus klebte wie ein siamesischer Zwilling. Vor Jahren hatte Neklas es einem Ratsherrn abgekauft und sich im Untergeschoss Behandlungsräume eingerichtet, die er sich mit dem Chirurgen teilte. Im Obergeschoss hatten sie mehrere Durchbrüche gemacht, um für ihre wachsende Familie und das Gesinde ausreichend Wohnraum zu schaffen.

Als Adelina Meister Jupps Knochenwerkstatt, wie er seinen Behandlungsraum gerne scherzhaft nannte, betrat, schlug ihr der scharfe Geruch von getrockneten Heilkräutern entgegen, mit denen Jupp und seine Gesellen Umschläge bereiteten. Es roch ähnlich wie in ihrer Apotheke, doch schwebte bei ihr nicht über allem der Geruch von Blut und Eiter.

In der Mitte des Raums stand der große Behandlungstisch aus Eichenholz, an dessen Seiten mehrere breite Lederfesseln und Gurte befestigt waren, um den Patienten, wenn nötig, zu fixieren oder ruhigzustellen. Auf einem Tisch an der Wand lagen ordentlich sortiert Meister Jupps Instrumente und Werkzeuge, angefangen bei winzigen Nadeln zum Starstechen über verschieden große Schaber, Löffel, Messer und Sägen bis hin zu furchterregend aussehenden Haken und Klemmen. An der Wand über dem Tisch hingen mehrere Zangen zum Zahnreißen. In den Regalen daneben gab es weitere Gerätschaften, über deren Verwendung Adelina lieber nicht zu genau Bescheid wissen wollte. Sie war zwar nicht empfindlich, doch selbst ihr jagten die Schreie, die schon so manches Mal zu ihr herübergeschallt waren, wenn Meister Jupp einen Verunglückten behandelte, einen Schauer über den Rücken.

Auf einem der Regalbretter stapelten sich Behältnisse für die Kräuter und Verbandmaterial. In einer Ecke des Raumes standen eine Schüssel mit Wasser und eine Karaffe mit Leinöl. Hier reinigten Meister Jupp und seine Gesellen nach getaner Arbeit ihre Hände und ihr Werkzeug. Letzteres wurde nach jeder Behandlung sorgfältig mit dem Öl eingerieben, damit es nicht rostete.

Der unangenehme Blutgeruch kam jedoch eindeutig von dem Behandlungstisch, der nach nunmehr dreijähriger Benutzung unzählige dunkle Flecken aufwies, die trotz der Reinigungen tief ins Holz eingezogen waren. Eine dunkelrot, fast schwarz geränderte Schüssel, die in einem Fach unter dem Tisch lagerte, machte noch eine weitere Verwendungsart desselben deutlich: Hier wurde regelmäßig zur Ader gelassen.

Adelina durchquerte den Raum und ging auf die blasse junge Frau zu, die auf einem Hocker kauerte und von Marie gerade einen Becher Bier gereicht bekam. Meister Jupp stand daneben, Griet hingegen hatte sich mit ihrem Korb in eine Ecke zurückgezogen. Adelina wusste, dass sie sich vor den Werkzeugen in diesem Raum fürchtete. Deshalb hatte sie sie angewiesen, mit ihr zu kommen. Als Apothekerlehrling musste Griet lernen, sich auch mit den Behandlungsmethoden von Badern und Chirurgen vertraut zu machen. Also winkte sie ihrer Stieftochter, näher zu kommen, und sprach dann die junge Frau an. «Guten Tag. Ich bin Meisterin Adelina Burka aus der Apotheke von nebenan. Wie ich hörte, geht es Euch nicht gut, deshalb habe ich ein paar Kräuter und Arzneien mitgebracht ...»

«Oh, das ist doch nicht nötig», wehrte die Schwangere ab. «Ich habe dem guten Meister Jupp schon gesagt, dass ich nicht viel Geld habe und mir teure Arznei gar nicht leisten kann.»

«Frau Katharina wohnt unten am Mühlenbach beim Filzengraben», erklärte Marie. «Ihr Mann ist Schuhmacher.»

«Mein Friedel flickt die Schuhe für die Arbeiter an der Dombaustelle», berichtete Frau Katharina.

Adelina verstand. Ein Flickschuster hatte meist kaum ein höheres Einkommen als ein Tagelöhner, doch das hatte sie bereits geahnt, als sie das abgetragene Kleid der Frau gesehen hatte. Ihr dunkelblondes Haar steckte unter einer einfachen kopftuchähnlichen Haube, die an den Rändern schon ein wenig ausgefranst war.

Aufmunternd lächelte sie ihr zu. «Wenn Euer Gemahl bereit wäre, auch das eine oder andere Paar Schuhe aus meinem Haushalt herzurichten, braucht Ihr Euch um die Bezahlung keine Gedanken zu machen.»

Frau Katharinas Miene entspannte sich, und sie nickte zögernd. «Das wäre wohl möglich, Frau Meisterin. Vielen Dank.»

«Dann erzählt mir nun, was Euch geschehen ist.»

3

Sorgenvoll blickte Adelina aus dem Fenster ihrer Schlafkammer hinaus auf den Alter Markt. Es war bereits dunkel, in weniger als einer Stunde würde die Glocke von Groß St. Martin die Mitternacht verkünden. Hinter ihr war Neklas gerade dabei, sich zu entkleiden. Sie hörte, wie das Bettgestell knarrte und die Decken raschelten.

«Willst du nicht zu Bett gehen?», fragte er ruhig.

Langsam drehte sie sich um. «Wie soll ich schlafen können, wenn solch schlimme Dinge in Köln geschehen?»

«Schlimme Dinge passieren fast täglich, Adelina.»

«Aber nicht so etwas!», brauste sie auf, senkte ihre Stimme jedoch gleich wieder. «Ich konnte kaum glauben, was diese Frau uns heute Nachmittag erzählt hat. Knochen, Neklas! Man hat die Gebeine von Verstorbenen gestohlen – aus einem Beinhaus! Hast du so etwas schon jemals gehört?»

Neklas schüttelte mit ernster Miene den Kopf. «Nein, habe ich nicht. Jedenfalls nicht hier in Köln.»

«Es wäre gar nicht aufgefallen, wenn die Totengräber nicht den Auftrag erhalten hätten, das Beinhaus in der Rheingasse zu schließen, weil es voll war», fuhr Adelina empört fort, dann stockte sie. «Was soll das heißen, nicht hier in Köln?»

Seufzend streckte Neklas sich auf seiner Matratze aus und verschränkte die Hände hinter dem Kopf. «Du weißt, dass ich auf meinen Reisen einiges erlebt habe. In Italien gab es damals so eine Sekte von Teufelsanbetern, die angeblich die Knochen von Selbstmördern, die in ungeweihter

Erde bestattet worden waren, für ihre Kulthandlungen benutzt haben.»

«Wie abscheulich!»

«Da stimme ich dir zu.»

«Glaubst du, dies hier waren auch solche ... Teufelsanbeter?» Rasch bekreuzigte sie sich.

Neklas schüttelte erneut den Kopf. «Das ist nicht möglich. Die Anhänger jener Sekte wurden damals samt und sonders verbrannt. Nicht einer von ihnen ist mit dem Leben davongekommen.»

Adelina schauderte. «Ich mag mir gar nicht vorstellen, was jetzt mit den Gebeinen geschieht. Und wie sich die Angehörigen erst fühlen müssen. Es ist einfach schrecklich.» Nun ging sie doch zum Bett, setzte sich auf die Kante und begann, ihre Schuhe aufzuschnüren. Da sie mittlerweile schon recht unförmig war, ächzte sie ungehalten.

«Warte, ich helfe dir.» Neklas sprang auf und ging um das Bett herum, hockte sich vor sie und nestelte an der Verschnürung ihres linken Schuhs.

Sie streifte ihn ab und wartete, bis Neklas auch den rechten Schuh geöffnet hatte. Bevor sie damit beginnen konnte, hatte er sich bereits neben sie gesetzt, löste die Schnüre und Haken ihres Kleides, streifte es ihr von den Schultern und fuhr sanft und fest zugleich über ihre verhärteten Nackenmuskeln.

Wohlig seufzend ließ sie ihn gewähren. «Es muss ein riesiges Aufsehen in der Rheingasse gegeben haben», erzählte sie, was sie von der Gattin des Flickschusters gehört hatte. «Die Menschen sind sogar vom Heumarkt aus hingeströmt. Deshalb ist Frau Katharina auch in dem Gedränge gestürzt und hat sich die Hände und beide Knie aufgeschlagen. Gottlob war Jupps Geselle Cristof in der Nähe und konnte ihr helfen.»

Neklas grinste. «Dithmar und Cristof ziehen doch tagtäglich durch die Straßen auf der Suche nach Verwundeten und Verunglückten.»

Adelina gab einen ungehaltenen Laut von sich. «Ich weiß, dass das ihre Aufgabe ist. Wie sonst soll Jupp wohl an seine Patienten kommen? Aber es war ein glücklicher Zufall, dass Cristof gerade auf dem Heumarkt war. Die arme Frau – sie ist hochschwanger wie ich. Nein, ich denke, sie ist sogar noch ein wenig weiter. Das Kind kann bestimmt jeden Tag kommen. Stell dir vor, durch den Sturz wäre es bereits auf der Straße geschehen!»

«Ist es aber nicht.»

«Nein, aber es ging ihr nicht gut. Der Sturz, die Hitze … Sie fühlte sich sehr elend und war auch ganz blass. Ich habe ihr einen Kräutersud mitgegeben, der ihr hoffentlich hilft. Als Bezahlung wird ihr Mann zwei von Vitus' Schuhen flicken. Sie werden morgen abgeholt.»

«Na, dann hat die Geschichte wenigstens ein gutes Ende genommen», befand Neklas und gab ihr einen Kuss auf die Schulter. «Nun leg dich hin und versuch etwas zu schlafen. Du weißt, wenn das Kind erst mal da ist, wird es mit der Nachtruhe für eine Weile vorbei sein.»

Adelina nickte stumm, schälte sich aus ihrem Kleid, legte es ordentlich über ihre Kleidertruhe und schlüpfte dann unter ihre Decke. Neklas löschte das Licht der Öllampe, zog Adelina an sich und bettete ihren Kopf auf seine Schulter.

«Ich kann einfach nicht begreifen, wer so etwas Schlimmes tut!», begann sie aufs Neue. «Etwas Gottloseres als den Diebstahl von menschlichen Gebeinen kann ich mir kaum vorstellen.»

«Denk nicht mehr darüber nach», murmelte Neklas. «Die Sache wird sich schon aufklären. Außerdem betrifft sie uns doch gar nicht.»

«Wer so etwas tut, muss ein Scheusal sein.» Sie gähnte und zog die Decke ein Stückchen höher. «Aber vermutlich hast du recht. Es betrifft uns nicht.» Damit schloss sie die Augen, kurz darauf war sie eingeschlafen.

†

«Mutter?» Griet streckte den Kopf zur Küchentür herein. «Frau Katharina ist da und fragt nach den Schuhen, die sie abholen soll.»

«Ich komme.» Adelina hatte Magda gerade aufgezählt, was heute alles auf dem Markt gekauft werden musste. Rasch nahm sie den Korb mit Vitus' Schuhen und eilte in die Apotheke. Als sie die Frau des Flickschusters sah, lächelte sie. «Guten Morgen, Frau Katharina. Wie ich sehe, habt Ihr wieder Farbe im Gesicht. Also geht es Euch besser?»

«Die Kräuter haben wunderbar geholfen, vielen Dank. Auch mein Mann lässt Euch seinen Dank ausrichten, dass Ihr so freundlich seid, unsere Schulden auf diese Weise zu begleichen.» Sie nahm Adelina den Korb ab und musterte die Schuhe. «Die sind aber schon arg ramponiert, Frau Meisterin. Das wird ein bisschen dauern, vor allem, weil mein Friedel gerade eine neue Ladung Schuhe von den Domarbeitern bekommen hat.»

«Keine Sorge, das eilt nicht», beruhigte Adelina sie. «Es sind ja beides Winterschuhe. Wenn Ihr sie mir im Laufe der nächsten Woche zurückbringt, reicht das völlig.»

Frau Katharina bedankte sich erneut und wandte sich zum Gehen, als ihr noch etwas einzufallen schien. «Ich hab Euch doch von diesem frevlerischen Raub im Beinhaus erzählt.» Sie senkte die Stimme. «Stellt Euch vor, es heißt, es seien nicht einfach irgendwelche Knochen gestohlen worden, sondern nur die von Kindern.» Sie bekreuzigte sich, und Adelina tat es ihr nach. «Was für ein gottloser Mensch tut nur so etwas?»

†

Die gleiche Frage stellten ihr an diesem Morgen etliche ihrer Kunden. Jeder, der die Apotheke betrat, begann das Gespräch mit den neuesten Spekulationen zu dem Knochendiebstahl. Die Angelegenheit war über Nacht zum Stadtgespräch geworden, und je weiter der Tag voranschritt, desto abstruser und abenteuerlicher wurden die Geschichten.

Adelina schwirrte am Mittag der Kopf davon, und sie erwog bereits, die Apotheke für eine oder zwei Stunden zu schließen, da ihr auch zunehmend der Rücken schmerzte.

Doch sie kam nicht dazu, denn just nachdem Magda den Kopf zur Hintertür hereingestreckt und verkündet hatte, dass das Mittagessen fertig sei, hielt ein Reisewagen vor dem Haus, auf dessen Türen das Wappen der Grafen von Raderberg zu sehen war. Der Fuhrknecht sprang behände vom Bock und öffnete den Verschlag, um es Mira zu ermöglichen, herauszuklettern.

Das Mädchen blieb einen Moment lang ruhig vor der Apotheke stehen und blickte an der Fassade empor. Adelina beobachtete durch das geöffnete Fenster, wie Mira zwei-, dreimal tief durchzuatmen schien, dann wandte sich das Mädchen an den Knecht und gab ihm Anweisung, ihr Gepäck abzuladen.

Lächelnd ging Adelina zur Tür und ließ ihr Lehrmädchen eintreten. «Willkommen zurück, Mira! Lass dich ansehen, bist du etwa gewachsen?»

Miras bisher ernste Miene hellte sich auf. «Meisterin! Ich bin so froh, endlich wieder hier zu sein. Ich hatte ganz vergessen, wie langweilig das Leben auf der Burg sein kann.

Den ganzen Tag nur sticken, nähen und immer über die gleichen Dinge reden.» Sie schüttelte sich. «Da ist es in der Stadt doch viel interessanter.»

«Na, zumindest scheinst du neue Kleider bekommen zu haben. Dein Stiefvater hat es diesmal wohl gut mit dir gemeint.» Wohlgefällig ließ Adelina ihren Blick über Miras taubenblaues Kleid wandern. «Das Waid, mit dem der Stoff gefärbt wurde, muss ein Vermögen gekostet haben.»

«Ach das.» Miras Augen verschleierten sich für einen Moment, doch sogleich lächelte sie wieder. «Ich weiß auch nicht, was in ihn gefahren ist. Er hat mir gleich drei neue Kleider geschenkt und dazu Schapels und Haarbänder und … Aber ich fürchte, bei der Arbeit in der Apotheke werden die weiten Röcke eher hinderlich sein.» Sie blickte sich um. «Soll ich gleich etwas tun, Meisterin? Ich könnte überprüfen, ob die Arzneibehälter alle ausreichend gefüllt sind. Oder nach den getrockneten Kräutern sehen.»

«Nun komm erst einmal richtig an», bremste Adelina Miras Eifer lachend aus. «Zeig dem Knecht deine Kammer, damit er das Gepäck dort abstellen kann, und dann solltest du in die Küche gehen. Magda hat das Essen fertig – eine gute Gemüsesuppe, in der, wenn mich nicht alles täuscht, sogar ein paar Speckstreifen schwimmen.»

Dankbar nickte Mira und zupfte am Ende ihres langen, kunstvoll geflochtenen hellblonden Zopfes herum. «Das klingt gut, Meisterin.»

«Griet wird sich sehr darüber freuen, dass du wieder da bist. Sie hat dich bereits vermisst.»

Um Miras Mundwinkel zuckte es. Sie konnte ein freches Grinsen nicht mehr unterdrücken. «Bestimmt ist sie es leid, jeden Tag die Waage zu polieren und ganz allein die Böden zu schrubben.» Sie hielt kurz inne. «Sogar darauf habe ich mich gefreut», murmelte sie.

Bevor Adelina etwas dazu sagen konnte, hatte Mira den

Fuhrknecht hereingewunken und gab ihm Anweisungen, wohin er ihre Reisetruhe bringen sollte.

†

Wie erwartet begrüßte Griet Mira mit einem Freudenschrei und einer festen Umarmung. Auch die anderen Mitglieder des Haushalts freuten sich, das Lehrmädchen wiederzusehen. Das Mittagessen wurde von fröhlichem Geplauder begleitet, welches sich natürlich unvermeidlich auch dem neuesten Stadtklatsch zuwandte.

Mira machte große Augen, als sie von dem Knochendiebstahl erfuhr. «Ach du meine Güte», entfuhr es ihr. «Wer klaut denn die Gebeine von toten Kindern? Bestimmt die Juden, oder? Man sagt doch, dass sie sogar das Blut von Säuglingen trinken und mit ihren kleinen Leichnamen die Brunnen vergiften, um uns die Pest ...»

«Mira, um Himmels willen!» Empört starrte Adelina das Mädchen an. «Woher hast du denn diesen Unfug?»

Mira zuckte mit den Schultern. «Alle sagen das doch.»

«Alle?»

Mira zog ob Adelinas scharfem Ton den Kopf ein wenig ein. «Na ja, unser Hauspfarrer, Vater Blasius, hat mir erzählt, dass die Juden vor fünfzig Jahren auf diese Weise die Pestilenz nach Köln gebracht hätten. Er muss es ja wissen, schließlich war er dabei.»

«Als die Juden die Brunnen vergiftet haben?», fragte Neklas mit mildem Spott in der Stimme.

Prompt schüttelte Mira den Kopf. «Nein, als die Pest nach Köln kam. Er war damals noch ein Junge und Novize bei den Benediktinern von Groß St. Martin.»

«So so.» Neklas warf Adelina einen kurzen Blick zu. «Ich glaube nicht, dass die Juden die Knochen aus dem Beinhaus gestohlen haben, und es ist auch nicht erwiesen.»

«Aber ...»

«Wir sollten niemals Menschen vorverurteilen, auch nicht, wenn sie einem anderen Glauben anhängen, Mira.»

«Aber ...»

«Und nun iss deine Suppe, bevor sie kalt wird», fügte Adelina streng hinzu. Innerlich seufzte sie. Sie hatte ganz vergessen, wie anstrengend Mira sein konnte. Dieser Hauspfarrer hatte ihr anscheinend noch mehr Flausen in den Kopf gesetzt.

†

Nach dem Essen schickte Adelina die Mädchen sogleich an die Arbeit und staunte, dass Mira tatsächlich nicht einmal murrte, als sie ihr auftrug, den schweren Alembik innen und außen zu reinigen und für einen neuen Destilliervorgang vorzubereiten. Sie konnte sich jedoch beim besten Willen nicht vorstellen, dass der Frieden lange währen würde.

Adelina konnte sich nicht erinnern, dass ihr Lehrmädchen jemals die täglichen, zum Teil sehr langweiligen Pflichten ohne aufzubegehren erledigt hätte. Das ständige Jammern über das schwere, zuweilen unerträgliche Los, das Mira zu tragen habe, war kaum mehr aus dem Alltag wegzudenken.

Dabei wusste Adelina, dass Mira in Wahrheit nicht nur ein gescheites Mädchen war, sondern die Arbeit in der Apotheke lieben gelernt hatte. Sie war talentiert und wissbegierig. Wenn sie Adelina bei der Zubereitung von schwierigen Rezepturen helfen durfte, war sie stets mit offenen Augen und Ohren dabei. Selten musste Adelina ihr einen Vorgang zweimal erklären. Besonders geschickt stellte Mira sich beim Mischen von Duftölen und -essenzen an. Sie hatte sogar vor einiger Zeit begonnen, damit zu experimentieren, weil sie einer scharf riechenden Salbe einen angenehmeren Duft hatte geben wollen. Das Ergebnis war eine unbrauchbare Pampe gewesen, doch sie hatte sich vorgenommen, weiterzumachen, bis ihr das Experiment eines Tages gelingen würde. Adelina hatte daran erkannt, dass Mira das Herzblut einer Apothekerin besaß.

Sie war gerade dabei, weitere Arzneien für Magister van Stijn in einen Korb zu packen, als das Glöckchen an der Tür einen Besucher ankündigte. Erstaunt blickte sie auf. «Nanu, Herr Reese, Ihr schon wieder? Habt Ihr gestern etwas vergessen?»

«O nein, Frau Adelina, das nicht.» Reese stützte sich wie am Vortag schwer auf seinen Gehstock. Auf seiner Stirn standen kleine Schweißtropfen. «Ich war nur gerade auf dem Weg zum Rathaus und dachte, ich sage Euch gleich Bescheid, dann muss ich später keinen Boten schicken.» Er trat näher an den Tresen heran. «Leider habe ich Magister Burka nebenan nicht angetroffen. Wäret Ihr so freundlich, ihm mitzuteilen, dass Rochus van Bause in drei Tagen auf dem Neumarkt hingerichtet wird. Euer Gemahl soll als städtischer Medicus anwesend sein.»

«Rochus van Bause? Ist das nicht einer der Männer, die damals mit Herrmann von Goch sympathisiert und versucht haben, den neuen Stadtrat zu stürzen?»

«Genau der.» Reese nickte. «Einer von vielen», setzte er seufzend hinzu. «Zum Glück konnten ihre Pläne rechtzeitig vereitelt werden. Seit von Goch und Hilger Quattermart hingerichtet wurden, scheinen sich die Gemüter langsam wieder zu beruhigen. Van Bause ist einer der letzten Verräter, die noch auf die Vollstreckung des Urteils warten.»

«Warum soll mein Mann diesmal bei der Hinrichtung dabei sein?», wunderte Adelina sich. «Der Henker ist doch sonst dafür zuständig, den Tod des Verurteilten eindeutig festzustellen.»

«Das ist er auch in diesem Fall. Doch Magister Burka soll vorher im Gefängnisturm nach dem Rechten sehen und van Bause untersuchen. Der war nämlich krank, müsst Ihr wissen. Es muss sichergestellt sein, dass er kräftig genug für die Urteilsvollstreckung ist.»

«Aha.» Adelina runzelte die Stirn.

«Ich weiß, es mag in Euren Ohren überflüssig klingen, einen Delinquenten nur gesund zur Richtbank zu führen. Aber schließlich soll er bei vollen Sinnen sein Urteil entgegennehmen.» Reese zögerte kurz. «Und das ist die zweite Sache. Es kursieren Gerüchte, jemand könnte van Bause heimlich ein Betäubungsmittel zuführen, um ihm seine letzten Stunden zu erleichtern. Das dürfen wir natürlich nicht zulassen, denn eine Milderung ist im Urteil für ihn nicht vorgesehen.»

«Neklas soll also dafür sorgen, dass der Mann bei wachem Verstand hingerichtet wird.»

Reese nickte grimmig. «So ist es, meine Liebe. Wäret Ihr also so gut …»

«Ich sage es ihm.» Adelina blickte den Gewaltrichter aufmerksam an. «Ihr seht krank aus, Herr Reese. Haben Euch die Kräuter keine Linderung verschafft?»

«Leider nicht, Frau Adelina.» Mit dem Ärmel wischte Reese sich den Schweiß aus dem Gesicht.

Sie griff in das Fach unter dem Tresen und holte den Salbentiegel hervor. «Möchtet Ihr die Salbe gleich mitnehmen? Ich hätte sonst meinen Knecht zu Euch geschickt.»

«Danke, das geht schon.» Er nahm den Tiegel entgegen, beäugte ihn kurz und schob ihn dann unter seinen Mantel. Als er sich zur Tür umwandte, schwankte er plötzlich und fluchte leise.

Alarmiert kam Adelina hinter ihrem Tresen hervor und griff nach seinem Arm. «Was ist mit Euch, Herr Reese? Ist Euch schwindlig?»

Da Reese nickte, führte sie ihn zu einem ihrer beiden Hocker, dann rief sie nach Franziska und trug ihr auf, sofort Ludowig hereinzuholen.

«Macht Euch keine Umstände, gute Frau», protestierte Reese matt. «Die Hitze macht mir ein bisschen zu schaffen, das ist alles.»

«Ihr habt Fieber und Schweißausbrüche», erwiderte Adelina. «Damit ist nicht zu spaßen. Möglicherweise hat sich Euer Fuß noch schlimmer entzündet. Ich möchte, dass Ihr Euch von Ludowig helfen lasst. Geht zu Meister Jupp und lasst Euch untersuchen.»

«Ich brauche keinen Knochenflicker!»

Adelina lächelte milde. «Meister Jupp ist ein fähiger Mann. Mein Gemahl ist auf Patientenbesuch noch eine Weile unterwegs. Natürlich könnt Ihr auch warten, bis er wieder hier ist ...»

«Das geht nicht. Ich werde im Rathaus erwartet.»

«Seht Ihr, dann ist Meister Jupp wohl die beste Lösung.» Adelina wandte sich an ihren Knecht, der gerade durch die Hintertür hereinkam. «Ludowig, hilf dem Gewaltrichter Reese, hinüber zu Meister Jupp zu gehen.»

«Ich kann schon alleine aufstehen.» Ungehalten wimmelte Reese Ludowigs ausgestreckte Hand ab. «So ein Aufhebens wegen ein bisschen Gicht.»

Mit gewittriger Miene und leise Verwünschungen murmelnd, humpelte Reese zur Tür hinaus, dicht gefolgt von dem Knecht, der ebenfalls leicht schwankend ging, da sein rechtes Bein etwas kürzer war als das linke.

4

«Schön, schön.» Die alte Ludmilla schnalzte zufrieden und bedeutete Adelina mit einem Handzeichen, dass sie sich wieder anziehen sollte. «Das Kindchen ist schon hübsch gewachsen. Der Größe nach müsste es ein Junge werden. Aber du trägst es ziemlich tief diesmal. Das deutet wiederum eher auf ein Mädchen hin.»

Während Adelina ihr Kleid zuschnürte, kramte die Hebamme in ihrem großen Korb herum. Sie war eine hochgewachsene schlanke Frau, der man die Jahre hauptsächlich an ihrem grauen, mit schlohweißen Strähnen durchzogenen Haar ansah. Ihre Haltung war aufrecht, ihr Gang kraftvoll und ihre Stimme tief und etwas rau. Inzwischen sammelten sich auch immer mehr Falten um ihre Augen und den Mund, dennoch hatte man nicht den Eindruck, es mit einem alten Weiblein zu tun zu haben. Vor einigen Jahren hatte man Ludmilla wegen Mordverdachts ins Gefängnis gesteckt und gefoltert. Nachdem ihre Unschuld erwiesen worden war, hatte Adelina sich ihrer angenommen und sie gepflegt. Es schien, als sei Ludmilla seit dieser Zeit noch einmal aufgeblüht.

Adelina kannte die weise Frau schon sehr lange. Ludmilla hatte seinerzeit bei Vitus' Geburt geholfen und versucht, die Mutter zu retten. Leider war es ihr nicht geglückt, doch Adelina hatte dennoch größtes Vertrauen in ihre Fähigkeiten als Hebamme, sodass sie sich Jahre später in höchster Not vertrauensvoll an sie gewandt hatte. Seither verband die beiden Frauen eine Freundschaft, weshalb Adelina nicht geruht hatte, bis der Mordverdacht gegen Ludmilla ausgeräumt gewesen war.

Selbstverständlich war Ludmilla bei Colins Geburt zugegen gewesen, und auch Adelinas zweites Kind würde mit ihrer Hilfe geboren werden.

«Hier, für den Fall, dass du vorzeitige Wehen bekommen solltest, kannst du dir daraus einen Trank mischen.» Ludmilla hielt Adelina ein mit einer Schnur zusammengebundenes Sträußchen Kräuter hin.

«Vorzeitige Wehen?» Erschrocken blickte Adelina sie an. «Was meinst du damit?»

Beruhigend legte die Alte ihr eine Hand auf den Arm. «Eine reine Vorsichtsmaßnahme, keine Sorge. Wenn ein Kind im Mutterleib so schnell wächst wie das deine, sollte man achtgeben. Ich konnte zwar nur einen Körper ertasten, aber es besteht immerhin die Möglichkeit, dass es Zwillinge werden. Die kommen häufig etwas zu früh zur Welt.»

«Zwillinge? Lieber Himmel.» Adelina starrte sie entgeistert an. «Damit hatte ich nicht gerechnet.»

«Wie auch?» Ludmilla stieß ein keckerndes Lachen aus. «Gott gibt, wie es ihm gefällt. Aber wie schon gesagt, es ist nicht sicher. Vielleicht trägst du nur einen kleinen Nimmersatt unter dem Herzen.» Erneut kramte Ludmilla in ihrem Korb und zog dann einen kleinen Leinenbeutel hervor. «Dies hier habe ich für Franziska mitgebracht. Du weißt schon, die Kräutermischung, mit deren Hilfe man ...» Sie schwieg einen Moment lang bedeutsam. «... der Schlafkammer einen angenehmen Duft verleihen kann.» Sie zwinkerte verschwörerisch, und Adelina verstand.

Ludmilla kannte sich nicht nur mit den üblichen Handgriffen einer Hebamme aus. Sie wusste darüber hinaus auch um viele Kräuter und Mittelchen, mit deren Hilfe man so manches Frauenleiden lindern konnte. Außerdem war sie, wie alle Welt wusste, niemand jedoch beweisen konnte, eine Engelmacherin. Sie hatte schon so mancher Frau geholfen, ein unerwünschtes Kind vor der Zeit aus dem Leib zu treiben. Und sie kannte Mittel, mit deren Hilfe man recht zuverlässig eine Schwangerschaft verhindern konnte. Ein solches nahm Franziska seit einigen Jahren ein, denn sie teilte sich mit Ludowig ein Bett. Die beiden liebten einander innig, konnten jedoch als mittellose Dienstboten schlecht einen eigenen Hausstand gründen. Adelina hätte es zwar akzeptiert, wenn Franziska schwanger geworden wäre, und das Kind in ihren Haushalt aufgenommen. Doch Franziska tat alles, um nicht in diese Situation zu geraten, damit sie nicht allein mit einem unehelichen Kind dastünde, sollte Adelina und ihrer Familie einmal etwas zustoßen.

Selbstverständlich durfte niemand um die geheime Arznei wissen, die Ludmilla ihr gab, deshalb sprachen sie, falls nötig, nur von einer gut duftenden Kräutermischung.

Rasch nahm Adelina das Beutelchen und legte es in eine ihrer Kleidertruhen. «Ich werde es Franziska heute Abend geben», versprach sie. «Hast du übrigens von dem Vorfall im Beinhaus in der Rheingasse gehört?»

Wieder schnalzte Ludmilla, diesmal jedoch missbilligend. «Sicher hab ich davon gehört. Solche Dinge sprechen sich schnell herum. Aber der Klatsch war diesmal langsamer als mein eigen Fleisch und Blut. Thomasius hat mich gestern aufgesucht und mir den Tag verdorben.»

Adelina hatte gerade den Truhendeckel wieder schließen wollen, hielt nun aber verblüfft mitten in der Bewegung inne. «Thomasius war draußen in deiner Waldhütte? Was wollte er?»

Ludmilla schnaubte abfällig. «Na, was schon? Sich aufspielen und mir Scherereien machen, wie immer. Er behauptete tatsächlich, er müsse meine Habseligkeiten untersuchen, weil der dringende Verdacht bestehe, dass ich mich der Schwarzen Künste bediene und aus Kinderknochen absonderliche Mixturen zur Dämonenbeschwörung zubereiten würde.»

Adelina wurde blass. Der Truhendeckel fiel ihr mit einem Krachen aus der Hand. «Das darf doch wohl nicht wahr sein!»

«Genau das habe ich auch zu ihm gesagt.» Grimmig nickte Ludmilla und hängte sich ihren Korb an den Arm. «Dann habe ich ihn gefragt, ob er noch bei Verstand sei. Er sagte, er habe aus sicherer Quelle erfahren, dass Weiber wie ich Kinderknochen für ihre Zaubertränke zu Pulver vermahlen, sich damit einreiben und so allerhand Unheil über die Menschen bringen.» Erbost ging Ludmilla in Adelinas Schlafkammer auf und ab. «Erst da begriff ich, um was es überhaupt ging.» Sie blieb stehen und blickte Adelina einen langen Moment schweigend an. «Natürlich habe ich Thomasius gesagt, was ich von diesen lächerlichen Verdächtigungen halte. Daraufhin behauptete er, man würde mir ganz gewiss auf die Schliche kommen und mir, sollte ich etwas mit dem Knochenraub zu tun haben, die Hütte über dem Kopf anzünden ... er würde höchstpersönlich dafür sorgen, dass ich nicht entkomme und meine Seele zur Hölle fährt.»

Adelina schauderte. «Dein Bruder scheint verrückt geworden zu sein.»

«Das dachte ich zuerst auch», stimmte Ludmilla zu und blieb bei der Tür stehen. «Aber als er fort war, natürlich nicht, ohne mich vorher mit einer ganzen Reihe von Verwünschungen zu überschütten, wurde mir klar, dass er mich hatte warnen wollen.»

Einen Moment lang blickte Adelina die alte Frau fragend an, dann wurden ihre Augen groß. «Du meinst, er weiß, dass man dich verdächtigt und ...»

«... hat beschlossen, dass Blut doch dicker als Wasser ist? So in der Art.» Ludmilla hob die Schultern. «Was genau in seinem Kopf vorgeht, kann ich nicht sagen. Er war mir schon immer ein Rätsel. Aber inzwischen bin ich mir ziemlich sicher, dass er mich warnen wollte, denn auf meinem Weg in die Stadt erfuhr ich zufällig, dass ein paar erzbischöfliche Soldaten nach dem Weg zu mir gefragt haben.»

Entsetzen zeichnete sich auf Adelinas Gesicht ab. «Du meinst, sie sind womöglich in diesem Moment in deiner Hütte und suchen nach den gestohlenen Knochen?»

«Das ist gut möglich.» Ludmilla lächelte bitter. «Sie werden natürlich nichts finden als getrocknete Kräuter und meine spärlichen Vorräte. Es sei denn ...»

Adelina schluckte. «Es sei denn, sie wollen, dass Knochen bei dir gefunden werden.» Sie schlug die Hände vors Gesicht. «O Ludmilla, wie entsetzlich! Was willst du jetzt tun? Ich könnte dir ...»

«Unterschlupf gewähren?» Nun lachte Ludmilla wieder krächzend. «Kindchen, mach dich nicht lächerlich. Ich werde wieder zurückgehen. Wenn ich mich verstecke, sieht das aus, als hätte ich etwas zu verbergen.»

«Aber ...»

«Adelina, ich bin zu alt, um mit dem Schicksal zu hadern. Wenn sie mir etwas anhängen wollen, kann ich nichts dagegen tun. Ich bin mir jedoch ziemlich sicher, dass dem Erzbischof nicht daran gelegen sein kann, eine alte Frau zum Sündenbock zu machen. Nicht in einer solch heiklen Angelegenheit.»

†

Adelina dachte noch eine ganze Weile über Ludmillas Worte nach. Sie hoffte, die alte Frau würde recht behalten. Dass aber Thomasius, der seine Schwester und vor allem deren Lebenswandel aus tiefstem Herzen verabscheute, den weiten Weg vor die Stadttore auf sich genommen hatte, um sie vor den Häschern des Erzbischofs zu warnen, konnte sie fast nicht glauben. Sollte er sich in den letzten drei Jahren tatsächlich so verändert und sich womöglich seines mitfühlenden Herzens erinnert haben?

Während sie überlegte, welche anderen Gründe den Dominikaner noch zu seinem merkwürdigen Verhalten getrieben haben mochten, hörte sie aus dem unteren Stockwerk Franziskas und Magdas aufgeregte Stimmen und dann Colins Protestgeschrei. Erschrocken strich sie ihr Kleid glatt und überprüfte rasch den Sitz ihrer Haube, dann eilte sie die Stiege hinunter, um der Ursache für den Tumult auf den Grund zu gehen.

Der Aufruhr kam aus der Apotheke, die sie wegen Ludmillas Besuch für den Vormittag geschlossen hatte. Die Mädchen hatte sie in Begleitung von Ludowig an den Hafen geschickt, um bei einem Fernhändler die Zutaten für Malerfarben abzuholen, die sie vor einiger Zeit bestellt hatte.

«Ihr könnt hier nicht einfach so hereinplatzen», hörte Adelina Franziska schimpfen. «Der Herr Magister ist heute den ganzen Tag unterwegs und …»

«Er ist also nicht hier?», wurde sie von einer Männerstimme unterbrochen. «Das hätte ich mir ja denken können. Dann holt mir die Meisterin her. Ich habe mit ihr zu reden.»

Adelina blieb überrascht in der Kammer hinter der Apotheke stehen. Die Stimme gehörte unverkennbar Tilmann Greverode, dem Hauptmann der Stadtsoldaten. Ehe sie sich fragen konnte, was er wohl hier zu suchen hatte, wurde die Tür geöffnet, und Magda wäre beinahe gegen sie geprallt. «Ach, Herrin, da seid Ihr ja. Hauptmann Greverode fragt nach Euch. Er …»

«Ich habe es schon gehört», sagte Adelina. «Geh ruhig wieder an deine Arbeit.»

Magda nickte, konnte sich ein abfälliges Schnauben jedoch nicht verkneifen. «Stürmt hier herein wie der Leibhaftige, als hätten wir etwas verbrochen!»

Adelinas Herzschlag beschleunigte sich für einen kurzen Moment, doch sofort hatte sie sich wieder im Griff. Ganz gleich, was Greverode hier wollte, sie war sich keines Vergehens bewusst.

Sie ging in die Apotheke und trat dem Hauptmann entgegen. Er war ein hochgewachsener schlanker Mann mit dunklem Haar, das er zu einem glatten Zopf gebunden trug, einem kantigen Gesicht und kühlen blauen Augen, die sie nun musterten.

Beim Anblick ihres gewölbten Leibes zuckte sein Kinn kurz, und Adelina hatte für einen Moment den Eindruck, er wolle etwas sagen, aber er schwieg.

Ungehalten blickte Adelina auf Franziska, die den schreienden Colin auf dem Arm trug und versuchte, ihn zu beruhigen, und gleichzeitig dem Hauptmann giftige Blicke zuwarf. «Was geht hier vor? Franziska, bring Colin hinaus, sonst schreit er noch den ganzen Marktplatz zusammen.»

Franziska nickte. «Sofort, Herrin. Aber es ist nur recht, dass Colin so schreit. Er wollte mich, glaube ich, vor dem Hauptmann beschützen, weil der so ungehobelt in die Apotheke gepoltert ist, ohne vorher zu fragen.» Wieder traf Greverode ein wütender Blick der Magd. «Der Junge ist zwar erst drei Jahre alt, aber er weiß schon genau die Guten von den Bösen zu unterscheiden.»

«Freches Weib!», zischte Greverode aufgebracht. Dann wandte er sich an Adelina. «Lasst Ihr es etwa zu, dass Euer Gesinde in diesem Ton mit mir spricht?»

Adelina blickte abschätzend zwischen Greverode, Franziska und Colin hin und her. Sie schüttelte den Kopf. «Geh hinaus, Franziska.» Ihr Ton war eine Spur schärfer geworden. Sofort zog sich die junge Magd zurück. Auffordernd blickte Adelina Greverode ins Gesicht. «Nun, weshalb wolltet Ihr mich sprechen?»

«Ich ...» Greverode wandte sich kurz um, und als Adelina seinem Blick folgte, erkannte sie durch die offen stehende Haustür, dass draußen zwei weitere Soldaten warteten. «Wir sind auf der Suche nach einer Frau namens Katharina Schusterin.»

Adelina hob überrascht den Kopf. «Die Frau des Flickschusters, der am Filzengraben seine Werkstatt hat?»

Greverode nickte grimmig. «Ihr wisst also, von wem ich spreche?», fragte er barsch.

«Natürlich. Sie war vergangene Woche bei Meister Jupp, weil sie sich bei einem Sturz verletzt hatte, und da …»

«Sie ist schwanger.»

Adelina verzog die Lippen zu einem schmalen Strich. «Das war unübersehbar, ja.»

«Sie ist seit gestern verschwunden.»

«Verschwunden?»

«Ihr Mann, der Schuster Friedel, behauptet, sie habe Euch Schuhe zurückbringen wollen und sei von diesem Botengang nicht zurückgekehrt.» Abwartend starrte Greverode sie an.

Zögernd nickte Adelina. «Ich gab ihr eine Kräuterarznei gegen ihre Übelkeit. Durch den Sturz und die Hitze an jenem Tag ging es ihr gar nicht gut. Da sie kein Geld bei sich hatte, einigten wir uns darauf, dass ihr Mann anstelle einer Bezahlung zwei Paar Schuhe für mich reparieren sollte.»

«Hat sie Euch die Schuhe zurückgebracht?»

Adelina schüttelte den Kopf. «Ich wusste nicht, dass sie sie mir gestern bringen wollte. Soweit ich weiß, war sie nicht hier.»

«Dann hat sie sich also auf dem Weg vom Filzengraben hierher in Luft aufgelöst, wie?» Greverode musterte sie stirnrunzelnd.

Verärgert kräuselte Adelina die Lippen. «Ich weiß nicht, was ihr geschehen ist. Wenn sie wirklich auf dem Weg hierher war, hat sie bestimmt jemand gesehen.»

Greverode stieß einen höhnischen Laut aus. «Niemand achtet auf das Weib eines Flickschusters.»

Adelina nickte. «War sie etwa ganz alleine unterwegs?»

«Sie kann sich wohl kaum viel Gesinde leisten», knurrte der Hauptmann gereizt.

«Ich kann Euch leider nicht weiterhelfen», sagte Adelina schließlich mit ehrlichem Bedauern. «Frau Katharina war nicht hier, und ich weiß auch nicht, wohin sie verschwunden sein könnte.» Sie kniff die Augen zusammen. «Wie kommt es, dass Soldaten der Stadtwache nach jemandem wie ihr suchen? Ist dafür nicht der Büttel zuständig – wenn überhaupt?»

Greverodes Kinn zuckte erneut, diesmal hatte Adelina den Eindruck, er wollte ihr zustimmen. Doch er tat es nicht, sondern erklärte nur knapp: «Der Schuster Friedel arbeitet für die Dombaustelle. Als sein Weib nicht nach Hause zurückkehrte, hat er sich aus Sorge an den Dombaumeister gewandt.»

«Da hat er einen einflussreichen Fürsprecher.»

«War die Frau seit letzter Woche noch einmal wegen einer Arznei bei Euch?»

«Nein, ich sagte doch ...» Adelina hob die Schultern. «Sie war am Tag nach ihrem Sturz hier, um die Schuhe zu holen. Seither habe ich sie nicht mehr gesehen.»

Der Hauptmann starrte sie einen langen Moment an. Schließlich schien er einzusehen, dass er hier nicht weiterkam, denn er wandte sich zum Gehen. An der Tür drehte er sich erneut um. «Wenn Euch etwas zu Ohren kommen sollte ...»

«In diesem Falle lasse ich es Euch natürlich umgehend wissen, Hauptmann Greverode.» Adelina faltete die Hände vor ihrem Leib. «Ich hoffe, Ihr findet sie bald, und es geht ihr gut», sagte sie in deutlich milderem Ton. «Der Schuster muss außer sich vor Sorge sein.»

Greverode nickte. Sein Blick wanderte noch einmal zu ihrer Leibesmitte und zurück zu ihrem Gesicht. «Gehabt Euch wohl, Frau Adelina», murmelte er.

Verblüfft starrte sie auf die Tür, die mit einem leisen Klacken hinter ihm ins Schloss gefallen war. Sie hörte gedämpft, wie er seinen Männern Anweisungen gab, und dann das sich entfernende Geräusch der Pferdehufe.

†

«Eine ausgemachte Frechheit!», wetterte Meister Winkler, ebenfalls Apotheker, dessen Geschäft nur einige Häuser neben dem von Adelina lag, am selben Abend auf der Versammlung im Gaffelhaus Himmelreich. Sein graumelierter Kinnbart vibrierte vor Aufregung. «Durchsucht haben sie alles! Muss ich mir das etwa bieten lassen? Was habe ich denn damit zu tun, wenn jemand Knochen aus einem Beinhaus stiehlt?» Wild blickte er in die Runde, dann starrte er Adelina an. «Waren sie bei Euch auch schon?»

Adelina schüttelte den Kopf. «Nein, Meister Winkler, bisher nicht. Aber ich verstehe Eure Empörung …»

«Wartet es nur ab, Eure Apotheke werden sie sich auch noch vornehmen», unterbrach er sie wütend. «Eine Unerhörtheit ist das, sage ich. Behandeln uns, als seien wir alle Giftmischer und hätten nichts Besseres zu tun, als obskure Mittelchen aus den Überresten von toten Kindern herzustellen. Ich hätte nicht übel Lust …»

«Bitte mäßigt Euch», sagte der Amtmeister Hirzelin in ruhigem Ton. «Wir alle können Eure Aufregung nachvollziehen, doch der Rat hat nun einmal Anweisung gegeben, die Räumlichkeiten aller Apotheker, Ärzte, Bader und Hebammen durchsuchen zu lassen. Seht es einmal von dieser Seite: Wenn nirgendwo ein Hinweis auf die Knochen gefunden wird, unterstreicht dies Euren guten Leumund.

Ich bitte also alle Anwesenden darum, die städtischen Soldaten und Büttel bei ihrer Arbeit zu unterstützen.» Er ließ seine Worte kurz wirken und rieb sich über das schmale Kinn. «Meister Leuer», wandte er sich an den Zunftmeister zu seiner Linken. «Ich möchte nun Euch das Wort erteilen, denn auf Euren Wunsch wurde diese Versammlung einberufen.»

Der betagte Zunftmeister Leuer erhob sich etwas schwerfällig und blickte aus wachen, forschenden und gutmütigen Augen in die Runde. Dann hob er an: «Auch wenn derzeit solch unerfreuliche Ereignisse unseren leidlich ruhigen Alltag überschatten, gehen unsere täglichen Geschäfte weiter, oder?» Er hielt einen Moment inne und fuhr schließlich fort: «Wie alle Jahre stehen uns im Herbst die Gesellenprüfungen ins Haus. Ich möchte darauf hinweisen, dass alle Lehrlinge, die ihre Prüfung ablegen sollen, bis September bei mir gemeldet werden müssen.»

Leises Gemurmel kam auf. Diese Ankündigung wurde von Meister Leuer mit schöner Regelmäßigkeit wiederholt, obwohl sie jedem einzelnen Zunftmitglied wohlbekannt war. Einige Anwesende scharrten unter dem Tisch ungeduldig mit den Füßen.

Leuer räusperte sich, um sich erneut Gehör zu verschaffen. «Da es in diesem Jahr eine große Anzahl neuer Gesellen geben wird, von denen etliche nach ihrer Prüfung in die Fremde ziehen wollen, werden natürlich auch wieder eine ganze Reihe von Lehrstellen frei.» Er lächelte schmal, als ringsum gehüstelt wurde. «Ich bin sicher, Ihr werten Herrn und Frauen», er blickte jeden einzelnen Mann in der Runde an und nickte zuletzt Adelina zu, «dass Ihr diese Stellen gerne alsbald wieder besetzen möchtet. Es gibt schon einige Anfragen für Lehrstellen im Kaufmannsgewerbe sowie für die Apotheken. Sie wurden selbstverständlich bereits überprüft; die Jungen erfüllen alle samt und sonders die Anforderungen, die die Zunft sowie die Gaffel an Lehrlinge stellen.» Er räusperte sich erneut. «Bis auf …» Er brach ab.

«Bis auf was?», fragte einer der anwesenden Kaufmänner.

Leuer lächelte etwas unsicher. «Eine der Bewerbungen gestaltet sich etwas ungewöhnlich. Es handelt sich um ein Mädchen …»

«Ach herrje, auch das noch.» Der Kaufmann winkte ab. «Das ist nichts für mich. Mit dem Weibsvolk hat man nur Scherereien. Sie machen den Gesellen schöne Augen, und ehe man sich versieht, hat man ein schwangeres Lehrmädchen im Haus. Nein, nein, ohne mich.»

Etwas säuerlich verzog Leuer die Lippen. «Es wäre sehr freundlich, Herr von Lünne, wenn Ihr mich ausreden lassen würdet.»

Der Kaufmann zuckte nur mit den Schultern, woraufhin Leuer weitersprach: «Also, wie ich schon sagte, es handelt sich um ein Mädchen, das zum jetzigen Zeitpunkt gerade vier Jahre alt ist.»

«Vier Jahre?» Amtmeister Hirzelin starrte ihn verblüfft an. «Wer will denn ein Kind in diesem zarten Alter schon in eine Lehre geben?»

«Das will ich Euch erklären», antwortete Leuer geduldig. «Das Mädchen soll nicht sofort eine Lehrstelle erhalten, sondern erst in zwei bis drei Jahren. Der Vater will nur sichergehen, dass zum gegebenen Zeitpunkt auch eine Stelle verfügbar ist. Er hat mir in der Auswahl der Lehrstelle weitgehend freie Hand gelassen …» Sein Blick wanderte in die Runde und blieb schließlich an Adelina hängen. «Da in drei, möglicherweise auch schon zwei Jahren bei Euch, Meisterin Burka, eine Stelle frei werden dürfte, dachte ich an Eure Apotheke.» Er lächelte gewinnend, als er Adelinas überraschte Miene sah. «Eure Mira wird die Gesellenprüfung ganz sicher bestehen, nicht wahr? Ihr erwähntet ja schon oft, wie talentiert sie ist.»

«Das ist sie in der Tat», bestätigte Adelina. «Ich hatte mir nur zum jetzigen Zeitpunkt noch keine Gedanken über einen neuen Lehrling gemacht. Wer ist dieses Mädchen, von dem Ihr sprecht? Wie heißt sie, und woher kommt sie?»

Leuers Lächeln vertiefte sich. «Ihr Name ist Lucardis Greverode. Sie ist die Tochter des Hauptmanns der Stadtsoldaten. Ihre Mutter verstarb kurz nach ihrer Geburt, deshalb wird sie von ihrer Großmutter aufgezogen, denn Hauptmann Greverode … nun ja.» Leuer hüstelte. «Einem Mann kann wohl die Aufzucht eines kleinen Mädchens nicht zugemutet werden. Die Kosten für die gesamte Lehrzeit werden selbstverständlich vom Hauptmann übernommen, darüber hinaus wird das Kind vom kommenden Jahr an von den Nonnen im Lesen und Schreiben unterrichtet …»

Adelina starrte den Zunftmeister sprachlos an und bekam kaum etwas von seinen weiteren Ausführungen mit. Sie sollte die Tochter des Hauptmanns in die Lehre nehmen?

Energisch hob sie die Hand. «Verzeiht, Meister Leuer, dass ich Euch unterbreche. Es ehrt mich, dass Ihr in dieser Sache an mich gedacht habt, doch ich glaube kaum, dass es Tilmann Greverode recht wäre, wenn seine Tochter in meiner Apotheke ausgebildet würde.»

«Aber …» Leuer blickte sie verwirrt an. «Eine Lehre in Eurer Apotheke ist so gut wie jede andere. Besser in diesem Fall sogar, da Ihr eine Frau seid. Ihr wisst, dass es nicht leicht ist, für weibliche Lehrlinge passende Stellen zu finden. Und Ihr habt selbst Kinder …»

«Das ist sicher richtig», bestätigte Adelina. «Jedoch dürfte Euch bereits zu Ohren gekommen sein, dass Hauptmann Greverode und ich in der Vergangenheit mehr als einmal auf höchst unerfreuliche Weise aneinandergeraten sind.»

«Ach ja?» Leuer kratzte sich am Kopf.

«Hat er Euch nicht damals festgenommen, als man Euch fälschlicherweise des Hochverrats bezichtigte?», warf Amtmeister Hirzelin ein. «Ich meine, mich daran zu erinnern.»

«So ist es», sagte Adelina spröde. «Und auch, wenn sich die Angelegenheit rasch aufgeklärt hat, dürfte Hauptmann Greverode nicht begeistert davon sein, seine Tochter ausgerechnet mir anzuvertrauen.» Sie dachte an die schlimmen Geschehnisse, die sich während ihrer Festnehme damals ereignet hatten. Man hatte Franziska vergewaltigt, ihren Vater niedergeschlagen und tödlich verletzt. Greverode war zwar erst später hinzugekommen und hatte die Täter sehr hart bestraft, doch Adelina war sich sicher, dass er ebenso ungern daran erinnert werden wollte wie sie selbst. Ganz zu schweigen davon, dass er ihr mehr als einmal klargemacht hatte, was er von ihr hielt.

Hirzelin nickte verständnisvoll. «In diesem Falle würde auch ich meinen, dass es besser wäre, für das Mädchen einen anderen Lehrmeister zu finden. Denn ich vermute, nicht nur Hauptmann Greverode wird hier Einspruch erheben.» Er blickte Adelina in die Augen. «Es wäre nur allzu verständlich, wenn auch Ihr nicht gewillt wäret, ausgerechnet seine Tochter in Euren Haushalt aufzunehmen.»

Adelina schwieg hierzu, und Hirzelin nickte erneut. «Ich denke, diesen Punkt sollten wir zunächst vertagen. Meister Leuer, ich denke, Ihr solltet uns rasch noch die übrigen Bewerber vorstellen.»

5

Es wurde bereits langsam dunkel, als Adelina in Ludowigs Begleitung den kurzen Weg vom Laurenzplatz zum Alter Markt zurücklegte. Der kräftige Knecht hielt sich dicht neben ihr, denn zu solch später Stunde trieben sich in den Gassen Kölns unzählige zwielichtige Gestalten herum. Schließlich hatten sie die Apotheke erreicht. Adelina schloss gähnend die Haustür auf und blickte sich nach Ludowig um. «Was machst du da?», wollte sie wissen, als sie ihn an dem Tor hantieren sah, das zum Hinterhof führte.

Ludowig drehte sich zu ihr um. «Jemand hat vergessen, das Tor zu verriegeln. Bestimmt wieder Franzi, dieser kleine Dusselkopp.» Er grinste nachsichtig. «Ich geh hintenherum rein, Herrin, und lege den Balken von innen vor.»

Adelina nickte und betrat das Haus. Auch sie verriegelte die Tür sorgfältig und warf dann einen Blick in die Küche. Das Herdfeuer war bereits erloschen, auf dem Tisch stand noch ein Korb mit Brot. Seufzend deckte sie es mit einem Tuch ab und stellte es in das neue Regal, das vor einer Weile das alte, wackelige ersetzt hatte. Wenn sie das Brot auf dem Tisch stehen ließe, würde sich über Nacht mit Sicherheit Fine darüber hermachen.

Als es an der Hintertür klopfte, öffnete sie rasch und ließ Ludowig ein. «Alles erledigt», sagte er leise. «Wir wollen ja schließlich keine Bettler oder Streuner im Hinterhof haben, nicht wahr.» Er unterdrückte ein Gähnen. «Ich würd mich jetzt gern hinlegen, Herrin.»

Adelina nickte. «Aber ja, Ludowig, geh zu Bett. Ich mache noch meine Runde durchs Haus und ziehe mich dann auch zurück.»

Dankbar lächelnd verschwand Ludowig in seiner Kammer. Adelina stieg die Treppe ins Obergeschoss hinauf, wo sie von Moses freudig begrüßt wurde. Schwanzwedelnd begleitete er sie auf ihrem Rundgang durch die Zimmer. Zum Schluss stieg sie aus alter Gewohnheit in die kleine Dachkammer hinauf, die von Griet bewohnt wurde. Leise öffnete sie die Tür und streckte den Kopf in den Raum.

Ihre Stieftochter schlief bereits fest. Sie hatte sich unter ihrer Decke zusammengerollt und eine Faust unter ihre Wange geschoben. Auf dem Tisch neben dem Bett saß ein Püppchen, das Licht einer kleinen Öllampe flackerte – ein Überbleibsel aus Griets erster Zeit hier im Haus. Auch wenn sie mittlerweile ein fröhliches Mädchen geworden war, die Angst vor der Dunkelheit hatte sie bis heute nicht ganz überwunden.

Adelina trat still an das Bett und betrachtete das Gesicht des Mädchens voller Zuneigung. Griet war ihr ans Herz gewachsen wie ihr eigenes Kind. Zärtlich strich sie ihr eine schwarze Haarlocke aus der Stirn und löschte die Flamme der Öllampe.

Sie war gerade am Fuß der schmalen Stiege angelangt, als Moses neben ihr ein leises Knurren ausstieß. Überrascht blickte sie auf den Hund hinab, dessen Nackenhaare sich sträubten. «Was ist denn los?», fragte sie leise.

Moses blickte kurz zu ihr hinauf und knurrte erneut, diesmal deutlich lauter und drohender.

Adelina spürte unwillkürlich eine Gänsehaut auf den Armen. «Lungert jemand draußen vor dem Haus herum? Bestimmt ein Saufbruder oder ein Herumtreiber», sagte sie leise. Sie lauschte angestrengt, doch nur das vertraute Knarren des Hauses war zu hören.

Moses stieß ein raues Bellen aus und stürzte plötzlich an ihr vorbei die Treppe ins Erdgeschoss hinab. Sie hörte ihn an der Hintertür kratzen und wieder knurren.

Rasch stieg sie selbst die Stufen hinab und stieß unten beinahe mit Ludowig zusammen. Sein Oberkörper war nackt, und offenbar war er sehr schnell in seine Hose gestiegen. Verlegen blickte er sie an. «Herrin, was ist denn mit dem Hund los? Soll ich mal nachsehen, ob draußen jemand ist?»

Adelina stimmte zu. «Mach das bitte. Wahrscheinlich hat Moses nur einen verirrten Saufbruder gehört, aber man kann ja nie wissen.»

Ludowig ging an ihr vorbei zur Hintertür und schob den Riegel zurück. Kaum hatte er die Tür einen Spalt weit geöffnet, als der Hund sich auch schon hindurchzwängte und kläffend in den Garten schoss.

«Vielleicht ist da eine fremde Katze», vermutete Ludowig und folgte Moses, in der Hand ein kleines Talglicht, das Franziska ihm gereicht hatte. Die kleine Magd hatte sich fest in ihre Decke gewickelt.

«Wahrscheinlich dieser fette schwarze Kater», sagte sie kichernd und zog sich rasch in ihr Bett zurück.

Adelina wartete, bis Ludowig wieder zurückkam. Achselzuckend betrat er das Haus. «Nichts zu sehen.»

Nun trat Adelina selbst an die Hintertür und versuchte in der Dunkelheit etwas zu erkennen. Irgendwo raschelte es, und sie befürchtete schon, der Hund würde in ihren Gemüsebeeten wühlen. «Moses!», rief sie leise. «Komm herein!»

Sie vernahm einen Laut, der irgendwo zwischen Knurren und Bellen lag. «Moses!», rief sie energischer. «Jetzt ist nicht die Zeit, Katzen oder Ratten zu jagen!»

Schließlich kam der Hund herbei, blickte sich jedoch mehrmals um. Es schien, als gehorche er nur äußerst unwillig. Sie lotste ihn ins Haus und schloss ab, dann ging sie wieder hinauf.

In ihrer Schlafkammer brannte noch ein kleines Licht. Neklas lag bereits im Bett und blinzelte ihr verschlafen entgegen. «Was war denn los?»

Adelina zuckte mit den Schultern. «Ich weiß es nicht. Moses hat irgendetwas gehört, aber im Hof und im Garten war niemand.»

«Vielleicht hat ein Bettler versucht, in den Hof einzudringen», vermutete Neklas gähnend und schloss die Augen wieder. «Wäre ja nicht das erste Mal.»

«Hm.» Adelina schälte sich aus ihrem Kleid und kroch unter ihre Decke. «Wusstest du, dass Tilmann Greverode eine kleine Tochter hat?», fragte sie.

«Wie?» Neklas' Augenlider zuckten leicht.

Sie seufzte. «Ach, nichts.» Rasch löschte sie das Licht, zog die Decke hinauf bis zum Kinn und schloss ebenfalls die Augen.

Sie war schon fast eingeschlafen, als sie meinte, erneut ein wütendes Knurren zu hören. Doch beschwören konnte sie es nicht.

†

Mit stoischer Miene sah Adelina den beiden Bütteln dabei zu, wie sie zuerst ihre Apotheke und dann ihr gesamtes Haus durchsuchten. Meister Winkler hatte mit seiner Prophezeiung recht behalten – auch Jupps Räume sowie das Zimmer, in dem Neklas sich eingerichtet hatte, waren bereits in Augenschein genommen worden.

Auch wenn es sich seitens des Stadtrates um eine reine Vorsichtsmaßnahme handelte, fühlte sich Adelina nicht wohl dabei. Unwillkürlich stiegen die Bilder einer anderen, längst vergangenen Hausdurchsuchung in ihr auf. Damals hatte man Münzen und Edelsteine bei ihr gefunden, die aus Bestechungsgeldern stammten und die man ihr heimlich untergeschoben hatte. Ihre Gedanken wanderten zu Ludmilla. Von ihr hatte sie nichts mehr gehört, allerdings war in der Stadt nichts darüber zu vernehmen, dass man die alte

Frau verhaftet hatte. Adelina hoffte inständig, dass es ihr gutging.

«Was ist das?» Einer der Büttel, ein kleiner schmaler Mann mit für seine Körpergröße außergewöhnlich großen Händen, kam gerade die enge Kellertreppe herauf. Er hatte sich mit dem Namen Hugo bei ihr vorgestellt und sich in Adelinas Vorratsraum sowie dem kleinen Laboratorium umgesehen, das ihr Vater sich dort unten eingerichtet hatte, um seiner Leidenschaft – den alchemistischen Forschungen – nachzugehen. Inzwischen hatte Neklas sich der Apparaturen unten angenommen, denn er experimentierte gerne damit, um, wie er sagte, zu erforschen, wie man unedle Substanzen in edle umwandeln konnte. Das Geheimnis der Transmutation, auch Stein der Weisen genannt, hatte Adelina zeit ihres Lebens eine Menge Nerven gekostet. Ihr Vater war über seine Suche wunderlich geworden, später sogar sehr krank. Neklas sah sich, was giftige Dämpfe und gefährliche Substanzen anging, zwar weit mehr vor, doch argwöhnte sie, dass er – zumindest in der Vergangenheit – einige Versuche durchgeführt hatte, deren Nutzen ihr eher fragwürdig erschien. Er war ein bemerkenswerter Alchemist. Diese Tatsache und einige andere Begebenheiten hatten ihn einst beinahe auf den Scheiterhaufen gebracht.

Nun hob Adelina alarmiert den Kopf, als sie sah, dass Hugo ein teures gläsernes Behältnis in seinen Pranken hielt und es misstrauisch anstarrte.

Dann erkannte sie, um was es sich handelte, und atmete hörbar die Luft aus, die sie unbewusst angehalten hatte. Lächelnd trat sie auf den Büttel zu und nahm ihm sein Fundstück ab. «Seid bitte äußerst vorsichtig damit, guter Mann», sagte sie. «Das sind Haifischzähne.»

«Haifisch...?» Hugo starrte sie verdattert an.

«Mahlt man sie und mischt sie mit ein, zwei anderen Ingredienzien, so erhält man ein mächtiges Heilmittel», erklärte sie in absichtlich hochfahrendem Ton, der ihm zeigen sollte, dass sie wusste, wovon sie sprach. «Man kann sie allerdings auch als Amulett um den Hals tragen», fügte sie leise hinzu. Letzteres hielt sie persönlich für die nützlichere Anwendungsweise, doch das musste der Büttel ja nicht wissen.

«Ihr mahlt die Zähne von Fischen und behauptet, es sei eine Arznei?» Der kleine Mann kratzte sich verwundert am Kopf.

«Nicht ich behaupte es, sondern die Ärzte – manche jedenfalls.»

«Aha.» Schaudernd trat er einen Schritt zurück und blickte sich um. «Michel», rief er nach seinem Begleiter. «Wo steckst du? Unten ist nichts zu finden.»

«Hier auch nicht.» Der Mann, der nun aus der Küche kam, war fast zwei Köpfe größer als Adelina, jedoch ebenfalls sehr dünn. «Nichts, außer das hier.» Er hielt den Eimer in der Hand, in dem Magda die Knochen und Abfälle aus der Küche sammelte. Ohne mit der Wimper zu zucken, griff er hinein und zog einen gesplitterten Knochen hervor. Moses umschwänzelte ihn aufgeregt.

Hugo verzog verärgert das Gesicht. «Na und? Ein Schweineknochen. Was wir suchen, sind Menschenknochen, und zwar welche, an denen keine Fleischreste mehr hängen.»

«Wollt ja nur zeigen, dass hier nichts Ungewöhnliches im Haus ist», brummte Michel gutmütig und warf Moses den Knochen achtlos vor die Füße, bevor Adelina protestieren konnte. Der Hund stürzte sich auf diese unerwartet leichte Beute und schleppte sie sogleich durch die Hintertür hinaus.

Den Eimer stellte Michel in die Küche zurück, aus der Adelina ein leises und offenbar erbostes Zischen ihrer Magd vernahm.

«Jetzt noch oben», befahl Hugo und blickte Adelina auffordernd an. Sie führte die beiden Männer zur Stiege und folgte ihnen ins erste Stockwerk. Sie hasste es, wenn fremde Menschen in ihren Sachen wühlten, da sie es jedoch nicht ändern konnte, wollte sie wenigstens achtgeben, dass die Büttel nicht zu viel Unordnung anrichteten.

Die beiden Männer teilten sich die Räume untereinander auf. Da Hugo Adelinas Schlafkammer betrat, folgte sie ihm zügig, blieb jedoch in der Tür stehen und behielt ihn im Auge. Am anderen Ende des schmalen Ganges begann Michel mit seiner Durchsuchung in der Gästekammer, danach betrat er den Raum, in dem früher Ludowig geschlafen hatte und der jetzt für Colin hergerichtet worden war.

«Aber holla», hörte sie ihn rufen. «Wen haben wir denn da? Du bist aber ein großer Junge, was? Und so eine hübsche Magd!»

Adelina stellten sich unwillkürlich die Nackenhaare auf. Mit wenigen Schritten war sie in der Kammer ihres Sohnes und starrte auf Michel, der Colin angrinste und dabei Franziska, die bei seinem Eintreten von ihrem Hocker aufgesprungen war, anzüglich am Hinterteil tätschelte.

Als Adelina das kurze, aber entsetzte Aufflackern in den Augen der Magd erblickte, sah sie rot. Sie stürzte sich auf den überraschten Michel und zerrte ihn grob aus der Kammer. «Raus hier!» Ihre Stimme zitterte leicht. «Verschwinde sofort aus meinem Haus!»

«He, was ist denn jetzt los?» Michel versuchte sich ihrem Griff zu entwinden und starrte sie an, als habe sie den Verstand verloren. «Ich bin mit der Durchsuchung noch gar nicht fertig. Ihr könnt nicht einfach ...»

«Raus, habe ich gesagt!» Adelina wurde lauter. «Ich dulde das nicht. Verschwinde!» Fast kippte ihre Stimme über.

«Herrin?» Am Fuß der Treppe erschien Magda, im

Schlepptau Moses, an dessen Schnauze noch Reste des Knochens klebten. Er knurrte leise. «Was geht dort oben vor?»

«Ich will, dass dieser Mann sofort mein Haus verlässt.»

«Gute Frau, was ist geschehen?» Hinter Adelina war Hugo aus dem Schlafzimmer getreten und blickte fragend zwischen ihr und Michel hin und her.

Adelina wandte sich ihm zu. «Niemand fasst noch einmal meine Magd an, verstanden? Ich dulde es nicht. Verlasst mein Haus, oder ich lasse Euch von Ludowig hinauswerfen.»

«Herrin, es ist schon gut, ich ...» Franziska zuckte zusammen, als nun sie von Adelinas wildem Blick erfasst wurde.

«O nein, es ist nicht gut. Das mache ich nicht ein weiteres Mal mit.» Wieder packte Adelina Michel am Arm und schob ihn mit aller Kraft zur Treppe. «Ihr auch», fauchte sie Hugo an. «Hinaus mit Euch!»

«Braucht Ihr Hilfe, Herrin?» In der Hintertür tauchte Ludowig auf, der wohl die aufgeregten Stimmen vernommen hatte. «Machen die Kerle Euch Ärger?» Seine Augen verengten sich zu Schlitzen, als er Franziska auf der Treppe sah. «Ich kann sie hinauswerfen, wenn Ihr wollt.»

Adelina schob grimmig das Kinn vor. «Nicht nötig, sie gehen von selbst.» Sie fixierte Hugo. «Jetzt sofort.»

Der Büttel wich ihr aus und schob seinen Kollegen zur Apotheke. «Also gut, Meisterin Burka, wir gehen. Aber die Durchsuchung muss dennoch ...»

«Raus, sage ich!»

†

«Was hast du dir nur dabei gedacht, die Büttel aus dem Haus zu werfen?» Marie saß neben Adelina am Tisch in der Küche und drückte ihre Hand. Ihnen gegenüber saßen Neklas und Jupp und drehten schweigend ihre Trinkbecher zwischen den Fingern. Auch das Gesinde saß mit betretenen Mienen am Tisch. Vitus hingegen hockte auf der Ofenbank und spielte mit Colin, der begeistert auf den Knien seines Onkels ritt und dabei vergnügt kicherte.

Die beiden nahmen die gedrückte Stimmung nicht wahr – Colin, weil er noch zu klein, und Vitus, weil er seinem kleinen Neffen verstandesmäßig kaum überlegen war.

Vitus war ein Simpel, bei seiner Geburt war etwas schiefgegangen, und deshalb besaß er nur den Verstand eines Kleinkindes. Mittlerweile war er ein erwachsener Mann von knapp neunzehn Jahren mit einem hübschen, wenn auch auf einer Seite etwas schiefen Gesicht, auf dem ihm ein dunkler Bart spross, den Adelina ihm regelmäßig stutzte. Sein Haar war so schwarz wie ihres, seine Augen ebenso blau. Obwohl er in den vergangenen Jahren noch einmal erheblich gewachsen und kräftiger geworden war, ging er mit Colin stets so behutsam um wie mit einem winzigen Entenküken – oder seiner Katze Fine.

«Nun werden sie bestimmt erst recht wiederkommen», wiederholte Jupp, was Marie zuvor schon vermutet hatte. «Du weißt, wie empfindlich der Rat reagieren kann.»

«Ich dulde sie nicht in meinem Haus!» Auch jetzt zitterte Adelinas Stimme leicht. «Nicht noch einmal.»

Franziska seufzte leise. «Alles nur, weil der Kerl mir an den Hintern gefasst hat.»

«Nein!» Adelina hob den Kopf und starrte ihre Magd aufgebracht an. «O nein, Franziska. Ich habe genau gesehen, dass du ...» Sie stockte. «Das lasse ich nicht zu.» Sie schluckte.

«So beruhige dich doch!» Besorgt legte Marie ihr einen Arm um die Schultern. «Niemand tut Franziska etwas. Diese Kerle sind nun einmal grob. Das weißt du doch. Aber ich bin sicher, dass sie nicht vorhatten ...»

«Nein?» Adelina verzog bitter die Mundwinkel. «Bestimmt hatten sie damals auch nicht vor, Franziska zu schänden und meinen Vater zu erschlagen. Dennoch ist es geschehen.» Sie schluckte erneut. «Und wenn Mira und Griet hier gewesen wären …»

«Waren sie aber nicht.»

«Wo stecken die Mädchen überhaupt?», wollte Jupp wissen.

Neklas machte eine unbestimmte Bewegung mit dem Kopf. «Ich habe sie nach draußen geschickt, um Rüben und Eier hereinzuholen.» Plötzlich hob er den Kopf und blickte grimmig zur Tür, die einen Spalt weit offen stand. «Aber wie ich die beiden kenne, sind sie nicht weit gekommen. Allerdings will ich nicht hoffen, dass sie lauschen, denn sonst hätten sie eine saftige Abreibung verdient.»

Vor der Tür war ein leises Rascheln zu hören und dann schnelle Schritte, die sich leise entfernten.

Stirnrunzelnd wandte sich Neklas wieder um. «Mir scheint, die Erziehung der beiden lässt derzeit etwas zu wünschen übrig.» Nun ergriff er seinerseits Adelinas Hand. «Wir sollten mit jemandem im Stadtrat sprechen, bevor sie …» Er legte den Kopf auf die Seite, als Moses kurz bellte. «Mit Reese vielleicht. Er könnte …»

«Zu spät», unterbrach Jupp ihn, als Moses in den Flur hinausschoss. Im nächsten Moment pochte es laut an der Haustür.

«Ich gehe schon, Herrin.» Ludwig eilte hinaus, doch Adelina war beinahe ebenso schnell aufgestanden wie er und folgte ihm in die Apotheke.

«Lasst uns ein», hörte sie bereits aus dem Hinterzimmer die Stimme des Hauptmanns.

«Das geht nicht», antwortete Ludwig. «Meine Herrin wünscht, nicht mehr von den Bütteln behelligt zu werden.»

«Wünscht nicht, wünscht nicht. Wir führen nur einen Befehl aus», bellte Greverode aufgebracht. «Gegen einen Beschluss des Rates kann auch sie sich nicht auflehnen.»

«Lass den Hauptmann ein», sagte Adelina ruhig, als sie die Apotheke betrat. «Nur den Hauptmann», setzte sie hinzu, als Ludowig zögernd die Tür freigab.

Greverode trat mit finsterer Miene ein. «Macht Ihr mal wieder Ärger, Meisterin Burka?»

Schützend legte Adelina die Hände auf ihren Bauch, in dem das Kind munter um sich trat. «Ich will keinen Büttel mehr hier haben», sagte sie so gefasst, wie es ihr möglich war. «Auch keinen Eurer rüpelhaften Soldaten. Sie haben in der Vergangenheit genug Schaden angerichtet.»

«Das gibt Euch nicht das Recht ...»

«Es gibt mir jedes Recht», fuhr sie ihn an. «Dieser Mistkerl hat Franziska angefasst. Das dulde ich nicht, also habe ich ihn rausgeworfen.» Ihre Augen verengten sich zu Schlitzen. «Das ist mein Haus.»

Bei ihren Worten war Greverode alle Farbe aus dem Gesicht gewichen. Er knirschte mit den Zähnen. «Was ist hier vorgefallen?»

Adelina starrte ihn an. «Das, was ich gesagt habe. Er hat ...»

«Wer? Michel oder Hugo?»

Adelina erfasste mit Verblüffung den Zorn in Greverodes Augen. «Michel heißt er wohl. Er ...»

«Er hat mir an den Hintern gefasst», sagte Franziska. Die junge Magd war leise in die Apotheke getreten und kam nun vorsichtig näher. Greverodes Blick wandte sich ihr zu. Sie holte tief Luft. «Er, na ja, ich glaube nicht, dass er was Schlimmes wollte. Er hat einfach ...» Sie hob die Schultern. «Ich hab mich erschreckt, und da hat die Herrin ihn und den anderen sofort rausgeschmissen.» Ihr Kinn zuckte leicht nervös. «Es war nicht so wie damals, Ihr wisst schon.

Aber meine Herrin hat schon recht damit, dass sie so was nicht duldet.»

«Danach hat dich keiner gefragt», grollte der Hauptmann. Er wandte sich wieder an Adelina. «Die Haussuchung muss zu Ende geführt werden. Meine Männer ...»

«Nein.» Entschieden schüttelte Adelina den Kopf. «Nicht Eure Männer. Wenn Ihr mein Haus durchsuchen wollt, dann tut es selbst.»

Franziska schnappte erschrocken nach Luft.

Hinter ihnen hüstelte Neklas, doch Adelina wich und wankte nicht. Sie sah an Greverodes Augen, dass es in ihm brodelte, und machte sich bereits darauf gefasst, dass er die Durchsuchung mit Gewalt durchsetzen würde.

Er verzog jedoch nur missgelaunt das Gesicht und nickte schließlich. «Wie Ihr wollt, Meisterin Burka.» Ohne sie weiter zu beachten, durchquerte er die Apotheke und verschwand durch die Tür zum Hinterzimmer.

Neklas hob verblüfft eine Braue – offenbar hatte auch er eine andere Reaktion vom Hauptmann erwartet. Doch er fasste sich rasch wieder. «Ich bleibe in seiner Nähe – vorsorglich», sagte er leise und verschwand ebenfalls.

Adelina stieß zitternd die Luft aus, rieb sich den schmerzenden Rücken und ging langsam zurück in die Küche.

6

«Nimm nicht zu viel davon», mahnte Adelina, die mit Argusaugen jeden Handgriff überwachte, den Mira ausführte. Heute, zwei Tage nach der denkwürdigen Hausdurchsuchung, bei der auch Hauptmann Greverode nichts Belastendes im Hause Burka hatte finden können, hatte sie beschlossen, mit ihren Lehrmädchen eine neue Rezeptur für Konfekt auszuprobieren. Mira war es gewesen, die vorgeschlagen hatte, der klebrig-süßen Zuckermasse etwas von dem Aqua Ardens beizumischen. Adelina war zwar skeptisch, ließ das Mädchen jedoch gewähren. «Wenn du zu viel nimmst, wird das Ganze viel zu scharf – und meine Kunden betrunken, wenn sie davon kosten.»

«Es sind doch bloß ein paar Tropfen», widersprach Mira und stellte die Phiole mit dem Weingeist bedächtig zur Seite. Dann blickte sie sich um. «Griet, hol doch mal das große Brett», bat sie. «Wenn wir kleine Kügelchen drehen, könnten wir sie mit einem Guss überziehen ...» Nachdenklich legte sie die Stirn in Falten. «Meisterin, habt Ihr eigentlich schon einmal Marzipan hergestellt?»

«Nein, bisher noch nicht», antwortete Adelina. «In Köln gibt es meines Wissens derzeit keine Apotheker, die Marzipan selbst herstellen. Aber ich habe welches da. Doctore Bertini verschreibt es seinen Patienten oft gegen Verstopfung und Blähungen.»

Griet kam kichernd mit einem großen Brett aus dem Hinterzimmer. «Das ist aber bestimmt eine teure Arznei, oder?»

«O ja, allerdings.» Adelina nickte. «Mandeln sind teuer, von den seltenen Bittermandeln ganz zu schweigen. Und Rosenwasser ...»

«Rosenwasser stellen wir doch selbst her», rief Mira dazwischen. «Das ist gar nicht schwer. Wenn wir auch selbst Marzipan machen würden, könnten wir versuchen, unser Konfekt damit zu überziehen.»

«Aber Mira.» Schmunzelnd schüttelte Adelina den Kopf. «Unser Konfekt können sich so schon nur sehr reiche Leute leisten. Wenn wir es mit Marzipan überziehen, wer soll es denn dann noch kaufen?»

«Der König», schlug Mira vor, ohne eine Miene zu verziehen. «Oder der Erzbischof. Die reichen Patrizier und Adelsgeschlechter würden es sich schon leisten können.»

«Also, ich weiß nicht.»

«Bitte, Meisterin. Ich würde zu gerne lernen, wie man Marzipan macht!»

«Ich auch, Mutter.»

Adelina blickte überrascht von ihrem Lehrmädchen zu ihrer Stieftochter.

«Ich will doch mal eine gute Apothekerin werden», bekräftigte Mira mit ernster Miene. «Wer weiß, vielleicht werde ich dann einmal für mein Marzipan berühmt. So wie Ihr für Euer Konfekt, Meisterin.»

Schmunzelnd deutete Adelina auf die Masse, die die Mädchen eben angerührt hatten. «Werd erst einmal berühmt darin, diese einfachen Zuckerkugeln hübsch gleichmäßig hinzubekommen. Dann sehen wir weiter.»

«Adelina?» Neklas betrat die Apotheke und blickte sich suchend um. «Hast du mein kleines Messer gesehen? Du weißt schon, das mit der schwarzen Lederscheide und den kleinen Edelsteinen am Griff?»

Adelina schüttelte den Kopf. «Nein, nicht dass ich wüsste. Wozu brauchst du es denn?»

«Ich will es heute Abend mitnehmen.» Auf Adelinas verwunderten Blick hin erklärte er: «Ab morgen bin ich doch für zehn Tage zum Wachdienst an der Ulrepforte eingeteilt.»

«Auch das noch.» Missbilligend verzog Adelina die Lippen. «Geben sie euch dazu nicht Waffen aus dem Blidenhaus?»

«Sicher, aber das Messer ist sehr scharf und angenehm klein. Es lässt sich besser am Gürtel tragen.»

Adelina nickte und überlegte, wo sie das Messer zuletzt gesehen hatte. Erfreut war sie nicht über die Nachricht, dass Neklas zum städtischen Wachdienst gerufen wurde, doch zu ändern war es nicht. Jeder Bürger der Stadt, der über die vollen Bürgerrechte verfügte, musste in regelmäßigen Abständen den Waffendienst leisten oder, wenn er es sich leisten konnte, einen oder mehrere Männer dafür abstellen. Es gab einige reiche Patrizier, die sich von dieser Aufgabe gegen Zahlung hoher Summen freikauften, für Neklas kam dies jedoch nicht in Frage. Er sah sich verpflichtet, den Wachdienst zu übernehmen, wenn er an der Reihe war, und er schickte auch nicht Ludowig an seiner Stelle. Nur einmal hatte der Knecht seinen Posten übernehmen müssen, als Neklas zu einem erkrankten Geistlichen aus dem Gefolge des Erzbischofs gerufen worden war.

«Wo hattest du das Messer denn zuletzt?», fragte Adelina.

Neklas zuckte mit den Schultern. «Auf der Hinrichtung neulich habe ich es bei mir getragen. Ich erinnere mich aber nicht, ob ich es danach noch hatte.»

«Glaubst du, jemand könnte es dir gestohlen haben?»

Neklas brummelte etwas. «Beutelschneider waren an dem Tag wahrscheinlich genug unterwegs. So ein Ärger!» Mit gerunzelter Stirn verließ er die Apotheke wieder, offenbar, um sich erneut auf die Suche zu begeben.

Adelina wandte sich wieder den Mädchen zu und blickte sie auffordernd an. «Nun, ihr beiden? Wollt ihr noch länger Maulaffen feilhalten, oder geht ihr jetzt wieder an eure Arbeit?»

†

Adelina lag in ihrem Bett und starrte hellwach in die Dunkelheit. Draußen ging ein heftiger Regenguss nieder. Normalerweise empfand sie das Rauschen als beruhigend, heute jedoch wollte sich diese Wirkung nicht einstellen. Es war Neklas' zweite Nacht im Wachdienst – am Morgen würde er todmüde heimkehren und dann den halben Tag verschlafen. Sie schalt sich eine dumme Gans, fühlte sich aber trotzdem einsam. Es wollte ihr nicht gelingen, sich auf ihre Aufgaben am morgigen Tag zu konzentrieren, obwohl sogar das Kindlein in ihrem Bauch ausnahmsweise Ruhe gab und zu schlafen schien.

Umständlich versuchte Adelina sich auf die Seite zu drehen, um bequemer zu liegen. Diese Schwangerschaft machte ihr mehr zu schaffen als die letzte. Nicht unbedingt körperlich – mit der zunehmenden Behäbigkeit kam sie ganz gut zurecht. Doch sie fühlte sich neuerdings ständig angegriffen und nervös, nahm sich jedes Wort zu Herzen. Auch ihre heftige Reaktion auf die beiden Büttel schrieb sie dieser neuen Empfindlichkeit zu. Sachte fuhr sie mit den Fingerspitzen über ihren Bauch und meinte, den Kopf des Kindes zu ertasten. Oder war es die Schulter? Und dann musste sie an die Flickschustersgattin Katharina denken. Bisher hatte man sie nicht gefunden, und es stand zu befürchten, dass ihr ein Unglück widerfahren war. Es kam schon hin und wieder vor, dass in Köln Menschen spurlos verschwanden. Nicht selten bedeutete das, dass sie aus Versehen oder Unachtsamkeit in den Rhein gefallen und ertrunken waren. Nur sehr wenige von ihnen fand man stromabwärts wieder, in den Reusen der Fischer oder bei den

Wassermühlen. Doch was hätte Frau Katharina wohl unten am Fluss gewollt, wenn sie eigentlich auf dem Weg zur Apotheke gewesen war, um die reparierten Schuhe zurückzubringen? Das ergab keinen Sinn, es sei denn, sie hatte am Hafen frischen Hering oder Lachs kaufen wollen. Weshalb aber hatte sie das nicht erst auf dem Rückweg erledigt?

Ein leises Knarren riss Adelina aus ihren Gedanken. Im Dunkeln nahm sie eine Bewegung wahr, als Moses, der ebenfalls etwas gehört hatte, aufstand und zur Tür tappte. Sie lauschte und vernahm wieder dieses Knarren. Lief da jemand im Haus herum? Da Moses keinen Laut von sich gab, schien es sich nicht um einen Fremden zu handeln. Doch wer um alles in der Welt schlief um diese Zeit noch nicht?

Leise stand sie auf, streifte ihr Unterkleid über und steckte mit wenigen Handgriffen ihr locker geflochtenes Haar auf. Sie tastete sich im Dunkeln zur Tür und blickte aufmerksam hinaus. Moses drückte sich an ihre Beine und stieß ein leises Schnauben aus. Sie schob ihn sanft beiseite und trat auf den Gang, da sie unter der Tür zu Miras Kammer einen schmalen Lichtschimmer erblickt hatte. Leise ging sie darauf zu und lauschte; aus der Kammer drang nicht ein Laut.

Entschlossen öffnete sie die Tür und trat ein.

Mira stand am Fenster und fuhr erschrocken herum, als sie Adelina hörte. «Meisterin! Was macht Ihr denn hier?»

Adelina blickte sie aufmerksam an. «Das frage ich dich, Mädchen. Es ist fast Mitternacht. Warum schläfst du nicht längst?» Sie musterte ihr Lehrmädchen, das ebenfalls nur ein hellgelbes Unterkleid trug. Der passende hellbraune Surcot mit den hübsch bestickten Ärmeln lag wie achtlos fortgeworfen auf dem Bett.

Als Mira Adelinas missbilligenden Blick auffing, nahm sie rasch das Kleid, schüttelte es aus und hängte es an einen der Haken an der Wand. «Es tut mir leid, Meisterin, wenn ich Euch geweckt habe. Ich konnte nicht einschlafen und hatte gehofft, dass ein bisschen frische Luft mir guttun würde.»

Adelina sah zu dem geöffneten Fensterladen hin, vor dem der Regen noch immer in Strömen zur Erde pladderte. «Gibt es einen Grund für deine Schlaflosigkeit?», wollte sie wissen und machte einen Schritt auf Mira zu.

Das Mädchen nickte, schüttelte jedoch fast gleichzeitig den Kopf. «Nein, Meisterin. Also nicht so richtig. Ich hab …» Sie zögerte. «Bloß nachgedacht.»

«Nachgedacht, aha. Und worüber?»

Fahrig strich Mira über den Stoff des Surcots und vermied es, Adelina in die Augen zu sehen. «Über … über das Marzipan.»

«Das Marzipan?», echote Adelina verständnislos.

«Ja. Über das Konfekt und die Duftöle und so.» Nun hob Mira doch ihren Blick. «Ich habe mich gefragt … Wenn man genug Öle und Konfekt und all das herstellt und verkauft, kann man so viel Geld verdienen, um davon leben zu können, nicht wahr? Auch als Frau. Ihr habt doch vor Eurer Heirat auch für Euch selbst gesorgt.»

Nun trat Adelina einen Schritt näher, sodass sie direkt vor Mira stand. «Das ist richtig. Ich habe die Apotheke für meinen Vater geführt, aber ich hatte zuvor die Gesellenprüfung bestanden. Das Konfekt durfte ich nur verkaufen, weil die Apotheke meinem Vater – einem Apothekermeister – gehörte. Nur Apotheker haben das Recht, Konfekt, Marzipan und all die anderen Dinge herzustellen.»

«Aber ich kann in zwei oder drei Jahren auch die Prüfung machen.»

Adelina legte Mira eine Hand auf den Arm. «Natürlich kannst du das, und du wirst ganz sicher glänzend abschneiden. Aber um Meisterin zu werden, bedarf es viel mehr,

Mira. Diese Prüfung ist nicht einfach, und sie ist vor allem sehr teuer.»

Enttäuscht ließ Mira die Schultern sinken. «Ihr glaubt also nicht, dass ich es jemals schaffen kann, Meisterin zu werden.»

Adelina legte den Kopf auf die Seite und blickte Mira forschend an, dann zog sie sie zum Bett. «Setz dich, Kind. Ich habe nicht gesagt, dass du es niemals schaffen kannst, sondern dir nur klarzumachen versucht, dass es nicht einfach ist. Auch ich konnte mir die Prüfungsgebühren nicht leisten, weißt du. Magister Burka hat sie für mich bezahlt, nachdem wir geheiratet hatten.»

Mira sank noch ein bisschen mehr in sich zusammen. «Was ist, wenn ich keinen Mann finde, der so ist wie Magister Burka?» Sie schluckte. «Ich meine, der versteht, dass ich ... oder wenn ich gar nicht heiraten will? Muss ich dann für immer Gesellin bei Euch bleiben?»

Um Adelinas Mundwinkel zuckte es, doch sie riss sich zusammen. «Gefällt es dir in meiner Apotheke nicht mehr?»

«Nein!», rief Mira erschrocken und schlug sich sogleich die Hand vor den Mund. «Ich meine, doch. Also ... Ihr seid eine gute Lehrmeisterin und alles – wirklich. Also, ich hätte es ja viel schlimmer treffen können, zum Beispiel bei Meister Winkler, der ständig herumnörgelt. Ich bin gern hier, ganz bestimmt.»

Adelina nahm dieses unerwartet heftig vorgetragene Eingeständnis mit einiger Überraschung zur Kenntnis, sagte jedoch nichts dazu, um das Mädchen nicht zu unterbrechen. Doch Mira schwieg und blickte wieder aus dem Fenster. Erst als Adelina sich leise räusperte, wandte das Mädchen ihr wieder das Gesicht zu. «Ich glaube, ich gehe jetzt lieber zu Bett.»

Adelina nickte und stand auf. «Das ist eine gute Idee. Ruh dich aus, dann sieht die Welt morgen wieder viel besser aus.» Langsam ging sie zur Tür und drehte sich dort noch einmal um. Mira hockte noch immer auf der Bettkante und starrte vor sich hin. «Mira?»

Das Mädchen hob den Kopf.

«Wenn du es wirklich willst, kannst du es auch schaffen.»

Mira nickte, doch ihre Miene wirkte nicht sehr überzeugt. «Ja, vielleicht. Meisterin?»

«Hm?»

«Wenn ich die Gesellenprüfung geschafft habe, behaltet Ihr mich dann hier?»

Adelina schmunzelte. «Das hatte ich vor, Mira. Es sei denn, du wirst in der Zwischenzeit von einem schmucken Ritter hoch zu Ross vor diesem grausamen Schicksal errettet.»

Einen Moment lang starrte Mira sie irritiert an, dann verstand sie und kicherte leise. «Gute Nacht, Meisterin.»

«Gute Nacht, Mira.»

7

Angestrengt rieb Adelina sich die Schläfen und bemühte sich, die Übelkeit niederzukämpfen. Seit den frühen Morgenstunden hatte der heftige Regen nachgelassen, doch an seine Stelle war ein beinahe unmenschlicher Gestank getreten, der sich rund um die Häuser der Umgebung festgesetzt hatte. Offenbar war durch den Regen eine der Abortgruben in der Nachbarschaft übergelaufen. Da sich seit Tagen kaum ein Lüftchen regte, hing der Gestank wie eine Dunstglocke über ihnen und drang durch jede Ritze ins Innere des Hauses.

Der Appetit war Adelina bereits gründlich vergangen. Nun fürchtete sie, dass sie die kläglichen Reste des Kräutertranks, den sie zur Beruhigung ihres Magens gebraut hatte, auch nicht lange bei sich behalten würde.

Der Einzige, dem der Gestank nichts auszumachen schien, war Neklas. Wie erwartet, war er nach seinem Wachdienst bleich vor Müdigkeit heimgekehrt, und seither lag er im Bett und schlief tief und fest.

Als die Glöckchen an der Tür einen Besucher ankündigten, erhob sich Adelina schwerfällig von ihrem Hocker.

«Ach, du Ärmste!» Marie eilte besorgt auf sie zu. «Du bist ja ganz bleich! Ich wollte dir nur Bescheid geben, dass ich die Goldgräber über den Markt kommen gesehen habe. Es scheint also, dass die Nachbarn das Missgeschick rasch beseitigen lassen.» Sie seufzte und tätschelte Adelinas Schulter. «So etwas passiert nicht, wenn man die Abortgrube regelmäßig ausfahren lässt. Einer der Goldgräber hat mich darauf aufmerksam gemacht, dass es bald sogar eine Ratsverordnung geben wird, wonach im Sommer alle Gruben mindestens zweimal geleert werden müssen. Ich fand es zwar ungehörig, dass er einfach auf mich zukam, denn mit solchen Männern spricht man ja normalerweise nicht. Andererseits doch recht nett, denn er schlug vor, unsere Gruben zu einem Sonderpreis gleich mitzuleeren, wenn sie schon hier am Markt beschäftigt seien. Ich habe spontan zugesagt, Adelina, und hoffe, du bist damit einverstanden. Die Kosten können wir uns ja teilen.»

Adelina zuckte kläglich mit den Schultern. «Meinetwegen. Wir hätten unsere Grube vermutlich sowieso bald leeren müssen.»

Marie tätschelte mitfühlend ihre Hand. «Hast du es schon mit einem Kräutersud versucht?»

Genervt verdrehte Adelina die Augen, woraufhin Marie leise lachte. «Schon gut. Dann sollten wir vielleicht einen Spaziergang zum Hafen hinunter machen – oder irgendwo anders hin.»

«Ich kann meine Apotheke nicht allein lassen.»

«Mira und Griet sind doch da, oder nicht?»

«Aber …»

«So, wie du im Augenblick aussiehst, wirst du deine Kunden ohnehin vergraulen. Du bist blass wie ein Wiedergänger.»

«Also gut, wenn du meinst. Ich könnte frischen Fisch mitbringen und schauen, ob der Alaun-Händler heute da ist.»

«Eine sehr gute Idee.» Marie strahlte sie an. «Vielleicht könnte Franziska uns begleiten, dann zeigen wir Colin die großen Schiffe am Hafen. Das wird ihm bestimmt gefallen.» Sie zwinkerte Adelina zu. «Ich sage nur rasch Jupp Bescheid, dann treffen wir uns draußen.»

Dankbar blickte Adelina ihrer Freundin nach. Auf den Gedanken, dem Gestank durch einen Spaziergang und Einkäufe zu entkommen, hätte sie auch selbst kommen können. Die Übelkeit und ihre noch immer gedrückte Gemütslage lähmten offenbar ihren Verstand.

Entschlossen, sich nicht mehr länger davon beeinträchtigen zu lassen, ging sie ins Hinterzimmer und erklärte den Mädchen, die dort getrocknete Kräuter sortierten, dass sie für eine oder zwei Stunden fort sein würde. Dann machte sie sich auf die Suche nach Franziska und trug ihr auf, Colin für den Gang zum Hafen feste Schuhe anzuziehen.

Sie selbst überprüfte in dem kleinen Spiegel in ihrer Schlafkammer den Sitz ihrer Haube, holte den großen Korb aus der Vorratskammer und nahm sich schließlich etwas Geld aus der Kassette unter dem Tresen in der Apotheke, das sie in ihrer Geldkatze verstaute.

Sie wollte gerade zur Tür hinaus, als Griet sie zurückhielt. «Mutter, wir sind mit den Kräutern fertig und haben angefangen, das frische Grünzeug, das die Kräuterweiber heute früh gebracht haben, zum Trocknen aufzuhängen. Einiges davon ist aber schon faul, und dann haben wir auch noch eine tote Maus in dem Korb gefunden.»

Adelinas Magen hob sich kurz, und sie schluckte rasch. «Eine tote Maus? Da muss ich wohl ein ernstes Wörtchen mit Eva und Hilka sprechen. Werft die Kräuter allesamt in die Abortgrube.»

«Die ganzen schönen Kräuter?» Griet machte große Augen.

Adelina nickte mit Nachdruck. «Alles, was sich in dem Korb befindet. So ein kleiner Kadaver kann leicht alles verseuchen. Ich will ja schließlich unsere Kunden nicht krank machen.»

«Also gut, Mutter.» Griet ging zurück ins Hinterzimmer, und Adelina hörte noch, wie sie Mira die Anweisung weitergab. Dann trat sie auf die Straße, wo Marie schon auf sie wartete. Franziska kam mit Colin an der Hand durch das Tor zum Hinterhof. Der Junge hüpfte fröhlich auf und ab, und seine schwarzen Locken wippten dazu im Takt. «Spazieren, Mama!», rief er übermütig. «Wohin gehen wir?»

Adelina lächelte ihm zu. «Zum Hafen. Wir kaufen frischen Fisch und Alaun für die Apotheke.»

«A-laun», sagte Colin mit höchster Konzentration, dann lächelte er engelhaft. «Alaun, Alaun! Hafen. Schiffe.»

«O ja, die Schiffe werden wir auch sehen», bestätigte Adelina. «Und die großen Lastkräne, mit denen sie beladen werden.» Die Aussicht auf den kurzen Ausflug hob ihre Stimmung beträchtlich.

Marie lächelte ihr fröhlich zu. «Lasst uns aufbrechen, sonst sind die besten Fische alle schon verkauft.» Einträchtig marschierten die beiden Frauen los. Franziska hob Colin auf ihre Hüfte und folgte ihnen.

Sie waren erst wenige Schritte weit gekommen, als plötzlich der entsetzte Schrei eines Kindes die feuchtstickige Luft zerriss.

Die drei Frauen sahen einander erschrocken an.

«Das kam aus dem Hof!» Franziska eilte zurück zum Tor und stieß es auf. Marie und Adelina folgten ihr.

«Um Himmels willen, Griet, was ist geschehen?» Adelina packte ihre Stieftochter an den Schultern, die kalkweiß und mit weit aufgerissenen Augen vor der runden Öffnung der Abortgrube stand. Den schweren Deckel hatte sie mit Hilfe einer Eisenstange geöffnet, die zu diesem Zweck stets in der Nähe lag. «Was machst du überhaupt hier? Du kannst doch den Abfall viel leichter in den Abort …»

«Adelina!» Marie war nun selbst nah an die Grubenöffnung herangetreten und rang entsetzt nach Atem. «Heilige Muttergottes, steh uns bei!», stammelte sie und deutete mit zitternder Hand in das Loch.

Adelina ließ Griet los und trat vorsichtig näher. Beim Anblick des aufgedunsenen und zerfressenen Gesichts wich alles Gefühl aus ihren Gliedern.

†

«Jeder hätte die Leiche in unserer Abortgrube versenken können», argumentierte Neklas.

Der Vogt, Bartold Scherfgin, ein Mann mit schütterem rotblondem Haar, vorstehendem Wanst und Doppelkinn, blickte höhnisch auf ihn herab. «Aber nicht jeder hätte sie vorher aufgeschnitten, Herr Magister.»

«Auch das habe ich nicht getan.»

«Ach, ganz sicher nicht? Und wie erklärt Ihr Euch den Fund dieser Messerscheide?» Mit spitzen Fingern nahm der Vogt die arg lädierte Lederscheide vom Küchentisch auf und hielt sie Neklas unter die Nase. «Eure Gemahlin hat sie als die Eure erkannt, Herr Magister.» Scherfgin deutete auf die winzigen Edelsteine, die den Rand der Scheide zierten. «Ich bin mir sicher, dass wir auch das passende Messer dazu finden werden.» Nun wurde sein Ton schärfer. «Was habt Ihr mit der armen Frau gemacht? Werden die Goldgräber ihr totes Kindlein auch noch aus der Grube herausholen, wenn sie mit dem Leeren fertig sind?»

Neklas wurde sichtlich blass, bemühte sich jedoch, ruhig zu bleiben. «Ihr irrt Euch, Herr Vogt. Ich habe nichts mit dem Mord zu tun. Ich kannte die Tote nicht und habe ihr auch nichts angetan.»

«Wie verstockt Ihr seid, obwohl alle Beweise gegen Euch sprechen.»

«Herr Vogt, so glaubt uns doch!», mischte sich Adelina ein, die das Verhör in ihrer Küche mit wachsendem Entsetzen verfolgte. Nachdem sie die Büttel und den Vogt über ihren Leichenfund benachrichtigt hatten, hatte es nicht lange gedauert, bis die Männer eingetroffen waren. Ohne Hilfe der Goldgräber war es aber nicht möglich, die tote Frau aus der Grube zu bergen – seither waren die Gehilfen des Henkers dabei, die Abortgrube bis auf den Grund zu leeren. Vor dem Haus drängten sich unzählige Schaulustige vom Marktplatz, Nachbarn und Freunde der Familie. Meister Jupp hatte sich mit seinen Gesellen vor der Apothekentür postiert, um zu verhindern, dass jemand versuchte einzudringen. Marie, Franziska und Magda kümmerten sich um die Mädchen, Colin und Vitus.

«Aus welchem Grund sollte mein Gemahl denn Frau Katharina umbringen, ihr das Kind aus dem Leib schneiden und sie dann in unserer Abortgrube versenken? Das ergibt doch überhaupt keinen Sinn.»

«Ihr haltet Euch da heraus, Weib», fuhr der Vogt sie an. «Lasst Euch gesagt sein, dass für mich noch lange nicht feststeht, ob Ihr nicht auch an der Sache beteiligt seid. Glaubt nicht, ich wüsste nicht um die Machenschaften Eures sauberen Herrn Gemahls.»

«Machenschaften?»

«Denkt Ihr, ich wäre nicht darüber informiert, dass er schon mehrfach die Leiber von Verstorbenen geöffnet hat? Dass der Rat und – Gott bewahre – sogar der Erzbischof ihm die Erlaubnis dazu gegeben hat?» Er beugte sich über Neklas und starrte ihn an. «Vielleicht war sie ja schon tot, und Ihr wolltet nur herausfinden, wodurch sie zu Tode gekommen ist. Oder habt Ihr sie heimlich hierher verschleppt, ihr den Hals umgedreht und sie für Eure gottlosen Experimente missbraucht?»

«Ich habe nichts dergleichen getan.»

«Das werden wir herausfinden», knurrte Scherfgin und gab einem der Büttel, die ihn begleitet hatten, ein Zeichen, Neklas Handschellen anzulegen.

«Was tut Ihr da?», rief Adelina und wollte den Mann abhalten, doch er schob sie grob beiseite.

«Wir nehmen Magister Burka mit», erklärte der Vogt herablassend. «Er wird zu Turme gebracht und dort verbleiben, bis der Prozess gegen ihn beginnt.»

«Der Prozess?» Adelina schüttelte verzweifelt den Kopf. «Aber er hat nichts getan.»

«Das hier», nun hielt Scherfgin ihr die Lederscheide vors Gesicht, «ist mir erst einmal Beweis genug, dass Ihr unrecht habt. Sobald das Messer gefunden ist, werdet auch Ihr es einsehen.» Er nickte dem Büttel zu. «Bringt ihn in die Kunibertsturg. Und Ihr ...» Erneut wandte er sich an Adelina. «Ihr steht unter Beobachtung. Vom heutigen Tag an werden zwei Stadtsoldaten Euch und Eure Familie bewachen. Ihr verlasst dieses Haus nicht, es sei denn in ihrer Begleitung.» Er winkte einen weiteren seiner Gehilfen heran. «Ich will über jeden Schritt, den die Meisterin tut, unterrichtet werden. Und über jeden Atemzug, den jemand aus ihrem Haushalt tut.»

«Nicht!» Adelina stürzte zu Neklas, als der Büttel ihn unsanft von der Bank hochzog und hinausführen wollte. «Das dürft Ihr nicht tun!»

Wieder schob der Büttel sie grob zur Seite, sodass sie beinahe gestürzt wäre. «Ihr behindert unsere Arbeit, Weib.»

«Rühr sie nicht an», fauchte Neklas und wollte Adelina helfen, die sich gerade noch an der Tischkante gefangen hatte. Hilflos zerrte er an seinen Handfesseln.

«Hinaus mit ihm!» Scherfgin wandte sich ab, ohne weiter auf Adelinas Protest zu achten. Der zweite Büttel hielt sie unsanft fest, bis die Männer mit Neklas das Haus verlassen hatten. Von ferne hörte sie den Tumult vor der Apotheke. Die Menschen schrien wild durcheinander; sie meinte auch Meister Jupps Stimme herauszuhören, der nach einer Erklärung verlangte. Im nächsten Moment stürzte Marie in die Küche und zog sie in die Arme. «O Adelina, wie entsetzlich. Was ist denn geschehen? Warum haben sie Neklas mitgenommen? Ich dachte, ich sehe nicht recht, als sie ihn abführten.»

«Der Vogt behauptet, Neklas habe die Frau in unserer Grube versenkt, weil er sie vorher aufgeschnitten und ... Gott, das darf alles nicht wahr sein», antwortete Adelina dumpf an Maries Schulter. Ihr Herz raste und pochte schmerzhaft in ihrer Brust.

Sanft schob Marie sie ein Stückchen von sich. «Neklas soll das getan haben? Wie kommt der Vogt denn darauf, um Himmels willen? Das ist doch absurd!»

Adelina spürte, wie sich ein Zittern in ihrem Körper ausbreitete. Hastig fasste sie nach Maries Arm und ließ sich mit ihrer Hilfe auf die Ofenbank sinken. «Er … Die Goldgräber haben Neklas' Messerscheide in der Grube gefunden.» Sie schloss ihre Augen. «Der Vogt lässt die Grube jetzt bis auf den Grund leeren, weil er das Messer auch noch finden will. Er sagt, das sei der Beweis, dass Neklas die Frau damit aufgeschnitten habe.»

«Aufgeschnitten?»

«Man hat ihr das Kind aus dem Leib geschnitten.»

«Heilige Muttergottes!» Marie bekreuzigte sich. «Aber Neklas hat das nicht getan. Warum auch? Das ist doch alles an den Haaren herbeigezogen.»

Unglücklich schlug Adelina die Hände vors Gesicht. «Du weißt, dass Neklas schon einige Leichensektionen durchgeführt hat.»

«Ja und? Das geschah immer auf Anordnung der Schöffen oder sogar des Erzbischofs.» Verständnislos blickte Marie sie an. «Was hat das mit dieser Unglückseligen zu tun?»

Mit hängenden Schultern starrte Adelina ins Leere. «Für den Vogt reicht das. Er glaubt, Neklas habe die Frau für Experimente benutzt.»

«So ein Unsinn!»

«Aber höchst gefährlicher Unsinn», kam Meister Jupps Stimme von der Küchentür her. Er trat ein und schloss die Tür sorgsam hinter sich. «Ich habe die Mädchen mit Vitus und Colin nach nebenan geschickt. Gottlob können sie durch die oberen Zimmer gehen. Draußen hat sich ein wütender Mob versammelt. Es wäre höchst unklug, jetzt da hinauszugehen.»

«Aber wir haben doch gar nichts getan.» Adelina schluckte an dem Kloß in ihrer Kehle.

«Ich habe auch nicht behauptet, dass die Leute da draußen gegen euch sind», sagte Jupp ruhig.

Sie hob den Kopf und blickte in sein ernstes Gesicht. «Wie ist diese Leiche in eure Abortgrube gelangt?»

Sie schluckte erneut. «Ich weiß es nicht.»

«Und das Messer?»

Sie hob kläglich die Schultern. «Neklas hat es neulich gesucht. Wir glaubten schon, man habe es ihm gestohlen.»

«Gestohlen?»

«Auf der Hinrichtung dieses Patriziers … van Bause», setzte sie hinzu, als sie sich an den Namen erinnerte. «Neklas musste dort anwesend sein, weil …»

«Ich erinnere mich.»

«Was sollen wir jetzt tun?», fragte Marie, die sich neben Adelina niederließ und ihr den Arm um die Schultern legte. «Wir müssen Neklas helfen. Er ist unschuldig!»

Als Jupp nichts darauf antwortete, starrte sie ihn an. «Was ist los, Jupp? Er ist dein Freund!»

«Das ist er», knurrte Jupp ungehalten und blickte sie finster an. «Das ist er wahrhaftig. Ich hab ihm weiß Gott mehr als einmal den Hals gerettet. Aber das hier …»

«Was soll das heißen?» Nun starrte auch Adelina ihn an.

Er blickte besorgt zurück. «Adelina, du weißt selbst, wie es um seine Vergangenheit bestellt ist. Wenn sie nur den zehnten Teil davon herausfinden – und das werden sie –, ist er verloren.»

«Nein!»

«Er war wegen Ketzerei, heimlicher Leichensektionen und Giftmischerei angeklagt.»

«Mir hat er erzählt, dass das alles nur geschehen

ist, weil sie hinter seinem alchemistischen Wissen her waren.»

Jupp sah sie ausdruckslos an. «Sicher war es so, aber glaubst du, das steht in den Gerichtsakten?»

Adelina wurde blass. Sie erinnerte sich, dass Neklas ihr erzählt hatte, bei seiner Ankunft in Köln vor fast fünf Jahren habe ein Legat des Erzbischofs ihn höchstpersönlich empfangen, um ihm klarzumachen, dass er unter Beobachtung stünde.

Jupp ließ sich auf ihrer anderen Seite nieder und nahm ihre schmale Hand zwischen seine riesigen Pranken. Sein wie immer sauber gestutzter Vollbart zitterte leicht. «Adelina, ich fürchte, dieses Mal hat er ein richtiges Problem.»

Einen langen Moment war es totenstill in der Küche. Dann jedoch entzog Adelina Jupp mit einem heftigen Ruck ihre Hand und stand auf. Verzweiflung und Entschlossenheit zeichneten sich gleichermaßen auf ihrem Gesicht ab, als sie begann, auf und ab zu gehen. Schließlich blieb sie stehen und sah ihre beiden guten Freunde mit glühenden Augen an. «Es ist mir gleich, wie schlimm es steht. Neklas ist mein Mann. Ich lasse nicht zu, dass er unschuldig verurteilt wird. Ich weiß, dass er in der Vergangenheit Dinge getan hat, die ...» Sie machte eine unbestimmte Geste mit der Hand. «Aber er hat diese Frau nicht umgebracht. Und das werde ich beweisen.»

8

«Halt! Wohin wollt Ihr?» Der junge Soldat, den man ihr als Wolfram Stache vorgestellt hatte, stellte sich Adelina an der Hintertür in den Weg. Er war größer als sie und auch wesentlich kräftiger. Sein jungenhaftes Gesicht mit den ungebärdigen blonden Haaren ließ jedoch darauf schließen, dass er jünger als sie war. Dennoch wirkte er entschlossen.

Sie blickte ihn finster an. «Ich gehe hinaus in den Hof, um zu sehen, wie weit die Goldgräber sind.»

«Ihr braucht das nicht zu tun, Meisterin Burka. Die melden sich schon, wenn sie fertig sind.»

Adelina kniff nur die Lippen zusammen und drängte sich an ihm vorbei nach draußen. Der Soldat fluchte leise und folgte ihr auf dem Fuße.

Der Gestank, der Adelina entgegenschlug, war um einiges schlimmer als am Morgen. Vorsorglich hatte sie sich einen Ambra-Apfel aus ihrer Apotheke geholt, den sie nun dicht vor die Nase hielt. Der herbe Kräuterduft, der dem getränkten Schwamm in dem kugelförmigen, mit unzähligen kleinen Löchern versehenen hölzernen Behälter entströmte, nahm kurz den Kampf mit dem Gestank auf, verlor ihn jedoch, als sie näher an die Abortgrube herantrat. Sie blieb in sicherer Entfernung stehen, denn sie wollte nicht riskieren, von der stinkenden Brühe getroffen zu werden, die die Männer des Henkers Eimer für Eimer heraufzogen und in den riesigen Kübel leerten, der auf einem niedrigen Karren festgezurrt war. Jedes Mal, wenn der Kübel voll war, schob einer der Goldgräber den Karren fort, und wenig später tauchte ein anderer Mann mit einem neuen Karren im Hoftor auf.

«Bleibt zurück, gute Frau», rief der Knecht, der mit dem Eimer und einer langen Stange hantierte. Adelina beobachtete ihn eine Weile aus sicherer Entfernung. Nicht nur wegen des Drecks verbot es sich, weiter vorzugehen, sie musste auch von den Männern Abstand halten, die in ihrer Funktion als Abortkehrer allesamt zu den unehrlichen Leuten zählten. Schon eine Berührung mit ihnen konnte auch sie unehrlich werden lassen.

Der Knecht stocherte mit der langen Holzstange in der Grube herum und zog sie dann heraus. Erst da erkannte Adelina, dass an der Stange unten eine Querstrebe befestigt war, mit der wohl der Boden der Grube abgekratzt wurde.

«Schluss für heute», rief der Mann seinen Helfern zu. «Da unten ist nichts mehr.» Er nahm einen Kienspan vom Karren und entzündete ihn. Prüfend leuchtete er in die Grube, und Adelina war versucht, doch näher zu treten. Sie hielt sich aber zurück, als der Goldgräber kopfschüttelnd um die Grubenöffnung herumlief und nach allen Richtungen hineinsah. «Leer», rief er. «Hier sind wir fertig.» Er löschte den Kienspan wieder und ließ den Deckel auf die Öffnung knallen. Dann nickte er Adelina zu. «Wir gehen jetzt, Meisterin Burka.»

Da sie in seinen Augen einen Funken Mitleid zu erkennen glaubte, trat sie einen halben Schritt auf ihn zu. Sie wusste, dass selbst das Ansprechen der Männer verpönt war. «Habt Ihr das Messer gefunden?»

Der Mann wischte sich mit dem Handrücken den Schweiß von der Stirn. «Nur Scheißdreck, gute Frau. Von Messern keine Spur.» Er gab den anderen Goldgräbern ein Zeichen und ging ihnen voraus durch das Tor.

«Ihr solltet mit diesen Kerlen nicht sprechen», mahnte der Soldat. «Geht wieder hinein, Meisterin Burka.»

Gereizt drehte sie sich zu ihm um. «Sagt Ihr mir nicht,

was ich zu tun oder zu lassen habe. Dies sind mein Haus und mein Hof.»

«Aber Ihr steht unter Beobachtung.»

Sie funkelte ihn an. «Dann tut das. Beobachtet – und haltet den Mund.»

†

Völlig übermüdet saß Adelina am folgenden Morgen in ihrer Apotheke. Obwohl sie sie nicht öffnen durfte, empfand sie die vertrauten Regale voller Arzneibehälter und den scharfen, leicht metallischen Kräutergeruch als tröstlich. Wolfram Stache stand neben der Tür und schwieg. Ein weiterer Soldat mit Namen Cunrad bewachte die Mädchen und das Gesinde, die sich in der Küche aufhielten.

Es regnete wieder. Die bleigrauen, tief hängenden Wolken machten den Vormittag so finster, dass er vollkommen Adelinas Stimmung entsprach. Noch am Vorabend war Meister Jupp, der mit seiner Familie glücklicherweise nicht bewacht wurde, zum Rathaus gegangen und hatte nach Georg Reese gefragt. Dieser war aber offenbar auswärts unterwegs, und sonst wusste Adelina niemanden im Rat oder unter den Schöffen, den sie um Hilfe bitten konnte. Sie wollte zu Neklas in die Kunibertstorburg gehen, doch Meister Jupp hatte in Erfahrung gebracht, dass Besuche derzeit nicht gestattet waren.

Während sie darüber grübelte, wie es weitergehen sollte, klopfte es laut an der Haustür. Ehe sie aufstehen konnte, hatte Stache bereits geöffnet. «Herr Reese», begrüßte er den Gewaltrichter und machte einen Schritt zur Seite. «Tretet ein.»

Georg Reese schüttelte seinen nassen Mantel aus. Adelina eilte zu ihm und wollte ihm das Kleidungsstück abnehmen, um es an der Ecke eines der Regale aufzuhängen.

«Herr Reese, ich bin so froh, dass Ihr da seid», begann sie, hielt jedoch inne, als er mit ernster Miene die Hand hob.

«Frau Adelina, es tut mir leid, aber ich bin hier, um Euch mitzuteilen, dass Ihr im Schöffensaal des Rathauses erwartet werdet. Draußen steht Hauptmann Greverode, um Euch dorthin zu begleiten.»

«Aber wozu?» Adelina blickte den Gewaltrichter beunruhigt an. «Was soll ich dort?»

«Ihr müsst Eure Aussage machen», erklärte Reese, und es war deutlich zu erkennen, dass ihm nicht wohl in seiner Haut war. «Um festzustellen, ob Ihr etwas mit der Toten zu tun habt oder ob Euer Gemahl allein zur Verantwortung gezogen werden muss.»

«Er hat nichts getan!», begehrte sie auf. «Warum nur denkt alle Welt, er habe die Frau umgebracht?» Sie starrte in Reeses verschlossenes Gesicht. «Glaubt Ihr das etwa auch?»

«Ich glaube gar nichts», erwiderte er. «Mir wurde die Befugnis entzogen, diesen Fall aufzuklären. Der Vogt ist zuständig und hat verfügt, dass mir alle richterlichen Rechte in dieser Sache genommen werden, weil ich in der Vergangenheit häufig Kontakt mit Eurer Familie gepflegt habe.»

«Das darf nicht wahr sein!» Verzagt schlug sie die Hände vors Gesicht.

Reese schwieg einen Moment, dann trat er näher und legte ihr unbeholfen eine Hand auf den Arm. «Ich kann Euch nicht helfen, Frau Adelina. Ich darf es nicht.»

†

«Neklas ... Mein Gemahl ... Magister Burka ist unschuldig», sagte Adelina zu Bartold Scherfgin, der sie in Anwesenheit des fast vollzählig erschienenen Schöffenkollegs zu den Ereignissen des Vortages befragte. «Niemals würde er eine

Frau umbringen, um irgendwelche Experimente an ihr durchzuführen.» Sie drehte sich zu den Schöffen um. «Ihr kennt ihn doch! Er arbeitet schon seit Jahren als städtischer Medicus und hat …»

«… bereits mehrfach Leichen seziert, und das nicht selten unter äußerst denkwürdigen Umständen», unterbrach Scherfgin sie.

«Aber es geschah mit Zustimmung der Schöffen und des Erzbischofs.»

«In den Fällen, die uns bisher bekannt waren.» Der Vogt verzog verstimmt die Lippen. «Vielleicht wisst Ihr ja gar nicht, dass Euer Gemahl anno 1394 in einem Prozess wegen Ketzerei der unerlaubten Leichenöffnung und der Giftmischerei angeklagt war? Und dass er unter nicht vollständig geklärten Umständen seiner gerechten Strafe entkommen konnte?»

Entsetzt starrte Adelina ihn an und spürte, wie die Farbe aus ihrem Gesicht wich.

Zufrieden lächelnd beugte sich Scherfgin ein Stückchen vor. «Ich sehe, Ihr wisst es doch.» Bedächtig rieb er sich das glattrasierte Kinn. «Es zu leugnen, wäre auch äußerst unklug, denn es gibt einen Zeugen.»

«Zeugen?» Adelina spürte, wie sich ihre Kehle verengte.

Scherfgin gab einem Gerichtsdiener, der neben der Saaltür stand, ein Zeichen. «Holt ihn herein.»

Für einen Moment schloss Adelina die Augen, als sie das blendende Weiß des Dominikanerhabits erkannte. Doch sogleich öffnete sie sie wieder und bemühte sich um Haltung. «Bruder Thomasius.»

Der hagere Mönch mit der langen Hakennase erwiderte ihren Blick ausdruckslos. «Meisterin Burka.» Er verschränkte die Hände in den Ärmeln des Habits. «Hatte ich Euch nicht gewarnt, dass wir uns eines Tages auf diese Weise wiedersehen würden?» In seiner Stimme klang der übliche selbstgefällige Ton mit, den Adelina zu fürchten gelernt hatte.

Auch wenn sie sich aufrecht hielt, hatte sie das Gefühl, dass ihre Kräfte sie alsbald verlassen würden. Finster erwiderte sie seinen Blick. «Warum hasst Ihr Neklas so?», fragte sie. «Er hat Euch nie etwas zuleide getan.»

Thomasius hob die Augenbrauen und lächelte dünn. «Meine Tochter, ich hasse Magister Burka keineswegs. Der Herr spricht: ‹Liebe deinen Nächsten.› Nichts anderes tue auch ich. Doch ein verirrtes Schaf, das vom Wege abgekommen ist, muss auf den rechten Weg zurückgeführt werden. Eine Zeitlang sah es so aus, als habe er sich geläutert, aber nun scheint es, als sei er wieder rückfällig geworden.»

«Rückfällig?» Adelinas Stimme kippte beinahe über.

Thomasius wandte sich an die Schöffen und den Vogt. «Ihr guten Männer, wie ich heute früh schon einmal ausgesagt habe, besitze ich genaue Kenntnisse über die Verfehlungen des Magisters Neklas Burka. Diese werde ich im Prozess selbstverständlich zu Protokoll geben. Ich beobachte Magister Burka schon, seit er in Köln lebt, und musste mit Bedauern feststellen, dass es nur eine Frage der Zeit war, bis er hier in dieselben Untaten verfiel wie einst in Italien.»

Der Vogt nickte interessiert. «So sagt uns denn, Herr Inquisitor, woher genau Ihr den Herrn Magister kennt.»

«Inquisitor?» Adelina zuckte zusammen und riss die Augen auf.

Scherfgin warf ihr einen strafenden Blick zu. «Bruder Thomasius ist ein Mitglied der Heiligen Römischen Inquisition», erklärte er, sowohl an sie als auch an die Schöffen gewandt, für die diese Information offenbar ebenfalls neu war. «Obgleich es sich im vorliegenden Falle nicht um ein kirchenrechtliches Vergehen handelt, sondern um ein durch und durch weltliches, sind wir froh, dass er uns mit seinem Rat und Wissen zur Seite stehen wird.»

«Ihr seid Inquisitor?» Fassungslos starrte Adelina Thomasius an, der jedoch nicht darauf reagierte, sondern so tat, als habe er sie nicht gehört.

Stattdessen antwortete er auf Scherfgins vorherige Frage: «Ich war Mitankläger im damaligen Prozess gegen Magister Burka. Dass er nicht verurteilt wurde, verdankt er der unglückseligen Fügung, dass einige Zeugen ihre Aussagen ganz plötzlich widerriefen und ein paar sehr angesehene Personen sich für ihn in einer Weise einsetzten, die mich heute noch staunen lässt.» Er hielt einen Moment inne. «Da mir die ganze Sache äußerst suspekt war, machte ich es mir zur Aufgabe, Neklas Burka ausfindig zu machen – denn er verschwand spurlos – und ihn fortan im Auge zu behalten. Zum Glück, wie sich nun ja herausgestellt hat.»

«Ihr abscheulicher Mistkerl!», zischte Adelina. Sie war den Tränen nahe. Seine nächsten Worte ließen ihr das Blut in den Adern gefrieren.

«Ich habe Meisterin Burka davor gewarnt, sich mit einem Ketzer einzulassen, doch sie war verstockt, wollte nicht hören. Verständlich vielleicht, denn Burka wirkt wohl auf das weibliche Auge recht anziehend, und man kann ihm eine gewisse Geschliffenheit in seinen Umgangsformen ganz sicher nicht absprechen. Es mag bedauerlich für ihren Sohn sein und auch für das Kind, welches sie unter dem Herzen trägt, wenn beide vaterlos aufwachsen müssen. Doch halte ich eine rasche Verurteilung des Magisters für den besten Weg, seine ketzerischen Gedanken auszurotten, bevor sie andernorts auf möglicherweise fruchtbaren Boden fallen. Die Meisterin wird mir darin beipflichten, wenn sie erst eingesehen hat, dass sie einem vom Gottseibeiuns verführten und unbelehrbaren Dämon Tür und Bett geöffnet hat.»

«Ihr Schwein!» Adelina stürzte sich in blinder Wut auf Thomasius und schlug ihm ins Gesicht. Sogleich waren jedoch zwei Büttel bei ihr und zerrten sie von dem Dominikaner fort. Unter den Schöffen kam erregtes Gemurmel auf.

«Meisterin Burka, was soll das?», fuhr Scherfgin sie an. «Wollt Ihr, dass wir Euch in Ketten legen?» Dann blickte er zu dem Dominikaner hin, der sicherheitshalber ein paar Schritte rückwärts gemacht hatte und Adelina verärgert im Auge behielt. «Bruder Thomasius, ich danke Euch für Eure Ausführungen. Allerdings muss ich darum bitten, keine voreiligen Schlüsse zu ziehen. Magister Burka steht hier noch nicht vor Gericht, der Prozess kann erst beginnen, wenn wir alle Beweise und mögliche Zeugen beisammenhaben. Es besteht ja schließlich auch die Möglichkeit, dass jemand anders die Frau des Flickschusters ermordet hat.»

«Hat man nicht sein Messer in derselben Grube gefunden wie die Unglückselige?», fragte Thomasius höhnisch.

Der Vogt schüttelte den Kopf. «Bloß die Messerscheide. Das Messer selbst ist bisher nicht aufgefunden worden.»

«Habt Ihr das Haus durchsucht?», wollte einer der Schöffen wissen.

Diesmal nickte der Vogt. «Das geschieht gerade in diesem Augenblick.»

Adelina schnappte hörbar nach Luft, verkniff sich jedoch die Worte, die ihr auf der Zunge lagen. Konnte es noch schlimmer werden? Ihr schien es, als werde die Luft in dem Schöffensaal immer dünner. Was, wenn die Männer, die jetzt gerade ihr Haus durchsuchten, ihnen irgendwelche Beweise unterschoben? Wenn jemand – vielleicht sogar Thomasius selbst – es darauf anlegte, Neklas aus dem Weg zu räumen? In ihrem Kopf begann sich alles zu drehen. Vielleicht hatte man Neklas das Messer allein zu diesem Zweck gestohlen. Vielleicht war die ganze Sache von langer Hand geplant worden. Vielleicht …

«Meisterin Burka, antwortet!»

«Wie bitte?» Adelina bemühte sich, ihre Gedanken zu

ordnen und auf das zu achten, was der Vogt zu ihr sagte. Er wirkte ungeduldig. «Wo hat sich Euer Gemahl in den vergangenen Tagen und Nächten aufgehalten? Mit wem war er zusammen?»

«Also ...» Sie atmete tief durch. Das waren Fragen, auf die sie guten Gewissens antworten konnte. Sie musste sich nur ganz genau daran erinnern, wohin Neklas an jedem der vergangenen Tage gegangen war. Ihr Rücken begann wieder zu schmerzen, doch sie straffte die Schultern und bemühte sich, die Fragen des Vogtes so genau wie möglich zu beantworten.

†

«Thomasius ist Inquisitor?» Erregt ging Meister Jupp in Adelinas Küche auf und ab. Nachdem Hauptmann Greverode Adelina wieder nach Hause gebracht hatte, waren die Mitglieder des Haushalts und Meister Jupps Familie dort zusammengekommen, um sich zu beraten. «Das ist nicht gut», befand er aufgebracht. «Gar nicht gut. Möchte wissen, wie er an diesen Posten gelangt ist. Dabei dachte ich, er gibt endlich Ruhe. Ich hätte wissen sollen, dass er nachtragender ist als der Gottseibeiuns.»

Adelina hatte den Kopf in beide Hände gestützt und starrte auf die dunkle Eichenplatte des Küchentischs. «Ich fürchte, ich habe alles nur noch schlimmer gemacht», murmelte sie.

«Aber nein, Adelina.» Marie nahm sie in den Arm. «Woher hättest du denn wissen sollen, dass sie dir jedes Wort im Mund umdrehen?»

«Weil sie das immer tun», seufzte Jupp und blieb vor Adelina stehen. «Hör zu, du hast ausgesagt, was du wusstest. Woher sollst du die Namen aller Patienten wissen, die Neklas in der vergangenen Woche aufgesucht hat? Mit Sicherheit werden sie ihn auch danach fragen. Wenn er ihnen die Namen nennt, können sie seine Aufenthaltsorte lückenlos nachverfolgen, und mit etwas Glück sehen sie dann ein, dass er gar keine Gelegenheit hatte, die Frau zu entführen, umzubringen, aufzuschneiden und in eurer Grube zu versenken.»

Adelina hob langsam den Kopf. In ihren Augen glomm ein winziger Hoffnungsschimmer. «Du meinst, dann müssen sie ihn freilassen?»

Jupp zuckte mit den Schultern. «Sie werden noch ein bisschen Aufwand betreiben, aber ich denke, die Wahrscheinlichkeit ist groß, dass sie ihn freilassen. Wenn man länger darüber nachdenkt, wird es ja auch nur zu deutlich: Neklas war ständig beschäftigt. Dafür gibt es sehr viele Zeugen, die ihn während des Tages gesehen haben.» Er lächelte. «Und bei Nacht war er stets zu Hause bei dir. Du kannst es bezeugen, die Mädchen und das Gesinde ebenso. Also können wir hoffen, dass ich mich geirrt habe und er doch noch einmal mit heiler Haut aus der Sache herauskommt.»

Adelina schluckte. «Er war nicht jede Nacht zu Hause.»

Jupp nickte. «Stimmt, er war zum Wachdienst eingeteilt. Noch besser! Dort haben ihn auch Fremde gesehen.»

«Mutter?» Griet rieb sich die vom Weinen geröteten Augen. «Kommt Vater wieder aus dem Gefängnis heraus?»

Adelina biss sich auf die Lippen. «Ich hoffe es sehr, mein Kind.»

«Er ist doch unschuldig.»

«Das ist er», bestätigte sie. In ihrem Kopf begannen sich bereits ganz andere Fragen zu manifestieren, ausgelöst durch ihre Gedanken während der Befragung: Wenn Neklas die Frau des Flickschusters nicht umgebracht hatte – wer dann? Und warum hatte man ihre geschändete Leiche ausgerechnet in ihrer Abortgrube versenkt?

9

«Es tut mir leid, Frau Adelina», sagte Georg Reese, als er am Nachmittag noch einmal in die Apotheke kam. «Ich hatte schon befürchtet, dass sie Euch zusetzen würden.»

«Warum habt Ihr mir nicht gesagt, dass Thomasius als Zeuge auftritt und er jetzt ein Inquisitor ist?» Anklagend sah sie ihn an.

Reese hob die Schultern. «Weil ich es nicht wusste. Wie gesagt, man hat mir in diesem Fall sämtliche Befugnisse entzogen, und somit informiert mich der Vogt auch nicht über Einzelheiten.»

«Haben sie Neklas bereits befragt?» Hoffnung schwang in Adelinas Frage mit.

«Ich gehe davon aus.»

«Er kommt wieder frei, wenn sie ihm nichts nachweisen können, nicht wahr?»

«Das sollte man meinen. Ohne Beweise oder Zeugen, die ihn bei der Tat gesehen haben, ist die Anklage nicht haltbar.» Reese seufzte. «Es ist einfach schrecklich, dass ausgerechnet Ihr immer wieder in solche Geschehnisse verwickelt werdet, Frau Adelina. Ihr scheint das Ungemach geradezu anzuziehen.» Schwach lächelnd hob er die Hände. «Verzeiht mir, ich will Euch nicht noch unglücklicher machen. Das wird Eurem Kindchen ganz sicher nicht guttun.»

Prompt legte Adelina schützend eine Hand auf ihren Bauch. Das leichte Strampeln, das sie darin spürte, war ihr heute nicht wirklich ein Trost. «Thomasius' Worte klangen wie eine Drohung», sagte sie. «Er hasst Neklas. Ich glaube, er würde alles tun, um ihn zu vernichten.»

«Aber Frau Adelina!»

«Es ist, wie ich es sage», bekräftigte sie bitter. «Ich dachte, Thomasius habe aufgehört, Neklas mit seinen Verdächtigungen zu verfolgen. Seit drei Jahren geht er uns aus dem Weg. Aber jetzt fürchte ich, er hat nur auf eine neue Gelegenheit gewartet.»

«Das kann ich mir kaum vorstellen.» Nachdenklich rieb Reese sich die Stirn. «Oder glaubt Ihr gar, der Dominikaner habe etwas mit der toten Frau zu tun?»

Adelina hob ruckartig den Kopf. «Das …» Sie dachte kurz nach. «Nein, das kann ich mir selbst bei ihm nicht vorstellen. Aber ich werde das Gefühl nicht los, dass jemand die Leiche absichtlich bei uns versteckt hat, um Neklas zu schaden.»

Langsam ging Reese in der Apotheke auf und ab. «Wer? Wer – außer Thomasius – könnte einen Grund haben, Eurem Gemahl einen Mord in die Schuhe zu schieben?»

†

«Mira, Griet, ich will, dass ihr in der Apotheke aufräumt, die Regale abstaubt und alle Arzneibehälter überprüft. Werft fort, was zu alt oder verdorben ist, und macht eine Liste der Dinge, die wir kaufen müssen.»

«Aber Mutter, die Apotheke ist doch geschlossen.» Verständnislos blickte Griet sie an.

Adelina warf sich ihren Mantel über. «Das mag sein, aber ich gehe davon aus, dass dieser Zustand nicht lange anhalten wird. Ich gehe jetzt zur Kunibertstorburg und versuche, zu Neklas hineingelassen zu werden.» Sie winkte den Soldaten Stache heran, der wie immer neben der Tür auf seinem Posten stand. «Begleitet Ihr mich zum Gefängnisturm?»

Stache sah sie missbilligend an. «Das muss ich wohl, wenn Ihr ausgehen wollt. Ich rate Euch aber davon ab. Ihr werdet kein Glück haben. Solange die Befragungen nicht abgeschlossen sind, wird man Euch nicht zu Eurem Gatten lassen. Das ist auch besser so. Wenn Ihr ...»

«Nach Eurem Rat habe ich Euch nicht gefragt», gab Adelina unfreundlich zurück. «Ich beabsichtige, das Gefängnis aufzusuchen, und da ich nicht alleine ausgehen darf, kommt Ihr eben mit. Und Franziska.» Sie nickte ihrer Magd zu, die gerade durch die Hintertür die Apotheke betreten hatte und einen Korb bei sich trug.

«Was ist das?» Der Soldat griff in den Korb und zog mit fragendem Blick eine Wolldecke daraus hervor, unter der sich ein Brot, eine Schüssel mit Kirschen und eine verstöpselte tönerne Trinkflasche verbargen. «Glaubt Ihr im Ernst, sie werden Euch das erlauben?»

Adelina zuckte mit den Schultern und wandte sich mit finsterem Gesicht zum Gehen. «Wir werden sehen.» Ohne weiter auf ihn zu achten, marschierte sie los, dicht gefolgt von Franziska, die eine ebenso eherne Miene wie ihre Herrin aufgesetzt hatte.

Stache heftete sich fluchend an ihre Fersen.

Adelina blickte nicht nach links oder rechts. Sie wusste, dass die Leute auf dem Markt sie anstarrten. Hinter sich meinte sie aufgeregtes Gemurmel zu hören. Doch niemand sprach sie an, und darüber war sie froh. Der Skandal, den der Leichenfund in Köln ausgelöst hatte, war enorm und stellte mittlerweile sogar den Knochenraub im Beinhaus in den Schatten. Adelina mochte gar nicht darüber nachdenken, welche obskuren Gerüchte über sie und Neklas inzwischen die Runde machten und welchen Schaden das nicht nur ihrer Familie, sondern auch ihrer Apotheke zufügen würde.

Der Weg zur Kunibertstorburg zog sich in die Länge. Der Gefängnisturm lag unten am Fluss, dort, wo man Ketten über den Rhein gespannt hatte, um die passierenden Handelsschiffe an der Weiterfahrt zu hindern. Köln besaß das Stapelrecht, was bedeutete, dass jedes Handelsschiff im Hafen der Stadt haltmachen musste, um die geladenen Waren abzuladen und für mindestens drei Tage den Kölner Bürgern zum Verkauf anzubieten. Der eindrucksvolle Turm hatte sich nicht verändert seit jener Zeit, da die alte Ludmilla in der dahinter gelagerten Weckschnapp eingesperrt gewesen war. Das war nun schon vier Jahre her, überlegte Adelina. Sie hatte gehofft, dieses Gefängnis niemals wieder betreten zu müssen.

Die wehrhafte Torburg enthielt, wie die kleinere Weckschnapp, etliche Gefängniszellen sowie in den Kellergewölben eine Kammer, in der die Werkzeuge zur peinlichen Befragung aufbewahrt – und falls nötig auch eingesetzt – wurden. Als Adelina eintraf, stand die Eingangspforte offen, denn der Torwächter hatte sich vor dem einsetzenden Regen in Sicherheit gebracht.

«Ich frage, ob sie Euch einlassen», sagte Stache, doch Adelina hielt ihn zurück.

«Ihr bleibt hier.» Sie legte so viel Autorität in ihre Stimme, wie ihr möglich war, und trat selbst an die offene Tür heran.

Sogleich streckte der Wächter den Kopf heraus. «Was wollt Ihr?»

Adelina winkte Franziska näher und deutete auf den großen Korb, den diese am Arm trug. «Ich bin gekommen, meinem Mann etwas zu essen und eine Decke zu bringen.»

«Eurem Mann?» Der Torwächter musterte sie neugierig. Er war ein kahlköpfiger Mann mit einem dichten braunen Vollbart und einer Narbe unter dem linken Auge.

«Magister Neklas Burka», erklärte Adelina würdevoll. «Ich wünsche, sofort zu ihm eingelassen zu werden.»

«Meisterin Burka, die Apothekerin?» Jetzt erst schien er sie zu erkennen. «Ihr steht unter Arrest.»

«Ich habe meinen Aufpasser mitgebracht, wie Ihr seht.»

Sein Blick wanderte zu Stache, der mit gereizter Miene hinter ihr stand. «Ich kann Euch da nicht reinlassen, Meisterin. Habe keine Anweisung, dem Magister Besuch zu gewähren.»

Adelinas Herz schlug hoffnungsvoll schneller. «Dann habt Ihr auch keine Anweisung, Besucher von ihm fernzuhalten?»

«Ich, äh ...»

«Es würde gar nicht lange dauern.» Sie kramte in ihrer Gürteltasche.

«Also, das kann ich nicht ...»

«Niemand braucht es zu erfahren.» Lächelnd hielt sie ihm zwei große Silbermünzen auf der flachen Hand unter die Nase.

Der Torwächter schluckte und starrte erst Adelina, dann die Münzen an. In seinen Augen glomm Habgier auf.

Rasch zog Adelina ihre Hand zurück und steckte eine der Münzen wieder in ihre Tasche. «Eine für den Einlass.» Sie schwieg bedeutungsvoll. «Und die zweite, wenn ich wieder gehe. Der Soldat Stache wird hier auf uns warten.»

Wieder schluckte der Wächter, dann nahm er mit einer flinken Bewegung die Silbermünze an sich. «Pitter!», brüllte er über die Schulter. «Da ist Besuch für den Magister.»

«Danke sehr», flötete Adelina und drehte sich, bevor sie die Kunibertsturg betrat, noch einmal zu Wolfram Stache um. «Ich rate Euch, aus dem Regen zu gehen. Ihr werdet ganz nass.»

Der junge Soldat starrte sie sprachlos an. In seinen Augen spiegelte sich Empörung wie auch Bewunderung.

«Komm, Franziska», sagte Adelina. «Wir haben nicht viel Zeit.»

«Halt!», rief der Torwächter. «Die Kleine etwa auch? Das hatten wir aber nicht vereinbart.»

«Guter Mann, glaubt Ihr etwa, ich würde allein dieses Gefängnis betreten?» Adelina bedachte ihn mit einem strafenden Blick. «Das wäre doch sehr ungehörig, oder nicht?»

In diesem Moment kam ein weiterer Wachmann von irgendwoher und musterte die beiden Besucher neugierig.

Adelina erkannte ihn. Er hatte schon damals hier Wache geschoben, als sie mit Neklas zusammen Ludmilla besucht hatte. Natürlich erkannte er sie ebenfalls.

«Ihr wollt zu Eurem Mann?», fragte er und kaute dabei auf irgendetwas herum. «Habt Ihr die Erlaubnis dazu?»

Adelina lächelte dünn. «Die habe ich soeben mit diesem guten Mann vereinbart.» Sie deutete auf den Torwächter. «Nun führt mich zu Magister Burka.»

Die beiden Männer wechselten einen kurzen Blick. Der Torwächter knurrte etwas vor sich hin. Mit Sicherheit ärgerte er sich, dass er nun wohl oder übel das Silbergeld mit Pitter teilen musste.

«Also gut, meinetwegen.» Pitter zuckte mit den Achseln. «Den Korb muss ich aber erst durchsuchen.»

«Bitte sehr.» Adelina machte Franziska ein Zeichen, ihm den Korb zu reichen. Er hob die Decke an, wühlte ein wenig in den Lebensmitteln herum und nickte dann. «Folgt mir.»

Pitter brachte die beiden Frauen zu einer Zelle im ersten Obergeschoss. Der schwere Eisenriegel ratschte quietschend über das Eichenholz. «Rein mit Euch», brummte er. «Nicht zu lange. Ich komme Euch gleich wieder holen.»

Adelina nickte ihm kurz zu, dann trat sie mit klopfendem Herzen ein. Franziska hielt sich dicht hinter ihr.

«Na, so eine Überraschung», kam eine Stimme von links. «Zwei Weiber zu Besuch? Wer will uns denn da was Gutes tun? Komm her, Mädchen, ich bin sicher, wir werden uns gut verstehen.» Erschrocken blickte Adelina auf einen drahtigen kleinen Mann, dessen Haare pechschwarz und viel zu lang waren. Seine dunklen Augen blitzten verschlagen, sein rechtes Ohrläppchen war deutlich sichtbar geschlitzt.

«Adelina!»

Sie fuhr herum und blickte auf Neklas, dessen Lager sich auf der rechten Zellenseite befand. Franziska, der der Bärtige ebenso wenig geheuer war wie Adelina, flüchtete sich sogleich an das Fußende von Neklas' dünner Strohmatratze.

«Wie, willst du sie etwa alle beide für dich haben?» Der Bärtige lachte gehässig. «Das ist aber kein feiner Zug, das sage ich dir.»

«Halt den Mund, Endres», sagte Neklas ruhig, aber bestimmt. «Dies sind meine Gemahlin, die Meisterin Adelina Burka, und ihre Magd.» An Adelina gewandt meinte er: «Beachte ihn gar nicht.»

«Dein Weib? Hätt ich mir ja denken können. So rund, wie sie ist, trägt sie wohl dein Balg, wie? Nichts für ungut. Aber die Kleine könnt mir gut ein bisschen Gesellschaft leisten.»

Franziska wich noch ein Stückchen zurück und warf Endres böse Blicke zu. «An Euch wollen ja nicht mal die Ratten ran, elendes Schlitzohr», zischte sie.

Endres lachte wieder, diesmal amüsiert. «Da hast du nicht unrecht, Mädchen. Bisher haben sie einen großen Bogen um mich gemacht. Aber vielleicht ändert sich das ja, wenn sie einst meinen stinkenden Kadaver vor den Stadttoren verscharren. Für eine gute Mahlzeit werde ich dann gewiss noch taugen.»

Franziska stieß einen undefinierbaren Laut aus und wandte sich ab.

Grinsend legte Endres sich auf seinem unbequemen Lager zurück und verschränkte die Arme hinter dem Kopf.

Neklas war inzwischen aufgestanden und berührte Adelina leicht an der Schulter. Er konnte nicht ganz aufrecht stehen, da man ihm einen Arm mit einer Kette an die Wand gefesselt hatte. «Wie hast du es geschafft, hier hereinzukommen?»

Adelina riss sich vom Anblick des schmutzigen Endres los und blickte Neklas in die Augen. Ohne etwas zu sagen, rieb sie Daumen, Zeige- und Mittelfinger aneinander.

Neklas lächelte kurz. «Diese Sprache verstehen sie», murmelte er anerkennend.

Adelina sah sich in der kargen Zelle um. Es gab nur ein schmales und vergittertes Fenster ziemlich weit oben im Gemäuer, durch das fahles Tageslicht hereinfiel. «Neklas, wie konnte das geschehen?» Sie wandte sich ihm wieder zu und fand sich im nächsten Augenblick in seinen Armen wieder. Er zog sie fest an sich und barg sein Gesicht in ihrer Halsbeuge.

«Ich habe keine Ahnung», flüsterte er. Dann schob er sie sanft ein Stückchen von sich. «Aber ich habe nachgedacht.» Diesmal sprach er laut. «Entweder war es Zufall, dass man die tote Frau in unserer Abortgrube versteckt hat, oder ...»

«Oder jemand will dir absichtlich schaden», ergänzte Adelina.

«Fragt sich nur, wer.»

«Thomasius ist Inquisitor.»

«Wie bitte?» Neklas hob ruckartig den Kopf. «Was sagst du da?»

«Er tritt als Zeuge gegen dich auf und behauptet, ein Inquisitor zu sein.»

«Ist er jetzt vollkommen übergeschnappt?»

«Der Vogt hat es bestätigt.»

Mit der freien Hand fuhr sich Neklas erregt durch die schwarzen Locken, die daraufhin wirr nach allen Seiten abstanden. «Das ist mir neu. Also steckt er dahinter?» Er ließ sich auf die Matratze sinken. «Verflucht, damit hätte ich rechnen müssen.»

«Womit hättest du rechnen müssen?» Rasch ging Adelina neben ihm in die Knie und blickte forschend in sein Gesicht.

Er sah sie besorgt an. «Dass er nicht ewig schweigen würde. Du weißt, dass ich ihm damals gedroht habe.»

«Wegen Jupps erster Frau.»

Neklas machte eine unbestimmte Bewegung mit dem Kopf. «Er hat ihre Taufe verhindert – ich besitze den Beweis. Aber nun sitze ich im Gefängnis. Vielleicht glaubt er, sich auf diese Weise rächen zu können.»

«Er hat den Schöffen alles über den Prozess in Italien erzählt.» Adelina stockte und schluckte heftig. «Zumindest alles, was er weiß. Neklas, wenn er erfährt … Kann es sein, dass Jupp nun auch in Gefahr schwebt?»

Einen langen Moment dachte Neklas nach, dann schüttelte er den Kopf. «Nein, das glaube ich nicht.» Er warf Endres einen scheelen Blick zu, der jedoch vorgab zu schlafen. «Hör zu, sie haben mich bereits zweimal befragt. Ich habe ihnen lückenlos berichtet, wo ich mich in den letzten Tagen aufgehalten habe. Dafür gibt es Zeugen, vor allem meine Patienten. Vermutlich werden sie die jetzt alle nacheinander aufsuchen, um eine Bestätigung meiner Aussage zu erbitten. Das wird möglicherweise ein paar Tage dauern, aber dann werden sie mich gewiss wieder freilassen. Mach dir also keine unnötigen Sorgen. Vielleicht könntest du ja Reese bitten …»

«Reese kann uns nicht helfen», unterbrach Adelina ihn. «Der Vogt hat ihm die Befugnisse in deinem Fall entzogen.»

«Warum das denn?»

«Weil wir zu eng mit ihm bekannt sind, wie er sagt.»

Neklas runzelte die Stirn und schüttelte daraufhin den Kopf. «Also gut, dann müssen wir uns eben gedulden.» Sanft nahm er Adelinas Hand. «Die Sache wird sich aufklären, Lina. Sie können mir nichts nachweisen, was ich nicht getan habe.» Er deutete auf den Korb. «Was hast du mir denn Gutes mitgebracht?»

†

«Was bedeutet das – Inqui…dingsda?», fragte Franziska auf dem Rückweg zur Apotheke. Ein feiner Nieselregen hing in der Luft und legte sich klamm auf Gesicht und Kleider.

Adelina wandte ihr den Kopf zu. «Ein Inquisitor ist so etwas wie ein Richter. Er verfolgt Ketzer und macht ihnen den Prozess.»

«Oh.» Franziska machte große Augen. Sie war lange genug in Adelinas Haushalt beschäftigt, um einiges von Neklas' Vergangenheit zu kennen. «Und dieser Dominikanerpfaffe ist jetzt so ein Inquisitor?»

«Es scheint so.»

«Er hat den Schöffen alles über … den Magister erzählt?»

Adelina nickte finster. «Ich war dabei.»

«Warum tut er das?» Franziska wechselte den leeren Korb von einer Hand in die andere. «Ich meine, er hat sich doch jetzt so lange nicht mehr bei uns blicken lassen. Da dachte ich …»

«Ja, das dachten wir alle.» Adelina seufzte. «Aber du hast gehört, was Magister Burka gesagt hat. Wenn die Leute des Vogtes seine Aussagen überprüft haben, müssen sie ihn freilassen, weil sie ihm nichts nachweisen können.»

«Hoffentlich bald, Herrin. Schlimm ist das, den Herrn Magister in einer Zelle besuchen zu müssen. Dass er ausgerechnet mit so einem schmutzigen Kerl zusammen eingesperrt sein muss.»

Adelina sah ihre Magd erneut von der Seite an. «Kennst du den Mann?»

«Wie?» Franziska machte ein erschrockenes Gesicht. «Um Himmels willen, nein! Aber man sieht gleich, was das für einer ist. Hat ein geschlitztes Ohr und gebrandmarkt ist er auch.»

«Gebrandmarkt?»

«Auf seiner Wange unter dem Bart. Habt Ihr das nicht gesehen?»

Adelina schüttelte nur den Kopf. So genau hatte sie sich diesen Endres nicht angesehen. Als sie bei der Apotheke ankamen, drehte sie sich zu Wolfram Stache um, der ihnen verbissen schweigend gefolgt war. «Ich danke Euch für die Begleitung», sagte sie kühl. «Wenn Ihr über unseren Besuch in der Kunibertstorburg Meldung machen wollt, nur zu.»

«Ihr habt die Wächter bestochen», sagte er vorwurfsvoll.

Adelina nickte. «Und weiter?»

«Hauptmann Greverode hat wohl recht. Ihr seid nicht dumm … und aufsässig.»

«Das hat er über mich gesagt?»

Stache zuckte mit den Schultern. «Er hat nicht ganz so freundliche Wörter benutzt.»

«Das kann ich mir denken.»

10

«Lina, ich wollte Mira mit dem Besen helfen, aber sie hat mich nicht gelassen und mich geschimpft!» Mit diesen Worten empfing Vitus sie, als sie durch die Küche und das Hinterzimmer auf die Wohnräume zusteuerte, um ihren nassen Mantel beim Küchenfeuer aufzuhängen. Ihr Bruder trug seine Katze auf dem Arm und blickte sie vorwurfsvoll an.

Seufzend blieb sie stehen. «Da hat sie ganz recht getan, Vitus. Du weißt, dass du in der Apotheke nichts anfassen sollst, auch keinen Besen.»

«Aber ich wollte nur helfen.»

«Das weiß ich.» Sie sah sich in der Küche um. «Und weißt du was, du kannst auch helfen. Der Kasten für das Feuerholz ist fast leer. Den darfst du auffüllen.»

Vitus nickte begeistert und strahlte. Sanft setzte er die Katze auf den Boden und wollte schon zur Tür hinaus, drehte sich aber noch einmal um. «Mit Griet hat sie auch ganz arg geschimpft, bis sie geweint hat.»

Adelina hob überrascht den Kopf. «Griet hat geweint?»

«Nein, Mira. Sie ist ganz laut geworden, hat böse Fluchwörter gesagt, und dann hat sie geweint und ist in ihre Kammer gerannt. Jetzt ist sie wieder gut mit Griet, und beide putzen das Hinterzimmer.»

«Das habe ich gesehen.» Adelina runzelte die Stirn, entschied aber, dass ein Zank unter den beiden Mädchen nichts war, worum sie sich gleich kümmern musste. Schon gar nicht, wenn die beiden die Sache bereits selbst bereinigt zu haben schienen.

«Mira weint sonst nie», sagte Vitus und verließ die Küche in Richtung Hintertür.

Adelina hängte ihren Mantel an eine Ecke des Regals und blickte sich noch einmal in der leeren Küche um. Neben dem Spülstein stand ein Korb mit frischem Gemüse. Offenbar hatte Magda vor, eine Suppe daraus zu kochen. Oder Pasteten, überlegte sie, als sie die Schüssel entdeckte, in der die Magd bereits einen Teig angerührt hatte. Ihr lief das Wasser im Mund zusammen, und sie erinnerte sich, dass sie bisher kaum etwas gegessen hatte.

In diesem Moment kam Magda zur Tür herein, in der einen Hand einen dicken Bund Gartenkräuter, in der anderen eine Schüssel mit Eiern.

«Ach, Herrin, da seid Ihr ja wieder», grüßte sie erfreut. «Ihr seid im Gefängnisturm gewesen, oder? Geht es dem Herrn Magister gut?»

«So gut, wie man es erwarten kann», antwortete Adelina und setzte sich an den Tisch.

Magda stellte die Schüssel beiseite, legte die Kräuter in den Korb zu dem Gemüse und füllte dann rasch einen Becher mit Bier, den sie vor ihre Herrin stellte. «Haben sie ihn befragt und ihm schlimm zugesetzt?»

«Nein.» Adelina nippte an dem Bier. «Befragt haben sie ihn wohl, aber nicht mit diesen grässlichen Werkzeugen.»

«Das ist gut.» Magda atmete sichtlich auf. «Aber sie lassen ihn noch nicht frei, oder?»

«Bis jetzt nicht, Magda. Aber er glaubt, es kann nicht mehr lange dauern. Wenn sie merken, dass ihm nichts nachgewiesen werden kann, müssen sie ihn wieder gehen lassen.»

Magda nickte und machte sich daran, das Gemüse zu putzen. «Wer in Gottes Namen», sie bekreuzigte sich flüchtig, «hat wohl die arme Frau wirklich umgebracht und in unsere Grube geworfen?»

Adelina seufzte und nahm einen größeren Schluck Bier, der ihre Kehle angenehm benetzte. «Das wüsste ich auch gerne. Ich hoffe, der Vogt versteift sich nicht nur auf Neklas und lässt seine Leute auch anderswo Nachforschungen anstellen.»

Die Küchentür sprang auf, und Vitus kam herein. Er schleppte einen großen Eimer voll Holz, welches er polternd in die Kiste neben dem Ofen fallen ließ. «Ich geh nochmal», verkündete er und war sogleich wieder draußen.

«Gar nicht so einfach, den Jungen zu beschäftigen», befand Magda. «Ich glaube, er fühlt sich überflüssig, wenn wir ihm keine Aufgabe geben. Vorhin hat er mit Colin gespielt, aber der Kleine schläft jetzt.»

«Ich weiß, Magda.» Vorsichtig stellte Adelina den Becher ab und stand auf. «Wir müssen uns etwas für ihn überlegen.» Sie runzelte die Stirn. «Wo ist eigentlich der zweite Wachmann?»

Magda schnaubte abfällig. «Habt Ihr ihn nicht gesehen? Der ist los, als Ihr eben angekommen seid. Er hatte auf Euch gewartet. Ich sage Euch, der ist bestimmt gleich zum Hauptmann gerannt, um ihm zu sagen, dass Ihr weg wart.»

Bevor Adelina darauf etwas erwidern konnte, klopfte es so laut an die Tür der Apotheke, dass man es selbst in der Küche hören konnte. «Das wird er wohl sein», vermutete sie, vernahm dann jedoch zu ihrer Verwunderung die Stimme Georg Reeses, der kurz mit Stache sprach und schließlich in den Flur trat. Als er Adelina in der Küchentür stehen sah, setzte er ein freundliches Lächeln auf, mit dem er sie wohl beruhigen wollte. «Verzeiht, dass ich schon wieder störe, aber ich dachte, ich überbringe Euch die Neuigkeiten am besten gleich.»

«Was für Neuigkeiten?» Sie winkte ihm, näher zu treten, und ließ auch Stache in die Küche, der wohl annahm, er müsse dem Gespräch beiwohnen, um nötigenfalls dem Hauptmann darüber zu berichten.

Reese setzte sich an den Tisch und nahm von Magda

einen Trinkbecher entgegen. «Der Vogt lässt gerade die Aussagen Eures Gemahls überprüfen. Es scheint, als habe der Magister gar keine Gelegenheit gehabt, diesen Mord zu verüben.» Er trank einen Schluck. «Ah, das tut gut bei diesem Wetter. Mit etwas Glück kann er schon in ein, zwei Tagen wieder nach Hause zu Euch.»

«Das hat Neklas mir auch schon gesagt», antwortete sie.

Verblüfft hob Reese den Kopf. «Ihr habt mit Eurem Mann gesprochen?»

Adelina nickte. «Ich bin eben zurückgekommen.»

«Man hat Euch in den Turm gelassen?»

«Ich hatte gute Argumente.»

Stache, der sich neben der Tür postiert hatte, stieß einen zischenden Laut aus.

Neugierig blickte Reese zwischen ihm und Adelina hin und her, dann lachte er kurz auf. «Aha, ich verstehe. Aber Frau Adelina, das kann ich auf keinen Fall gutheißen.» Seine Miene wurde wieder ernst. «Die Kunibertsturburg ist kein Ort für eine schwangere Frau, und wenn der Vogt davon erfährt, wird er es nicht eben freundlich aufnehmen.»

Herausfordernd reckte Adelina das Kinn vor. «Man hat meinen Mann unschuldig ins Gefängnis gesteckt, Herr Reese. Glaubt Ihr, ich ließe mich von jemandem wie Bartold Scherfgin davon abhalten, mich zu vergewissern, dass es Neklas gutgeht?»

«Vermutlich nicht», gab er mit einer beschwichtigenden Handbewegung zu. «Aber er kann Euch den Zugang zukünftig verweigern.» Er schüttelte den Kopf. «Nun ja, dann sagt mir wenigstens: Hat Euer Gemahl eine Ahnung, wie die Tote in Euren Abort gelangt ist?»

«Nein, leider nicht. Er vermutet, dass Bruder Thomasius etwas damit zu tun haben könnte.»

«Glaubt Ihr das auch?»

Adelina schwieg auf diese Frage eine geraume Weile.

«Nein», sagte sie schließlich zögernd. «Ich kann es mir nicht wirklich vorstellen. Gewiss ist er äußerst nachtragend, und er war uns noch nie freundlich gesinnt. Mag sein, es gefällt ihm, dass er Neklas erneut anklagen kann. Aber wenn er hinter der Sache steckte, würde das bedeuten, dass er die Frau umgebracht hat oder zumindest weiß, wer es getan hat.»

«Das haltet Ihr also nicht für möglich.»

«Das halte ich für absurd», antwortete sie fest. «Thomasius ist ein fanatischer Predigermönch. Er hasst Neklas aus Gründen, die ich sogar nachvollziehen kann.»

«Tatsächlich?»

Adelina nickte. «O ja. Allerdings nur, wenn man die Dinge, die damals in Italien geschehen sind, aus seinem Blickwinkel sieht.»

«Ich hörte davon. Thomasius' Aussage vor den Schöffen hat sich rasch herumgesprochen.»

«Leider spiegelt sie nur einen Teil dessen wider, was damals wirklich geschehen ist.» Adelina richtete sich auf und blickte Reese offen ins Gesicht. «Der Ketzerprozess war nur ein Mittel, Neklas aus dem Weg zu räumen. Er sollte etwas für den Bischof tun, hat sich jedoch geweigert. Thomasius trägt ihm das bis heute nach.»

«So so.» Nun richtete sich auch Reese auf und beugte sich ein Stückchen vor. «Was genau hätte er tun sollen?»

Adelina schwieg mit einem deutlichen Blick auf Stache, der dem Gespräch bisher aufmerksam gefolgt war. Reese verstand, ehe er jedoch etwas sagen konnte, pochte es erneut heftig an der Haustür.

Stache zuckte zusammen und eilte hinüber in die Apotheke. Adelina wollte ihm schon folgen, doch Reese hielt sie am Arm zurück. «Was war es, was Euer Gemahl für den italienischen Bischof tun sollte?», raunte er.

Aus der Apotheke drang Greverodes aufgebrachte Stimme, dann näherten sich Schritte der Küche.

«Er sollte für den Bischof Gold machen», flüsterte sie zurück, dann wandte sie sich entschlossen der Tür zu, durch die der Hauptmann in diesem Moment mit wehendem Mantel und wütender Miene hereinpolterte.

«Wo seid Ihr gewesen, Meisterin Burka?», fuhr er sie ohne Begrüßung an. «Kann man Euch nicht einen Augenblick aus den Augen lassen?» Er packte sie an der Schulter und schüttelte sie leicht. «Hatte ich nicht ausdrücklich gesagt, Ihr sollt im Haus bleiben?»

Adelina verzog mehr vor Überraschung denn vor Schmerz das Gesicht und wollte sich ihm entziehen, aber er hielt sie eisern fest.

«Ihr habt mir nicht verboten auszugehen», sagte sie und bemühte sich, ruhig zu bleiben. «Ich bin in Begleitung Staches gegangen, wie Ihr befohlen habt.»

«Wo seid Ihr gewesen?», wiederholte er mit harter Stimme.

«Das wisst Ihr doch schon längst, Hauptmann Greverode», antwortete sie giftig. «In der Kunibertstorburg.» Sein ungebührliches Verhalten ließ langsam auch in ihr Zorn aufsteigen. «Ich war bei meinem Mann.»

«Ihr habt dort nichts zu suchen.»

«Das sehe ich anders!», zischte sie. «Er sitzt unschuldig in einer Zelle mit dem übelsten Gesindel. Könnt Ihr Euch überhaupt vorstellen, was das bedeutet?» Ihre Stimme wurde lauter, doch sie tat nichts dagegen. «Es ist mir gleich, ob Ihr mich nun ebenfalls irgendwo einsperren wollt. Bindet mich an, bitte sehr!» Sie hielt ihm auffordernd ihre Handgelenke entgegen. «Wäre ja nicht das erste Mal, nicht wahr? Aber eines sage ich Euch: Ganz gleich, was Ihr auch tut, Ihr werdet mich nicht daran hindern, für Neklas einzustehen.»

«Ihr seid das widerspenstigste Weib, das mir jemals begegnet ist», brüllte Greverode sie an. Seine Augen sprühten vor Zorn regelrecht Funken. «Ihr mischt Euch ständig in Dinge, die Euch nichts angehen, und Ihr glaubt, Ihr wüsstet alles besser. Ist Euch vielleicht auch nur ein einziges Mal der Gedanke gekommen, dass es für eine Frau gefährlich sein könnte, in ein Gefängnis zu gehen? Und dass ich Euch verflucht nochmal zu Eurem Schutz angewiesen habe, hier im Haus zu bleiben? Aber nein, die Meisterin Adelina Burka hat es nicht nötig nachzudenken. Ihr seid eine Plage, verdammisch!»

Adelina starrte ihn nur an. Ihr fehlten die Worte, und das, was sie ihm sagen wollte, verknäuelte sich in ihrer Kehle zu einem wirren Knoten.

So standen sie sich gegenüber und maßen einander mit feindseligen Blicken, als Vitus mit einem weiteren Eimer voller Holz hereinkam. Hinter ihm wischte Moses durch den Türspalt herein und schüttelte sich heftig.

«Hier, Lina. Mehr passt nicht in die Kiste.» Vitus blieb mitten in der Küche stehen, und als er erkannte, dass Greverode Adelina am Oberarm gepackt hielt, ließ er den Holzeimer krachend zu Boden fallen. «Lass meine Lina los!», rief er empört und gab Greverode unvermittelt einen kräftigen Schubs. Moses, der ebenfalls Gefahr zu wittern schien, knurrte den Hauptmann drohend an.

Nun fuhr Greverode wütend zu Vitus herum, jedoch ohne Adelina loszulassen. «Was soll das? Was fällt Euch ein …» Er stockte und musterte Vitus verblüfft, dann schien er sich an ihn zu erinnern und schob ihn einfach mit dem Ellbogen beiseite. «Lass das, Junge, das geht dich nichts an.»

Moses knurrte noch lauter; Vitus stieß einen Protestschrei aus. «Du sollst Lina loslassen! Nicht meiner Lina wehtun!»

«He, he!» Plötzlich sah sich Greverode gleich von zwei Angriffen überrumpelt. Vitus stürzte sich auf ihn und zerrte mit aller Kraft an seinem Arm. Der Hund schien dies als Zeichen zu interpretieren und biss den Hauptmann in die Wade. Dieser trat nach Moses, verfehlte ihn jedoch, ließ Adelina los und bemühte sich dann, sich ihren aufgebrachten Bruder vom Leib zu halten. Doch das war nicht so einfach. Vitus besaß, wenn er in Wut geriet, ungeahnte Kräfte. Erst als Reese einschritt und den Jungen von Greverode fortzog, kam dieser wieder zu Atem. Er warf Adelina einen wütenden Blick zu. «Bringt diesen Verrückten hinaus, Meisterin. Ein solches Verhalten kann ich nicht dulden.»

Adelina blitzte erbost zurück. «Ihr habt es Euch selbst zuzuschreiben. Vitus versucht nur, mir zu helfen.»

«Euch zu helfen, elendes Weib? Schafft ihn hinaus. Wenn er mich noch einmal angreift ...»

«Nicht anschreien!», kreischte Vitus und schaffte es, sich aus Reeses Griff zu befreien. Erneut stürzte er sich auf Greverode. «Niemand darf böse sein zu meiner Lina.» Bevor er Greverode noch einmal einen Stoß versetzen konnte, traf ihn dessen Faust mit einem dumpfen Geräusch in der Magengrube. Röchelnd ging Vitus zu Boden und krümmte sich wimmernd.

«Ihr verdammter Mistkerl!», schrie Adelina ihn an und ging bestürzt neben ihrem Bruder in die Knie. Ihm liefen die Tränen übers Gesicht, und er heulte wie ein Kleinkind; dabei hielt er die Hände auf die Stelle gepresst, an der ihn der Schlag getroffen hatte. Er wiegte sich leicht vor und zurück. «Das ist es, was Ihr könnt, ja? Einen Jungen schlagen, der den Verstand eines Dreijährigen hat.» Voll Abscheu blickte sie zu ihm auf. «Ihr wisst, dass Vitus ein ... Er weiß es nicht besser. War das wirklich nötig?» Sie strich ihrem Bruder sanft übers Haar. «Komm, mein Schatz. Steh auf und geh mit Fine in deine Kammer.»

«Der Mann hat dich festgehalten und war böse zu dir», heulte Vitus und kam mit Adelinas Hilfe umständlich auf die Beine. «Das soll er nich.» Als er wieder aufrecht stand, starrte er Greverode aus verquollenen Augen anklagend an. «Du darfs' das nich. Meine Lina is lieb. Und Neklas und alle.» Er schluckte und fügte dann dumpf an: «Du bist böse.»

Greverodes Augen weiteten sich. Er und Vitus blickten einander einen langen Moment schweigend in die Augen, bis von der Tür her ein ersticktes Räuspern erklang. Dort stand Franziska und beobachtete die Szene mit großen Augen. Mehrmals ging ihr Blick zwischen Vitus und Greverode hin und her, dann trat sie beherzt ein und nahm Vitus bei der Hand. «Komm, ich bringe dich in deine Kammer.»

Vitus ließ sich anstandslos hinausführen. Vor der Tür wurde Getuschel laut; offenbar hatte der Tumult auch die Mädchen und Ludowig angelockt. Franziska brachte sie sogleich wieder zum Schweigen und schloss die Tür hinter sich.

Nun war für einen Moment nichts als Moses' leises Knurren zu vernehmen. Er stand mit gesträubtem Fell neben Adelina und ließ den Hauptmann nicht aus den Augen. Seine zitternden Lefzen machten allzu deutlich, dass es lediglich einer falschen Bewegung bedurfte, um den Hund zum erneuten Angriff zu reizen.

Verärgert blickte Greverode auf Moses hinab, dann wieder in Adelinas Gesicht. «Ihr habt hier jeden auf Eurer Seite, nicht wahr? Wie immer.» Seine Stimme klang plötzlich bitter. Er biss die Zähne so fest zusammen, dass ein Muskel in seiner Wange zuckte. «Fortan werdet Ihr mich um Erlaubnis fragen, bevor Ihr das Haus verlasst.»

«Wie bitte?»

«Hauptmann Greverode, das ist nun wirklich nicht nötig», mischte sich Reese begütigend ein. «Ihr kennt Frau Adelina doch. Man kann verstehen, dass sie sich um ihren Mann sorgt. Wie die Dinge derzeit stehen, gibt es keinen Grund anzunehmen …»

«Eben weil ich sie kenne», unterbrach Greverode ihn. «Solange der Mord und des Magisters Beteiligung daran nicht hinreichend geklärt sind, habe ich Order, die Familie im Auge zu behalten, Herr Gewaltrichter. Das wisst Ihr, und daran werdet Ihr nichts ändern. Der Vogt hat es angeordnet – mit Zustimmung der Schöffen. Da meine beiden Soldaten offenbar nicht in der Lage sind, diese Aufgabe zu erfüllen, werde ich ab heute selbst dafür sorgen, dass in diesem Hause Ordnung herrscht.»

Adelina riss die Augen auf. Das fehlte ihr noch, dass ausgerechnet Greverode in ihr Haus einzog. Er konnte sie nicht ausstehen, seit sie einander zum ersten Mal begegnet waren. Nicht auszudenken, welchen Unfrieden seine Anwesenheit heraufbeschwören würde.

Greverode schien ihre Gedanken an ihrer Miene abzulesen, denn er blickte sie aus seinen kühlen blauen Augen herausfordernd an. «Ich warne Euch, Meisterin Burka. Noch ein Widerwort, und ich werde Euch tatsächlich anketten und einsperren lassen. Dazu bin ich durchaus befugt.»

Sie sah ihn voller Abneigung an, schluckte die Worte, die sich ihr auf die Zunge drängten, jedoch hinunter. Niemandem war damit gedient, wenn er seine Drohung wahr machte.

Sie atmete einmal tief durch, dann verschränkte sie die Arme vor ihrem Bauch. «Also gut. Aber haltet Euch von meinen Mädchen und den Mägden fern», sagte sie im gleichen Ton, den auch er angeschlagen hatte. «In diesem Haus haben Soldaten der Stadtwache in der Vergangenheit mehr als genug Schlimmes angerichtet.»

Greverodes Blick gefror zu Eis. «Die Männer wurden damals zur Rechenschaft gezogen.»

«Ich weiß. Einen von ihnen habt Ihr fast zu Tode geprügelt.» Dummerweise war sie ihm heute noch dankbar dafür. Sie hielt seinem Blick stand, obwohl die Kälte, die in ihm lag, sie schaudern ließ. Mit den nächsten Worten tat sie ihm Unrecht, das wusste sie, doch sie musste sie aussprechen: «Wer den Mädchen auch nur zu nahe kommt, wird sich wünschen, an der Stelle jenes Mannes gewesen zu sein.»

«Ich denke, wir sollten einander nicht unnötig feindselig …», setzte Reese vorsichtig an, verstummte jedoch, als Greverode sich ruckartig abwandte und zur Tür hinausrauschte.

Moses stieß ein kurzes, aber triumphierendes Bellen aus. Adelina blickte dem Hauptmann nach, dann ließ sie sich erschöpft auf die Ofenbank sinken. Sofort kam Magda aus der Ecke hervor, in die sie sich zurückgezogen hatte, um sich möglichst unsichtbar zu machen. «Herrin, geht es Euch wohl? Kann ich etwas für Euch tun?»

«Nein, ist schon gut, Magda, alles in Ordnung.» Adelina rieb sanft über ihren Bauch, in dem das Kindchen wieder einmal unbekümmert um sich trat. In Wahrheit war nichts in Ordnung. Sie fürchtete sich davor, Greverode von nun an Tag und Nacht im Haus zu haben. Doch sie würde ihm nicht den Gefallen tun, ihm das zu zeigen. Ihm nicht und niemandem sonst. Sie hoffte nur, dass Neklas wirklich in wenigen Tagen wieder aus dem Gefängnis freikam. Sie sehnte sich nach ihrem ruhigen Leben und der alltäglichen Arbeit in der Apotheke.

11

«Du musst es ihr erzählen», hörte Adelina Griets leise, eindringliche Stimme. «Vielleicht kann sie dir irgendwie helfen.»

«Ach, was soll sie schon groß ausrichten können», antwortete Mira ebenso leise. «Er kann über mich bestimmen, wie er will. Vielleicht habe ich ja Glück, und er lässt mich wenigstens …»

Unter Adelinas Füßen knarrten die letzten beiden Stufen, die zu Griets Kammer hinaufführten, und Mira verstummte.

«Was geht denn hier vor?», fragte Adelina mit milder Strenge. «Wisst ihr zwei eigentlich, wie spät es ist? Ihr solltet längst in euren Betten liegen und schlafen.»

«Entschuldige, Mutter.» Griet senkte schuldbewusst den Blick. «Es war so schwül, dass wir beide nicht einschlafen konnten. Und da kam Mira rauf und hat mir erzählt …»

Ein warnender Laut von Mira ließ Griet verstummen.

«Ich gehe schon wieder», sagte Mira rasch. «Vielleicht kann ich jetzt ja besser schlafen.» Sie stand von der Bettkante auf und wollte schon zur Tür hinaushuschen, doch Adelina hielt sie zurück.

«Du hast heute einen Brief und ein Geschenk von deinen Eltern erhalten, nicht wahr?»

Mira erstarrte, nickte dann aber. «Ja, Meisterin.»

«Sie scheinen dich ja zu vermissen, dass sie dir so kurz nach deiner Abreise schon etwas bringen lassen. Was war denn in der Kiste?»

«Kleider.»

Überrascht blinzelte Adelina. «Schon wieder Kleider?

Aber du hast doch erst so viele von deinem Besuch mitgebracht.»

«Sie wollen …» Miras Kinn zitterte leicht, dann zuckte sie die Achseln. «Mich eben verwöhnen», sagte sie schließlich etwas lahm. «Vater behauptet, dass man mir meinen Stand ansehen müsse, auch wenn ich jetzt arbeite wie gewöhnliche Menschen.»

«Wie gewöhnliche Menschen?», echote Adelina etwas ratlos.

Mira winkte ab. «Er ist immer noch verstimmt, weil Mutter mich hierhergeschickt hat statt ins Kloster. Er sagt, dort hätte ich schnell Karriere machen können. Er denkt …» Sie hielt inne und schüttelte den Kopf. «Was soll's, jetzt bin ich ja hier. Und ich bin schon ganz müde, Meisterin.» Sie tat, als müsse sie gähnen. «Gute Nacht.»

Adelina sah ihr irritiert nach. «Gute Nacht, Mira.» Dann wandte sie sich an Griet. «Stimmt etwas nicht?»

«N…nein, alles in Ordnung.»

«Hat Mira sich nicht über die Geschenke ihrer Familie gefreut?»

Griet zuckte ebenfalls mit den Schultern und schwieg. Adelina erkannte, dass, was auch immer Mira bewegte, Griet darüber schweigen würde. «Also gut.» Sie würde ihre Stieftochter nicht zwingen, ein Geheimnis preiszugeben. «Dann schlaf auch du jetzt.» Sie drehte sich zur Tür um. «Mira steckt doch nicht in irgendwelchen Schwierigkeiten, oder?»

«Nein, Mutter.»

Adelina nickte nur. «Gute Nacht, Griet.» Auf dem Weg hinunter in ihre eigene Schlafkammer wurde sie das Gefühl nicht los, dass Griet ihr nicht die Wahrheit gesagt hatte.

Nachdenklich zog sie ihr Kleid aus und kroch unter ihre Decke, streckte jedoch sogleich wieder ihre Füße darunter hervor. Es war tatsächlich unangenehm schwül und stickig geworden. Das Kind in ihrem Bauch – oder waren es womöglich tatsächlich zwei? – wälzte sich unruhig hin und her. Offenbar spürte es die Anspannung seiner Mutter ganz genau.

Greverode hatte seine Drohung umgehend wahr gemacht und noch am selben Tag einen der Soldaten fortgeschickt und sich an dessen Stelle im Hause einquartiert. Wolfram Stache war geblieben. So musste sie jetzt wohl oder übel zwei Männer im Haus ertragen, die ihr alles andere als freundlich gesinnt waren.

Georg Reese hatte ihr zwar versprochen, sich zu erkundigen, ob das Vorgehen des Hauptmanns tatsächlich angebracht war und wie lange dieser Zustand wohl anhalten würde, doch da er mit der Aufklärung des Mordes nicht betraut war, konnte er ihr nicht allzu viele Hoffnungen machen. Kurz nach dem Zwischenfall mit Greverode hatte er sich verabschieden müssen, da ein Gerichtsbote ihn ins Rathaus beordert hatte. Offenbar gab es neue Erkenntnisse über den Knochenraub im Beinhaus.

Adelina seufzte und streckte sich aus. An diesen frevlerischen Vorfall dachte mittlerweile wohl kaum noch jemand in Köln. Der Skandal um den städtischen Medicus versprach deutlich mehr Nahrung für Klatsch und Tratsch als ein paar alte verblichene Gebeine. Vermutlich würde man den Dieb niemals finden.

†

Der Morgen graute gerade erst, als Adelina sich schwerfällig aus dem Bett wälzte. Sie hatte kaum und nicht besonders gut geschlafen. Noch immer herrschte eine fast unerträgliche Schwüle, und selbst das Wasser in der Waschschüssel fühlte sich lauwarm an. Im Haus war alles ruhig, nicht einmal die Mägde waren schon auf. Adelina beschloss, hinunter in die Küche zu gehen und ein Brot zu backen. Häusliche Arbeiten hatten sie bislang immer beruhigt, deshalb hoffte sie auch diesmal auf diese Wirkung. Als sie die Küche betrat, sah sie sich jedoch zu ihrer Überraschung Mira gegenüber, die still am Tisch saß und mit dem Zeigefinger Muster auf die Tischplatte malte. Bei ihrem Eintreten ruckte der Kopf des Mädchens in die Höhe.

«Du bist früh auf.» Adelina trat näher. «Bedrückt dich etwas?»

Mira schüttelte den Kopf. «Ich konnte nicht schlafen. In meiner Kammer ist es wärmer als draußen.»

Verständnisvoll nickte Adelina. «Mir ging es ähnlich.» Sie nahm eine große Holzschüssel aus dem Regal, stellte sie auf den Tisch und legte einige weitere Utensilien zur Teigbereitung dazu. Dabei musterte sie ihr Lehrmädchen aus den Augenwinkeln. Etwas stimmte nicht mit Mira, dessen war sie sich inzwischen sicher.

Betont munter begann sie, die Zutaten für das Brot zu mischen, knetete den Teig ordentlich durch und gab ihn dann zurück in die Schüssel, um ihn aufgehen zu lassen. Danach eilte sie in die Vorratskammer, um Hirse für den Frühstücksbrei zu holen. Der Sack war jedoch bis auf einen winzigen Rest leer.

«Komm mit, Mira», forderte sie das Mädchen auf, das ihr bisher schweigend zugesehen hatte. «Wenn du schon so früh auf den Beinen bist, kannst du mir auch helfen. Wir müssen den neuen Sack Hirse hereintragen, den Ludowig vorgestern geholt hat.» Sie ging voraus zur Hintertür, und Mira folgte ihr. Als sie den Hof betraten, drehte Adelina sich zu ihr um. «Ich habe ihn angewiesen, den Sack in den Stall zu stellen, weil Magda gerade dabei war, die Vorratskammer ... Mira? Was ist?»

Mira war in der Tür stehen geblieben und blickte erschrocken über den Hof. Eine leichte Röte überzog ihre Wangen, bevor sie ihre Augen rasch abwandte.

Verwundert wandte Adelina sich wieder um und erschrak selbst ein wenig. Hinter dem Brunnen, der zwischen dem Hof und Adelinas Gemüsegarten lag, stand Tilmann Greverode vollkommen unbekleidet und war dabei, sich mit dem kalten Brunnenwasser zu waschen. Sein Körper war breitschultrig und sehnig, die harten Muskeln an seinem Brustkorb zeichneten sich bei jeder Bewegung deutlich ab.

Er hatte sie bemerkt, blickte jedoch nur mit finsterer Miene zu ihnen hinüber und machte keinerlei Anstalten, sich zu bedecken. Rasch drehte Adelina sich wieder zu Mira um. «Geh sofort wieder hinein, Kind. Das ist kein Anblick für dich.»

Mira nickte und verschwand wortlos im Haus. Adelina hingegen ging langsam auf den Hauptmann zu. «Ihr seid früh auf den Beinen», stellte sie fest. «Ich bin gerade dabei, das Frühstück zuzubereiten. Wenn Ihr Hunger habt, seid Ihr dazu eingeladen.»

Seine Miene wurde noch eine Spur finsterer. Er griff nach seiner Hose und stieg nun doch recht eilig hinein. «Ihr macht Frühstück?»

«Warum nicht? Glaubt Ihr, dazu wäre ich nicht fähig?» Sie legte den Kopf auf die Seite. «Ihr hättet etwas sagen müssen. Ein nackter Mann ist wahrlich kein Anblick für ein junges Mädchen.»

Inzwischen hatte er sich auch sein Hemd übergestreift. «Wie sollte ich wissen, dass Ihr zu dieser frühen Stunde schon draußen herumlauft?», knurrte er.

«Nun.» Sie stemmte die Hände in die Seiten. «Jetzt wisst Ihr es.» Sie wandte sich ab, warf ihm jedoch über die Schulter einen zynischen Blick zu. «Im Stall steht ein Sack Hirse. Da ich gezwungen war, mein Lehrmädchen zu verscheuchen, wäre es wohl nur recht, wenn Ihr ihn mir hineintragt.» Damit ließ sie ihn stehen und ging zurück in die Küche. Sie setzte Wasser auf und prüfte ihren Brotteig.

Als sie Greverode mit dem Hirsesack hereinkommen hörte, lächelte sie zufrieden vor sich hin. Sie drehte sich zu ihm um, nun allerdings wieder mit ernster Miene. «Vielen Dank, Hauptmann Greverode, das war sehr freundlich von Euch.»

Er stieß einen undefinierbaren Laut aus und blickte sich gereizt in der Küche um. In dem Topf, der an einem Schwenkhaken über dem Dreifuß der Feuerstelle hing, begann es leise zu brodeln. Mit geübten Griffen gab Adelina Hirse und etwas Salz hinzu und stellte Honig und Dickmilch bereit. Anschließend hob sie den Kopf. «Wenn Ihr hierbleiben wollt, setzt Euch. Es macht mich nervös, wenn Ihr dort in der Tür steht. Außerdem wird meine Magd gleich hereinkommen, dann steht Ihr im Weg.»

Wie zur Bestätigung schwang in diesem Moment die Tür auf und stieß gegen Greverodes Schulter. Magda kreischte erschrocken auf. «Verzeihung, Herr! Das wollte ich nicht. Ich habe gar nicht gesehen, dass Ihr …»

«Schon gut», brummte er und ließ sich auf die Ofenbank sinken.

Langsam wurde es im Haus lebendig. Von oben ertönten die Stimmen der Mädchen. Kurz fragte sich Adelina, ob Mira Griet wohl brühwarm von der frühmorgendlichen Begegnung mit dem Hauptmann berichten würde. Auch Franziskas Lachen wurde laut, als sie Colin versorgte, und Ludowigs brummige Stimme erklang, als er Vitus einen Scherz zurief.

Nach und nach fanden sich die Mitglieder des Haushalts in der Küche ein. Adelina schob das Brot in den inzwischen vorgeheizten Ofen und stellte den Topf mit dem Hirsebrei, den sie mit Dickmilch und Honig großzügig verfeinert hatte, auf den Tisch.

Magda hatte indes gedeckt, und nachdem Adelina ein kurzes Gebet gesprochen hatte, begannen alle zu essen.

Auffordernd warf sie Greverode einen Blick zu, der noch immer auf der Ofenbank saß. «Kommt zu uns und esst etwas» sagte sie. «Ihr müsst Hunger haben.»

Da er schwieg und die Arme vor der Brust verschränkte, zuckte sie mit den Schultern und wandte sich wieder ihrem Brei zu.

Augenblicke später betrat Wolfram Stache die Küche. Er ließ sich im Gegensatz zu seinem Hauptmann nicht zweimal bitten, am Frühmahl teilzunehmen. Adelina beobachtete aus den Augenwinkeln, wie Greverodes Miene immer düsterer wurde und dass die Familienmitglieder ihm verstohlene Blicke zuwarfen. Schließlich stand sie auf und trat auf ihn zu. «Findet Ihr nicht, dass Euer Verhalten kindisch ist?», fragte sie leise. «Setzt Euch gefälligst an den Tisch und esst etwas. Ich habe Euch weiß Gott nicht in mein Haus eingeladen, aber wenn Ihr schon hier seid, will ich wenigstens nicht die schlechte Laune aufgrund Eures leeren Magens ertragen müssen.»

Da sich mittlerweile die Blicke aller Anwesenden auf ihn gerichtet hatten, stand Greverode widerwillig auf und ließ sich am Ende des Tisches nieder. Magda gab von dem Hirsebrei auf seinen Teller und füllte seinen Becher mit Bier.

Schweigend begann er zu essen, und Adelina atmete auf. Sicherheitshalber warf sie Mira einen prüfenden Blick zu, doch diese konzentrierte sich ganz auf ihren Teller und schien den Hauptmann gar nicht zu beachten. Auch Vitus hatte sich wieder beruhigt. Er beäugte Greverode zwar neugierig, war aber von Natur aus nicht nachtragend. Adelina fragte sich, ob ihr Bruder sich überhaupt an den gestrigen Vorfall erinnerte, denn er plapperte wie immer fröhlichen Unsinn vor sich hin und fütterte unter dem Tisch heimlich seine Katze mit Resten von seinem Teller. Lediglich Moses saß aufrecht und wachsam neben Adelina und behielt den Hauptmann im Auge.

12

Kurz nach dem Frühstück klopfte ein Ratsschreiber an die Apothekentür und erklärte, der Vogt erwarte Adelina umgehend im Schöffensaal des Rathauses. Als sie in Begleitung Greverodes dort ankam, war der Saal jedoch leer. Lediglich drei Schöffen standen vor dem Eingang und ließen sich beim Eintreffen des Vogtes gelangweilt auf ihren Plätzen nieder. Adelina hatte ein mulmiges Gefühl, trat dem Vogt jedoch mutig entgegen. «Was wünscht Ihr?», fragte sie mit fester Stimme.

Bartold Scherfgin wirkte blass und übermüdet. Sein Atem roch nach Wein, offenbar hatte er am Abend zuvor ausgiebig gezecht. «Ich habe Euch herbefohlen, Meisterin Burka, um Euch mitzuteilen, dass die Untersuchungen, was Euren Gemahl betrifft, beinahe abgeschlossen sind. Wenn Ihr bis morgen Mittag drei Bürgen für ihn auftreibt, die seinen guten Leumund beschwören, kann er freigelassen werden.»

Adelinas Anspannung löste sich umgehend in Luft auf. Sie schaffte es sogar, den Vogt anzulächeln. «Das ist eine gute Nachricht, Herr Vogt. Ich werde dafür sorgen, dass die Bürgen bei Euch vorsprechen.»

Er schüttelte den Kopf. «Nicht bei mir, sondern bei den Schöffen.» Mit dem Kinn wies er auf die drei Männer, die bei näherem Hinsehen ebenfalls recht müde und angegriffen wirkten. Schließlich drehte er sich grußlos um und ging zur Tür. Dort nickte er ihr noch einmal ausdruckslos zu. «Ihr könnt gehen.»

Adelina schüttelte leicht den Kopf. «Dazu hättet Ihr mich nicht herbestellen müssen», murmelte sie. «Ein Bote hätte es auch getan.» Sie wandte sich an Greverode, der mit verschränkten Armen neben ihr stand. «Damit dürfte sich Eure Anwesenheit in meinem Hause wohl erübrigen, nicht wahr?»

Er erwiderte ihren Blick kühl. «Nicht, solange ich keine anderen Anweisungen erhalte.» Er wies auf die Tür. «Gehen wir.»

Seufzend verließ Adelina den Saal und trat hinaus auf die Judengasse. Der Vogt stand etwas abseits und sprach mit zwei seiner Gehilfen, warf ihr jedoch nur einen kurzen Blick zu. Ohne ihn weiter zu beachten, machte sich Adelina auf den Weg zurück zur Apotheke. An der Einmündung zum Alter Markt mussten sie und Greverode zwei berittenen Soldaten ausweichen, die in scharfem Galopp zwischen den Verkaufsständen hindurchpreschten und in die Judengasse einbogen. Flüche und Verwünschungen der Standbesitzer folgten ihnen, denn sie hatten die Ware eines Korbmachers umgeworfen und einen Stapel gebündelter Binsen mit sich gerissen.

Adelina und Greverode machten einen Bogen um die aufgebrachten Männer und betraten wenig später die Apotheke. Adelina legte ihren Zunftmantel ab, den sie trotz der Hitze angezogen hatte, um ihren Status als Zunftmeisterin vor dem Vogt zu unterstreichen, und wandte sich an ihren Bewacher: «Ich muss nach nebenan zu Meister Jupp. Er kann sich darum kümmern, die geforderten Bürgen herbeizuholen.»

Greverode nickte zustimmend. «Geht nur. Ich bleibe solange hier.»

Überrascht musterte sie ihn. «Ihr wollt mir nicht auf die Finger sehen?»

Sein Gesichtsausdruck wurde hart. «Besteht etwa ein Grund dazu?»

«Nein.»

«Dann reizt mich nicht.»

†

«Das ist ja wunderbar, Adelina», rief Marie begeistert aus, als sie die Neuigkeiten vernahm. «Ich wusste, dass sich alles aufklären würde. Nicht wahr, Jupp? Geh gleich los und kümmere dich um die Bürgen, damit Neklas so schnell wie möglich nach Hause kommen kann.»

Jupp lächelte ebenso erfreut. «Worauf du dich verlassen kannst», sagte er. «Wen soll ich ansprechen? Doctore Bertini ist Kölner Bürger, das geht. Und einen von Neklas' Patienten? Vielleicht …»

«Wie wäre es mit Magister van Stijn?», schlug Adelina vor. «Er ist Mitglied der medizinischen Fakultät der Universität.»

«Dieser sauertöpfische Wichtigtuer?» Jupp rümpfte die Nase, nickte dann aber. «Sein Wort dürfte Gewicht haben, da hast du recht. Ich selbst habe leider noch nicht die vollen Bürgerrechte der Stadt Köln, sonst würde ich mich sofort als Bürge stellen.»

«Ich weiß.» Adelina warf ihm ein dankbares Lächeln zu. «Wer also noch?»

Marie räusperte sich. «Ich könnte meinen Vater bitten. Er ist zwar kein Ratsherr mehr, aber er sitzt noch im Vierundvierziger. Das ist ein wichtiger Posten. Du weißt, dass der Rat den Vierundvierziger bei wichtigen Entscheidungen konsultieren muss.»

«Keine schlechte Idee», befand Jupp. «Ich mache mich am besten gleich auf den Weg.»

†

«Ihr hättet auch mich wegen der Bürgschaft ansprechen können», sagte Georg Reese bei seinem nächsten Besuch in der Apotheke am Nachmittag des gleichen Tages. «Ich hätte selbstverständlich mein Wort für Euren Gemahl gegeben.» Er lehnte den Gehstock, den er noch immer mit sich führte, gegen den Tresen.

«Ich dachte, Ihr dürftet Euch mit dieser Angelegenheit nicht befassen.» Adelina schob mit dem Fuß einen Keil unter die Haustür, damit sie weit offen stehen blieb. Die Hitze war mittlerweile so unerträglich geworden, dass im ganzen Haus Türen und Fenster geöffnet worden waren, um auch den geringsten Luftzug auszunutzen.

«Als Gewaltrichter bin ich nicht befugt, mich einzumischen, aber als Bürger der Stadt Köln steht es mir frei, für den städtischen Medicus zu bürgen», antwortete er. «Aber wie es aussieht, habt Ihr ja drei ehrenwerte Männer gefunden, das sollte ausreichen.» Mit dem Ärmel seines Hemdes wischte er sich den Schweiß aus dem Nacken. «Wenn es nicht bald ein Gewitter gibt, das die Luft abkühlt, werden wir die ersten Leichen von den Straßen auflesen müssen. Die Armen und die Bettler trifft es immer zuerst. In der nächsten Sitzung wird der Rat darüber sprechen, ob es angebracht ist, die Armenviertel nach Pest- und anderen Seuchenherden abzusuchen.»

Adelina schauderte. «Glaubt Ihr, es könnte schlimm werden?»

«Man kann jetzt noch nichts sagen.» Reese blickte nachdenklich hinaus auf den Alter Markt. «Aber dieser Sommer ist schon sehr lange trocken und heiß. Jetzt noch diese schwüle Luft, die den krankmachenden Odem noch begünstigt ... Vergesst nicht, dass sogar die Geißler vor neuer Pestilenz gewarnt haben.»

«Die Geißler? Hat der Rat sie nicht mit Waffengewalt aus der Stadt geworfen?», wunderte Adelina sich.

«Dem ist wohl so», bestätigte Reese. «Aber wo immer diese Endzeitprediger auftauchen, ist meist auch die Strafe Gottes nicht fern.»

«Vielleicht, weil diese verlausten Wegelagerer die Krankheiten einschleppen», mutmaßte Greverode mit grimmiger Miene. Er hatte sich neben der Tür postiert, ignorierte

Adelina jedoch weitestgehend – und sie tat dasselbe mit ihm.

Reese nickte. «Da mögt Ihr vielleicht sogar recht haben. Gleichwohl besteht auch ohne sie immer die Gefahr, dass in den engen Gassen der Armenviertel üble Dämpfe entstehen, die sich bei solcher Hitze zu schlimmen Krankheiten entwickeln können.» Achselzuckend wandte er sich wieder an Adelina. «Das soll Eure Sorge jedoch heute nicht sein. Ich gehe davon aus, dass Magister Burka möglicherweise schon heute Abend freigelassen wird. Sobald die Aussagen der Bürgen protokolliert wurden, steht dem jedenfalls nichts mehr entgegen.» Er lächelte wieder. «Bereitet ihm ein leckeres Mahl, Frau Adelina. Ich weiß, dass Ihr gut kocht, und er wird es sicher zu schätzen wissen nach diesem unerfreulichen Aufenthalt in der Kunibertsturburg. Und Ihr», er blickte zu Greverode, «Ihr könnt dieses Haus verlassen, sobald der Herr Magister hier eintrifft. So hat es der Vogt angeordnet.»

Greverode nickte knapp und ohne die Miene zu verziehen. Lediglich in seinen Augen meinte Adelina ein kurzes erleichtertes Aufblitzen zu erkennen. Sie konnte es ihm nachfühlen. Auch sie war hocherfreut, den Hauptmann und auch den Soldaten Stache wieder loszuwerden.

«Ich muss mich nun verabschieden», fuhr Reese fort. «Eigentlich war ich nämlich auf dem Weg zur Ulrepforte. In der Nähe des Stadttores hat man einen menschlichen Schädel entdeckt, und nun soll ich herausfinden, ob er zu den gestohlenen Knochen aus dem Beinhaus in der Rheingasse gehört.»

«Ihr sollt das herausfinden?», wunderte Adelina sich. «Woran wollt Ihr das denn erkennen? Ein Schädel sieht doch aus wie der andere.»

«In diesem Falle nicht», erklärte er. «Die Knochen aus dem Beinhaus sind gekennzeichnet, um eine Verwechslung auszuschließen.»

«Gekennzeichnet?»

«Die Hinterbliebenen der Verstorbenen haben die Gebeine mit ihren Haus- oder Namenszeichen bemalen lassen, bevor man sie vom Friedhof in das Beinhaus bringen ließ.»

«Und der gefundene Schädel ist ebenfalls bemalt?»

«So sagte man mir», bestätigte Reese und griff wieder nach seinem Stock. «Ihr entschuldigt mich also, damit ich der Sache auf den Grund gehen kann?»

«Ich wünsche Euch Glück», antwortete Adelina. «Vielleicht bringt Euch dieser Schädel ja auf die Spur der Räuber.»

«Das wäre wünschenswert.» Reese nickte ihr zu und verließ dann das Haus.

Nachdem er gegangen war, beschloss sie, die Apothekentür wieder abzuschließen und sich zu Franziska und den Mädchen zu gesellen, denen sie erlaubt hatte, mit Colin im Hinterhof zu spielen. Trotz der Hitze hatten die Kinder und die Magd offenbar einen großen Spaß dabei, denn seit einiger Zeit schon drang unbeschwertes Lachen zu ihr herein. Dann jedoch ertönte plötzlich ein Protestschrei und gleich darauf Colins heftiges Weinen.

Adelina ging rasch durch das Haus zur Hintertür und blickte hinaus in den Hof. Franziska hielt den brüllenden Colin auf dem Arm, während Mira und Griet wie wild unter dem alten Apfelbaum neben dem Brunnen herumsprangen und offenbar versuchten, nach etwas zu haschen. Auch Vitus saß im Garten, war jedoch ganz in ein Spiel mit seiner Katze vertieft und beachtete das Geschrei und Gejohle gar nicht.

«Was ist denn hier los?», wollte Adelina wissen.

Franziska kam auf sie zu und versuchte dabei, Colin von dem Baum abzulenken. Doch der Junge zappelte und wollte immer wieder dorthin. «Nichts Schlimmes, Herrin. Wir haben bloß mit dem Holzring gespielt, Ihr wisst schon, den Meister Jupp Colin geschenkt hat und den man so schön über den Boden rollen kann. Wir haben ihn auch geworfen, das hat dem Jungen Spaß gemacht, aber jetzt hängt das Ding oben im Baum, und wir kommen einfach nicht heran.» Franziska wies auf die Mädchen, die noch immer unablässig auf und ab hüpften. Keine der beiden war jedoch groß genug, um den Ring zu erreichen. Mittlerweile hatte Mira einen Stock herbeigeholt und versuchte damit, den Ring herunterzuholen, aber vor lauter Kichern und Lachen schlugen ihre Versuche immer wieder fehl.

Kopfschüttelnd trat Adelina näher an den Baum heran. Die Mädchen wichen ein Stückchen zurück; weniger, um ihr Platz zu machen, als vielmehr, weil sie sich vor Lachen mittlerweile die Bäuche hielten und nach Atem rangen. Als dann jedoch auch Hauptmann Greverode dazukam, der Adelina wie ein Schatten gefolgt war, verstummten Mira und Griet und zogen sich noch ein Stückchen weiter zurück.

Adelina blickte prüfend in die Baumkrone und entdeckte den Holzreif schließlich. Er klemmte unglücklich zwischen zwei Ästen. Sie drehte sich um. «Gebt mir mal den Stock.»

«Mama, hol den Ring», jammerte Colin und zappelte erneut auf Franziskas Arm. Die junge Magd trat etwas näher heran.

Adelina lächelte ihrem Sohn beruhigend zu. «Ich versuche, den Ring herunterzuholen, Colin. Aber du musst ein braver Junge sein und aufhören zu weinen.»

Colin gab ein wimmerndes Geräusch von sich und bemühte sich tapfer, die Tränen zurückzudrängen. Daraufhin wandte sich Adelina wieder dem Baum zu, kam jedoch nicht dazu, den Stock anzuheben, da Greverode ihn ihr aus der Hand nahm und achtlos zur Seite warf. Erstaunt und leicht verärgert blickte sie zu ihm auf, brachte jedoch vor Verblüffung kein Wort heraus, als er Franziska ihren Sohn aus den Armen nahm und zum Baum trug.

«Das kann der junge Herr doch schon selbst», sagte er mit einem gutmütigen Lächeln, das Adelina noch niemals an ihm gesehen hatte.

Greverode hob Colin so weit hinauf in die Baumkrone, dass dieser nach dem Ring greifen konnte. «Feste ziehen», befahl der Hauptmann freundlich und mit einem Lachen in der Stimme. Colin gehorchte und schrie begeistert auf, als er den Holzreif in seinen Händen hielt. Greverode schwang ihn kurz durch die Luft, woraufhin Colin jauchzte, und setzte ihn dann auf dem Boden ab. Er gab dem Jungen einen leichten Klaps auf den Hosenboden und sah zu, wie Colin begeistert zu Franziska rannte und ihr den Ring in die Hand drückte. Anschließend kehrte er wieder um und lief zu seiner Mutter. «Mama hoch!», forderte er von ihr.

Adelina nahm ihn auf den Arm und blickte dabei zu Greverode auf. «Vielen Dank», sagte sie. «Das war sehr nett von Euch.»

Seine Miene verschloss sich sogleich wieder. «Keine Ursache, Meisterin Burka.» Er wandte sich ab und ging zur Hintertür, wo er sich mit verschränkten Armen postierte und in eine andere Richtung blickte.

«Was war das denn?», raunte Franziska Adelina zu. In den Augen der Magd spiegelte sich Verblüffung. «Dieser Mensch wird doch nicht etwa ein Herz besitzen?»

Adelina hob ratlos die Schultern. «Kaum vorstellbar», antwortete sie ebenso leise. «Womöglich hat ihn die Aussicht, dieses Haus in Kürze verlassen zu dürfen, milde gestimmt.»

«Vielleicht.» Franziska schielte zu dem Hauptmann hinüber, dessen Gesicht wieder finster und unzugänglich wirkte. «Aber er benimmt sich schon die ganze Zeit so merkwürdig.»

«Was meinst du damit?» Alarmiert blickte Adelina nun ebenfalls zu Greverode hinüber.

«Ich weiß nicht.» Franziska knabberte an ihrer Unterlippe. «Manchmal glaube ich …»

«Was?»

«Dass er etwas zu verbergen hat.»

Bevor Adelina noch etwas dazu sagen konnte, kam Ludowig durch das Hoftor gelaufen. Seine Miene drückte Besorgnis aus, und als nur wenige Schritte hinter ihm zwei Büttel und der Vogt eintraten, war auch sofort klar, woher diese Besorgnis rührte. «Herrin, der Vogt wünscht Euch zu sprechen», rief Ludowig und stellte sich so neben Adelina auf, dass deutlich wurde, wem seine Loyalität gehörte.

Bartold Scherfgin trat mit gewittriger Miene auf Adelina zu und winkte dabei Greverode zu sich heran, der daraufhin zögernd näher kam. «Meisterin Burka.» Der Vogt reckte die Schultern, was zur Folge hatte, dass sein Wanst sich deutlich unter seinem Mantel hervorschob. «Ich bin hier, um Euch mitzuteilen, dass Ihr bis auf weiteres in Eurem Hause festgesetzt werdet. Hauptmann Greverode und der Soldat Wolfram Stache werden dafür Sorge tragen, dass Ihr in diesem Arrest verbleibt. Der Prozess gegen Euren Gemahl, den städtischen Medicus Neklas Burka, wird morgen in einer Woche beginnen.»

«Der Prozess?» Entgeistert starrte Adelina den Vogt an. «Was soll das heißen? Ihr sagtet doch, Neklas käme frei, sobald wir drei Bürgen für ihn stellen.»

«Die Aussagen der Bürgen sind hinfällig», antwortete er mit kalter Stimme. «Uns liegen mittlerweile Hinweise vor, dass der Magister doch schuldig ist.»

«Hinweise?», fragte Greverode knapp.

«Sehr eindeutige Hinweise.»

«Ihr könnt ihm seine Schuld am Tod der Frau Katharina beweisen?» Mit gerunzelter Stirn blickte Greverode Scherfgin an.

«Nun.» Der Vogt zögerte kurz. «Das wird uns aufgrund der neuen Entwicklungen ganz sicher bald möglich sein.»

«Um Himmels willen, Herr Vogt, sagt mir sofort, was geschehen ist!» Adelinas Stimme schwankte. Ihr war trotz der Schwüle eiskalt geworden, und ihre Hände zitterten. «Von welchen Entwicklungen sprecht Ihr?»

Mit herablassender Miene musterte Scherfgin sie. «Meisterin Burka, wo hat Euer Gemahl zuletzt seinen städtischen Wachdienst versehen?»

Adelina schluckte. «An der Ulrepforte.»

«Ganz genau.» Scherfgin nickte. «Heute Mittag hat man in einem Gelass bei der Ulrepforte den bereits verwesenden Leichnam eines Säuglings gefunden ...» Er hielt bedeutsam inne. «Und daneben einen Korb mit Schuhen.» Er wandte sich einem der Büttel zu, der daraufhin vortrat und Adelina ein Paar Schuhe hinhielt.

«Erkennt Ihr sie?»

Adelina starrte wie betäubt auf das Paar geflickter Winterschuhe. Sie wollte antworten, doch im selben Moment kam Vitus, der des Spiels mit seiner Katze wohl überdrüssig geworden war, neugierig näher. «Guck mal, Lina.» Er wies mit dem Zeigefinger auf die Schuhe. «Das sind ja meine.»

13

«Verflucht nochmal, wie kann so etwas nur geschehen?», schimpfte Meister Jupp immer wieder vor sich hin. Nachdem er von der unerwarteten Wende erfahren hatte, war er gleich mit Marie herübergekommen, um Adelina beizustehen. Greverode hatte sie widerwillig eingelassen; seine Befehle sahen nicht vor, die arretierte Apothekerin von Besuchern fernzuhalten. Aufgebracht lief Jupp in der Küche herum. «Wer um alles in der Welt hat Neklas diesen wahnwitzigen Streich gespielt?» Er blieb vor Adelina stehen. «Wer will ihn aus dem Weg haben?»

Adelina kauerte wie ein Häuflein Elend auf der Ofenbank und kämpfte mit den Tränen der Verzweiflung. «Ich weiß es nicht, Jupp. Ich frage mich das auch andauernd, aber mir fällt niemand ein außer Thomasius. Und der hat die Frau bestimmt nicht umgebracht.»

«Thomasius?» Jupp schüttelte den Kopf. «Nein, ganz gewiss nicht. Wo er doch jetzt ein Inquisitor ist.» Seine Stimme verriet Abscheu. «Wer sonst, Adelina? Es muss jemanden geben, der Neklas schaden will.»

«Ihr solltet in Erwägung ziehen, dass es vielleicht doch das Werk des Herrn Magisters ist», mischte sich Greverode ein, der wie immer neben der Tür stand und jedes Wort, das gesprochen wurde, genau verfolgte. «Einem Mann mit seiner Vergangenheit würde ich so etwas durchaus zutrauen. Denkt einmal darüber nach, was er …»

«Nachdenken?» Ehe der Hauptmann sich versah, hatte Jupp ihn am Kragen gepackt und schüttelte ihn heftig. In seinen Augen stand Zorn. «Hör zu, Hundsfott, wir reden hier nicht von irgendjemandem! Neklas Burka ist ein ehrenwerter Mann und verdammt nochmal kein Mörder!»

«Lasst mich los, Meister Jupp.» Greverode hatte sichtlich Mühe, den äußerst kräftigen Chirurgen abzuwehren. Schließlich gelang es ihm, und er stieß ihn heftig vor die Brust. «Ich lasse Euch in Ketten legen, wenn Ihr das noch einmal versucht. Ihr vergesst wohl, wen Ihr vor Euch habt.»

«Wer, glaubt Ihr eigentlich, seid Ihr, Hauptmann?», empörte sich Jupp. «Ein wichtigtuerischer Mistkerl, der den Befehl über eine Horde noch viel größerer Mistkerle führt. Ihr maßt Euch ein Urteil über Neklas Burka an, ohne selbst auch nur einen Moment lang nachzudenken. Schaut Euch Adelina an! Sie ist außer sich vor Entsetzen und Sorge und weiß sich nicht mehr aus noch ein. Und dann kommt Ihr ihr mit diesem hirnverbrannten Blödsinn.» Jupp ballte die Hände zu Fäusten und hielt sich nur mit Mühe zurück, den Hauptmann erneut anzugreifen. «Neklas ist kein Mörder. Ihr kennt ihn, Ihr kennt Adelina, und das schon seit Jahren. Könnt Ihr wirklich auch nur einen Wimpernschlag lang daran zweifeln, dass den beiden von jemandem übel mitgespielt wird? Ich sage Euch ...»

«Hör auf, Jupp.» Adelina war aufgestanden und stellte sich zwischen die beiden Männer. «Lass es gut sein. Hauptmann Greverode hat nur ausgesprochen, was die Leute – allen voran der Vogt – im Augenblick glauben. Es ist sinnlos, sich darüber zu streiten. Vielmehr sollten wir uns überlegen, wie wir beweisen können, dass Neklas unschuldig ist.» Sie rieb sich müde übers Gesicht. «Auch wenn ich nicht weiß, wie das gehen soll, wenn ich Tag und Nacht in meinem eigenen Haus eingesperrt bin.» Obwohl sie mehrmals schluckte, wurde sie den Kloß in ihrem Hals nicht los, und ihre Stimme verriet dies nur allzu deutlich.

Marie trat neben sie und zog sie an sich. «Komm, setz dich wieder hin. Die ganze Aufregung tut dir nicht gut –

und deinem Kindchen schon gar nicht.» Sanft führte sie Adelina zur Ofenbank zurück, dann hob sie den Kopf. «Adelina hat recht, Jupp. Bis zum Prozessbeginn sind es nur acht Tage. Bis dahin müssen wir alles versuchen, um herauszufinden, was wirklich geschehen ist und wer hinter alldem steckt.» Sie blickte zu Greverode. «Und Ihr werdet uns nicht daran hindern. Mag sein, Ihr denkt anders über die Sache als wir, aber das gibt Euch nicht das Recht, uns in die Quere zu kommen.»

«Tut, was Euch beliebt», knurrte Greverode gereizt zurück. «Mein Auftrag ist es, Meisterin Burka unter Arrest zu halten. Womit Ihr Eure Zeit vergeudet, ist nicht meine Sache.»

«Jetzt hör mal zu, Freundchen ...» Jupp stellte sich vor den Hauptmann hin und funkelte ihn an.

«Lass doch, Jupp.» Adelina stand von der Bank auf, obwohl Marie versuchte, sie daran zu hindern. «Du weißt, dass er mich verachtet. Ich habe zwar keine Ahnung, was ich ihm getan habe, aber von mir aus kann er mich hassen, bis ihm die Luft ausgeht.» Ihre Stimme bekam einen bitteren Unterton. «Er ist es gar nicht wert, sich über ihn aufzuregen.» Sie ging zur Tür und blickte Greverode dabei kühl und abschätzend in die Augen. Er erwiderte ihren Blick ruhig, jedoch zugleich mit einem Ausdruck, den sie nicht zu deuten vermochte. Schnell wandte sie sich ab. «Nein, das ist er ganz sicher nicht wert», sagte sie mühsam beherrscht. «Entschuldigt mich.» Damit verließ sie die Küche und stieg, so schnell sie konnte, die Treppe ins obere Geschoss hinauf. Ihr Kopf schmerzte und ebenso ihr Herz. Als sie an Colins Kammer vorbeikam, streckte Franziska ihren Kopf heraus. «Alles in Ordnung, Herrin? Kann ich etwas für Euch tun?»

Adelina blieb stehen und schluckte erneut an dem Kloß in ihrer Kehle. «Nein, Franziska, lass nur. Geh nach draußen und hilf Magda im Garten. Ich möchte ein wenig bei Colin bleiben. Schläft er?»

«Nein, Herrin, ich habe eben versucht, ihm eine Geschichte zu erzählen, aber Ihr wisst ja, dass mir nie etwas Spannendes einfällt. Er hat sich schon beschwert.»

Um Adelinas Lippen zuckte es kurz, doch ein Lächeln wurde nicht daraus. «Ich mache das schon.»

Franziska nickte und ging nach unten, während Adelina die Kammer ihres Sohnes betrat. Er saß auf dem Boden und spielte mit einer geschnitzten Ritterfigur, die hoch auf einem Streitross thronte und eine Lanze schwang. «Mama, guck mal!», rief er fröhlich. «Ich will auch ein Ritter sein – und ein Pferdchen haben.»

Adelina setzte sich auf die Kante seines Bettes. «Dazu musst du aber erst noch ein bisschen größer werden», erklärte sie und kämpfte mit den Tränen.

«Ich bin schon groß», sagte Colin voller Ernst. «Aber ich kann ganz viel größer werden. Gleich morgen.»

Nun musste Adelina wider Willen doch lächeln. «O ja, Colin, du wirst einmal ein großer stattlicher Mann, nicht wahr?»

«Ich werde Ritter», verkündete er begeistert. «Und Bäcker.»

«Bäcker?»

«Dann mach ich immer leckere Pasteten», erklärte er. «Und dann kriege ich ein Pferdchen und alles.»

«Ganz bestimmt.»

«Und dann werde ich wie Papa.» Colin legte den Kopf auf die Seite und blickte zu ihr auf. «Wann kommt Papa wieder?»

Der Schmerz, der Adelinas Herz verkrampfen ließ, kam so plötzlich, dass ihr für einen Moment die Luft wegblieb. Vergeblich rang sie um Fassung, konnte jedoch nicht verhindern, dass ihr die Tränen in die Augen stiegen und über ihre Wangen rollten.

Erschrocken rappelte Colin sich auf und machte zwei

Schritte auf sie zu. Er berührte sie vorsichtig an ihrem Rock. «Mama?» Seine helle Jungenstimme klang unsicher.

Mit einem leisen Schluchzen zog sie ihren Sohn an sich und drückte ihn. Dabei streichelte sie ihm wieder und wieder sanft über die schwarzen Löckchen. «Bald, Colin. Ich hoffe, dass dein Vater ganz bald wieder bei uns ist.»

†

Das Gewitter, auf das die Bewohner Kölns schon so lange gewartet hatten, entlud sich noch am selben Abend. Beinahe eine Stunde lang grollte der Donner und gingen Blitze über der Stadt nieder. Schließlich öffnete der Himmel seine Schleusen, und ein wahrer Sturzbach ergoss sich aus den tief hängenden Wolken.

Adelina hatte alle Fenster und Türen fest verschließen lassen, doch da der heftige Wind, der mit dem Gewitter aufgekommen war, inzwischen wieder nachließ, hatte sie die Fensterläden in ihrer Schlafkammer nun wieder geöffnet und blickte schweigend auf den dunklen Alter Markt hinab. Es war schon spät, in weniger als einer Stunde würden die Glocken von Groß St. Martin zur Komplet läuten, aber an Schlaf war nicht zu denken. Sie fühlte sich matt und wie gerädert – und zugleich war sie von einer inneren Unruhe erfüllt, die sie ganz kribbelig machte. Unablässig drehten sich ihre Gedanken um Neklas und wie es ihm wohl in seiner kalten, unwirtlichen Zelle ergehen mochte. Sie sehnte sich nach ihm und hatte das Gefühl, ihr Herz werde von einer eisernen Kralle fest zusammengepresst.

Sie fühlte sich so hilflos. Wie sie es auch betrachtete, ihr fiel beim besten Willen kein Grund ein, warum jemand Neklas auf diese Art und Weise schaden wollte. In Gedanken ging sie wieder und wieder sämtliche Menschen durch, mit denen sie bekannt waren, versuchte sich zu erinnern, ob jemand von ihnen einen Groll gegen sie oder Neklas hegte, doch niemand fiel ihr ein. Seit die neue Stadtverfassung, der Verbundbrief, in Kraft getreten und von König und Erzbischof abgesegnet worden war, hatte sich das Leben in Köln langsam beruhigt. Die Rädelsführer der aufrührerischen Patrizier, die durch den Aufstand der Zünfte und Gaffeln entmachtet wurden, waren inzwischen wegen Hochverrats hingerichtet worden. Allen voran der Ritter Hilger Quattermart von der Stesse, dessen Machenschaften Adelina in der Vergangenheit mehr als einmal in Bedrängnis gebracht hatten. Aber auch an vielen seiner Verbündeten hatte der Scharfrichter in den vergangenen drei Jahren das Urteil vollzogen. Von dieser Seite gab es wohl niemanden mehr, der sich mit Groll daran erinnern mochte, welche Rolle Adelina und Neklas bei der Verschwörung der Patrizier gespielt hatten.

Der Wind frischte wieder etwas auf, deshalb schloss Adelina die Fensterläden, nahm die kleine Öllampe, die auf der Truhe neben ihrem Bett stand, und ging leise hinunter in die Küche, um sich zu vergewissern, dass das Herdfeuer richtig abgedeckt war.

Moses und Fine blinzelten ihr verschlafen entgegen. Die beiden Tiere hatten sich unter der Ofenbank zusammengerollt und aneinandergekuschelt. «Ihr habt es gut», murmelte sie, fast ein wenig neidisch. «Eure einzige Sorge ist ein trockener Schlafplatz und ein gefüllter Napf, nicht wahr?» Sie bückte sich und strich erst der Katze, dann dem Hund sanft über den Kopf. Als sie sich wieder aufrichtete, hörte sie ein Geräusch hinter sich.

«Schleicht Ihr auch noch des Nachts durch mein Haus, Hauptmann Greverode?», fragte sie, ohne sich umzudrehen. «Glaubt Ihr, ich würde womöglich heimlich die Flucht ergreifen?»

Greverode betrat die Küche, ging zum Tisch und lehnte

sich mit verschränkten Armen dagegen. «So, wie ich Euch einschätze, läge diese Vermutung wohl gar nicht so fern, Meisterin Burka. In Eurem derzeitigen Zustand jedoch ...» Sein Blick glitt bedeutsam zu ihrer Leibesmitte. «Ihr würdet nicht weit kommen, und das wisst Ihr selbst am besten. Warum liegt Ihr nicht im Bett und schlaft?»

Langsam ließ sich Adelina auf die Ofenbank sinken und faltete ihre Hände. «Ihr begreift es noch immer nicht, oder? Ich werde nicht eher wieder einen ruhigen Schlaf finden, bis mein Mann zurück an meiner Seite ist. Und ich werde alles dafür tun, was in meiner Macht steht, ob Ihr mich daran zu hindern versucht oder nicht.» Herausfordernd blickte sie zu ihm auf.

Er erwiderte ihren Blick eine geraume Weile schweigend. An seiner Wange zuckte kurz ein Muskel, dann nickte er leicht. «Ich beginne es langsam zu begreifen, Meisterin Burka. Ihr habt den Medicus aus echter Neigung geheiratet, nicht wahr? Ich bin bisher davon ausgegangen, dass es Euer Vater selig war, der diese Verbindung angestrebt und durchgesetzt hat, um Euch versorgt zu wissen. Aber so war es wohl doch nicht.»

Adelina bemühte sich, die Fassung zu bewahren. «Nein, so war es nicht.»

«Vermutlich wünscht Ihr Euch nun, dass es so gewesen wäre.»

Der bittere Klang seiner Stimme ließ Adelina aufhorchen. Sie löste ihre verkrampften Finger wieder voneinander und strich gedankenverloren über ihren Bauch. «Nein, Hauptmann Greverode, da irrt Ihr Euch.» Eindringlich betrachtete sie sein kantiges, durchaus nicht unansehnliches Gesicht. «Wisst Ihr überhaupt, was es bedeutet, einen Menschen zu lieben? Oder ist Euch dieses Gefühl vollkommen fremd?»

Wieder zuckte der Muskel in seiner Wange. Schließlich

wandte er seinen Blick ab. «Ich ziehe es vor, mir dieses Leid zu ersparen.»

«Klug gedacht.»

«Schön, dass Ihr es einseht.»

«Habt Ihr deshalb für Eure gerade vierjährige Tochter schon jetzt um einen Lehrmeister nachgefragt? Um Euch das Leid zu ersparen, sie aufwachsen zu sehen und sie möglicherweise in Euer kaltes Herz zu schließen? Warum gebt Ihr sie nicht gleich zu den Benediktinerinnen im Kloster Machabäern? Dann wäret Ihr sie los.» Ungewollt war ihre Stimme schärfer geworden, als sie beabsichtigt hatte, doch sie tat nichts, um ihre Worte abzumildern. Abwartend sah sie ihn an.

Sein Kopf hob sich langsam wieder, und nun stand in seinen Augen wieder rechtschaffener Zorn. «Was wisst Ihr über Lucardis?»

«Ich gehöre der Gaffel Himmelreich an, wie Ihr wissen dürftet. Zunftmeister Leuer schlug mir vor, Eure Tochter in zwei bis drei Jahren zu mir in die Lehre zu nehmen.»

«Ihr?»

«Keine Sorge, ich habe abgelehnt. Ihr braucht Euch also keine Gedanken darüber zu machen, Lucardis könnte unter meinen schädlichen Einfluss geraten.» Adelinas Stimme hatte einen sarkastischen Ton angenommen. «Wenn ich bis dahin überhaupt noch eine Apotheke besitze.»

«Ihr habt also abgelehnt.»

«Wie?» Ihre Gedanken waren bereits weitergewandert, sodass sie sich erst auf seine Worte konzentrieren musste. Sie nickte. «Ich gehe davon aus, dass das in Eurem Sinne war. Ihr könnt mich nicht ausstehen, und auch ich habe ganz sicher keinen Grund, Euch irgendwie freundlich gesinnt zu sein. Nicht nach dem, was in der Vergangenheit alles geschehen ist. Außerdem weiß ich ja, dass Ihr beschlossen habt, mich zu hassen. Wenn mir auch kein vernünftiger

Grund dafür einfallen will, da ich Euch – zumindest wissentlich – niemals einen Anlass dazu gegeben habe.» Adelina stand etwas umständlich auf, und zu ihrer Verwunderung war Greverode sofort neben ihr, um sie zu stützen. Einen Moment lang blickten sie einander schweigend in die Augen, dann schob sie seine Hand entschieden fort. «Ich gehe jetzt zu Bett, Hauptmann Greverode. Das würde ich Euch auch empfehlen.» Entschlossen ging sie zur Tür. Sie war schon so gut wie hindurch, als sie seine Worte vernahm: «In einem Punkt habt Ihr recht, Meisterin Burka. Ich würde Euch gerne hassen.»

Sie blieb nur kurz stehen, nickte und stieg mit einem mulmigen Gefühl in der Magengrube die Treppe ins Obergeschoss hinauf. Jedoch erst, als sie im Bett lag, begriff sie den wahren Sinn seiner Worte. Noch lange, nachdem die Kirchenglocken die Komplet verkündet hatten, lag sie mit offenen Augen da und starrte in die hin und wieder von Wetterleuchten erhellte Finsternis der Nacht.

14

«Ich muss mit Reese sprechen», sagte Adelina am folgenden Morgen während des Frühstücks zu Greverode. «Entweder begleitet Ihr mich zu ihm, oder Ihr schickt jemanden, ihn herzuholen. Es ist sehr wichtig.»

Die Miene des Hauptmanns war verschlossen wie immer, doch überraschenderweise nickte er zustimmend. «Ich bringe Euch zum Rathaus. Vermutlich wird Euch der Vogt ohnehin sprechen wollen.»

«Wir sollten so bald wie möglich aufbrechen», entschied Adelina, wurde jedoch von einem zarten Hüsteln Miras abgelenkt.

«Meisterin? Was ...» Das Mädchen zögerte. «Was sollen Griet und ich denn heute tun? Jetzt, da die Apotheke immer geschlossen ist, wissen wir nicht recht, ob wir ...»

«Na, das ist ja fein», kam es spöttisch von Greverode. «Zwei Jungfern, die nichts mit sich anzufangen wissen.» Er musterte erst Griet, dann Mira eingehend. «Ihr seid wohl beide alt genug, euch eine sinnvolle Beschäftigung zu suchen.»

«Wie ...» Mira blieb für einen kurzen Moment der Mund offen stehen. Dann verzogen sich ihre Lippen erbost. «Was geht Euch das denn an? Ich nehme nur Anweisungen von meiner Meisterin entgegen.»

Der spöttische Ausdruck in Greverodes Augen breitete sich über sein gesamtes Gesicht aus. «Das war keine Anweisung, sondern eine Feststellung, Jungfer Mira.»

«Und wennschon.» In Miras Augen blitzte es kämpferisch. «Ich muss gar nicht mit Euch sprechen, Hauptmann Greverode. Ihr ...» Sie holte kurz Luft. «Ihr steht ja sowieso unter mir.»

«Mira!», riefen Griet und Adelina gleichzeitig aus. Griets Stimme klang entsetzt, Adelinas wütend.

Sie schüttelte entgeistert den Kopf. «Was soll das denn, Kind? Hast du den Verstand verloren? Entschuldige dich sofort bei Hauptmann Greverode für diese Unhöflichkeit!»

Mira schwieg verstockt und warf dem Hauptmann böse Blicke zu. Die übrigen Anwesenden am Tisch hielten erschrocken die Luft an.

Adelina stand auf und beugte sich über den Tisch zu ihrem Lehrmädchen hinüber. «Hast du nicht gehört, Mira? Ich will, dass du dich sofort entschuldigst.»

Bockig zog Mira die Schultern hoch. «Verzeihung», murmelte sie. «Aber was wahr ist, ist wahr.»

«Großer Gott, Mira!» Adelina starrte das Mädchen fassungslos an.

Hastig stand Mira auf und rannte beinahe hinaus. Mit einem leisen Knall flog die Küchentür hinter ihr zu.

«Ist sie jetzt vollends übergeschnappt?» Ratlos blickte Adelina auf den nun freigewordenen Platz am Tisch, dann wollte sie aufstehen, um dem Mädchen nachzugehen.

«Dafür ist jetzt keine Zeit», hielt Greverode sie zurück. Sein Blick ließ nicht erkennen, inwieweit ihn Miras ungebührliches Verhalten verärgert hatte. «Ihr könnt sie später bestrafen. Wenn Ihr aber frühzeitig beim Gewaltrichter sein wollt, müssen wir jetzt aufbrechen.»

«Ihr habt recht.» Mit einer Handbewegung gab sie Magda ein Zeichen, den Tisch abzuräumen, und ging hinaus, um ihren Zunftmantel zu holen. Wenig später war sie an Greverodes Seite auf dem Weg in die Judengasse.

«Ich weiß wirklich nicht, was in das Mädchen gefahren ist», setzte sie an, denn obgleich sie den Hauptmann nicht leiden konnte, hatte sie das Bedürfnis, ihn möglichst milde zu stimmen. Miras offener Ungehorsam war nicht dazu angetan, ihr dabei von Nutzen zu sein. «Ich werde sie selbstverständlich zur Rede stellen und sie für ihr Verhalten Euch gegenüber bestrafen.»

«Tut das.» Greverodes Stimme klang ungewöhnlich aufgeräumt. «Wenngleich ich zugeben muss, dass die edle Jungfer nicht unrecht hat.»

«Wie bitte?» Adelina blieb abrupt stehen und starrte ihn verblüfft an.

Der Hauptmann nahm sie am Arm und zog sie sanft weiter, bevor sie in dem dichten Treiben auf dem Alter Markt jemandem den Weg versperrten. «Mira von Raderberg ist von adeliger Geburt, Meisterin Burka. Ich bin es nicht.» Um seine Lippen zuckte es kurz. «Genau genommen steht sie auch über Euch.»

Adelina runzelte die Stirn. «Das gibt ihr aber noch lange nicht das Recht, sich derart ungezogen aufzuführen.»

«Das ist wahr.» Greverode nickte. «Ganz sicher werdet Ihr sie ordentlich dafür zurechtstutzen, und ich werde Euch bestimmt nicht daran hindern.» Er wies mit dem Kinn auf das Rathaus, zu dem es nur wenige Schritte waren. «Es scheint, als habe der Gewaltrichter bereits auf Euch gewartet.»

†

Tatsächlich stand Georg Reese vor dem Eingang des Rathauses und blickte ihnen ernst, aber offenbar zugleich erfreut entgegen.

«Frau Adelina, wie gut, dass Ihr da seid», rief er und musterte zugleich den Hauptmann neugierig. «Wie habt Ihr ihn denn dazu überredet, Euch aus dem Haus zu lassen?» Bevor einer von ihnen antworten konnte, winkte Reese bereits ab. «Ach was, sicher hattet Ihr sehr gute Argumente, nicht wahr? Die habt Ihr meistens. Ich war gerade auf dem Weg zu Euch, müsst Ihr wissen, um Euch zur Kunibertstorburg zu bringen.»

«Mich?» Adelina rang nach Luft.

Reese hob beschwichtigend die Hände. «Keine Sorge, nicht, um Euch einzusperren. Der Vogt hat mich beauftragt, Euch und Euren Gemahl noch einmal eingehend zu befragen, und zwar in den dazu vorgesehenen Räumlichkeiten des Gefängnisses.»

«In der Folterkammer?»

«So ist es vorgeschrieben, Frau Adelina. Aber auch hier kann ich Euch beruhigen. Ich habe nicht vor, Magister Burka die Daumenschrauben anzulegen. Lasst uns rasch zur Torburg gehen. Ich möchte die Erkenntnisse, die wir inzwischen gewonnen haben, und die alles andere als erfreulich sind, ungern mitten auf der Straße besprechen.» Er eilte voraus und winkte ihr und Greverode, ihm zu folgen.

«Was für Erkenntnisse?», wollte sie etwas atemlos wissen, da sie seinen schnellen Schritten kaum folgen konnte. «Wie kommt es, dass der Vogt Euch nun doch mit dieser Aufgabe betraut hat?»

Als Reese ihre Anstrengung bemerkte, wurde er prompt etwas langsamer. «Ich bin wieder im Spiel, Frau Adelina», antwortete er, «weil der Vogt zum Erzbischof gerufen wurde. Vermutlich wegen der Pläne der Kurfürsten, König Wenzel abzusetzen», setzte er hinzu. «Außerdem gibt es etwas, wovon ich Euch leider noch nicht in Kenntnis setzen konnte.»

«Und das wäre?»

Reese blieb kurz stehen und verzog betrübt die Lippen. «Ich berichtete Euch doch von dem Schädel, den man bei der Ulrepforte gefunden hat.»

«Ja?» Adelina schluckte. Ihr schwante nichts Gutes.

«Der Totenkopf scheint tatsächlich dem Beinhaus in der Rheingasse zu entstammen», sagte Reese. «Betrüblicherweise befand er sich in demselben Gelass, in dem wir den toten Säugling und den Korb mit Euren Schuhen gefunden haben.»

†

Der Wachmann Pitter brachte Adelina hinab in die fensterlose Kammer im Kellergewölbe der Kunibertstorburg, während Reese hinauf zu den Zellen ging, um Neklas zur Befragung abzuholen.

Der kleine Raum, in dem die Befragungen – auch die peinlichen – durchgeführt wurden, war kahl. Lediglich ein Tisch, ein Hocker und eine niedrige Pritsche mit daran angebrachten eisernen Hand- und Fußfesseln standen darin. Die übrigen Werkzeuge für die peinliche Befragung wurden offenbar in einem anderen Raum aufbewahrt und nur bei Bedarf vom Scharfrichter hereingeholt. Adelina war zutiefst dankbar für diesen Umstand.

Als Reese und Neklas eintraten, musste Adelina sehr an sich halten, um nicht augenblicklich zu Neklas zu stürzen und ihn an sich zu drücken. Voller Besorgnis musterte sie ihn und stellte fest, dass er dunkle Ringe unter den Augen hatte. Kinn und Wangen waren von kurzen Bartstoppeln bedeckt. Er wirkte etwas blass. Ihren Blick jedoch erwiderte er mit einem gleichermaßen erfreuten wie beruhigenden Lächeln.

«Also gut, da wären wir», hob Reese an und gab Pitter ein Zeichen, sich neben der Tür zu postieren. «Da ich Euch zur Genüge kenne, Magister Burka, werde ich darauf verzichten, Euch die Hände erneut binden zu lassen. Allerdings muss ich der Ordnung halber darauf bestehen, dass Ihr Euch auf den Schemel dort setzt, der speziell für die Delinquenten vorgesehen ist. Er ist etwas unbequem, aber die Befragung wird nicht lange dauern.»

Pitter hüstelte spöttisch neben der Tür, sagte jedoch nichts, da ihn der strafende Blick des Gewaltrichters streifte.

Reese berichtete Neklas noch einmal kurz, was sich in den vergangenen Tagen und Stunden ereignet hatte, und schloss dann mit der Frage: «Wo genau, Magister Burka, habt Ihr Euch während Eures Wachdienstes an der Ulrepforte aufgehalten? Die Männer, die mit Euch dort Dienst taten, konnten dem Vogt keine eindeutigen Angaben machen.»

«Die meiste Zeit – abgesehen von den Wachwechseln und der Übergabe – habe ich in der oberen Wachstube verbracht», antwortete Neklas freimütig. «Allein, wie ich mit Bedauern hinzufügen muss. Der Dienst dort oben ist langweilig und ermüdend und wird deshalb von den wenigsten Männern gern wahrgenommen. Allerdings müsste der Befehlshaber Euch dies bestätigen können.»

«Das hat er», sagte Reese. «Dummerweise hat sich danach niemand weiter darum gekümmert, ob Ihr dort oben auch die ganze Nacht geblieben seid. Das ist unser Problem. Ihr hättet ohne nennenswerte Schwierigkeiten für eine Weile fortgehen können, und der Vogt geht davon aus, dass Ihr genau das getan habt. Das Kellergelass, in dem der Schädel und die Leiche gefunden wurden, befindet sich etwas seitlich der Ulrepforte, ist jedoch den wenigsten bekannt oder gar zugänglich. Es gehört zu dem Netz aus unterirdischen Kellergewölben und Gängen, das, wie Ihr vielleicht wisst, schon seit römischen Zeiten unter unserer Stadt besteht. Man sagt, es handele sich dabei um eine alte Wasserleitung sowie die Überreste von heidnischen Tempeln und kaiserlichen Palästen.»

«Ich habe die Wachstube aber nicht verlassen», erwiderte Neklas ruhig. «Mag sein, ich bin ein- oder zweimal kurz eingenickt, doch das ist das Einzige, was man mir vielleicht zur Last legen kann.»

«Damit kommen wir leider kein Stück weiter», brummte Reese. «Tatsache ist nun mal, dass alle Hinweise darauf hindeuten, dass Ihr etwas mit dem toten Säugling zu tun habt.»

«Aber warum überhaupt», mischte Adelina sich ein. «Nur, weil unsere Schuhe ebenfalls dort gefunden wurden? Die kann der wahre Täter ja mit voller Absicht an dieser Stelle liegen gelassen haben. Und dann dieser Schädel – glaubt Ihr im Ernst, Neklas habe auch das Beinhaus in der Rheingasse ausgeraubt? Wozu denn in aller Welt? Was haben alte Knochen mit einer schwangeren Frau zu tun, der man das Kindlein aus dem Leib geschnitten hat?» Erregt und zugleich in einer beschützenden Geste legte Adelina eine Hand auf ihren Bauch.

«Ich verstehe Eure Aufregung, Frau Adelina.» Reese ging langsam im Raum auf und ab. «So wie Ihr sehe ich es auch. Leider wurde aber die Tote in Eurer Abortgrube gefunden, zusammen mit der Messerscheide des Herrn Magisters, und dummerweise sprechen einige Ereignisse aus seiner Vergangenheit gegen ihn. Glaubt mir, es tut mir wirklich leid, das sagen zu müssen, aber Euer Gemahl ist der einzige Mann in Köln, der nachvollziehbare Motive für die Tat hat.»

«So, habe ich das?», warf Neklas ein. «Welche Motive wären das bitte?»

Reese blieb vor ihm stehen. «Euer medizinischer Forscherdrang galt dem Vogt zunächst als der einleuchtendste Grund.»

Neklas fuhr auf. «Ich bin Arzt!»

«Eben.» Reese nickte. «Der Vogt legt dieser Tat einen irregeleiteten Eifer in dem Bemühen zugrunde, das menschliche Innere zu erforschen. Seit dem Fund des Schädels ist jedoch ein weiterer Verdacht hinzugekommen, der mir weit ärgere Sorgen bereitet.»

«Und zwar?»

Unbehaglich strich sich Reese übers Kinn und nahm seine Wanderung durch die Kammer wieder auf. «Es ist bekannt geworden, dass Ihr Euch nicht nur in der Medizin, sondern auch in der Alchemie auskennt und es darin zu einigem Ansehen gebracht habt.»

«Herr Reese!» Adelina starrte den Gewaltrichter entsetzt an. «Ihr habt dem Vogt erzählt, was ich Euch gesagt habe?»

Neklas' Kopf wandte sich zu Adelina. «Was hast du ihm gesagt?»

Adelina biss sich auf die Lippen. «Ich habe ihm von der Sache mit dem Goldmachen ...»

«Adelina!»

«Einen Augenblick», unterbrach Reese die beiden. «Von mir hat der Vogt nichts über diese ...» Er zögerte kurz. «... Angelegenheit zwischen Euch und diesem italienischen Bischof erfahren. Soweit ich weiß, hat Bruder Thomasius einiges zu diesem Thema beisteuern können.»

«Er schon wieder», knurrte Neklas. «Das hätte ich mir ja denken können.»

«Wie dem auch sei», fuhr Reese unbeirrt fort. «Dieser Dominikaner scheint sich in der Alchemie recht gut auszukennen. Er vermutet, dass Ihr womöglich auf der Suche nach einer Art Allheilmittel für alle Krankheiten seid. Man nennt es ...»

«Panacea», sagte Neklas. «Das ist interessant.»

«Panacea?», fragte Adelina verständnislos. «Ist das so etwas wie Theriak, das von den fahrenden Händlern immer wieder angeboten wird? Mein Vater hielt nicht viel davon, deshalb haben wir nie welches in unserer Apotheke verkauft. Die Herstellung ist sehr aufwendig. Soweit ich weiß, hat Meister Winkler als einer der wenigen Apotheker in Köln die Befugnis vom Stadtrat, es herzustellen – und das nur unter Aufsicht.» Sie schnaubte abfällig. «Er verkauft es wohl recht häufig – ich habe allerdings noch nie gehört, dass dieses Mittel wirklich jemandem geholfen hätte, es sei denn, seinen Geldbeutel zu erleichtern.»

«Nein, Adelina.» Neklas schüttelte den Kopf. «Panacea hat nichts mit Theriak zu tun. Es handelt sich vielmehr um eine besondere Substanz, die man, ganz ähnlich wie den Stein der Transmutation, aus der Quintessenz eines oder mehrerer Stoffe gewinnt. Es gibt sogar Gelehrte, die der Ansicht sind, beides, Stein der Weisen und Panacea, seien ein und dasselbe. Merkwürdig, dass Thomasius ausgerechnet darauf kommt. Aber ganz gleich, was seine Gründe sein mögen – Panacea findet man nicht, indem man unschuldige Menschen tötet.»

«Er war der Ansicht, dass Ihr Euch möglicherweise höllischer Unterstützung versichern wolltet», erklärte Reese.

Neklas schüttelte nur den Kopf. Adelina hingegen blickte entsetzt zwischen den beiden Männern hin und her. «Ich verstehe das alles nicht. Die Alchemie ist doch nicht verboten, ob man nun dieses Panacea sucht oder – wie einst mein Vater – den Stein der Transmutation. Es heißt sogar, selbst der Erzbischof und sogar der König würden Alchimisten beschäftigen, die danach suchen sollen.»

«Ihr habt recht», antwortete Reese bedächtig. «Es ist nicht verboten – jedenfalls nicht, solange dabei keine Magie oder Schwarze Künste bemüht werden, nicht wahr? Wie ist Eure Meinung dazu, Magister Burka?» Reese war erneut vor dem Medicus stehen geblieben und sah erwartungsvoll auf ihn hinab.

Neklas verschränkte die Arme vor der Brust. «Ich gehe davon aus, dass, ob nun Stein der Weisen oder Panacea, beides der göttlichen Schöpfung entspringen muss. Somit kann ich weder das eine noch das andere jemals gewinnen, wenn ich mich satanischer Künste bediene. Das könnt Ihr mir glauben oder auch nicht.»

«Was ich glaube, spielt in dieser Sache leider nur eine untergeordnete Rolle», gab Reese zurück. «Wenn wir aber, da wir unter uns sind, einmal davon ausgehen, dass Ihr unschuldig seid, wüsste ich gerne, wer Eurer Meinung nach einen Grund haben könnte, Euch diesen Mord und den Knochenraub in die Schuhe zu schieben. Habt Ihr jemanden verärgert? Einen Neider oder Konkurrenten?»

Da Neklas wieder den Kopf schüttelte, blickte Reese auffordernd zu Adelina. Doch auch sie hob nur die Schultern. «Herr Reese, diese Fragen haben wir uns schon mehr als einmal gestellt und keine Antworten darauf gefunden. Sicher haben wir in der Vergangenheit den Ärger so mancher Personen auf uns gezogen. Von denen ist allerdings kaum noch jemand am Leben.»

«Vielleicht jemand aus deren Familien?»

Adelina runzelte die Stirn. «Das wäre möglich. Wenn jemand uns die Schuld an der Verurteilung seines Verwandten gibt, könnte er sich auf diese Weise rächen wollen. Woher aber soll dieser Jemand von Neklas' Vergangenheit wissen? Und warum hat er so lange gewartet?»

Nachdenklich legte Reese den Kopf auf die Seite. «Diesen Fragen sollten wir in der Tat unsere Aufmerksamkeit widmen.» Er gab Pitter ein Zeichen, und dieser ging zu Neklas hinüber und forderte ihn mit einer Geste zum Aufstehen auf. «Für heute lassen wir es dabei bewenden», sagte der Gewaltrichter. «Ich werde schon, was ich in Erfahrung bringen kann, insbesondere, was die Familien der aus Köln verwiesenen Patrizier angeht. Morgen sprechen wir einander wieder.»

Pitter führte Neklas hinaus, und Adelina wollte ihnen schon folgen, doch Reese hielt sie zurück. «Einen Moment noch», raunte er und winkte ihr, ihm die Treppe hinauf zu folgen. Im Erdgeschoss lauschte er kurz, dann flüsterte er: «Geht hinauf zur Zelle Eures Mannes. Pitter wird Euch einlassen und Euch einige Minuten Zeit geben.»

Verblüfft sah sie ihn an. «Ich soll alleine …?»

«Ich nehme an, Euer Gemahl traut mir nicht ganz oder

hat andere Gründe, nicht offen mit mir zu sprechen. Ich bitte Euch, noch einmal mit ihm zu reden.»

«Ich soll ihn aushorchen?» Adelina hob ihre Augenbrauen.

Reese legte ihr beschwichtigend eine Hand auf den Arm. «Ich gehe selbst ein großes Risiko ein, wenn ich Euch zu ihm lasse. Man kann mir leicht eine Mittäterschaft daraus drehen. Aber wenn ich Euch helfen soll, müssen wir alles versuchen.»

Zögernd nickte Adelina.

«Also gut, dann geht jetzt hinauf. Ich muss jetzt fort, gebe aber dem Hauptmann Bescheid, dass Ihr gleich kommt.»

«Ihr wollt Greverode einweihen?»

Reese nickte ernst. «Es bleibt uns nichts anderes übrig, Frau Adelina. Ganz gleich, welche persönlichen Vorbehalte Ihr gegen ihn hegt – er ist ein guter, vertrauenswürdiger Mann.»

«Es gab eine Zeit, da hieltet ihr ihn für wankelmütig, was sein Verhältnis zur Obrigkeit angeht. Ich glaube, Ihr nanntet ihn ein Fähnchen im Wind.»

Reese hob überrascht den Kopf, lächelte dann aber. «Das war in der Tat mein Eindruck von ihm, als er noch nicht Hauptmann war. Inzwischen jedoch bin ich sicher, kaum einen charakterstärkeren Mann zu kennen als ihn. Er ist loyal und geradlinig, ganz ähnlich wie Ihr.» Sein Lächeln vertiefte sich. «Und leider beinahe ebenso stur, wenn er sich etwas in den Kopf gesetzt hat. Könnt Ihr Euch vorstellen, dass er persönlich beim Schöffengericht vorgesprochen hat, um zu erwirken, dass die Aufsicht über Euch in seine Befehlsgewalt gegeben wird?»

«Hat er das? Warum wohl?» In Adelina stieg wieder dieses mulmige Gefühl auf.

Reese sah sie aufmerksam an. «Er begründete es mit den

Vorfällen, die vor drei Jahren zum Tode Eures Vaters geführt haben. Offenbar wollte er Euch in Eurer Lage die Anwesenheit fremder Männer im Haus ersparen.» Er hielt kurz inne. «Frau Adelina … Er mag Euch vielleicht ein wenig grob erscheinen, aber er ist ein Mann von Ehre.»

Adelina senkte kurz den Kopf, blickte aber gleich wieder auf. Auch wenn sie nicht sicher war, ob sie Reeses Einschätzung teilte, war schon allein die Aussicht, Neklas für wenige Augenblicke allein zu sehen, Grund genug, seinem Plan zuzustimmen. «Also gut», sagte sie und wandte sich zur Treppe, die hinauf in das Geschoss mit den Zellen führte. «Ich rede mit Neklas … und berichte Euch morgen.»

15

Das Knirschen, mit dem der Riegel der Tür zurückgeschoben wurde, ging ihr durch Mark und Bein. Wie bei ihrem letzten Besuch war es der verlauste Endres, der ihr Erscheinen als Erster kommentierte.

«Sieh an, die Frau Apothekerin», kicherte er und richtete sich auf seiner Matratze auf. «Und noch runder als neulich. Ihr solltet Euch in Eurem Zustand nicht in Gefängnissen herumtreiben. Das tut dem Kind ganz bestimmt nicht gut.»

«Sei still», kam es ungewöhnlich grob von Neklas, der bei Adelinas Anblick aufgestanden war. Wieder hinderte ihn die Kette, mit der sein Arm an die Wand gefesselt war, sich allzu weit von seinem Lager zu entfernen, deshalb eilte Adelina rasch zu ihm und schlang ihm die Arme um den Hals. Obwohl er ungewaschen war und bereits streng nach Schweiß roch, presste sie ihr Gesicht an seine Schulter.

Sanft streichelte Neklas ihr über den Rücken, dann schob er sie ein kleines Stückchen von sich und blickte ihr prüfend in die Augen. «Was tust du hier?» Als sie nicht gleich antwortete, nickte er. «Hat Reese dich geschickt?»

Sie nickte zaghaft. «Er glaubt, dass du ihm etwas verschweigst.»

Langsam ließ Neklas sich wieder auf seine Matratze sinken, und Adelina tat es ihm etwas ungelenk gleich.

«Er irrt sich», antwortete Neklas nach einem kurzen Moment des Schweigens.

«Wirklich?» Prüfend sah Adelina ihm in die Augen.

Mit einem leichten Stirnrunzeln erwiderte er ihren Blick, bis sie nickte. «Wie sollen wir dich nur aus diesem Loch herausholen?», fragte sie verzweifelt. «Wir wissen ja nicht einmal, in welche Richtung wir Nachforschungen anstellen sollen. Uns bleiben nur wenige Tage Zeit, um etwas zu unternehmen.»

Neklas' Miene verfinsterte sich. «Glaub mir, ich denke Tag und Nacht an nichts anderes. Manchmal scheint es mir, als wiederhole sich der Albtraum von damals: Thomasius, der mich anklagt, ein an den Haaren herbeigezogener Verdacht, günstig platzierte Beweisstücke …»

Adelinas Kopf ruckte hoch. «Glaubst du, jemand von damals könnte dahinterstecken?»

«Jemand aus Italien?» Neklas zuckte mit den Schultern. «Es erscheint mir unwahrscheinlich. Andererseits will mir keine andere Erklärung einfallen. Wir müssten herausfinden, ob sich derzeit fremdländische Geistliche in Köln aufhalten. Möglicherweise beim Erzbischof.»

Adelina atmete hörbar ein. «Da ist tatsächlich jemand.»

Neklas blickte sie verblüfft an.

Sie nickte bekräftigend. «Neulich kam ein hoher Geistlicher mit Gefolge über den Alter Markt geritten. Unter seinen Männern befand sich auch Thomasius.»

«Wie heißt dieser Geistliche?»

Adelina überlegte kurz. «Reese nannte ihn Vater Emilianus.»

Enttäuscht ließ sich Neklas gegen die kalte Wand sinken. «Nein, vergiss ihn», sagte er. «Vater Emilianus stammt zwar, soweit ich weiß, aus Spanien, ist aber schon seit vielen Jahren ein treuer Gefolgsmann des Erzbischofs.»

«Du kennst ihn?»

«Ich habe von ihm gehört. Du weißt doch, dass ich ein paarmal im erzbischöflichen Palast war, wenn einer der Kleriker krank …»

«Ja, ja», sagte Adelina mürrisch und winkte ab. Sie wusste nur zu gut, dass Neklas die Dreistigkeit besessen hatte, einige seiner verbotenen Schriften in der Bibliothek des Erzbischofs zu verstecken.

Ein kurzes Grinsen umspielte Neklas' Lippen und zeigte ihr, dass er genau wusste, weshalb sie so harsch reagierte. Er wurde jedoch sofort wieder ernst. «Vater Emilianus hat mit dem Prozess in Italien nicht das Geringste zu tun. Mir fällt auch kein Grund ein, weshalb er mir Schaden zufügen sollte. Vermutlich weiß er nicht einmal, wer ich bin.»

«Wenn Thomasius es ihm nicht erzählt hat.»

«Warum sollte er?» Neklas nahm ihre Hand und spielte mit ihren Fingern. «Nun gut, mag sein, er hat ihm etwas erzählt, jetzt, da er sich als Inquisitor aufspielt und vor den Schöffen gegen mich ausgesagt hat. Aber selbst wenn – zu jenem Zeitpunkt war die Frau des Schusters bereits tot.» Flüchtig hob Neklas Adelinas Hand an seine Lippen, dann fuhr er fort: «Trotzdem sollten wir Thomasius aus unseren Überlegungen nicht herauslassen. Auch wenn er wohl kaum etwas mit dem Mord zu tun hat – und mit dem Knochenraub schon gar nicht –, liegt ihm ja ganz offenbar daran, mir erneut Schaden zuzufügen. Und dabei scheint er zu versuchen, sich selbst und seine Beteiligung an den Ereignissen in Italien möglichst elegant zu überspielen.»

«Wie meinst du das?», fragte Adelina erstaunt.

«Überleg doch: Was, sagte Reese, hat er als angeblichen Grund für meine Taten angeführt?»

Adelina zögerte. «Die Suche nach diesem Panacea, dem Allheilmittel.»

«Ein Allheilmittel?», rief Endres erheitert dazwischen. Er hatte ihrem Gespräch bisher aufmerksam gelauscht. «Das ist ein guter Witz. Sagt bloß, Ihr kennt ein Mittelchen, das alle Menschen gesund machen kann. Seid Ihr am Ende nur so ein Scharlatan wie die Theriakkrämer, die über die Jahrmärkte ziehen?»

Neklas warf ihm einen vernichtenden Blick zu, über den

sich Endres zu amüsieren schien, denn er kicherte leise vor sich hin.

«Richtig», sagte Neklas, nachdem er sich wieder Adelina zugewandt hatte. «Er sprach von Panacea, nicht vom …»

«… Stein der Weisen», vollendete Adelina den Satz und begriff. «Er will nicht, dass seine Rolle damals zu genau beleuchtet wird, und lenkt deshalb die Aufmerksamkeit der Schöffen und des Vogtes auf das Panacea, damit sie gar nicht auf den Gedanken kommen, es könnte um Gold gehen.»

«Eine Vermutung», bestätigte Neklas. «Jedoch eine sehr naheliegende. Mir stellt sich nur die Frage, warum er das tut. Jahrelang hat er uns in Frieden gelassen, und plötzlich schlägt er zurück. Da muss irgendetwas dahinterstecken.»

«Aber was?»

Neklas richtete sich etwas auf. «Das werden wir nur erfahren, wenn wir ihn zum Reden bringen.»

«Wir?»

«Du», verbesserte er sich.

Adelina sah ihn ratlos an. «Wie soll ich das bloß anstellen? Ich werde doch Tag und Nacht bewacht.»

Neklas nickte bedächtig. «Das ist richtig, aber …» Er hielt kurz inne, dann lächelte er vor sich hin. «Eine alte orientalische Weisheit besagt: Wenn der Prophet nicht zum Berg kommt, muss der Berg eben zum Propheten kommen. Verlange einfach, dass man Thomasius zu dir bringt. Behaupte, du würdest seinen geistlichen Beistand brauchen.»

Adelina schauderte ein wenig. «Ob mir das jemand glaubt?»

«Du kannst sehr überzeugend sein, mein Schatz.» Neklas küsste erneut ihre Hand. «Wenn irgend möglich, hol auch Jupp zu diesem Gespräch dazu. Du weißt, dass er dir beistehen wird.»

Adelina nickte, machte aber nach wie vor ein skeptisches Gesicht.

Von Endres' Lager her klirrte es leise, als er sich auf die Seite legte und sich, ihnen zugewandt, genüsslich ausstreckte. «Eine orientalische Weisheit?», fragte er neugierig.

Neklas warf ihm einen gereizten Blick zu. «Eine heidnische, um genau zu sein. Es heißt, sie handelt vom Propheten Mohammed.»

Endres lachte schallend. «Oje, ich glaube, ich weiß jetzt, warum sie Euch loshaben wollen.»

Er verstummte, als auf dem Gang vor der Zelle Schritte laut wurden. Offenbar nahm Pitter an, er habe Adelina nun genug Zeit gewährt. Schon ratschte der Riegel wieder über das Holz.

Adelina versuchte aufzustehen, doch Neklas hielt sie am Arm zurück und raunte: «Der Brief.»

Verständnislos sah sie ihn an.

Die Zellentür schwang auf, und der Wachsoldat streckte den Kopf herein. «Es wird Zeit.»

Neklas drückte Adelinas Arm und blickte sie eindringlich an. «Du weißt schon, der Brief, den Thomasius damals wegen Ruths Taufe geschrieben hat.»

Rasch nickte sie.

Neklas senkte seine Stimme noch weiter. «Hol ihn aus dem Versteck und gib ihn Jupp. Wenn es sein muss, kann er ihn als Druckmittel verwenden.»

«Was ist denn, Meisterin Burka! Eure Zeit ist um.»

«Ja, ja, ich komme schon», antwortete Adelina etwas zerstreut und bemühte sich, auf die Füße zu kommen. Sie schaffte es allerdings erst, als Neklas ihr half und sie stützte. Schwer atmend strich sie ihr Kleid glatt.

Pitter schüttelte vielsagend den Kopf. «Ich sag's ja, eine Schwangere im Gefängnis. Die Dummheit der Weiber kennt keine Grenzen.» Er winkte ihr ungeduldig. «Nun kommt schon, der Hauptmann wartet unten auf Euch.»

†

«Keine schlechte Idee, meinem Onkel auf den Zahn zu fühlen», befand Jupp, als er mit Adelina und deren Familie am Mittag in der Küche beisammensaß. «Mit Freude werde ich diese Aufgabe übernehmen.»

«Ich will dabei sein», erwiderte Adelina. «Er soll mir ins Gesicht sehen und mir sagen, was geschehen ist, dass er uns wieder derart angreift.»

«Euer Onkel?», fragte Greverode erstaunt. Er kam von seinem Posten an der Tür zum Tisch herüber und setzte sich neben Griet, die daraufhin verschreckt zu Franziska hinüberrutschte, so weit es ging.

Jupp bedachte den Hauptmann mit einem spöttischen Blick. «Ist es etwa noch nicht bis zu Euch durchgedrungen, dass Bruder Thomasius mit mir verwandt ist?» Er wandte sich wieder an Adelina. «Also gut, ich kann dich verstehen. Am besten werde ich mich gleich auf den Weg machen und nach ihm Ausschau halten. Sobald ich ihn treffe, bringe ich ihn hierher.»

«Ich kann Wolfram nach ihm aussenden», schlug Greverode vor, doch Jupp winkte ab.

«Vielen Dank, aber das erledige ich lieber selbst.» Schon stand er auf und ging zur Tür, wo er sich noch einmal umdrehte und Adelina bedeutungsvoll ansah. «Es wäre gut, wenn wir nachher irgendein Druckmittel in der Hand hätten.»

Adelina nickte. «Das wäre in der Tat von Vorteil.» Sie schielte zu Greverode. «Neklas hatte dieselbe Idee. Wie lange wird es dauern, bis du Thomasius gefunden hast?»

Jupp lächelte grimmig. «Nicht lange.» Damit wandte er

sich um und verließ die Küche. Wenig später fiel die Haustür ins Schloss.

Greverode blickte mit gerunzelter Stirn zu Adelina hinüber. «Ein Druckmittel? Was heckt Ihr nun schon wieder aus?»

«Nichts», sagte sie und stand auf.

«Wohin wollt Ihr?», fragte er und war sofort neben ihr, da sie Anstalten machte, ebenfalls den Raum zu verlassen.

«Ich gehe in den Keller, um ein wenig aufzuräumen», antwortete sie und funkelte ihn an. «Habt Ihr etwas dagegen?»

«Ihr wollt aufräumen?» An Greverodes Gesichtsausdruck ließ sich ablesen, dass er sie für leicht übergeschnappt hielt. «Jetzt?»

«Mit irgendetwas muss ich mich wohl beschäftigen», antwortete sie giftig. «Aber Ihr könnt Euch gerne nützlich machen und mir helfen.»

«Beim Aufräumen?» Seine Stimme klang wenig begeistert, und sie musste ein triumphierendes Lächeln unterdrücken.

Er schüttelte den Kopf. «Ich bin nicht hier, um Weiberarbeit zu verrichten. Geht nur hinunter, wenn Euch so viel daran liegt. Im Keller könnt Ihr ja schließlich nichts anstellen.»

«Wie wahr», sagte sie giftig, griff sich die größere der beiden Öllampen, die auf dem Tisch standen, und rauschte hinaus. Einen Augenblick später kam sie jedoch wieder herein und entzündete die Lampe am Herdfeuer. Dabei blickte sie zu ihrer Stieftochter hinüber. «Griet, du kannst mit Franziska und Colin in den Hof gehen. Mira …» Sie musterte ihr Lehrmädchen eingehend. «Du verschwindest in deiner Kammer und überlegst dir eine angemessene Strafe für deinen Ungehorsam heute Morgen.» Damit schloss sie endgültig die Tür hinter sich, atmete zweimal tief durch und stieg die schmale Steintreppe hinab in den Keller.

Hier unten gab es lediglich zwei voneinander abgeteilte Räume. In dem einen befanden sich je zwei Wein- und Bierfässer sowie Mieten für Kohl und Äpfel und Regale, in denen Adelina verderbliche Lebensmittel lagerte. Der andere Raum beherbergte das Laboratorium, welches ihr Vater einst für seine alchemistischen Experimente benutzt und in dem sich inzwischen Neklas sein Reich eingerichtet hatte. In der Mitte des Raumes stand ein großer, massiver Holztisch, der von zwei wackeligen Stühlen flankiert wurde. An der Rückwand, gleich unter dem Fensterschlitz, standen die alchemistischen Gerätschaften: ein Alembik mit einem langen gebogenen Ausguss, ein Gestell, an welchem mehrere miteinander verbundene Glasgefäße angebracht waren, eine Feuerstelle mit Blasebalg und ein riesiger, turmförmiger philosophischer Ofen, von Neklas auch Athanor genannt. Das unförmige Ding hatte schon zu ihres Vaters Lebzeiten für so manchen Streit gesorgt, denn in seinem Inneren befand sich ein oval zugeschmolzenes Gefäß, in welchem die Substanz, die zum Stein der Transmutation umgeformt werden sollte, über einen längeren Zeitraum schwacher und gleichförmiger Hitze ausgesetzt werden musste. Je nach Beschaffenheit der Substanz stiegen hierbei stinkende Gase auf, die nicht selten das ganze Haus durchdrungen hatten. Schlimmer aber noch waren die immer wieder vorkommenden Unfälle, wenn das Gemisch in dem Gefäß zu heiß geworden und ihrem Vater mit lautem Getöse um die Ohren geflogen war. Dabei zerbrach der teure Behälter, der philosophisches Ei genannt wurde und aus Glas bestand. Neklas ging vorsichtiger mit seinen Glasgefäßen um und schrieb sich jeden Versuchsvorgang sorgfältig auf, um gescheiterte Experimente nicht zweimal durchführen zu müssen. Dennoch war auch ihm schon mehr als ein philosophisches Ei zersprungen.

Die Kosten dafür waren jedoch nichts im Vergleich zu dem Vermögen, das in Form von Büchern und Handschriften in den Regalen ringsum an den Wänden lagerte. Neklas hatte sich eine Bibliothek zusammengesammelt. Dazwischen reihten sich dicht an dicht Gefäße und Phiolen mit den unterschiedlichsten Essenzen.

Lauschend blieb Adelina in der Tür des Laboratoriums stehen und entzündete den Kienspan, der neben der Tür in einer Wandhalterung klemmte. Von oben waren die Stimmen der Kinder zu hören und dann Franziska, die Colin zur Ordnung rief und in den Hof hinausschickte. Adelina nickte zufrieden vor sich hin und steuerte auf eine der Truhen unter den Regalen an der rechten Wand zu. Sie zog die Truhe mit einiger Anstrengung von der Wand fort, lauschte noch einmal und kniete sich daraufhin in die entstandene Lücke.

Mit den Fingern grub sie die Ritzen um einen der Steine des massiven Mauerwerks frei und zog ihn vorsichtig heraus. Umständlich beugte sie sich vor und leuchtete mit ihrer Lampe in die kleine Öffnung, dann griff sie beherzt hinein. Ihre Fingerspitzen stießen erst gegen etwas Weiches – den Beutel, der Neklas' Sezierbesteck enthielt – und dann gegen einen Bücherstapel. Zischend stieß sie die Luft aus und tastete vorsichtig weiter. Sie konnte den Brief, von dem Neklas gesprochen hatte, jedoch nicht finden. Hatte er ihn vielleicht in eines der Bücher hineingeschoben? Stirnrunzelnd griff sie sich das Büchlein, das zuoberst auf dem Stapel lag. Es handelte sich eher um einen dünnen Stapel Papiere, die von mehreren Klammern zusammengehalten wurden. Ohne größeres Interesse blätterte sie sie durch und legte sie beiseite, um das nächste Buch aus dem Versteck zu ziehen. Erst beim allerletzten Buch wurde sie fündig: Der besagte

Brief, den einst Thomasius aufgesetzt hatte, um verschiedene Geistliche daran zu hindern, eine junge Jüdin zu taufen, die Meister Jupp hatte ehelichen wollen, steckte zwischen den letzten Seiten des alchemistischen Werks, welches Adelina ebenfalls nicht weiter beachtete. Sie hätte die geheime Sprache, in der es verfasst war, sowieso nicht verstanden. Dass es sich um ein verbotenes Werk handelte, war ihr jedoch sehr wohl bewusst, denn sonst hätte Neklas es nicht in der Wand versteckt.

Seufzend schob sie sich den Brief in ihren Ärmel und legte die Bücher nacheinander wieder zurück in das dunkle Loch. Einen dünnen Lederband wollte sie als Letztes zurücklegen, doch die kunstvolle Gravur auf dem Deckel ließ sie zögern. Das Bild zeigte einen auf den Hinterfüßen stehenden Löwen, der aussah, als wolle er mit seinen Tatzen nach etwas greifen. Kopfschüttelnd, da ihre Neugier nun doch geweckt war, schlug sie das Buch auf und blätterte einige der Pergamentseiten um. Die Schrift war kunstvoll – und nicht lesbar. Um was für eine Sprache es sich auch handeln mochte – Latein war es jedenfalls nicht –, die bunten Bilder, die sie begleiteten, sprachen ihre eigene Sprache.

Adelina stieß ein empörtes Schnauben aus. «So etwas!», grollte sie. «Pfui, Neklas, das ist kein alchemistisches Buch, sondern eines mit schmutzigen Bildern!»

«Mutter?»

Adelina zuckte heftig zusammen und ließ das Buch vor Schreck fallen, als sie hinter sich Griets Stimme vernahm. «Du liebe Zeit, Kind», rief sie und legte eine Hand auf ihr pochendes Herz. «Hast du mich erschreckt! Was tust du denn hier?»

Griet machte ein betretenes Gesicht. «Ich dachte, ich könnte dir vielleicht beim Aufräumen helfen, aber …» Sie senkte die Stimme. «Was hast du denn da? War das Buch in dem Wandversteck? Ist es eines von Vaters verbotenen Büchern?»

Entsetzt riss Adelina die Augen auf. «Griet, woher weißt du davon?»

Griet lächelte leicht. «Na ja, Mutter, ihr lebt ja nicht alleine hier im Haus. Man kriegt schon das eine oder andere mit.»

«Das eine oder andere?»

«Keine Angst, ich werde niemandem davon erzählen.»

Adelina verdrehte die Augen. «Das darfst du auch nicht, denn diese Bücher könnten deinen Vater in große Schwierigkeiten bringen.»

Griet kräuselte nachdenklich die Lippen. «In noch größere, als er sie jetzt schon hat?»

Adelina nickte. «Vermutlich. Falls das überhaupt noch möglich ist. Obwohl ich fast glaube, dass dieses Buch hier ...» Sie nahm das dünne Bändchen wieder in die Hand. «Dieses hier», wiederholte sie, «scheint etwas anders geartet zu sein. Jedenfalls sieht es mir nicht wie ein alchemistisches Werk aus.»

«Warum nicht?», fragte Griet arglos. «Da ist doch ein Löwe vorne drauf. Vater hat mir erklärt, dass der Löwe ein Zeichen für den Stein der Transmutation ist.»

«Mag sein. Aber die Bilder, die dieses Buch enthält, beschreiben gewiss keine alchemistischen Experimente.»

«Darf ich mal sehen?»

Adelina drückte das Büchlein an sich. «Lieber nicht, Griet. Diese Bilder sind nicht für die Augen eines Kindes gedacht.»

«Warum nicht? Bitte zeig sie mir. Ich kann dir sagen, ob es ein alchemistisches Buch ist.»

«Du kannst mir das sagen?» Adelinas Augenbrauen wanderten in die Höhe. «Seit wann kannst du das denn beurteilen?»

Verlegen knabberte Griet auf ihrer Unterlippe herum. «Vater hat … na ja, er hat mir ein paar Dinge erklärt und mir auch einige seiner Bücher gezeigt.»

«So, hat er das?»

«Ja, und deshalb weiß ich, woran man den Geheimcode der Adepten erkennen kann. Na, zumindest ein bisschen.»

Adelina fasste sich stöhnend an den Kopf. «Das kann ja wohl nicht wahr sein», murmelte sie, gab ihrer Stieftochter dann jedoch zögernd das Buch in die Hände.

Griet schlug es auf und studierte interessiert sowohl den verschlüsselten Text als auch die Bilder und nickte dann nachdrücklich. «Das ist ganz bestimmt eines von den verbotenen Büchern», stellte sie im Brustton der Überzeugung fest. «Zumindest handelt es von der Transmutation.»

«Ah ja?»

«Ja, sieh her!» Griet deutete auf ein besonders farbenfrohes Bild. «Hier siehst du Sol und Luna, also Sonne und Mond …»

«Griet!» Adelina hob abwehrend die Hand. «Kind, das ist ein schmutziges Bild, nichts weiter. Ein Mann und eine Frau, beide mit einer Krone auf dem Kopf, sitzen gemeinsam – und nackt! – in einem Badezuber. Und dieses hier …» Sie wies auf die gegenüberliegende Seite. «Hier sind die beiden wieder zu sehen. Immer noch nackt und … Pfui, sie haben gemeinsam nur ein Paar Beine!»

«Aber Mutter!» Griet schüttelte den Kopf. «Das sind doch alles nur Allegorien. Gleichnisse über die Verwandlung von unedlen Metallen zu Gold. Schau, der Badezuber ist der Schmelztiegel, Sol und Luna die Elemente, die darin geschmolzen werden sollen. Dann verbinden sie sich, was hier als Zwitter dargestellt wird. Vater nennt es auch Hermaphrodit. Er sagt, das sei der griechische Begriff dafür. Und dann, wahrscheinlich auf der nächsten Seite …» Eifrig blätterte Griet um, und ein triumphierendes Leuchten glitt über ihr Gesicht. «Siehst du, hier ist Luna schwanger aus dieser Vereinigung.»

Adelina starrte das Mädchen mit einer Mischung aus Neugier und Misstrauen an. «Dein Vater hat dir also ein paar Dinge erklärt, ja?»

Griet ließ das Buch sinken. «Ja – hin und wieder.»

«Wie häufig war dieses hin und wieder?»

«Na ja, also, ähm …»

«Heilige Muttergottes, steh mir bei.» Adelina rieb sich müde die Augen. «Ich hatte gehofft, es würde eine Generation überspringen.»

«Was meinst du damit?», fragte Griet. «Hätte Vater mir diese Dinge nicht beibringen dürfen?»

Resignierend winkte Adelina ab. «Er hätte sich ja doch nicht davon abbringen lassen. Und du vermutlich auch nicht.» Sie atmete tief durch. «Du glaubst also, diese merkwürdigen Bilder haben etwas mit dem Stein der Weisen zu tun?»

«Ganz bestimmt», antwortete Griet. «Sieh her, Vater hat noch ein anderes Buch …» Das Mädchen ging zielstrebig auf das Regal direkt neben der Tür zu und zog einen schweren Folianten hervor, den sie nur mit Mühe tragen konnte. Sie ließ ihn auf den Tisch fallen und klappte den Deckel auf. «Hier, Mutter. Das sind ganz ähnliche Bilder.»

Adelina rappelte sich auf und ging ebenfalls zum Tisch hinüber. Im flackernden Schein von Kienspan und Öllampe starrte sie einigermaßen sprachlos auf eine Zeichnung, die der in dem dünnen Büchlein auffallend ähnelte. Lediglich der Badezuber war hier in Gold gehalten, und anstelle der Kronen trugen Sol und Luna etwas auf dem Kopf, das entfernt wie ein Heiligenschein mit Zacken aussah.

«Das Buch hat ein Mann namens Villanova geschrieben», erklärte Griet. «Vater sagt, es kann sein, dass es demnächst auch verboten wird. Jedenfalls in manchen Gebieten des Reiches.»

«Hat er gesagt.»

«Ja, und dass er das nicht begreifen kann, weil die Versuchsbeschreibungen darin sowieso vollkommen unbrauchbar sind. Jedenfalls die in der zweiten Hälfte, weil da die Zugabe des gelben Elixiers nach der Freiwerdung des roten Steines empfohlen wird. Das geht aber gar nicht, weil ohne das gelbe Elixier gar kein roter Stein entstehen kann.»

«O mein Gott.» Wieder verdrehte Adelina die Augen, diesmal kläglich.

Griet hob alarmiert den Kopf und fasste sie am Arm. «Stimmt etwas nicht, Mutter? Geht es dir nicht gut?»

«Nein, es geht mir nicht gut», antwortete Adelina matt. «Aber sprich nur weiter, ich kann ohnehin nichts mehr daran ändern.»

«Woran ändern?»

«An dieser Art von … Besessenheit. Dein Vater hat sie dir vererbt. Ich denke …» Sie hielt inne, als sie vor der Kellertreppe Schritte hörte. Rasch nahm sie den dünnen Lederband an sich. «Geh wieder nach oben, Griet», befahl sie leise. «Und kein Wort hierüber zu den anderen. Auch nicht zu Mira. Hast du mich verstanden?»

Griet nickte ernst. «Natürlich nicht. Obwohl Mira weiß, dass Vater mir hier unten einiges gezeigt hat.»

Adelina schüttelte vehement den Kopf. «Kind, hier geht es nicht um ein paar einfache Experimente. Ich fürchte … Kein Wort. Zu niemandem. Geh jetzt.»

Griet klappte den Folianten zu und wuchtete ihn zurück in das Regal. Dann stieg sie rasch die Treppenstufen empor.

Adelina wartete, bis sie sicher war, ganz allein zu sein, dann schob sie eilig das Büchlein zurück in das Versteck, schob den Stein an seinen Platz und stopfte die Ritzen, so gut es ging, mit Mörtelresten und Staub aus. Dann wuchtete sie die schwere Truhe wieder an ihren Platz und setzte sich schließlich schwer atmend darauf, um zu verschnaufen.

Was hatte Neklas sich nur dabei gedacht, ausgerechnet Griet in seine alchemistischen Geheimnisse einzuweihen? Oder hatte sie ihn womöglich danach gefragt? Adelina konnte es sich kaum vorstellen. Griet war ein eher zurückhaltendes Mädchen, das selten von sich aus um etwas bat. Und nun stellte sich heraus, dass die beiden ganz offenbar ein Geheimnis vor ihr bewahrt hatten. In einem Anflug von Ärger presste Adelina die Lippen aufeinander. Warte nur, dachte sie bei sich. Wir sprechen uns noch. Jetzt fiel ihr wieder der Brief ein und weshalb sie ihn überhaupt aus dem Versteck geholt hatte. Gerade als sie aufstehen wollte, um wieder nach oben zu gehen, fiel ihr Blick auf den großen Ofen und die uralte, halb mit Holzscheiten gefüllte Eichenholzkiste daneben.

Etwas hatte ihre Aufmerksamkeit erregt.

16

Adelina blickte auf den unförmigen philosophischen Ofen und scharrte mit der Fußspitze in der dicken Staub- und Rußschicht, die sich um die Eisenplatte gebildet hatte, auf der der Ofen stand. Dann trat sie beiseite und tat das Gleiche bei der Holzkiste. Stirnrunzelnd ging sie einen Schritt zurück. Sie hatte immer gedacht, dass die Kiste ebenfalls auf der Eisenplatte stehe, doch offenbar war dem gar nicht so. Ihr Argwohn war geweckt, als sie unter der Staub- und Rußablagerung etwas entdeckte, das wie der Rand einer steinernen Einfassung aussah. Sie versuchte, die Kiste zu bewegen, wusste jedoch sofort, dass dies unmöglich war. Der Kasten hatte schon an dieser Stelle gestanden, als sie noch ein kleines Mädchen gewesen war. Er war ebenso alt wie massiv – und noch dazu bis zur Hälfte mit Holzscheiten gefüllt.

Adelina wollte sich bereits abwenden, doch der Stachel der Neugier steckte bereits zu tief in ihrem Fleisch. Seufzend begann sie, ein Scheit nach dem anderen aus der Kiste zu heben und neben sich aufzustapeln. Dabei zog sie sich gleich zwei Splitter zu und verteilte Staub und Ruß auf ihrem Kleid. Als die Kiste endlich leer war, rüttelte sie prüfend daran. Noch immer schien sie viel zu schwer zu sein, um von einer einzelnen Person bewegt zu werden. Jedenfalls, wenn diese Person hochschwanger war. Suchend blickte Adelina sich um und holte sich schließlich einen eisernen Schürhaken herbei. Im Geiste entschuldigte sie sich bei Neklas dafür, dass sie das Gerät nun so schändlich missbrauchen würde, und schob die Spitze zwischen Boden und Kiste, um eine Hebelwirkung zu erzeugen. Es klappte: Sie konnte den

Kasten ein wenig anheben und ihm gleichzeitig einen heftigen Stoß geben, sodass er hinterher etwas schief stand. Rasch fegte Adelina mit dem Schuh weiteren Schmutz beiseite und erkannte, dass die Kiste tatsächlich auf etwas wie einer Einfassung gestanden hatte.

Mit Hilfe des Schürhakens und einiger Kraftanstrengung gelang es Adelina schließlich, die Kiste ganz von ihrem Platz fortzuschieben, der sich bei näherem Hinsehen als rechteckige Falltür entpuppte, an deren linker Seite ein schwerer Messinggriff eingelassen war.

Einige Augenblicke starrte Adelina wie betäubt auf ihren Fund. Sie hatte von der Existenz dieser Falltür keine Ahnung gehabt. Ihr Vater hatte niemals erwähnt, dass es sie gab. Vielleicht hatte er es selbst nicht gewusst. Das Haus war schon seit mehreren Generationen im Besitz ihrer Familie und das, was sich unter der geheimen Tür befand, wahrscheinlich einfach in Vergessenheit geraten.

Nachdenklich knabberte sie an ihrer Unterlippe. Konnte Neklas diese Falltür entgangen sein? War sie selbst vielleicht erst darauf aufmerksam geworden, weil sich der Standort der Kiste um eine Winzigkeit verändert hatte, nachdem er sie bewegt und danach wieder Staub und Ruß um sie herum verteilt hatte?

Adelina fragte sich, wie sie wohl auf solche Gedanken kommen mochte. Vielleicht, weil Neklas ihr auch nichts davon erzählt hatte, dass er Griet in einige seiner Geheimnisse eingeweiht hatte.

Ohne große Hoffnung auf Erfolg ging Adelina in die Knie und umfasste den Griff der Falltür. Sie war schwer, wie zu erwarten. Doch ein wenig bewegte sie sich. Adelina nahm also noch einmal den Schürhaken zu Hilfe und schaffte es damit, die Falltür anzuheben und hochzuklappen. Schwer atmend lehnte sie sie gegen eines der Regale und lauschte, ob oben jemand etwas von ihren Bemühungen gehört hatte.

Es war jedoch alles still. Lange würde sie allerdings nicht mehr Zeit haben. Greverode würde sicherlich bald nach ihr sehen.

Rasch nahm sie den Kienspan aus der Halterung neben der Tür und leuchtete damit in das finstere Loch im Boden, aus dem modriger Geruch aufstieg. Die Flamme flackerte jedoch, also nahm Adelina an, dass dort unten irgendwo eine Luftzufuhr sein musste. Eine schmale und recht steile Steintreppe führte hinab. Entschlossen machte sich Adelina an den Abstieg und stand kurz darauf in einem kleinen, fast quadratischen Raum, von dem aus ein schmaler Gang fortführte. Naserümpfend nahm Adelina den intensiven Modergeruch wahr und blickte sich um. Offenbar hatten ihre Vorfahren hier Vorräte und Hausrat gelagert. Auf Eichenregalen, die sich über drei Wände hinzogen, standen Kisten, halb verrottete Körbe und sogar einiges an Zinngeschirr: Töpfe, Teller und Becher sowie mehrere Tonkrüge. Prüfend blickte Adelina in einen von ihnen hinein und verzog die Mundwinkel, als sie das Skelett einer Maus darin liegen sah. Die Kisten waren bis auf einige undefinierbare Reste leer, vermutlich hatten sich schon vor Jahrzehnten Mäuse und Ratten an den hier gelagerten Speisen gütlich getan. Klebriger Staub und Spinnweben überzogen alles wie ein dichter Film.

In einer Ecke des Raumes stand ein noch unversehrtes Weinfässchen; Adelina nahm jedoch an, dass dessen Inhalt inzwischen zu Essig verkommen war. Da in dem Raum weiter nichts Auffälliges zu sehen war, trat sie in den Gang, der offenbar unterhalb ihres Hinterhofes entlangführte. Die Wände links und rechts bestanden nicht, wie sie zuerst gedacht hatte, aus Erdreich, sondern waren aus behauenen Steinen gemauert und nur an wenigen Stellen feucht. Nach einigen Schritten endete der Gang in einer weiteren kleinen Kammer, die leer war, und von dort ging es wieder weiter, diesmal jedoch in Richtung des Nachbargrundstücks. Vor einer massiven Eichentür endete Adelinas Weg. Sie vermutete, dass sie sich nun etwas unterhalb von Meister Jupps Behandlungsräumen befinden musste. Kurz warf Adelina einen Blick über ihre Schulter zurück, dann drückte sie versuchsweise gegen die Tür. Nichts geschah; wahrscheinlich war sie von der anderen Seite verschlossen.

«Oder auch nicht», murmelte Adelina, als sie sich die Tür näher ansah. Es gab zwei Riegel, einer ganz oben und einer auf Fußknöchelhöhe, die sie mit etwas Gewalt zurückschieben konnte. Danach ließ sich die Tür mit einem lauten Quietschen aufdrücken. Dahinter befand sich lediglich ein weiterer Gang. Zögernd machte Adelina einige Schritte hinein und erschrak, als sie mit dem Fuß an einen Gegenstand stieß, der mit einem leisen Geräusch ins Rollen geriet. Als sie zu Boden blickte, stieß sie einen entsetzten Laut aus.

«O lieber Gott.» Sie ging in die Hocke und betrachtete schaudernd den menschlichen Schädel, der sie aus leeren Augenhöhlen anzustarren schien. Rasch bekreuzigte sie sich und wollte sich zurückziehen, als ihr Blick an der Schädelplatte hängenblieb. Sie zögerte, doch dann berührte sie den Schädel leicht, damit er sich drehte, und konnte so die farbige Zeichnung erkennen, die jemand darauf angebracht hatte.

Adelina wurde kalt. Vorsichtig nahm sie den Schädel in die Hand und starrte auf das Bildnis – offenbar handelte es sich um eine Art Haus- oder Familienzeichen. Der Kloß, der sich in ihrer Kehle bildete, ließ sich nicht hinunterschlucken und schnürte ihr fast die Luft ab. Wie kam dieser Totenkopf hierher? Stammte er aus dem Beinhaus an der Rheingasse? Reese hatte doch gesagt, dass die gestohlenen Knochen bemalt gewesen seien. Also musste es wohl so sein. Sie biss sich auf die Lippen; in ihrem Kopf begannen die Gedanken wild durcheinanderzuwirbeln. Wie kam der

Schädel hierher? Wer hatte ihn hier in diesen Gang gelegt oder … hier verloren? Neklas?

Sie schüttelte heftig den Kopf. Nein, das konnte nicht sein. Er wusste nichts von diesem Geheimgang, und er hatte auch nichts mit dem Knochenraub zu tun. Ebenso wenig wie mit der toten Schustersfrau. Ihre Nerven spielten einfach verrückt, das musste es sein.

Unentschlossen starrte sie auf den Schädel in ihrer Hand. Was sollte sie damit jetzt tun? Ihn Reese übergeben? Was würde das für Folgen haben? Unsicher machte sie ein paar Schritte vorwärts und erkannte, dass der Gang weiter hinten nach rechts abknickte. Langsam ging sie auf die Biegung zu und stieß erneut mit dem Fuß gegen etwas, das sich zu ihrem Schrecken als menschlicher Knochen herausstellte. Adelina klemmte sich den Schädel unter den Arm und nahm den Knochen in die Hand. War es ein Stück von einem Arm oder einem Bein? Sie kannte sich mit so etwas nicht aus, doch auch dieser Knochen wies Überreste einer Zeichnung auf, jedoch in anderen Farben als der Schädel.

Die Kälte in ihren Gliedern breitete sich noch weiter aus und ließ sie mit einem Mal ganz kraftlos werden. Für ihren Fund konnte es nur eine Erklärung geben: Derjenige, der den Schädel und den Knochen hier liegengelassen hatte, musste der Dieb aus der Rheingasse sein. Und da er von diesem geheimen Gang wusste, konnte es sich doch nur um Neklas handeln. Niemand aus der Familie – sie selbst eingeschlossen – hatte eine Ahnung von der Falltür. Neklas hingegen entgingen solche Dinge gewöhnlich nicht, dazu war er zu gewitzt. Und dass er ihr die Falltür verschwiegen hatte, war noch ein weiterer Hinweis auf seine Schuld.

Bei diesen Gedanken wurde Adelina von einem elenden Gefühl erfasst, das sich wie Eis um ihr Herz legte. Es konnte – durfte – einfach nicht sein, aber sie hielt die Beweise in ihren Händen. Kurz leuchtete sie um die Ecke des

Ganges, konnte dessen Ende jedoch nicht erkennen, deshalb machte sie entschlossen kehrt und eilte zurück in den kleinen Vorratsraum. Schädel und Knochen legte sie in eine der morschen Kisten, deren Deckel noch einigermaßen ganz war, dann stieg sie die steilen Stufen in ihren Keller hinauf und atmete tief durch. Sie durfte jetzt nicht die Nerven verlieren und sich auch nichts anmerken lassen. Da sie nicht wusste, wie lange sie sich in dem Geheimgang aufgehalten hatte, beeilte sie sich nun, die Falltür zu schließen und die Holzkiste wieder an ihren Platz zu bugsieren. Die Angst und Wut in ihrem Bauch schienen ihr dabei ungeahnte Kräfte zu verleihen, denn es dauerte nicht allzu lange, bis sie auch die Holzscheite wieder alle in dem Kasten aufgeschichtet hatte. Rasch griff sie nach dem Besen, den Neklas hinter der Tür aufbewahrte, und verteilte großzügig Staub und Anschereste aus dem Ofen um die Ränder der Kiste herum und verwischte dabei auch geflissentlich alle Schleifspuren.

Sie war eben damit fertig geworden, als auf der Kellertreppe Schritte laut wurden. «Herrin, seid Ihr etwa noch immer hier unten?» Franziska streckte den Kopf zur Tür herein. «Wir dachten, Ihr habet Euch inzwischen etwas hingelegt, aber ...» Die Magd hielt inne. «Stimmt etwas nicht? Ihr seid ja ganz schmutzig und ...»

«Nein, alles in Ordnung», wehrte Adelina rasch ab. «Ich habe ein wenig in den Truhen gewühlt und die Zeit vergessen.» Erst jetzt fiel ihr der Brief wieder ein, und ihr Herz verkrampfte sich kurz, als sie an Neklas dachte und daran, dass er vielleicht gar nicht zu Unrecht im Gefängnis saß. Ihr wurde immer elender zumute. Sie wischte diese Gedanken beiseite und klopfte sich notdürftig ihr Kleid sauber. «Ich fürchte, ich muss mich umziehen», sagte sie in, wie sie hoffte, ruhigem Ton. «Ist Meister Jupp schon zurück?»

«Nein.» Franziska schüttelte den Kopf und musterte sie

weiterhin mit offensichtlicher Besorgnis. «Aber Magda hat bereits begonnen, das Abendessen vorzubereiten.»

†

«Wir müssen uns wohl bis morgen gedulden», berichtete Jupp am Abend, nachdem er von seiner Suche nach Thomasius zurückgekehrt war. «Anscheinend ist mein Onkel in Gesellschaft dieses Pfaffen – Vater Emilianus – zu Besuch im erzbischöflichen Palast. Ich ließ ihm ausrichten, dass wir ihn zu sehen wünschen. Sollte er bis morgen Mittag nicht hier auftauchen, werde ich ihn persönlich da herausholen. Das fehlt nämlich noch, dass er sich hinter erzbischöflichen Mauern verschanzt. Aber zumindest eines habe ich herausgefunden.» Er verschränkte die Arme vor der Brust. «Thomasius ist gar kein richtiger Inquisitor.»

«Nicht?», fragte Marie erstaunt. «Was denn dann?»

Jupp verzog spöttisch die Lippen. «Nur ein Titular-Inquisitor. Das bedeutet, man nennt ihn so, aber er darf selbst keine Gerichtsverhandlung führen, ja, nicht einmal selbst als eigenständiger Ankläger auftreten. Das geht nur, wenn ein richtiger Inquisitor ihn unterstützt.»

«Also ist seine Aussage hinfällig?»

«Das leider nicht», schränkte Jupp ein. «Als Zeuge kann er jederzeit aussagen. Und irgendwann wird er wohl auch zum richtigen Inquisitor aufsteigen. Momentan jedoch scheint er sich erst einmal nur in seinem Titel zu sonnen.»

Adelina starrte nur schweigend vor sich hin. Noch immer hatte sie ihren Fund nicht ganz verkraftet, und es fiel ihr zunehmend schwerer, den anderen gegenüber eine gleichmütige Miene aufzusetzen. Zudem hatte sie seit der Anstrengung mit der Kiste und der Falltür nun wieder leichte Rückenschmerzen, und das Kindchen in ihrem Bauch drehte sich ständig unruhig hin und her.

Marie, die Jupp begleitet hatte, fasste nach ihrer Hand. «Dir geht es nicht gut, Adelina», stellte sie fest. «Du bist ganz blass, und so still wie heute Abend kenne ich dich auch nicht. Können wir irgendetwas für dich tun?»

Um Fassung bemüht, schüttelte Adelina den Kopf. «Es ist nichts, Marie. Das ist alles nur ein bisschen viel für mich.» Sie streichelte ihren gewölbten Leib in der Hoffnung, das würde das Kind beruhigen. Stattdessen begann es jedoch zu strampeln und trat irgendwie unglücklich gegen ihre Wirbelsäule. Adelina stieß einen kurzen Schmerzenslaut aus.

«Adelina!» Besorgt sprang Marie auf, und auch Jupp und die anderen fuhren alarmiert hoch. «Mit dir stimmt doch etwas nicht! Sind es vorzeitige Wehen, Gott behüte?» Marie blickte sich zu ihrem Mann um. «Jupp, wir brauchen eine Hebamme. Das Kind darf doch jetzt noch nicht kommen.»

«Nein, Marie, das sind keine Wehen», wehrte Adelina ab und rieb sich mit verzerrten Lippen den Rücken. «Das Kind hat mich nur getreten und ... Au!» Der erneute Tritt in ihre Rückengegend ließ ihr die Tränen in die Augen steigen.

«Nichts da, Adelina. Wir holen sofort eine Hebamme», entschied Marie. «Mutter Anne wohnt nicht weit von hier. Ludowig kann ...»

«Nein, Marie, nicht Mutter Anne.» Adelina wischte sich mit dem Ärmel ihres Kleides über die Augen. «Ludmilla ist meine Hebamme.»

«Aber Ludmilla lebt draußen vor der Stadt. Das wird viel zu lange dauern.»

«Ludmilla», beharrte Adelina stur. «Wenn es schon sein muss, dann soll sie kommen.»

«Also gut», sagte Jupp und ging zur Tür. «Ich nehme eines eurer Pferde und reite zu ihr. Und du ruhst dich jetzt sofort aus, Adelina. Was soll ich denn Neklas sagen, wenn er demnächst aus dem Gefängnis kommt und du krank bist?»

Falls er je wieder lebend herauskommt, dachte Adelina, schwieg aber. Sie brachte es nicht über sich, den anderen von ihrem Fund zu berichten, und sie traute sich auch nicht, denn Greverode bewachte sie nach wie vor mit Argusaugen. Auch jetzt stand er wachsam neben der Tür und beobachtete sie.

«Du solltest dich wirklich etwas niederlegen», befand auch Marie. «Soll ich dir hinauf in deine Schlafkammer helfen?»

«Nein danke, Marie. Es geht schon.» Adelina stand vorsichtig auf und verließ hinter Jupp die Küche. Während er zur Hintertür hinausging, um sich von Ludowig das Pferd satteln zu lassen, tappte sie zur Stiege und erklomm die erste Stufe, musste sich dann jedoch am Geländer festklammern, weil ein leichter Schwindel sie erfasste.

«Ihr dummes, stures Weib», zischte es hinter ihr. «Müsst Ihr immer mit dem Kopf durch die Wand?»

Erschrocken drehte Adelina sich um und blickte direkt in Greverodes wutblitzende Augen. «Ihr schafft ja nicht einmal die Hälfte dieser Treppe, ohne umzukippen. Aber nein, es geht schon, liebe Marie», äffte er sie übertrieben affektiert nach. «Ich bin ja so stolz, ich benötige keine Hilfe.»

Adelina starrte ihn nur verständnislos an. Greverode fluchte und packte sie an den Armen. «Nun geht ganz langsam hinauf. Ich bleibe hinter Euch, falls Ihr strauchelt. So könnt Ihr wenigstens nicht hinterrücks die Stiege hinabfallen.»

Sein Tonfall ließ keinerlei Widerspruch zu, und Adelina fühlte sich auch viel zu matt, um etwas zu erwidern. Als sie jedoch kurz den Kopf drehte, sah sie Marie in der Küchentür stehen und ihnen mit großem Interesse nachsehen.

Greverode führte sie noch bis zu ihrer Kammer und ließ sie erst los, als sie die Tür geöffnet hatte. «Ich schicke Eure Freundin Marie herauf, damit sie sich um Euch kümmert», grollte er. «Und wenn es Euch morgen früh bessergeht, erzählt Ihr mir, was das für ein Schriftstück war, das Ihr Meister Jupp vorhin heimlich zugesteckt habt.» Ohne auf ihre überraschte Miene zu achten, wandte er sich ab und verschwand wieder nach unten.

Ratlos blickte Adelina ihm einen Moment lang nach, dann ging sie, ohne die Tür zu schließen, zu ihrem Bett und ließ sich mit einem kläglichen Laut, der irgendwo zwischen Seufzen und Schluchzen lag, darauf sinken.

Nur einen Moment später stand Marie in der Kammer, sah sie kurz an und zog entschlossen die Tür hinter sich zu. «Adelina», sagte sie mit leisem Erstaunen in der Stimme und besorgter Neugier in den Augen. «Was geht hier vor?»

Adelina kämpfte gegen die Tränen an, die in ihre Augen stiegen, konnte aber nicht verhindern, dass eine davon ihr über die Wange rann. «Ach, Marie», sagte sie mit zittriger Stimme. «Ich weiß es nicht.»

†

Da Marie erkannt hatte, dass Adelina nicht in der Verfassung für ein Gespräch war, war sie nicht weiter in sie gedrungen, sondern hatte ihr nur geholfen, sich zu entkleiden und ins Bett zu legen. Franziska hatte ihr noch einen Krug frisches Wasser und einen Becher mit verdünntem Wein heraufgebracht, und nun lag sie seit geraumer Weile da und starrte in die beginnende Dunkelheit vor dem weit geöffneten Fensterladen. Irgendwo sang ein später Vogel die letzten Strophen seines Abendliedes, das so einsam klang, wie Adelina sich fühlte. Wieder und wieder fragte sie sich, wie es zu dieser verfahrenen Situation hatte kommen können. Wer war verantwortlich dafür? Neklas? Verheimlichte er ihr tatsächlich etwas und führte unbemerkt ein zweites Leben im Verborgenen? Oder wollte jemand sie das nur glauben machen? Jemand aus Neklas' Vergangenheit? Woher sollte dieser Mensch von den geheimen Räumen und Gängen unter ihrem Keller wissen? Gewiss, es war bekannt, dass unter Köln noch die Überreste römischer Bauten zu finden waren, aber nie wäre sie auf den Gedanken gekommen, ihr eigenes Haus stehe ebenfalls auf solchen alten Ruinen. Und noch weniger konnte sie sich vorstellen, dass jemand anderes es zufällig herausgefunden haben sollte. Außerdem hätte derjenige ganz sicher nicht einfach auf gut Glück einen Schädel und einen Knochen aus dem Beinhaus dort hingelegt, denn er hatte ja nicht wissen können, ob sie sie jemals entdecken würde. Nein, es musste sich anders zugetragen haben. Die einzige logische Erklärung war, dass Neklas die Knochen dort unten irgendwo verborgen hatte und der Schädel und dieser einzelne Arm- oder Beinknochen dabei vielleicht verloren gegangen waren. Wahrscheinlich hatte er sich auch nicht allzu große Mühe gegeben, sie zu verstecken, da er nicht davon ausgegangen war, dass sie die geheime Falltür finden würde.

Der Eispanzer, der sich nun noch fester um ihr Herz schloss, ließ sie heftig nach Atem ringen. Sie wollte nicht an diese Dinge denken. Wollte nicht glauben, was doch bei näherer Betrachtung so offensichtlich schien. Neklas hatte sie hintergangen und vielleicht tatsächlich all die schlimmen Dinge getan, die man ihm vorwarf. Doch wie sollte sie sich nun verhalten? Wenn sie Reese die Knochen übergab, war das Neklas' Todesurteil. Aber was, wenn sie es nicht tat? Konnte sie seine Taten decken und einfach weiterleben mit dem Wissen, was er – wahrscheinlich – getan hatte?

Nein, sie konnte Reese nichts über die Knochen sagen. Das brachte sie nicht über sich. Aber falls Neklas wirklich schuldig war, würde sie auch nicht mehr mit ihm leben können.

Wie sollte es nun weitergehen? Sie hätte Neklas gerne

auf ihren entsetzlichen Fund angesprochen, war sich aber sicher, dass man sie nicht noch einmal zu ihm lassen würde. Wohl oder übel würde sie morgen Jupp und Marie einweihen müssen. Vielleicht wussten die beiden einen Rat. Außerdem war es wichtig, dass Jupp Bescheid wusste, wenn er mit Thomasius sprach.

Adelina zog sich ihre Decke bis zum Kinn hinauf. Das alles kam ihr mit einem Mal so sinnlos vor. Dennoch, sie würde alles versuchen, um Neklas aus dem Gefängnis freizubekommen. Wie es danach mit ihnen weitergehen würde, darüber konnte und wollte sie einfach nicht nachdenken. Ihr Herz schmerzte, und so zog sie, ohne darüber nachzudenken, Neklas' Kissen zu sich heran und presste ihr Gesicht hinein. Es verströmte noch immer leicht seinen Geruch, und das war – trotz allem – irgendwie tröstlich. Sie umschlang das Kissen mit beiden Armen, schloss die Augen und lauschte auf den Nachtvogel, doch der hatte sein Lied inzwischen beendet.

17

«Aha, wachst du also doch noch vor dem Frühstück auf», hörte Adelina die vertraute, leicht krächzende Stimme Ludmillas, als sie die Augen aufschlug. Die alte Frau saß auf einem Schemel neben dem Fenster, durch das bereits Licht und Sonnenschein des neuen Morgens hereinstrahlten. «Da hätt sich mein lieber Neffe ja gar nicht so eilen brauchen gestern Nacht», meinte sie und lachte keckernd. «Ich dacht schon, dein letztes Stündchen hätte geschlagen, als er so plötzlich vor meiner Tür stand. Aber ganz so schlimm scheint es ja wohl doch nicht zu sein, wie? Hast ja schon wieder ein bisschen Farbe. Hunger?»

Adelina lauschte in sich hinein und nickte dann. «Guten Morgen, Ludmilla. Ich habe gar nicht gehört, wann du angekommen bist.»

«Kein Wunder. Hast ja auch geschlafen wie ein Stein», antwortete die Alte. «Hast du dich gestern zu sehr angestrengt? Du müsstest es doch eigentlich besser wissen. In deinem Zustand solltest du ruhen, wann immer es geht. Hast doch genug Mägde, die die schwere Arbeit für dich verrichten können.»

«Ich habe nicht schwer gearbeitet», widersprach Adelina, doch dann fiel ihr der gestrige Tag wieder ein, und sie verstummte. «Mir hat nur der Rücken wehgetan, und das Kind hat mich so hart getreten», fügte sie schließlich leise hinzu. «Ich wollte nicht, dass sie dich deshalb herholen.» Dann fiel ihr etwas ein. «Was ist mit deiner Hütte? Haben sie sie durchsucht? Ich meine …»

«Ja, ja, sicher.» Ludmilla winkte ab. «Sie haben aber nix gefunden, wie ich vorausgesagt habe. Und wegen nichts können sie mich ja nicht einsperren, also haben sie mich in Ruhe gelassen. Vorläufig jedenfalls. Dem Hauptmann da unten in deiner Küche war es allerdings wohl nicht sehr recht, dass ich hergekommen bin. Er hat zwar nichts gesagt, aber sein finsterer Blick hätte mich fast durchbohrt.» Wieder lachte Ludmilla. «Einen derart verbiesterten Mann habe ich in meinem Leben noch nicht getroffen. Na ja, mal abgesehen von meinem Bruder, aber das ist etwas anderes. Wie kommt es überhaupt, dass Greverode hier persönlich Wachdienst verrichtet? Ist das nicht unter seiner Würde?»

Adelina zuckte mit den Schultern. «Er wollte es so», antwortete sie und weckte damit ganz offensichtlich Ludmillas Interesse, deshalb erklärte sie: «Reese sagt, Greverode habe sich vor den Schöffen dafür eingesetzt. Angeblich, um mir möglichen Ärger mit fremden Soldaten zu ersparen.»

«Wegen dessen, was damals mit deiner Magd passiert ist?»

«Und mit meinem Vater.»

Nachdenklich tippte sich Ludmilla an die Lippen. «So viel Feingefühl traut man ihm gar nicht zu.»

«Nein, ganz gewiss nicht. Ich wünschte, er wäre nicht hier.»

Ludmilla kniff ein wenig die Augen zusammen und musterte Adelina aufmerksam. «Ihr konntet einander nie leiden. Ein Grund mehr, sich zu wundern, warum er sich hier eingenistet hat.»

Adelina schnaubte. «Er behauptet, dass ich eine Plage sei. Ich denke dasselbe von ihm. Mag sein, dass Reese recht hat und Greverode ein rechtschaffener Mann ist, aber mir gegenüber verhält er sich die meiste Zeit unmöglich. Es vergeht kein Tag, an dem wir nicht aneinandergeraten.»

Kichernd stand Ludmilla auf und kam ans Bett. Auf dem Rand ließ sie sich nieder, schlug die Decke zurück und tastete mit kundigen Händen Adelinas Bauch ab. «Das kann ich mir lebhaft vorstellen. An Sturheit könnt ihr es beide allemal miteinander aufnehmen.»

«Ich glaube, er hasst mich. Und doch habe ich das Gefühl …»

«Was für ein Gefühl?» Ludmilla deckte sie wieder zu.

«Dass da noch etwas anderes ist.» Adelina setzte sich auf und griff nach ihrem Kleid, welches sie am Vorabend über das Fußende des Bettes gelegt hatte. «Er verschweigt mir etwas.»

In diesem Moment klopfte es leise an der Tür. Mira streckte den Kopf herein. «Meisterin, geht es Euch wieder besser? Soll ich Euch gleich das Frühstück heraufbringen lassen?»

Adelina schüttelte den Kopf. «Danke, Mira. Ich komme nach unten.»

Nachdem das Mädchen wieder gegangen war, zog sich Adelina mit Ludmillas Hilfe vollständig an und steckte ihre Haare ordentlich hoch. Sie befestigte eine schlichte Haube auf ihrem Kopf. Als sie schon nach unten gehen wollte, hielt die alte Hebamme sie am Arm zurück. «Ich habe munkeln gehört, dass gegen Neklas schwerwiegende Beweise gefunden wurden», raunte sie. «Stimmt das?»

Adelina, die die Tür bereits geöffnet hatte, schloss sie vorsichtshalber wieder und nickte dann. «Das ist richtig. In einem Gewölbe bei der Ulrepforte, wo Neklas seinen städtischen Wachdienst geleistet hat, fand man die Leiche des Säuglings, der der Schustersfrau aus dem Leib geschnitten wurde.» Sie atmete tief durch. «Und außerdem Knochen aus dem Beinhaus in der Rheingasse.»

«Ei, ei, sieh an.» Ludmilla legte den Kopf auf die Seite. «Da hat wohl jemand ganze Arbeit geleistet.»

«Wie meinst du das?» Misstrauisch hob Adelina die Brauen.

Ludmilla tippte sich mit dem Zeigefinger an die Schläfe.

«Na, glaubst du vielleicht nicht, dass da jemand deinen Gemahl zum Sündenbock machen will?» Als Adelina nicht gleich antwortete, ihre Miene sich jedoch schlagartig verfinsterte, merkte Ludmilla auf. «Warte mal ... Du zweifelst? Das ist interessant.»

«Interessant?»

«O ja.» Die Alte lächelte vielsagend. «Ich dachte, das zwischen euch beiden sei wahre Liebe. Selten zwar, aber durchaus anerkennenswert. Und nun diese Unsicherheit in deinen Augen.» Sie senkte ihre Stimme. «Weißt du vielleicht etwas, das du den anderen verschweigst?»

Zu rasch schüttelte Adelina den Kopf. Sie presste die Lippen zusammen. Plötzlich platzte es aus ihr heraus: «Ludmilla, es ist etwas Schreckliches geschehen», flüsterte sie und spürte gleichzeitig, wie sich das Gefühl der Verzweiflung heftiger noch als am Vortag in ihr rührte.

Ludmilla nahm sie am Arm und führte sie zum Bett zurück. Nebeneinander ließen sie sich darauf nieder. «Etwas Schreckliches ist also geschehen», wiederholte die Alte Adelinas Worte. «Zumindest hältst du es für so schlimm, dass du anscheinend sogar an deinem Gemahl zweifelst, denn nichts anderes sagt mir dein Gesichtsausdruck. Nun ...» Sie tätschelte Adelinas Rücken. «Erzähle mir davon, damit ich darüber nachdenken kann, ob dein Misstrauen gerechtfertigt ist oder nicht.»

Adelina nickte wieder und senkte den Blick auf ihre Hände, die sie unbewusst ineinander verkrampft hatte. «Es war gestern», begann sie und bemühte sich, ihre Gedanken zu ordnen. «Ich war bei Neklas im Gefängnis.»

«Ach?»

«Reese hat es irgendwie eingerichtet. Vermutlich hat er sämtliche Wächter bestochen.»

«Dir nicht unähnlich.»

Adelinas Kopf ruckte hoch. «Woher weißt du ...?»

Ludmilla gab ihr mit einer kurzen Handbewegung zu verstehen, sie solle weitererzählen.

«Reese glaubte, Neklas würde ihm etwas verschweigen, und hoffte, ich würde es aus ihm herausbringen.»

«Und hat er etwas verschwiegen?»

«Er sagt nein, aber dann …» Adelina schluckte laut. «Am Nachmittag war ich unten im Keller. Wir hatten beschlossen, Thomasius herzuholen, um ihn zu fragen, warum er uns plötzlich wieder mit seinen Anschuldigungen verfolgt. Als Druckmittel wollten wir einen Brief verwenden, den dein Bruder einst dazu benutzt hat, eine Taufe zu verhindern. Du weißt wahrscheinlich, dass Jupps Töchter …»

«… Halbjüdinnen sind. Ja, er hat es mir erzählt. Woher hat dein Mann diesen Brief?»

«Ich weiß es nicht», gab Adelina zu. «Aber du kennst ihn doch. Er hat immer seine Mittel und Quellen.»

Ludmilla grinste, sagte jedoch nichts dazu, sondern stellte fest: «Du gingst also in den Keller, um den Brief zu holen, der dort vermutlich irgendwo versteckt war. Und dann fandest du noch etwas?»

«Ja, nein.» Adelina rieb sich übers Gesicht. «Ich weiß nicht, wie es kam, aber ich entdeckte unter dem Holzkasten, in dem wir das Brennholz für den philosophischen Ofen aufbewahren, eine Falltür. Ich wusste nicht, dass sie dort war. Mein Vater hat sie nie erwähnt.»

«Ah, daher vermutlich deine Überanstrengung, wie? Wohin führt diese Falltür?»

«In einen alten Vorratsraum, von dem aus ein Gang fortführt. Ich glaube, da unten sind die Kellerruinen alter römischer Häuser.»

«Also hast du dort etwas gefunden.»

«Einen Totenschädel», bestätigte Adelina. «Und einen Knochen. Beide waren angemalt, ganz so, wie Reese es von den gestohlenen Gebeinen berichtet hat.» Ihre Stimme wankte. «Ludmilla, ich wollte es zuerst nicht wahrhaben, aber ich fürchte, Neklas hat etwas mit dem Diebstahl zu tun. Wie sonst sollten die Knochen dort hinuntergekommen sein? Und wenn er den Knochendiebstahl begangen hat, dann ist er vielleicht auch schuld am Tod der Schustersfrau.»

«Na, na, mal langsam. Das sind immerhin zwei paar Schuh», wiegelte Ludmilla ab. «Das eine muss mit dem anderen nichts zu tun haben.»

«Aber man fand den toten Säugling zusammen mit Knochen aus dem Beinhaus. Es muss da einen Zusammenhang geben.»

«Also gut, selbst wenn es so wäre ... » Die alte Hebamme stand auf und ging bis zum Fenster, blickte kurz hinaus und drehte sich anschließend wieder zu Adelina um. «Glaubst du wirklich, dein Mann hat diesen Mord begangen?»

Adelina ließ die Schultern hängen. «Ich weiß nicht mehr, was ich glauben soll. Alle Beweise sprechen gegen ihn. Aber ich kann nicht zu Reese gehen und ihm die Knochen aushändigen. Das würde Neklas' Tod bedeuten.»

«Das ist mal sicher.» Langsam kam Ludmilla näher, fasste Adelina an den Schultern und brachte sie dazu, sie anzusehen. «Jetzt denk einmal nach. Bist du wirklich überzeugt, dass Neklas die Knochen gestohlen und diese Frau ermordet hat?»

«Ich ...»

«Denk nach, sagte ich. Ihr seid jetzt wie lange verheiratet? Vier Jahre? Kannst du dir vorstellen, dass er so etwas tun würde, aus welchem Grund auch immer?»

Zitternd atmete Adelina aus. «Nein, das kann ich mir nicht vorstellen. Aber ...»

«Kein Aber jetzt. Du kannst es dir nicht vorstellen. Warum nicht?»

«Weil ... Er ist ein ... guter Mann», kam es etwas lahm.

Dann richtete Adelina sich auf. «Er hat mir alles – na ja, fast alles, schätze ich – über seine Vergangenheit erzählt. Außerdem hat er mich nie belogen. Ich weiß, er hat seine kleinen Geheimnisse, aber er war nie unehrlich zu mir. Als Arzt versucht er wirklich, den Menschen zu helfen. Das hat ihn ja damals in Italien auch ins Gefängnis gebracht. Zumindest galt es dem Bischof als Vorwand. Neklas hatte Tote seziert, um herauszufinden, woran sie gestorben waren.»

«Aber er hat sie dazu nicht selbst umgebracht.»

«Nein!» Empört starrte Adelina zu Ludmilla auf. «Das wäre ja wohl verrückt gewesen. Die Menschen sind alle an irgendwelchen Krankheiten verstorben, und er wollte herausfinden, woran.»

«Also durchaus nachvollziehbar, jedoch in den Augen mancher Geistlicher ein schändliches Vergehen», fasste Ludmilla zusammen. «Aber er hat dir niemals einen Grund gegeben, an ihm zu zweifeln.»

«Nein, das hat er nicht.»

«Warum tust du es dann jetzt, Mädchen?»

«Ach, ich weiß nicht. Die Beweise ...»

«Er ist immerhin der Vater deiner Kinder. Des kleinen Colins ebenso wie des noch Ungeborenen.»

Adelina verzog die Lippen. «Ich will ja gar nicht glauben, dass er schuldig ist, Ludmilla. Wenn ich nur einen Anhaltspunkt hätte ... Aber wie sind die Knochen in das geheime Kellergewölbe gelangt, wenn er sie nicht dort versteckt hat?»

Ludmilla kräuselte die Lippen.

«Eine gute Frage, der wir auf den Grund gehen sollten. Leider können wir deinen Mann nicht fragen, denn noch einmal werden sie dich gewiss nicht zu ihm lassen. Mir will scheinen, dass es da jemanden gibt, der sehr gewitzt darin ist, nicht nur Neklas als Sündenbock hinzustellen, sondern auch einen Keil zwischen euch zu treiben.»

«Aber wer soll das sein?»

Nachdenklich ging Ludmilla erneut zum Fenster. «Das solltest du versuchen herauszufinden. Wenn du ... oha.» Sie machte einen Schritt rückwärts. «Du bekommst Besuch, Adelina. Das könnte interessant werden.»

«Wer ist es?» Adelina stand auf und trat ebenfalls ans Fenster.

Ludmilla lachte krächzend. «Thomasius, Gott steh uns bei. Und er ist nicht allein.»

†

Die Familie saß bei Thomasius' Eintreffen bereits vollzählig am Küchentisch. Es bedurfte einiger Autorität seitens Adelinas, sie allesamt fortzuschicken, da sie mit dem Dominikaner und dessen Begleiter allein sein wollte. Jupp war zu dieser frühen Stunde noch nicht nebenan in seinen Behandlungsräumen, doch angesichts des weiteren Geistlichen, der gerade auf Adelinas Bitte hin auf der Bank Platz nahm, hätten sie den Brief sowieso nicht verwenden können.

Kein Geringerer nämlich als Vater Emilianus war es, der Thomasius zur Seite stand. Aus der Nähe betrachtet wirkte er noch hochfahrender als an jenem Tag, da sie ihn über den Alter Markt hatte reiten sehen. Sein weißes Habit und das schwarze Skapulier darüber wallten in reichen Falten und ließen ihn so imposant wirken, dass man glaubte, er würde gar nicht durch die Tür passen. Seine Augen glitzerten über feisten Hängebacken, und seine ungewöhnlich dunkle Haut, gepaart mit einem rollenden Akzent, machten ihn zu einer noch ungewöhnlicheren Erscheinung. An seiner Brust prangte ein mehr als handtellergroßes goldenes Kruzifix, welches er häufig berührte, wobei er stets ein stilles lateinisches Gebet auf den Lippen zu haben schien.

Nach der förmlichen Begrüßung schwieg er nun und überließ das Reden Bruder Thomasius.

Dieser musterte Adelina neugierig und hob an: «Meine liebe Tochter im Herrn, wie mir zu Ohren gekommen ist, habt Ihr nach mir rufen lassen, um meinen geistlichen Beistand zu erbitten. In Anbetracht Eurer derzeitigen Situation gehe ich also davon aus, dass Ihr etwas zu beichten habt, das mit den betrüblichen Verfehlungen Eures Gemahls zu tun hat.» Er blickte bedeutungsvoll auf Greverode, der wie immer neben der Tür seinen Posten bezogen hatte und die beiden Geistlichen misstrauisch im Auge behielt. «Obwohl es in diesem Falle sicher besser gewesen wäre, gleich die Schöffen zu informieren, verstehe ich doch, dass Ihr durchaus nachvollziehbare Vorbehalte habt, da es sich ja um Euren Ehegatten handelt. Deshalb bin ich gerne bereit, Euch die Aufgabe abzunehmen und zu gegebener Zeit Eure Aussage dem Gericht vorzutragen.»

«Das kann ich mir denken», murmelte Adelina.

«Wie bitte?» Leicht aus dem Konzept gebracht, blickte Thomasius sie an, fuhr aber in salbungsvollem Ton fort: «Ich habe Euch immer vor Magister Neklas Burka gewarnt. Es schmerzt mich, dass Ihr so lange gebraucht habt, um einzusehen, dass ich recht daran tat, und Euch nun endlich von ihm lossagen wollt.»

«Mich schmerzt es wiederum, dass Ihr noch immer nicht begriffen habt, was für ein Mensch Neklas ist», sagte Adelina. Ihre Stimme klang schärfer als beabsichtigt, doch sie tat nichts, um die Wirkung abzumildern. Das Gespräch mit Ludmilla hatte ihr geholfen, sowohl ihre Gedanken als auch ihre Gefühle zu ordnen. Nun war sie erneut entschlossen, alles zu tun, um die Unschuld ihres Mannes zu beweisen. «Glaubt Ihr wirklich, ich würde zu den Schöffen gehen oder – noch schlimmer – so feige sein, Euch zu ihnen zu schicken, um gegen den Mann, dem ich vor Gott, dem Allmächtigen, meine lebenslange Liebe und Treue geschworen habe, auszusagen? Selbst wenn er schuldig wäre, würde das niemand von mir verlangen.»

«Wenn er schuldig wäre?», mischte sich Vater Emilianus ein. «Meine liebe Tochter im Herrn, ich fürchte, Ihr verkennt die Situation. Soweit ich informiert bin, geht es nicht mehr darum, ob Euer Gemahl die Taten, die ihm vorgeworfen werden, begangen hat, sondern ob er sie gesteht oder nicht, denn daran misst sich am Ende die Härte seiner Strafe.»

Adelina fuhr zu ihm herum und musterte ihn unfreundlich. «Eine Hinrichtung ist eine Hinrichtung, Vater Emilianus. Ich kann nicht erkennen, inwiefern da von einer Milderung der Strafe zu sprechen ist. Außerdem ist es keineswegs gewiss, dass mein Gemahl verurteilt wird, denn obgleich es einige Hinweise gibt, die gegen ihn sprechen, sehe ich es keineswegs als sicher an, dass er auch nur in die Nähe dieses toten Säuglings gelangt ist. Jeder hätte den Leichnam bei der Ulrepforte verstecken und unsere Schuhe danebenlegen können.» Sie holte Luft. «Genauso hätte ein jeder die tote Frau in unsere Abortgrube werfen können.»

Die Miene des spanischen Geistlichen hatte sich bei ihren Worten zusehends verfinstert. Ein Funken Anerkennung glomm jedoch in seinen Augen, als er sie nun mit gereiztem Interesse betrachtete. «Ihr sprecht wie ein Mann, Meisterin Burka. Klug zwar, jedoch in einem Ton, der einem gehorsamen Weib ganz und gar nicht ansteht. Euch ist wohl nicht bewusst, mit wem Ihr es zu tun habt.»

Adelina runzelte verärgert die Stirn und blickte zu Thomasius. «Vielleicht habt Ihr recht, Vater Emilianus, was Euch betrifft. Ich begreife nicht, welche Rolle Ihr in dieser Angelegenheit spielt. Was hingegen Bruder Thomasius angeht, so dürft Ihr sicher sein, dass ich mir nur zu sehr bewusst bin, wer er ist und dass er meinen Mann aus tiefstem Herzen hasst. Nicht wahr, Bruder Thomasius?»

Erschrocken öffnete Thomasius den Mund, schloss ihn jedoch sogleich wieder und schluckte, bevor er antwortete: «Meisterin Burka, ich versichere Euch, dass Ihr Euch irrt. In meinem Herzen herrscht einzig die Nächstenliebe. Das Gefühl des Hasses liegt mir fern.» Er warf seinem Begleiter einen kurzen Blick zu und fuhr dann fort: «Ich kenne Euren Gemahl schon sehr lange, wie Ihr wisst, und sein Seelenheil liegt mir sehr am Herzen. Eures selbstverständlich auch, deshalb habe ich Euch ja vor ihm gewarnt. Er gehört leider, wie ich erkennen musste, zu jenen unbelehrbaren Sündern, die sich allen Versuchen, sie auf den rechten Weg zu bringen, beharrlich widersetzen. Doch Gottes Gebote sind eindeutig, und so wird Eurem Gemahl wohl nur durch eine gerechte Strafe noch geholfen werden können. Es betrübt mich sehr, dass auch Ihr Euch derart verstockt zeigt, bedeutet es doch, dass Ihr bereits stark unter seinem sündhaften Einfluss steht. Darum bitte ich Euch inständig: Kehrt um und bereut. Sagt Euch von ihm los, bevor es zu spät ist.»

«Zu spät?» Argwöhnisch blickte sie ihn an.

Vater Emilianus antwortete an seiner Stelle: «Gute Frau, Ihr solltet auf die Worte des Bruders hören. Nach eingehender Betrachtung der Umstände ist nämlich der Erzbischof zu der Überzeugung gelangt, es sei vonnöten, auch ein kirchengerichtliches Verfahren gegen Magister Neklas Burka anzustrengen. Er bat mich, in dieser Sache als Inquisitor zu fungieren.»

Adelina starrte ihn entsetzt an.

Vater Emilianus lächelte kühl. «Selbstverständlich ist uns bekannt, dass Euer Gemahl bereits einmal wegen Ketzerei angeklagt war und nur unter äußerst undurchsichtigen Umständen seiner Strafe entgangen ist.»

Großer Zorn stieg in Adelina auf. «Jawohl», sagte sie mit

brüchiger Stimme. Dann deutete sie auf Thomasius. «Ihr wisst sicher auch, welche Rolle er in dieser Angelegenheit gespielt hat. Oder doch nicht? Sagt es ihm, Bruder Thomasius! Sagt ihm, dass Ihr es wart, der Neklas für die Pläne des Bischofs ködern sollte. Sagt ihm, dass Ihr Neklas nur angeklagt habt, weil er nicht …»

Ein warnender Laut seitens Greverodes ließ sie verstummen. Er schüttelte den Kopf. Verärgert, weil er sie unterbrochen hatte, versuchte Adelina ihre Worte erneut zu ordnen, doch Vater Emilianus war inzwischen aufgestanden und blickte drohend auf sie herab. «Meine Tochter, Ihr vergreift Euch wiederholt im Ton. Ihr irrt, wenn Ihr glaubt, dass diese Lügengeschichte, die Euch Euer Gemahl erzählt hat, auch bloß einen Deut zu seiner Entlastung beiträgt. Im Gegenteil, sie bestärkt mich nur darin, ihm seine aufrührerischen und ketzerischen Ansichten ein für alle Mal auszutreiben. Offenbar muss ich mein Augenmerk dabei nicht nur auf ihn, sondern auch auf Euch richten.»

«Was …?» Entsetzt rang Adelina nach Luft, als er weitersprach.

«Ihr seid Apothekerin, Meisterin Burka. Diesen Umstand haben wir bislang gänzlich außer Acht gelassen. Möglicherweise lohnt es sich zu prüfen, inwieweit Ihr an dem schändlichen Tun Eures Gatten beteiligt wart.»

«Einen Moment mal», mischte sich Greverode ein und trat dem Geistlichen entgegen. «Meisterin Burka ist in dieser Sache nicht angeklagt.»

«Noch nicht.»

«Es besteht auch kein Grund, sie zu verdächtigen.»

«Sie ist immerhin in ihrem eigenen Haus eingesperrt», gab Vater Emilianus zu bedenken. «Ganz sicher nicht, weil sie als unschuldig gilt.»

Greverode knirschte hörbar mit den Zähnen. «Sie steht unter Arrest, das ist wahr. Eine übliche Vorsichtsmaßnahme in einem Fall wie diesem. Ich habe dafür zu sorgen, dass sie hier verbleibt, aber ich bin auch angehalten, sie vor unangebrachten Angriffen zu schützen, solange der Prozess gegen ihren Gemahl noch nicht begonnen hat. Es mag sein, dass sie im Falle eines Schuldspruchs mitsamt ihren Kindern der Stadt verwiesen wird. Anschuldigungen wie die Euren allerdings, die auf eine Mittäterschaft abzielen, sind, solange Ihr sie nicht beweisen könnt, der Sache nicht dienlich und werden von den Schöffen ganz sicher nicht gutgeheißen. Ich empfehle Euch also, Euch in diesem Punkt zurückzuhalten.»

Vater Emilianus kräuselte überrascht die Lippen und musterte Greverode abschätzend. «Ihr seid der Hauptmann der städtischen Soldaten, nicht wahr?» Sein plötzliches Lächeln war so fein und scharf wie eine Rasierklinge. «Gut zu wissen, auf wessen Seite Ihr steht.» Er nickte Thomasius auffordernd zu. «Wir gehen. Offenbar ist in diesem Hause ein Akt der Nächstenliebe nicht ausführbar.» Damit verließ er die Küche, ohne noch weiter auf Adelina zu achten. Greverode hastete ihm nach, sodass Adelina und Thomasius für einen Augenblick allein beieinanderstanden.

Zornig fasste sie ihn am Ärmel seiner Kutte. «Warum tut Ihr das?», zischte sie.

Thomasius blickte auf ihre Hand. «Lasst mich los, Meisterin Burka.»

«Nein, erst wenn Ihr mir sagt, was in Euch gefahren ist, dass Ihr uns nach all der Zeit wieder mit Euren Anschuldigungen verfolgt. Wollt Ihr wirklich, dass Neklas wegen einer Tat, die er nicht begangen hat, zum Tode verurteilt wird?»

«Er ist ein Ketzer.»

«Nicht mehr oder weniger als Ihr, Bruder Thomasius.» Adelina ließ ihn los. «Ich weiß nicht, was Ihr diesem Vater Emilianus erzählt habt, aber ich bin sicher, dass Ihr nicht erwähnt habt, welche Rolle Ihr damals in Italien gespielt habt.

Aber ich werde es tun, darauf könnt Ihr Euch verlassen. Wenn Neklas verurteilt wird, werdet Ihr mit ihm untergehen, das schwöre ich Euch!»

Für einen Moment war es Adelina, als sehe sie Furcht in Thomasius' Augen aufflackern, doch er schwieg zu ihren Worten und ließ sie einfach stehen.

Kaum waren er und Vater Emilianus aus dem Haus, als Meister Jupp und Marie eintrafen. Doch bevor sie fragen konnten, was vorgefallen sei, kam Greverode zurück in die Küche. Bei seinem Eintreten stieß er die Tür mit solcher Wucht auf, dass sie gegen das Regal krachte. Eine Zinnkanne kippte um und fiel zu Boden. Marie konnte gerade noch die Schüssel mit dem Konfekt auffangen, das Adelina regelmäßig aus den Vorräten in der Apotheke aussortierte, wenn es nicht mehr ansehnlich aussah und sie es nicht mehr verkaufen konnte.

«Seid Ihr des Wahnsinns, Meisterin Burka?», brüllte Greverode sie außer sich vor Zorn an. «Wie könnt Ihr es wagen, so mit einem Legaten des Erzbischofs zu sprechen? Wollt Ihr uns am Ende alle ins Gefängnis bringen?»

Adelina verzog ärgerlich die Lippen. «Ich weiß, ich bin zu weit gegangen.»

«Um einiges zu weit!»

«Ich hätte meine Worte klüger wählen sollen. Aber ich konnte nicht einfach ...»

«Klüger wählen?», unterbrach Greverode sie. «Ihr hättet ganz den Mund halten sollen. War Euch nicht bewusst, dass dieser Thomasius es nur darauf angelegt hat, Euch zu provozieren? Ihr hättet ihn wieder fortschicken sollen, als er mit Vater Emilianus hier auftauchte. Dieser Mann ist gefährlich. Ein treuer Anhänger des Erzbischofs und so eng mit ihm befreundet, dass er es als Einziger gewagt hat, sich gegen den geplanten Sturz König Wenzels auszusprechen. Jeden anderen hätte der Erzbischof dafür sofort mundtot gemacht.» Aufgebracht fuhr sich Greverode durch sein langes Haar, welches er wie immer im Nacken zusammengebunden trug. «Ist Euch klar, welch mächtigen Feind Ihr Euch gerade gemacht habt?» Er stieß zischend die Luft aus. «Und ich ebenfalls?»

18

Obwohl den meisten Familienmitgliedern der Appetit vergangen war, nahmen sie schließlich doch das Frühstück ein. Danach schickte Adelina das Gesinde an seine täglichen Arbeiten und die Mädchen hinaus in den Garten, wo sie zusammen mit Magda und Vitus die Gemüsebeete versorgen sollten. Besonders Mira machte sich auffallend eifrig an die Arbeit, da sie immer noch auf eine Strafe für ihren Ungehorsam wartete. Doch Adelina stand derzeit nicht der Kopf danach, sich darüber Gedanken zu machen, deshalb schwieg sie zu der Angelegenheit und verschob die Bestrafung auf später.

Sie rief Ludmilla hinunter in die Küche, die sich während des Besuchs ihres Bruders vorsichtshalber oben in der Schlafkammer aufgehalten hatte. Gemeinsam mit Jupp und Marie saßen sie am Küchentisch und überlegten, welche Schritte sie als Nächstes tun sollten. Diesmal war es Stache, der an der Tür Wache hielt, denn Greverode hatte kurz zuvor wutentbrannt das Haus verlassen, um dem Vogt und den Schöffen Bericht zu erstatten.

Einerseits war Adelina froh, ihn für eine oder zwei Stunden los zu sein, doch andererseits hatte sie das Gefühl, mit ihren Freunden nicht mehr offen sprechen zu können, da sie Stache nicht traute. Dieser Umstand verwunderte sie mehr, als sie zugeben mochte: Sie vertraute Greverode mittlerweile. Ganz gleich, wie jähzornig und unzugänglich er war und wie wenig sie ihn verstand – er hatte durch sein Verhalten schon mehrfach gezeigt, dass er auf ihrer Seite stand. Das hatte Vater Emilianus tatsächlich richtig erkannt. Wenn er wirklich so großen Einfluss besaß, wie Greverode gesagt hatte, war anzunehmen, dass der Hauptmann sich heute in nicht unbeträchtliche Gefahr begeben hatte.

Warum er plötzlich für sie eintrat, begriff Adelina nach wie vor nicht. Sie wurde aus seinem Verhalten ihr gegenüber einfach nicht klug. Obgleich sie seine Ablehnung und Verachtung tagtäglich zu spüren bekam, wähnte sie unter all dem Groll noch etwas anderes. Etwas, das er offenbar mit allen Mitteln zu verbergen suchte.

Sie fasste für ihre Freunde zusammen, was sich während des Besuchs der beiden Geistlichen zugetragen hatte, und schloss dann: «Ich fürchte, Thomasius hat geahnt, dass wir ihn unter Druck setzen wollten. Deshalb hat er diesen Vater Emilianus mitgebracht. Ein unangenehmer Mensch.»

«Und gefährlich, nach allem, was du uns erzählt hast», sagte Jupp. «Du hättest ihn wirklich nicht so reizen dürfen, obwohl …» Er hob rasch die Hand, bevor Adelina etwas sagen konnte. «… es mir vermutlich nicht anders gegangen wäre. Ich mache dir keine Vorwürfe. Leider stehen wir nun genauso da wie zuvor. Es wird schwierig, Thomasius jetzt noch einmal zu befragen. Er wird sich hinter seinem neuen Freund verstecken und uns keinerlei Angriffsfläche mehr bieten.»

«Aber wenn man bekannt machen würde, welche Rolle er damals in dem Prozess in Italien gespielt hat», warf Marie ein.

Jupp schüttelte sogleich den Kopf. «Das können wir nicht beweisen.» Nachdenklich strich er sich durch den Bart. «Nein, wir müssen es anders anpacken. Ich kann zwar versuchen, Thomasius noch einmal aus seinem Schneckenhaus herauszulocken, aber gleichzeitig sollten wir uns stärker darauf konzentrieren, denjenigen zu finden, der hinter alledem steckt. Lasst uns die Ereignisse seit dem Knochenraub noch einmal Schritt für Schritt durchgehen. Möglicherweise fällt uns dabei etwas ein. Wir müssen bisher etwas übersehen haben.»

†

«Es geht mir wieder gut, Ludmilla. Du brauchst nicht den ganzen Tag bei mir zu bleiben», sagte Adelina am Nachmittag, nachdem sich Jupp und Marie verabschiedet hatten. Ihre Überlegungen hatten sie leider nicht sehr viel weitergebracht. Selbst nachdem sie die Mädchen und das Gesinde befragt hatten, blieb das Ergebnis dasselbe. Niemand konnte sich an mehr als die nackten Ereignisse der vergangenen Tage erinnern. Nicht einer von ihnen hegte einen Verdacht, dem nachzugehen sich lohnen würde.

Greverode war noch nicht zurückgekehrt, und Stache hatte sich in der Apotheke postiert – wohl, um seine Ruhe zu haben, denn sein Dienst in Adelinas Haus schien ihm auf die Nerven zu gehen. Da die Gelegenheit günstig schien, waren Adelina und Ludmilla in den Keller hinabgestiegen, um noch einmal die Falltür zu öffnen. Auf Adelinas Worte hin zuckte die alte Hebamme nur mit den Schultern. «Wer soll dir denn sonst hier unten helfen? Jupp konntest du wegen des Soldaten nichts von der Falltür verraten, und die Kinder oder das Gesinde solltest du vorerst besser nicht einweihen. Jedenfalls nicht, bevor wir nicht wissen, was es mit den geheimen Räumen dort unten auf sich hat.»

Entschlossen machte sich Ludmilla daran, die Holzscheite aus dem Eichenkasten herauszuklauben. Adelina half ihr dabei, und gemeinsam schafften sie es wesentlich schneller, die Kiste fortzuschieben und die Falltür zu öffnen. Beherzt nahm die Alte einen brennenden Kienspan von Adelina entgegen und stieg als Erste die Treppe hinab. Unten angekommen, blickte sie sich neugierig um. «Ein alter Vorratsraum», stellte sie fest. «Nichts Ungewöhnliches, würde ich sagen. Hier unten ist es schön kühl. Den Raum solltest du selbst auch wieder nutzen.»

Adelina folgte Ludmilla schweigend in den Gang hinein, zeigte ihr, wo sie den Schädel und den Knochen gefunden hatte. Gemeinsam folgten sie nach der Rechtsbiegung dem Weg noch ungefähr zwanzig Schritt weit bis zu einer weiteren Biegung, hinter der sich wieder eine Tür befand, die mit ähnlichen Metallriegeln versehen war wie die erste. Doch sie war nicht verschlossen, sondern stand halb offen. Ein leichter Luftzug ließ die Flamme des Kienspans flackern.

«Hier muss es irgendwo eine Luftzufuhr geben», stellte Ludmilla fest und stieß die Tür etwas weiter auf. Die Scharniere quietschten. «Man sollte meinen, diese … Heilige Maria im Himmel!» Erschrocken blieb sie stehen und bekreuzigte sich. «Das ist ja …» Plötzlich lachte sie auf. «Hier hast du dein Knochenversteck, Adelina. Schau her!»

Adelina, die einige Schritte zurückgeblieben war, betrat ebenfalls den Raum und blickte sich entsetzt um. Auch sie bekreuzigte sich und starrte auf die übermannshohen Holzregale, in denen sich Hunderte und Aberhunderte Schädel und Gebeine stapelten. Etliche Knochen lagen auf dem Fußboden verstreut, und es sah aus, als hätten Ratten sie angenagt. Schaudernd tippte sie einen einzelnen Hüftknochen mit der Fußspitze an. «Was ist das hier?»

Ludmilla ging zu einem der Regale und musterte die Gebeine eingehend, nahm sogar einen der Schädel in die Hand. «Ich würde sagen, dies ist ein Beinhaus», antwortete sie vergnügt. «So eines wie in der Rheingasse, aber wesentlich älter, will mir scheinen. Vermutlich wurde es schon vor Jahrzehnten aufgegeben. Schau, wie weit einige dieser Knochen bereits verrottet sind.»

Adelina trat näher, wagte es jedoch nicht, die Gebeine zu berühren. Auf einigen von ihnen waren deutlich Reste von

Bemalung zu erkennen. «Lieber Gott, wahrscheinlich haben Tiere den Schädel bis zu uns in den Gang geschleppt», sagte sie und spürte eine unaussprechliche Erleichterung in sich aufsteigen. «Ein Beinhaus, meiner Treu! Darauf wäre ich wirklich nicht gekommen.»

«Und an ungewöhnlicher Stelle», ergänzte Ludmilla. «Hier ist kein Friedhof in der Nähe. Wir sind nicht weit von Eurem Haus entfernt und in Richtung Judengasse gegangen. Hoffen wir, dass dies nicht ein jüdisches Beinhaus ist.» Sorgsam legte sie den Schädel in das Regal zurück. «Hier ist eine weitere Tür», rief sie leise. «Sie hat oben eine vergitterte Luke. Offenbar kommt der Luftzug von dort. Lass uns …»

«Halt, stehen bleiben!» Hinter ihnen wurden Schritte laut, und im nächsten Moment stand Greverode vor ihnen. Verärgert musterte er die beiden Frauen. «Das habt Ihr also im Keller getrieben», knurrte er ungehalten. «Ihr habt hier wohl einen geheimen Fluchtweg, wie? Darauf hätte ich ja gleich kommen können. Los, zurück mit Euch, Meisterin Burka. Und du auch, Alte.»

«Nein», sagte Adelina, obwohl ihr das Herz vor Schreck bis zum Hals pochte. «Wir wollten nicht flüchten. Ich weiß ja nicht einmal, wohin diese Gänge hier führen.»

«Ach nein?»

«Nein, denn ich habe die Falltür gestern erst entdeckt. Ich wusste nicht, dass sie sich unter der Holzkiste befindet.»

Greverode runzelte die Stirn. «Ihr haltet mich wohl für dumm, was? Diese Ausrede könnt Ihr jemand anderem verkaufen. Ihr kehrt jetzt augenblicklich ins Haus zurück, wo ich Euch in Eurer Kammer einsperren werde.»

«O nein, das werdet Ihr nicht tun», fuhr Adelina auf. «Ich hatte nicht vor fortzulaufen. Wohin sollte ich auch gehen? Wir wollten nur sehen, wohin diese Gänge führen.» Da es sich offenbar nicht mehr vermeiden ließ, berichtete sie ihm in kurzen Worten, wie sie am Vortag die Falltür und danach die Gebeine entdeckt hatte. Selbst den Verdacht, der ihr zunächst gekommen war, ließ sie nicht aus. «Ihr müsst verstehen, dass ich der Sache nachgehen musste», schloss sie schließlich und blickte ihn abwartend an.

«Ich muss gar nichts verstehen», grollte er. «Zunächst einmal hättet Ihr mich umgehend über Euren Fund in Kenntnis setzen müssen. Dann hätte ich …»

«Was? Die Knochen heraufgeholt und sie zu Reese gebracht?», schoss Adelina zurück. «Glaubt Ihr wirklich, ich wäre ein derartiges Risiko eingegangen? Der Vogt hätte sofort davon Wind bekommen und Neklas verurteilt, noch bevor wir herausgefunden hätten, dass sich hier unten lediglich ein Beinhaus befindet.»

Dieser Umstand schien Greverode bislang entgangen zu sein, denn erst jetzt blickte er sich mit sichtlichem Unbehagen um. Anschließend wandte er sich wieder Adelina zu. «Ihr haltet mich tatsächlich für dumm», stellte er spöttisch fest. «Aber ich bin nicht Hauptmann geworden, indem ich nur gehandelt habe, ohne vorher nachzudenken. Eine Vorgehensweise, die ich auch Euch sehr ans Herz legen möchte.» Er hielt kurz inne, und sein bohrender Blick ruhte derart unangenehm auf ihr, dass Adelina die Augen senkte. «Glaubt Ihr wirklich, ich würde derart leichtfertig ein Urteil fällen?», fragte er schließlich, und in seiner Stimme klang ein Anflug von Resignation mit.

Adelina zog die Schultern hoch. «Ich weiß nur, dass Ihr nie eine Gelegenheit ausgelassen habt, mir Eure Geringschätzung und Verachtung zu zeigen», antwortete sie dumpf. «Da wundert Ihr Euch, wenn ich Euch nicht vertraue?»

«Ich verachte Euch nicht, Meisterin Burka», antwortete er unerwartet.

Ihr Kopf ruckte wieder, und sie funkelte ihn an. «Ach

nein?» Sie schnaubte. «Stimmt, Ihr hasst mich. Das waren, glaube ich, Eure Worte, nicht wahr?» Sie nahm der neugierig lauschenden Ludmilla den Kienspan aus der Hand und drängte sich an Greverode vorbei in den Gang. Mit großen Schritten ging sie zurück zur Treppe, die in ihren Keller führte. Greverode und Ludmilla folgten ihr eilig.

Als sie die Stufen erklommen hatte, blickte sie überrascht in die Gesichter ihres Gesindes und der beiden Mädchen. Sämtliche Hausbewohner – einschließlich Moses – hatten sich schweigend und sichtlich verblüfft um die Falltür geschart.

Adelina klopfte sich etwas Staub von ihrem Rock und blickte Greverode spöttisch an, als dieser ebenfalls heraufstieg. «Wunderbar», sagte sie. «Nun weiß wenigstens jede Seele in diesem Haus von dem Geheimgang.»

†

Unter den gegebenen Umständen blieb Adelina nichts anderes übrig, als die Bewohner ihres Haushalts in die Vorkommnisse des vergangenen wie auch des heutigen Tages einzuweihen. Dazu hatten sie sich wieder einmal um den großen Küchentisch versammelt, und diesmal hatte sich Greverode gleich zu ihnen gesetzt. Nachdem Adelina ihren Bericht beendet hatte, blieb es still im Raum. Offenbar traute sich niemand, etwas dazu zu sagen. Lediglich Vitus plapperte leise vor sich hin; er war der Einzige, der nicht am Tisch saß, sondern auf der Ofenbank. In den Armen hielt er wie immer seine Katze, die sich mit genüsslich geschlossenen Augen von ihm kosen ließ.

Schließlich stellte Greverode den leeren Becher, den er zwischen den Fingern gedreht hatte, mit einem lauten Knall auf den Tisch und erklärte: «Die Falltür bleibt von nun an geschlossen, es sei denn, ich selbst öffne sie.» Er warf Adelina einen warnenden Blick zu. «Es gibt keinen Grund, Euch in Gefahr zu begeben, Meisterin Burka. Ihr wisst wohl nichts von der Unterwelt, die sich in den Ruinen und Gängen unter den Gassen und Plätzen Kölns befindet.»

«Unterwelt?», fragte Griet erschrocken. «Was bedeutet das?»

Greverode warf ihr einen kurzen Blick zu. «Es bedeutet, dass sich dort Gesindel der übelsten Art herumtreibt. Diebe, Hehler, Halsabschneider, Bettler. Selbst für einen bewaffneten Mann ist es nicht ungefährlich, dort hinabzusteigen. Eine Frau hat da unten nichts zu suchen.» Er hielt kurz inne. «Habt Ihr mich verstanden, Meisterin Burka? Ihr geht nicht mehr hinunter. Falls doch, werde ich mein Versprechen wahr machen und Euch in Eurer Kammer einsperren.»

Adelina blickte ihn quer über den Tisch finster an. «Ihr glaubt noch immer, ich würde mich davonmachen.»

«Ich traue Euch mittlerweile so einiges zu», erwiderte er in ebenso unfreundlichem Ton. «Aber ich halte Euch für klug genug, Euch meine Warnung zu Herzen zu nehmen.»

«Neulich habt Ihr mich als dumm bezeichnet.»

«Verflucht noch eins.» Zornig fuhr Greverode auf und starrte sie an. «Könnt Ihr nicht ein einziges Mal Euren Mund halten, Ihr elendes Weib? Haltet Euch gefälligst an meine Anordnungen; noch einmal werde ich sie nicht wiederholen.»

Adelina lag eine beißende Antwort auf den Lippen, doch wie am Vortag begann das Kind in ihrem Bauch heftig um sich zu treten, sodass sie schmerzlich das Gesicht verzog und ihre Hände ineinander verkrampfte.

Mira, die gleich neben ihr saß, bemerkte es als Erste und fasste erschrocken nach Adelinas Arm. «Meisterin, geht es Euch nicht gut?» Dann fuhr ihr Kopf zu Greverode herum. «Schreit meine Meisterin nicht so an, Herr Hauptmann. Seht Ihr nicht, dass ihr das schadet?»

«Mira, sei still», presste Adelina zwischen zusammengebissenen Zähnen hervor. «Es geht mir gut.»

Mira schüttelte aufgebracht den Kopf. «Es geht Euch gar nicht gut, Meisterin. Jedes Mal wird es schlimmer, wenn er Euch so anbrüllt. Dazu hat er gar kein Recht, dieser ...»

«Mira, halt den Mund!», fuhr Adelina sie an und rieb sich gleichzeitig den Rücken. «Niemand hat dir erlaubt zu sprechen. Entschuldige dich sofort bei Hauptmann Greverode für deine ungezogenen Worte.»

«Nein.»

«Wie bitte?» Adelina starrte ihr Lehrmädchen fassungslos an.

Mira schob trotzig das Kinn vor. «Nur weil er ein Mann ist und Soldat und ... Hauptmann», das Wort spie sie geradezu aus, «... hat er nicht das Recht, Euch schlecht zu behandeln. Was könnt Ihr dafür, wenn unter Eurem Haus irgendwelche Geheimgänge sind?»

Adelina rang nach Atem. «Darum geht es nicht, Kind. Hör sofort auf ...»

«Doch, darum geht es wohl», beharrte Mira. «Er sucht dauernd nach einem Grund, gemein zu Euch zu sein. Er ist genau wie mein Stiefvater. Hinterhältig und gemein ...» Sie brach ab und blinzelte heftig. «Ihr würdet doch nicht einfach in die Gänge dort unten steigen und weglaufen, Meisterin.»

Da Adelina damit beschäftigt war, den Schmerz eines erneuten Tritts durch heftiges Atmen zu überwinden, antwortete sie nicht darauf.

Greverode hingegen musterte Mira mit strengem und zugleich aufmerksamem Blick. «Edle Jungfer, Ihr redet Euch um Kopf und Kragen. An Eurer Stelle würde ich ganz rasch schweigen und den Raum verlassen.»

Mira starrte ihn wütend an, dann erhob sie sich würdevoll und verließ hocherhobenen Hauptes den Raum. Adelina atmete heftig aus. «Ich weiß nicht, was in sie gefahren ist», sagte sie. «Ich muss mit ihr reden. So darf sie sich nicht benehmen.»

«Du solltest dich nicht so aufregen», widersprach Ludmilla und stand ebenfalls auf. «Das kann dem Kind tatsächlich schaden. Leg dich lieber für ein Weilchen hin, sonst gehst du das Risiko ein, dass es zu früh kommt.»

Adelina hob erschrocken den Kopf und legte dann schützend ihre Hände auf ihren Bauch. «Glaubst du wirklich?»

Ludmilla kräuselte die Lippen. «Ich weiß es, Liebchen. Diese ständigen Streitereien sind Gift für dich.» Sie wandte sich zu Greverode um. «Das solltet auch Ihr Euch merken. Eine Frau in Adelinas Zustand braucht Ruhe und Unterstützung, nicht Drohungen und Eure kleinliche feindselige Art.»

Greverodes Augenbrauen wanderten nach oben. «Meine kleinliche feindselige Art?» Er schüttelte den Kopf. «Für deine Frechheit könnte ich dich altes, vertrocknetes Weib drei Tage in den Stock legen lassen.» Mit gewittriger Miene erhob er sich und ging zur Tür. «Ganz offensichtlich bin ich in ein Narrenhaus geraten», schimpfte er und fixierte Adelina. «Ruht Euch gefälligst aus. Ich will nicht schuld sein, wenn Ihr zusammenklappt.» Er riss die Tür auf. «Und hört gefälligst auf, mir ständig zu widersprechen.» Damit rauschte er hinaus.

Die Anwesenden schauten ihm einigermaßen überrascht hinterher, doch niemand traute sich, etwas zu sagen, bis Ludmilla plötzlich erheitert kicherte. «Diesmal hat er das letzte Wort behalten, Adelina. Wenn ich es nicht besser wüsste …» Sie schüttelte den Kopf. «Zwei von einem Schlag.»

«Wie bitte?» Adelina sah sie empört an. «Mit diesem *Querkopp* habe ich nicht das Geringste gemein!»

Ludmilla lachte auf. «Bist du dir da sicher?» Bevor Adelina etwas antworten konnte, winkte sie ab. «Eines steht jedenfalls fest: Wenn ihr zwei sturen Esel an einem Strang ziehen würdet, statt euch ständig gegenseitig an die Kehle zu gehen, würde es unsere Nachforschungen ganz sicher um einiges erleichtern. Nun komm, du solltest dich wirklich ein wenig niederlegen.»

Missmutig nickte Adelina und ließ sich von der alten Hebamme in ihre Schlafkammer begleiten. Dort legte sie sich voll bekleidet auf ihr Bett. Ludmilla wollte eine Decke über ihren Beinen ausbreiten, doch Adelina wehrte rasch ab. «Dazu ist es viel zu warm», sagte sie matt und schloss die Augen. «Hol Mira her. Ich muss mit ihr reden.»

«Du musst dich jetzt ausruhen. Deine Strafpredigt kann ruhig noch ein Weilchen warten.»

Adelina klappte die Augen wieder auf. «Ich liege im Bett, nicht wahr? Und ich bin schon wieder ganz ruhig. Also hol mir jetzt das Mädchen herein.»

Ludmilla schüttelte schmunzelnd den Kopf. «Ich sag's ja, einer so stur wie der andere. Muss wohl in der Luft liegen.» Sie ging zur Tür. «Ich schau mal, wo die Kleine steckt.»

19

Mira hielt die Arme fest vor ihrem Leib verschränkt, als sie wenig später Adelinas Kammer betrat. Das hellblonde Haar fiel ihr in einem kunstvoll geflochtenen Zopf über die linke Schulter, und ihre hellblauen Augen blitzten trotzig. Adelina betrachtete das Mädchen eingehend, und ihr wurde dabei bewusst, dass ihr gar nicht aufgefallen war, wie sehr Mira sich in den letzten Monaten verändert hatte. Sie war eine junge Frau geworden – eine höchst ansehnliche junge Frau mit ihrer schlanken, grazilen Gestalt. Ihre Aufsässigkeit und ihr vorlautes Mundwerk jedoch ließen diesen äußeren Liebreiz rasch wieder vergessen.

Innerlich seufzend winkte sie ihr Lehrmädchen zu sich heran. «Was soll ich mit dir machen?», fragte sie ruhig. «Du benimmst dich wie ein verzogenes Kind, bist ungehorsam und machst damit mir und meiner Familie Schande.» Sie hielt kurz inne. «Dem Hauptmann gegenüber verhältst du dich in einer unmöglichen Weise, die ich so nicht dulden kann. Dabei müsstest du es eigentlich besser wissen.»

Bei ihren Worten hatte Mira ihren Blick immer weiter gesenkt. Umständlich setzte Adelina sich etwas weiter auf. «Sag mir, was los ist, Mira. Ich kann dir deine Aufsässigkeit nicht durchgehen lassen, das weißt du. Solange du in meinem Hause eine Lehre machst, bin ich für dich verantwortlich. Auch wenn du von adeliger Geburt bist, ändert das nichts an deiner Stellung hier. Oder willst du vielleicht, dass ich dich hinauswerfe?»

Miras Kopf ruckte hoch, und sie blickte Adelina erschrocken an. «Nein, Meisterin, bitte nicht! Ich will nicht … Ich möchte doch meine Lehre bei Euch machen.»

«Nun gut, dann erkläre mir, weshalb du dich plötzlich derart untragbar benimmst.»

Mira löste ihre Arme von ihrem Körper und verschränkte stattdessen ihre Hände ineinander. «Ich will Euch keine Schande machen. Ich ...» Sie schien nach Worten zu suchen. Adelina blickte sie abwartend an. «Wenn Ihr wollt, entschuldige ich mich bei dem Hauptmann. Er ... also ...» Mira biss sich auf die Lippen. «Ich habe nicht nachgedacht, Meisterin. Ich dachte nur, wenn ich ein bisschen ungezogen bin und ...»

«... vorlaut», half Adelina weiter.

Mira nickte. «Ich dachte, dass ich dann eher bei Euch bleiben darf.»

«Wie bitte?» Verblüfft hob Adelina den Kopf.

Mira verzog kläglich die Lippen. «Ich weiß, das klingt verrückt. Aber Ihr müsst wissen, dass mein Vater – Stiefvater», verbesserte sie sich rasch und mit Nachdruck, «mich verheiraten will.»

«Ach.» Adelina legte erstaunt den Kopf auf die Seite. «Mit wem?»

Mira zuckte mit den Schultern. «Das ...» Sie zögerte. «Das tut doch nichts zur Sache, oder? Ich will nicht heiraten, nur weil mein Stiefvater ein gutes Geschäft wittert. Er wollte mich ins Kloster schicken, nur, weil er sich einen Vorteil davon versprochen hat. Und jetzt will er mich irgendeinem Kerl verkaufen.»

«Mira ...»

«Ist doch so!», begehrte Mira auf. «Mutter kommt diesmal nicht gegen ihn an. Sie hat gebettelt und gefleht, dass er mich wenigstens die Lehre hier beenden lässt. Aber er hat gesagt, dass er den Hochzeitstermin aushandelt, wann es ihm passt – und je eher, desto besser.» Miras Kinn begann zu zittern, doch sie drängte die Tränen tapfer zurück. «Ich dachte doch nur, dass ich vielleicht hierbleiben kann, wenn ich mich so schlecht benehme, dass … na ja, dass kein Mann mich haben will. So etwas spricht sich doch herum, nicht wahr? Ihr habt ja selbst einmal gesagt, dass ich mit meiner Art und meinem frechen Mundwerk schwerlich einen Mann für mich begeistern würde.»

«Das habe ich gesagt?» Adelina konnte ein amüsiertes Lächeln nur schwer unterdrücken. «Wann soll das gewesen sein?»

Mira zuckte mit den Schultern. «Ist schon eine Weile her.» Sie schluckte. «Verzeiht mir, Meisterin. Ich habe nicht bedacht, dass mein Verhalten auf Euch zurückfallen würde. Aber was soll ich denn machen? Ich will so gerne bei Euch bleiben und Apothekerin werden.»

«Komm her.» Adelina klopfte einladend auf die Bettkante, und Mira ließ sich zögernd darauf nieder. «Du hättest mir gleich davon erzählen sollen», sagte sie. «Wenn du möchtest, gehe ich zu deinem Vater und rede mit ihm. Vielleicht lässt er sich ja doch überreden, dich wenigstens bis zum Ende deiner Lehrzeit bei mir zu lassen.» Sie runzelte die Stirn, als ihr einfiel, dass gar nicht sicher war, wie es mit ihr und der Apotheke weitergehen würde, wenn sie es nicht schafften, Neklas' Unschuld zu beweisen. Dennoch fuhr sie fort: «Bis dahin sind es zwei, vielleicht auch drei Jahre, Mira. Lange genug, damit du dir überlegen kannst, ob du den Mann, den dein Vater für dich ausgesucht hat, vielleicht doch heiraten willst.» Ehe Mira aufbegehren konnte, hob Adelina beschwichtigend die Hand. «Und lange genug, damit dieser Mann vielleicht das Interesse verliert.»

Miras Miene hellte sich ein wenig auf. «Meint Ihr?»

Adelina lächelte leicht. «Wie ich es sehe, gibt es zwei Möglichkeiten. Drei, wenn man diejenige hinzunimmt, dass du dich gleich zu einer Heirat entschließen könntest.»

«Nein, auf keinen Fall!»

«Also gut, dann wäre die eine Möglichkeit, dass dieser

Mann sehr rasch die Verbindung eingehen will und – gesetzt den Fall, dein Vater willigt ein, dich deine Lehre beenden zu lassen – darauf verzichtet, weil ihm die Wartezeit zu lang ist.»

«Das wäre gut.»

«Die andere Möglichkeit ist, dass er die lange Wartezeit akzeptiert, weil er dich unbedingt zur Frau haben will und deinen Wunsch, die Lehrzeit bei mir abzuschließen, akzeptiert. Sollte dies der Fall sein, würde ich mir an deiner Stelle überlegen, ob er nicht doch als Ehemann in Frage kommt, denn dann dürfte er tatsächlich etwas für dich übrighaben.»

«Nein, ganz bestimmt nicht.» Mira schüttelte heftig den Kopf. «Ich soll doch nur verschachert werden wie ein Stück Vieh. Weder meinen Vater noch den Mann, den er ausgesucht hat, interessiert es, was ich will.»

«Bist du sicher?»

«Ganz sicher. Seht doch, wie Vater mich herausgeputzt hat. Lauter neue Kleider und Schmuck und all das. Das ist doch nur, damit ich meinem Bräutigam gefalle, wenn er mich sieht.»

«Wenn er dich sieht», echote Adelina mit fragendem Blick. «Wer ist denn überhaupt der Mann, den du heiraten sollst? Kennst du ihn?»

Mira zog die Schultern hoch. «Ja. Nein.» Sie presste kurz die Lippen zusammen. «Ich weiß, wer er ist, deshalb will ich ihn auch nicht. Er ist ... ein Scheusal. Gemein und niederträchtig wie mein Stiefvater. Und alt. Ich will ihn auf gar keinen Fall heiraten. Aber Stiefvater wird mich dazu zwingen.» Jetzt kullerte doch eine Träne über Miras Wange, die sie rasch mit dem Handrücken fortwischte.

«Bitte beruhige dich.» Sanft nahm Adelina Miras Hand. «Ich verspreche dir, so bald wie möglich mit deinem Stiefvater zu sprechen.»

«Glaubt Ihr denn, er hört auf Euch?»

Adelina lächelte. «Das können wir nicht wissen, ehe ich es nicht versucht habe. Aber bis dahin wünsche ich, dass du dich an deine Erziehung erinnerst und dich niemandem gegenüber noch einmal so ungezogen verhältst. Hast du mich verstanden?»

«Ja, Meisterin.» Mira senkte wieder den Kopf.

«Auch nicht Hauptmann Greverode gegenüber», betonte Adelina scharf. «Obwohl er es weiß Gott manchmal nicht besser verdient hat.»

Überrascht hob Mira den Kopf, und Adelina deutete ein Lächeln an. «Und nun geh hinunter in die Apotheke. Die Kräuter, die zum Trocknen im Hinterzimmer hängen, müssen verarbeitet werden.» Sie schwang die Beine über den Bettrand. «Am besten komme ich mit. Dann kann ich gleich ein paar Salben herstellen.»

Mira nickte und ging gehorsam zur Tür. «Meisterin?»

«Ja, Mira?»

«Kommt Magister Burka wieder frei?»

Adelinas Miene wurde ernst. «Ich hoffe es, Mira. Wir tun alles dafür.»

†

Die Sonne stand bereits tief, als Adelina die Schlafkammer ihres Sohnes betrat. Durch das Fenster war sie wie ein roter Feuerball zu sehen, der knapp über den Dächern der Stadt hing und den wolkenlosen Himmel in ein Meer von Rot, Rosa und Violett tauchte. Colin schlief bereits. Still setzte sich Adelina neben ihn auf die Bettkante und betrachtete sein engelhaftes Gesicht, dessen Züge so sehr denen von Neklas ähnelten. Sanft berührte sie seine wirren schwarzen Löckchen und spürte dabei dem leise ziehenden Schmerz nach, der ihr Herz durchzog. Noch niemals in ihrem Leben hatte sie sich derart hilflos gefühlt. Sie kam sich wie gefangen vor, nicht nur, weil sie in ihrem eigenen Haus eingesperrt war, sondern auch, weil sie einfach nicht wusste, wie es weitergehen sollte. Jupp hatte am Nachmittag die Schöffen aufgesucht, jedoch keine befriedigende Auskunft über den bevorstehenden Prozess erhalten. Offenbar waren Rat und Gericht wegen der Angelegenheiten um König Wenzel anderweitig beschäftigt. Kurz vor dem Vesperläuten war Georg Reese in der Apotheke erschienen. Von ihm hatten sie erfahren, dass Vater Emilianus bisher noch keine Anklage aus kirchengerichtlicher Sicht erhoben hatte. Der Gewaltrichter hatte jedoch mit Sorge auf Adelinas Bericht über den Besuch des Geistlichen und Bruder Thomasius reagiert und ihr versprochen, gleich am nächsten Tag Erkundigungen einzuziehen.

Adelina hatte sich den Kopf zerbrochen, konnte sich aber nach wie vor keinen Reim auf die Geschehnisse der letzten Zeit machen. Es war so absurd, sich vorzustellen, irgendjemand könne Neklas nach so vielen Jahren wegen der Ereignisse in Italien nachstellen und schaden wollen. Ihr fiel auch kein Grund ein, weshalb man ihn sonst zum Sündenbock für den Mord an der Schustersfrau machen wollte. Und was war mit den gestohlenen Knochen? Wie passten sie ins Bild?

Als sie ein Geräusch an der Tür vernahm, drehte sie sich erschrocken um und erblickte Greverode, der sie mit undeutbarem Gesichtsausdruck ansah. Er schien etwas sagen zu wollen, entschied sich dann jedoch offenbar dagegen und ging leise fort. Seine Schritte waren auf der Treppe zu hören, wenig später knarrte die Hintertür und fiel leise ins Schloss. Adelina runzelte verwundert die Stirn und wandte sich wieder ihrem Sohn zu, auf dessen Lippen ein seliges Lächeln erschienen war. Wahrscheinlich träumte er etwas besonders Schönes.

Adelina wurde das Herz schwer bei dem Gedanken, dass sein und ihrer aller Leben vor einer ungewissen Zukunft stand. Noch einmal strich sie Colin übers Haar und verließ dann leise die Kammer. Auf dem Gang begegnete ihr Moses, der sie mit einem Schwanzwedeln begrüßte und seine kalte Nase gegen ihre Hand drückte.

«Na, mein Freund?» Sie beugte sich zu ihm hinab und streichelte sein struppiges Fell. «Möchtest du noch einen späten Rundgang durch den Hof machen?»

Wieder wedelte Moses, also stieg Adelina erneut nach unten und ließ den Hund hinaus. Da die laue Luft des Sommerabends angenehm war, trat auch sie nach draußen und überlegte, ob sie sich ein wenig auf die Holzbank setzen sollte, die unter dem vorgezogenen Dach des Pferdestalls stand. Zu spät entdeckte sie Greverode, der sich bereits dort niedergelassen hatte und vor sich hin brütete. Neben sich hatte er einen Weinkrug abgestellt, in der Hand hielt er einen Becher.

Rasch wollte Adelina sich zurückziehen, doch er hatte sie bereits bemerkt und musterte sie. Dann nahm er jedoch überraschend den Krug fort und stellte ihn unter die Bank. Adelina sah es als Aufforderung, sich zu ihm zu setzen, was sie schließlich einigermaßen widerwillig tat. Seitlich der Bank hatte Greverode eine Fackel in den Boden gesteckt, deren flackernde Flamme in der zunehmenden Dunkelheit die einzige Lichtquelle darstellte.

Schweigend saßen sie eine geraume Weile beieinander und hingen ihren Gedanken nach. Schließlich ergriff er aber doch das Wort.

«Ich habe mir die Gänge dort unten noch einmal angesehen.»

Verwundert wandte sie ihm den Kopf zu. Seine Miene verriet nichts über seine Gedanken oder Gefühle. Er trank einen Schluck. «Wer auch immer die Holzkiste auf die Falltür gestellt hat, tat sicher gut daran. Wenn man weit genug geht, führt einen der Gang bis unter die Judengasse, ich schätze etwa bis zu der Stelle, an der sich die Mikwe befindet. Von dort kommt man in ein Gelass, das ziemlich sicher von irgendwelchem Gesindel bewohnt wird. Man kann ganz deutlich frische Spuren sehen. Solange die schwere Kiste auf der Falltür stand, konnte niemand sie von unten öffnen. Deshalb habe ich sie wieder darübergerückt. Ihr wollt ja bestimmt keine ungebetenen Gäste in Eurem Hause, nicht wahr?»

Adelina schüttelte nur den Kopf.

Greverode trank erneut und sprach dann weiter: «Außerdem habe ich mich nach diesem Vater Emilianus erkundigt. Offenbar ist er tatsächlich ein enger Freund des Erzbischofs, aber auch sein größter Kritiker – zumindest was die Pläne der Kurfürsten angeht, König Wenzel zu entthronen. Zweimal schon mussten meine Männer eine Menschenmenge auf dem Neumarkt auseinandertreiben, weil er dort gepredigt hat.»

«Gepredigt?»

Greverode nickte. «Er wetterte gegen den Erzbischof und forderte die Menschen auf, sich gegen ihn zu erheben und zu verhindern, dass der rechtmäßig von Gott eingesetzte König durch eine Intrige gestürzt wird. Ansonsten würde der Zorn Gottes die Stadt Köln treffen und sie samt ihrer Bewohner in den Höllenschlund reißen.» Er blickte sie von der Seite an. «Dieser Thomasius war wohl ebenfalls dabei, hat sich aber, soweit ich in Erfahrung bringen konnte, nicht an den Hetzreden beteiligt.»

«Schwer vorstellbar», sagte Adelina nachdenklich. «Er liebt es doch, die Menschen mit seinen Predigten vom Fegefeuer in Angst und Schrecken zu versetzen.» Eine Weile schwiegen sie einander an, dann sah Adelina Greverode wieder ins Gesicht. «Warum tut Ihr das?»

«Was?»

«Ihr wisst, was ich meine.» Sie ließ ihren Blick über den Hof schweifen, von dem in der Dunkelheit nur noch Schemen zu erkennen waren. «Ihr hasst mich, und dennoch versucht Ihr, mir zu helfen.»

Greverode schwieg lange auf ihre Frage. Adelina glaubte schon, er wolle ihr keine Antwort darauf geben. Sie vermied es, ihn anzusehen. Erst als sie hörte, wie er den Weinbecher beiseitestellte, und spürte, dass er sich mit einem heftigen Atemzug zurücklehnte, wandte sie sich ihm wieder zu. Er hatte den Kopf in den Nacken gelegt und stieß mit dem Kopf gegen die Stallwand. «Ich hasse Euch nicht», sagte er leise. «Dabei habe ich es weiß Gott versucht.» In seiner Stimme schwang eine Spur Gereiztheit mit, die sich sogleich auf Adelina übertrug.

Sie faltete die Hände über ihrem Leib und blickte wieder nach vorne. «Was habe ich Euch getan, dass Ihr glaubt, mich hassen zu müssen?» Ihr Herz pochte unangenehm, und ihr wurde bewusst, dass sie nicht sicher war, ob sie die Antwort hören wollte.

«Ihr? Gar nichts.» Er stieß erneut heftig die Luft aus, so als habe er sie zuvor angehalten. «Auch wenn ich es lieber sähe, wenn es so wäre. Aber Ihr könnt nichts dafür, dass unsere Mutter Euch mehr geliebt hat als mich.»

«Unsere …» Adelina blieben vor Schreck und Verblüffung die Worte im Hals stecken. Sie schluckte heftig. «Wovon redet Ihr?»

Greverode starrte noch immer in die Luft, doch dann fuhr er plötzlich zu ihr herum und blickte sie finster an. «Wisst Ihr überhaupt, wer Eure Mutter war?»

«Meine Mutter?» In Adelina regten sich Widerstand und Zorn. «Meine Mutter war Sieglinde Merten. Die ehrbare Tochter eines Patriziers und Ehefrau von Albert Merten, eines angesehenen Apothekers. Meines Vaters», setzte sie hitzig hinzu. «Wagt es nicht, sie zu verunglimpfen!»

Greverode stieß einen Laut aus, der so verächtlich klang, dass Adelina ihn zurechtweisen wollte. Seine nächsten Worte ließen sie jedoch ihren Protest vergessen: «Ehrbar, fürwahr, das war sie. Habt Ihr Euch niemals gefragt, wie es sein kann, dass ein reicher Patrizier seine einzige Tochter einem Apotheker zur Frau gibt? Nichts gegen Euren Vater, aber der Standesunterschied dürfte Euch wohl aufgefallen sein, oder nicht?»

Adelinas Hände verkrampften sich ineinander. «Sie haben einander geliebt und ...»

«O ja, sicher.» Kopfschüttelnd sprang Greverode auf und ging ein paar Schritte auf und ab. Dann setzte er sich wieder. «Vielleicht war es so, zumindest von seiner Seite aus. Aber seit wann entscheiden die Gefühle eines jungen Mädchens darüber, mit wem ihr Vater sie verheiratet?» Bevor sie etwas erwidern konnte, hob er die Hand. «Kann sein, dass so etwas vorkommt. Ihr mögt Euch selbst als gutes Beispiel angeben, aber das tut hier nichts zur Sache.» Er holte Luft. «Ich werde Euch sagen, wie es gewesen ist.»

Adelina blickte in sein aufgebrachtes Gesicht und erkannte die widerstreitenden Gefühle, die sich in seinen blauen Augen abzeichneten.

«Eure Mutter war eine geborene Uhverath und hätte als solche ganz sicher eine bessere Heirat erwarten können als Euren Vater, wenn sie nicht mit sechzehn Jahren *meinem* Vater begegnet wäre.» Erregt fuhr sich Greverode durch die Haare. «Ich will sein Verhalten nicht beschönigen. Er hat sie verführt, und sie wurde schwanger – mit mir.»

Adelina stieß einen erstickten Laut aus, unterbrach ihn aber nicht.

«Ihr würde ich daraus keinen Vorwurf machen, wenn sie meinen Vater daraufhin geheiratet hätte. Das tat sie aber nicht, denn mein Vater war ein einfacher Soldat. Er hatte nur ein geringes Vermögen, ein wenig Land und keinerlei

Einfluss. Sie hat sich von ihm losgesagt, ob auf eigenen Wunsch oder auf das Drängen ihrer Familie hin, weiß selbst mein Vater bis heute nicht. Doch das Kind, das sie in sich trug – mich! –, gab sie nach der Geburt umgehend in seine Obhut.»

«Nein!»

«Und sie hat sich nicht mehr weiter um mich gekümmert, ja sich noch nicht einmal erkundigt, wie es mir geht.» Nun klang deutlich Bitterkeit aus seiner Stimme. «Ein Jahr später ehelichte sie Albert Merten und brachte kurz darauf Euch zur Welt – und einige Jahre später Vitus», schloss er dumpf. Er blickte ihr in die Augen. «Wie sollte ich dich nicht dafür hassen wollen, dass sie dich geliebt hat und mich nicht? Sogar um Vitus hätte sie sich wohl mehr gekümmert als um mich, wenn sie nicht bei seiner Geburt gestorben wäre.» Er stützte die Ellbogen auf seinen Knien ab und legte den Kopf in seine Hände. «Ich wollte dich hassen – mehr als alles andere.» Er stockte und hob langsam den Kopf. Gequält blickte er sie an. «Aber es geht nicht», sagte er leise. «Denn du bist meine Schwester.»

20

«Der Hauptmann ist also dein leiblicher Bruder», stellte Ludmilla mit einem breiten Grinsen fest, als Adelina nach einer schlaflosen Nacht sehr früh am nächsten Morgen die Küche betrat. «Fast hätt ich's mir ja denken können. Die Sturheit müsst ihr beide eindeutig von eurer Mutter geerbt haben. Wenn man es weiß, sieht man sogar eine gewisse Ähnlichkeit. Mehr noch übrigens zwischen ihm und Vitus.»

Adelina starrte die alte Hebamme an. «Woher weißt du …?»

Ludmilla stieß ihr krächzendes Lachen aus. «Ach, Liebchen, ich bin vielleicht alt, aber nicht taub. Und deine Gästekammer liegt zum Hof hinaus.» Sie wurde wieder ernst. «Ich denke aber, ihr werdet gut daran tun, vorerst Stillschweigen über eure verwandtschaftliche Beziehung zu halten. Sonst könnten die Schöffen auf die Idee kommen, Greverode sei befangen, und ihn von seinem Posten hier abziehen.»

«Daran habe ich auch schon gedacht», gab Adelina zu. «Am besten rede ich gleich mit ihm darüber. Wo steckt er?»

«Draußen am Brunnen. Warte lieber noch ein Weilchen, denn als ich ihn vorhin sah, stand er nackt, wie Gott ihn schuf, im Garten und hat sich gewaschen. Scheint ein reinlicher Mensch zu sein. Das findet man selten bei Männern seines Schlages. Wobei ich durchaus zugeben muss, dass er eine Augenweide ist.»

«Ludmilla!», rief Adelina empört.

«Schon gut.» Sie wischte sich eine Lachträne aus dem Augenwinkel. «Aber du solltest dafür sorgen, dass er sich entweder woanders wäscht oder, dass dein Lehrmädchen nachts die Fensterläden schließt. Ich fürchte nämlich, dass ihr der Anblick nicht entgangen sein dürfte.»

Adelina verdrehte die Augen. «Auch das noch!»

«Halb so wild», befand Ludmilla. «Der Kleinen wird es schon nicht schaden, sollte sie ihn tatsächlich gesehen haben.»

«Aber es ist unschicklich!»

«Ach was! Dann weiß sie wenigstens, was sie erwartet, wenn sie einmal heiratet.»

«Das weißt du auch schon?» Argwöhnisch runzelte Adelina die Stirn. «Hast du uns etwa belauscht?»

«Was weiß ich?» Diesmal wirkte Ludmilla überrascht.

«Dass Miras Vater sie verheiraten will.»

«Nein, das wusste ich nicht», antwortete die Alte. «Du sagst das so, als gefalle dir der Gedanke nicht besonders.»

«Tut es auch nicht», gab Adelina zu. «Mira sagt, sie will nicht heiraten. Ich fürchte, ihr Vater wird sie trotzdem dazu zwingen.»

«Sein gutes Recht.»

«Ich weiß. Aber Mira …» Adelina schüttelte den Kopf. «Es täte mir leid, wenn sie unglücklich würde. Sie ist so gern bei mir.»

«Was man anfangs ja niemals vermutet hätte.» Ludmilla lächelte. «Weißt du, wen sie heiraten soll?»

«Nein, sie hat mir den Namen des Mannes nicht genannt. Ihrer Beschreibung nach muss es sich um einen schrecklichen Menschen handeln, der viel älter ist als sie.»

Ludmilla schnalzte. «Wenn sie nicht heiraten will, mag ein jeder Mann schrecklich sein, insbesondere in der Phantasie eines so jungen Mädchens.»

Adelina nickte. «Das denke ich auch. Andererseits hat sie ihn als so gemein und niederträchtig wie ihren Stiefvater bezeichnet. Ich glaube nicht, dass sie sich das nur ausgedacht hat.»

«Wenn er schon älter ist, handelt es sich vermutlich um irgendeinen Freund ihres Vaters», vermutete Ludmilla. «Klingt nach einem Witwer, der darauf hofft, dass ihm eine junge Frau das Bett noch einmal wärmt und ein paar Söhne schenkt.» Achselzuckend wechselte sie das Thema: «Ich höre Schritte. Jetzt kannst du gleich mit deinem Bruder besprechen, wie es weitergehen soll.»

†

Adelina und Greverode waren rasch übereingekommen, vorerst über ihre Verwandtschaft Stillschweigen zu bewahren. Sie hatte ihn am Vorabend wortlos verlassen. Zu aufwühlend waren die Gefühle, die in ihr getobt hatten. Jetzt, nach einer durchwachten Nacht, fühlte sie sich zwar nicht viel wohler, hatte ihre Gedanken jedoch weitgehend geordnet und war zu dem Schluss gekommen, dass seine Behauptung, er sei ihr Bruder, der Wahrheit entsprach. Sie hatte seine Worte wieder und wieder mit dem verglichen, was sie von ihrer Mutter, ihrem Vater und ihren Großeltern wusste. Viel war es nicht, dennoch hatte sie genügend Übereinstimmungen gefunden, die belegten, dass er nicht gelogen hatte. Warum hätte er auch lügen sollen?

Je länger sie darüber nachdachte, desto mehr verstand sie seine Feindseligkeit, seine Gemeinheiten, die unverschämte und verächtliche Art, mit der er sie seit ihrer ersten Begegnung behandelt hatte.

Jene erste Begegnung – sie dachte noch heute mit Ingrimm daran – war schon fast fünf Jahre her. Er war damals noch ein einfacher Soldat gewesen und hatte sie wie eine Angeklagte aus der Apotheke abgeführt, um sie zu einer Befragung ins Rathaus zu bringen. Dort hatte er sie einfach in einem der Schreibzimmer eingeschlossen und stundenlang warten lassen.

Solche und ähnliche Ereignisse hatten sich in den darauffolgenden Jahren mehrfach wiederholt. Erst seit jenem unglückseligen Tag vor drei Jahren, an dem bei einer Haussuchung einer von Greverodes Männern ihre Magd Franziska geschändet und obendrein ihren Vater derart heftig niedergeschlagen hatte, dass dieser sich das Genick brach, hatte Greverode sich zurückgezogen. Selten nur war sie ihm seither begegnet, und wenn, dann hatten sie einander meist ignoriert.

Erst die schlimmen Geschehnisse der letzten Tage hatten das geändert. Adelina war sich sicher, dass er ihr niemals die Wahrheit gesagt hätte, wenn sie nicht derart in Bedrängnis geraten und er deswegen aus seiner feindseligen Haltung erwacht wäre. Er hatte sich ihr, wenn auch widerwillig, offenbart, und sie hatte das sichere Gefühl, dass er zu ihr stehen würde. Blut war offenbar doch dicker als Wasser, wie Ludmilla es so treffend beschrieben hatte.

Das Frühstück verlief in der seit Tagen herrschenden gedrückten Stimmung. Danach gab Adelina den Mädchen zwar eine Aufgabe, aber sie merkte sehr wohl, dass die beiden nicht bei der Sache waren. Auch ihrem Gesinde schien allmählich die Decke auf den Kopf zu fallen. Niemand durfte ausgehen, es sei denn, Stache ging mit. Dass Jupp und Marie immer wieder Besuche erlaubt wurden, schob Adelina inzwischen auf die Nachsichtigkeit Greverodes.

Jupp hatte angekündigt, er wolle erneut beim Rat vorsprechen und versuchen, Georg Reese zu treffen. Adelina überlegte gerade, wie sie es anstellen sollte, noch einmal zu Neklas vorgelassen zu werden, als sie von einem höchst unerwarteten Besucher überrascht wurde.

«Meisterin Burka», sprach Greverode sie an, als er den Kopf zur Küchentür hereinsteckte. Er blickte sie vielsagend an. «Bruder Thomasius will Euch sprechen.»

Adelina, die sich mangels einer anderen Beschäftigung

gerade darangemacht hatte, einen Brotteig zu kneten, hielt inne und wischte sich ihre mehligen Hände an einem Leinentuch ab. Innerlich wappnete sie sich gegen sämtliche Anschuldigungen, mit denen der Dominikaner sie möglicherweise zu konfrontieren trachtete; äußerlich straffte sie lediglich die Schultern und bemühte sich, ganz ruhig zu wirken.

Greverode ließ den Mönch eintreten und bezog dann seinen üblichen Posten neben der Tür.

«Guten Tag, meine Tochter.» Thomasius blickte Adelina mit undurchdringlicher Miene an und warf, als er ihrer Tätigkeit gewahr wurde, einen verwunderten Blick auf die Teigschüssel. «Ihr backt?»

Adelina legte das Leinentuch ordentlich über die Schüssel. «Mit etwas muss ich mich ja beschäftigen, da meine Apotheke dank Euch schon seit Tagen geschlossen bleiben muss.»

«Nicht ich bin dafür verantwortlich», widersprach er. «Sondern die unglückseligen Umstände, in die Ihr durch die Verhaftung Eures Gemahls geraten seid.»

«Ach.» Argwöhnisch musterte sie ihn. «Das sind ja ganz neue Töne. Gestern noch klangen Eure Worte vollkommen anders.»

Thomasius verzog keine Miene. «Ich werde nichts von dem, was ich gesagt habe, zurücknehmen, wenn Ihr das meint», sagte er in hochfahrendem Ton. «Neklas Burka ist und bleibt ein Ketzer.»

«Ihr wiederholt Euch», sagte Adelina gereizt. «Sagt endlich, was Ihr hier wollt, und dann verschwindet wieder.»

«Gewiss, gewiss.» Thomasius neigte huldvoll den Kopf und brachte Adelina damit in Rage. «Ich bin hier, um Euch zu warnen. Eure unbedachten und unverschämten Worte gegenüber Vater Emilianus könnten schlimme Folgen für

Euch haben.» Er drehte sich zu Greverode um. «Für Euch ebenfalls, Herr Hauptmann.»

Mit zwei Schritten war Greverode neben ihm und starrte ihn erbost an. «Ist es nicht genau das, was Ihr herausgefordert habt? Was sollen wir denn Eurer Meinung nach tun? Wollt Ihr ein falsches Geständnis von Meisterin Burka erpressen?»

Thomasius machte ein empörtes Gesicht. «Bei allen Heiligen; nichts liegt mir ferner! O nein, wie ich schon sagte: Ich will Euch warnen. Kehrt umgehend auf den rechten Weg zurück, denn sonst besteht die Gefahr, dass Ihr in den Kreis der teuflischen Dämonenbeschwörer hineingezogen werdet!»

«Was für einen Kreis meint Ihr?», wollte Adelina verärgert wissen. «Ihr habt doch Euren Schuldigen längst ins Gefängnis gebracht und schert Euch nicht im mindesten darum, dass der wahre Mörder noch frei herumläuft.»

Thomasius blickte mit überlegener Miene auf sie herab. «Meine Tochter, Ihr seid wohl noch nicht lange genug auf dieser Welt, um zu begreifen, dass das Böse – und in seiner schlimmsten Ausformung sind es jene, die unheilige Künste anwenden, um sich höllischen Beistand zu erheischen – niemals nur eine einzelne Person in seinen Bann zieht. Wie Vater Emilianus bereits sagte, seid auch Ihr selbst, die dem unseligen Einfluss tagtäglich ausgesetzt wart, in größter Gefahr, Euch dem Gottseibeiuns zu verschreiben. Deshalb tut, was getan werden muss, um Eure Seele – und vielleicht auch die Eures Gemahls – vor den Qualen des ewigen Fegefeuers zu erretten!»

Adelina starrte ihn erzürnt an. «Ihr seid ja verrückt geworden, Bruder Thomasius! Verlasst sofort mein Haus, sonst lasse ich Euch hinauswerfen. Ihr widert mich an! Wie kann ein einzelner Mann derart niederträchtig sein? Reicht es Euch wirklich nicht, dass Neklas in einer kalten Gefängniszelle sitzt und auf eine Verurteilung für etwas wartet, das er niemals getan hat? Wollt Ihr nun auch noch mich vernichten und obendrein meine Familie?» Sie holte zitternd Luft. «Ich sage Euch etwas, Bruder Thomasius: Ihr seid zehnmal schlimmer als der schlimmste Ketzer, denn Ihr seid erst glücklich, wenn Ihr das Glück und Leben anderer zerstört habt. Verschwindet von hier und kommt mir nie wieder unter die Augen!»

Thomasius ließ sich nicht aus der Ruhe bringen. In seinem altbekannten salbungsvollen Ton sagte er: «Ich füge mich Eurem Wunsch und werde nun wieder gehen. Aber denkt an meine Worte: Wer die Dämonen ruft, ist damit selten allein. Gebt auf Euch acht und und wendet Euch gegen das Böse.»

Adelina fuhr auf und packte den Dominikaner an seinem Habit, das wie immer in makellosem Weiß erstrahlte. «Hört auf damit! Ich sage es Euch zum letzten Mal, Bruder Thomasius. In unserem Hause hat niemals das Böse geherrscht. Und wenn Ihr noch so sehr auf Neklas' Vergangenheit herumhackt und sie als Vorwand für Eure Anschuldigungen benutzt: Er hat weder die Knochen aus dem Beinhaus gestohlen, noch die Schustersfrau umgebracht. Und ich schwöre Euch, ich werde es beweisen. Sollte Vater Emilianus ihn dennoch verurteilen lassen, werde ich dafür sorgen, dass Ihr Eures Lebens nicht mehr froh werdet.»

«Was ist denn hier los? Adelina, warum schreist du so?», erklang in diesem Moment von der Tür her Ludmillas Stimme. Neugierig trat sie ein. «Ach, mein geliebter Bruder Thomas», sagte sie eisig, als sie den Besucher erkannte. «Das hätte ich mir ja denken können. Setzt du der armen Adelina schon wieder zu? Was denkst du dir bloß dabei? Hast du sie und ihre Familie nicht schon in genug Schwierigkeiten gebracht? Musst du es tatsächlich bis auf die Spitze treiben?»

«Ludmilla.» Mehr sagte Thomasius nicht, doch seiner Stimme war die Abneigung gegen seine Schwester mehr als deutlich anzumerken. Er wandte sich sogleich wieder Adelina zu. «Geht in Euch», empfahl er mit einem fast schon sardonischen Lächeln. «Und denkt über meine Worte nach. Bisher ist Euer Gemahl nicht verurteilt, denn es fehlt ja noch der letzte Beweis, das Werkzeug des Teufels, mit der die Frau des Schusters getötet wurde. Aber es wird hoffentlich nicht mehr lange dauern, bis es gefunden ist. Ich bin sicher, Ihr werdet ebenfalls darauf hoffen, dass es alsbald wieder auftaucht, da Ihr ja nur das Beste für Euren Gemahl wollt.»

«Das Beste?» Nun war es offenbar auch um Greverodes Geduld geschehen. Grob packte er Thomasius am Arm und schob ihn zur Tür. «Mach, dass du hinauskommst, du herzloser Bastard!»

Thomasius ließ sich von dem wesentlich kräftigeren Hauptmann ohne Protest hinausführen. Das Knallen der Haustür schallte laut durch das ganze Haus. Adelina sank augenblicklich in sich zusammen und ließ sich kraftlos auf der Ofenbank nieder. Tränen der Wut und Verzweiflung stiegen ihr in die Augen und ließen sich nicht zurückdrängen. «Dieser verfluchte Mistkerl», schluchzte sie. «Er ist einfach abscheulich! Warum kann er uns nicht in Ruhe lassen?» Ludmilla setzte sich rasch neben Adelina und tätschelte ihre Schulter. «Komm, komm, beruhige dich. Du kennst ihn doch. Thomas ist eine Plage, seit er aus dem Schoß unserer Mutter gekrochen ist. Du solltest dir seine Worte nicht so zu Herzen nehmen.»

Adelina hob den Kopf und blickte sie verständnislos an. «Wie sollte ich das denn nicht?», fragte sie aufgebracht. «Du weißt selbst, dass er es war, der Neklas angeklagt hat. Er ist schuld, weil er den Schöffen und diesem Vater Emilianus von Neklas' Vergangenheit erzählt hat. Dabei ist er selbst keinen Deut besser – nein, sogar viel schlimmer. Er will den Menschen immer nur schaden; Neklas hat wenigstens versucht, ihnen zu helfen.»

«Ich habe ihn an die Luft gesetzt», verkündete Greverode, als er wieder in die Küche kam. Beim Anblick von Adelinas Tränen zogen sich seine Augenbrauen zusammen. «Weinen wird dir jetzt nicht viel nützen», sagte er mit einem scheelen Blick auf Ludmilla. Ihm schien nicht wohl dabei zu sein, dass die alte Hebamme sein und Adelinas Geheimnis teilte, doch er hatte sich damit abgefunden. «Dieser Bastard scheint mit allen Wassern gewaschen zu sein.» Er rieb sich nachdenklich das Kinn. «Ich frage mich bloß, was ihn veranlasst hat, heute noch einmal hierherzukommen. Er muss gewusst haben, dass du allein bist. Wenn Meister Jupp und seine Frau hier gewesen wären oder vielleicht sogar Georg Reese, wäre er ganz sicher ferngeblieben.»

«Warum?» Adelina wischte sich mit dem Ärmel ihres Kleides über die Augen. «Wie meinst du das?»

Greverode lehnte sich gegen den Tisch und verschränkte die Arme vor der Brust. «Das weiß ich selbst noch nicht so genau. Er war aus einem bestimmten Grund hier, und seinem unangenehm zufriedenen Grinsen, als er fortging, konnte ich entnehmen, dass er erreicht hat, was er wollte.»

«Und was soll das sein?», fragte Ludmilla neugierig. «Mal abgesehen davon, dass er Adelina recht erfolgreich aufgeregt und unglücklich gemacht hat?»

«Ich sage doch, ich bin mir nicht sicher.» Nachdenklich starrte Greverode vor sich hin. Plötzlich hob er den Kopf. «Ist Euch aufgefallen, dass er etwas von Dämonen ...»

«Mutter?» Mit einem unsicheren Blick trat Griet in die Küche. Hinter ihr drückte sich Mira herein. «Wir sind fertig mit der Salbe und wollten fragen ...» Sie zögerte, schien dann aber Mut zu fassen. «Was wollte denn Bruder

Thomasius hier? Wir haben dich schimpfen gehört, und da …»

Adelina seufzte. «Schon gut, Griet. Ihr könnt es ruhig wissen. Setzt Euch an den Tisch. Hauptmann Greverode wollte gerade etwas über Thomasius sagen, nicht wahr?»

Die Mädchen gehorchten und setzten sich auf ihre angestammten Plätze. Adelina und Greverode nahmen ihnen gegenüber Platz, auch Ludmilla kam dazu.

«Also, Hauptmann, was wolltet Ihr eben sagen?», wandte sich Adelina wieder an ihn.

Greverode klopfte unruhig mit den Fingern auf die Tischplatte. «Mir ist aufgefallen, dass Thomasius mehrmals von Dämonen und unheiligen Künsten sprach. Das kommt mir merkwürdig vor, denn bisher hieß es, Euer Gemahl habe diese Frau umgebracht, um irgendwelche Experimente an ihr durchzuführen.»

«Das muss nichts zu bedeuten haben», antwortete Ludmilla. «Mein Bruder liebt es, den Menschen mit Satan, Luzifer und höllischen Dämonen zu drohen.»

«Er wollte mir Angst machen», sagte Adelina dumpf. «Er weiß genau, wie ausweglos meine Situation ist, und macht sich einen Spaß daraus, seinen Finger in die offene Wunde zu legen. Vielleicht glaubt er sogar wirklich, dass er auf diese Weise meine Seele erretten kann.»

«Was das angeht, ist ihm wohl selbst nicht mehr zu helfen», fügte Ludmilla hinzu.

«Nein, nein.» Greverode schüttelte den Kopf. «Das ist etwas anderes. Ich glaube nicht, dass er Euch Angst machen oder drohen wollte.»

«Natürlich wollte er das», widersprach Adelina bitter. «Weshalb sollte er sich sonst die Mühe machen, ein weiteres Mal hierherzukommen?»

21

Gedankenvoll tippte sich Greverode ans Kinn. «Das ist eine gute Frage, über die wir einmal nachdenken sollten», befand er. «Welchen Sinn sollte es haben, Euch erneut mit Anschuldigungen und Drohungen zu kommen; das hat er doch gestern schon zur Genüge getan – und mit hochrangiger Unterstützung noch dazu.» Er stand auf, ging ein paar Schritte durch den Raum. Schließlich nahm er den Weinkrug und ein paar Becher aus dem Regal und brachte alles zum Tisch. Nachdem er zu Adelinas Überraschung jedem von ihnen eingeschenkt hatte, ging er zum Ausguss und füllte einen weiteren Krug mit Wasser. Diesen stellte er vor den Mädchen ab, die ihren Wein nur stark verdünnt trinken durften. «Es wäre Zeitverschwendung gewesen», fuhr er in das allgemeine Schweigen hinein fort. «Es muss ihm klar gewesen sein, dass Ihr nicht auf ihn hören und ihn umgehend hinauswerfen würdet.»

Adelina stieß einen verächtlichen Laut aus. «Er hasst uns, ganz besonders Neklas. Deshalb lässt er sich keine Gelegenheit entgehen, auf uns herumzuhacken. Ich bin sicher, dass es ihm vollkommen gleich ist, ob ich ...»

«Ah, ah, warte mal», unterbrach Ludmilla sie und kräuselte die Lippen. «Hauptmann Greverode hat recht. Wenn es Thomas nur darum gegangen wäre, dir Angst zu machen, hätte der gestrige Besuch ausgereicht. Er muss tatsächlich etwas anderes im Schilde geführt haben.»

«Und was?», wagte Mira zu fragen. «Was hat er denn überhaupt gesagt? Etwas von Teufeln und Dämonen?»

«Ja», bestätigte Ludmilla. «Aber das erscheint mir weniger wichtig. Viel interessanter finde ich, dass er zwar davon sprach, dass du umkehren und dich gegen das Böse wenden sollst, jedoch kein Wort mehr davon sagte, dass du dich von deinem Mann lossagen sollst.»

Adelina blickte sie überrascht an. «Das ist Haarspalterei, Ludmilla. Wir wissen doch genau, was er gemeint hat.»

«Wissen wir das wirklich?», wandte Greverode ein. «Ich komme langsam zu der Überzeugung, dass Thomasius uns etwas ganz anderes mitteilen wollte.»

«Und was soll das gewesen sein?», fragte Adelina zweifelnd.

«Nun, er sprach zunächst davon, dass er uns warnen wolle, und zwar, wenn mich nicht alles täuscht, vor weiteren Männern, die sich möglicherweise wie Neklas dem Teufel und ketzerischen Taten hingeben.»

«Neklas hat sich nicht dem Teufel verschrieben», fuhr Adelina auf.

Greverode warf ihr einen gereizten Blick zu. «Wäret Ihr wohl so gut, mich meinen Gedanken zu Ende spinnen zu lassen? Er warnte vor möglichen Mittätern. Also vermutet auch er, dass hier nicht ein Mann allein am Werke war. Vielleicht glaubt er, Ihr könntet wissen, um wen es sich handelt.»

«Wenn es so wäre, hätte ich längst etwas zu Reese gesagt.»

«Wie auch immer, er wollte uns möglicherweise warnen, vielleicht glaubt er, dass Ihr in Gefahr schwebt.»

Adelina hob verwundert die Brauen. «Natürlich schwebe ich in Gefahr. Immerhin will Vater Emilianus auch mich vor Gericht zerren.»

«Die zweite Warnung, die Thomasius aussprach», stimmte Greverode zu. «Aber das ist eine andere Sache, die wir erst einmal außer Acht lassen sollten. Wie ging es danach weiter?»

«Aber natürlich!», rief Ludmilla. «Er sagte etwas über

die Schustersfrau und das Werkzeug des Bösen, mit dem sie getötet wurde.»

«Das Messer», sagte Adelina. «Sie haben das Messer nie gefunden.»

«Es wäre ein gewichtiger Beweis gegen Magister Burka», fügte Greverode an. «Thomasius wollte uns womöglich genau darauf hinweisen. Sagte er nicht, dass auch Euch daran gelegen sein müsse, dieses Messer zu finden? Warum sollte es das, wenn es doch beweisen würde, dass Neklas den Mord begangen hat.»

Adelina richtete sich abrupt auf. «Nein, es hätte seine Schuld nur bewiesen, wenn es gleich bei ihm oder wenigstens bei der Leiche gefunden worden wäre. Aber es ist verschwunden. Nur die Messerscheide befand sich in der Abortgrube, und das beweist ja noch gar nichts.»

Greverode begann erneut mit den Fingern auf die Tischplatte zu trommeln. «Höchstens, dass jemand sie mit Absicht hineingeworfen hat, um den Verdacht auf Euren Mann zu lenken. Also wollte Thomasius uns vielleicht veranlassen, nach dem Messer zu suchen.»

«Das ist doch schon geschehen», widersprach Adelina. «Ihr habt das Haus durchsucht, den Hof, den Stall. Das Messer ist nicht hier.» Sie hielt inne und runzelte die Stirn. «Weshalb sollte Thomasius uns darauf bringen, wenn er selbst die ganze Zeit versucht, Neklas den Mord anzuhängen?»

Greverode nickte. «Genau diese Tatsache erscheint mir ebenfalls bemerkenswert.»

«Verzeihung, Mutter.» Unruhig rutschte Griet auf ihrem Platz hin und her. «Darf ich kurz hinausgehen?»

Zerstreut blickte Adelina ihre Stieftochter an, deren Gesicht äußerste Anspannung verriet. «Aber sicher, Kind. Geh nur.»

Griet sprang auf und verließ hastig die Küche.

Ludmilla blickte ihr aufmerksam nach. «Was ist mit dem Kind? Ist ihr die Aufregung auf den Magen geschlagen?»

In diesem Augenblick hörten sie jedoch nicht die Hintertür, sondern das leise Quietschen der Kellertür. Überrascht hoben alle die Köpfe und lauschten. Adelina erhob sich rasch. «Was tut sie denn da?» Sie ging zur Tür. «Ich sehe mal nach ihr.»

Schon auf der Kellertreppe vernahm Adelina ein deutliches Ratschen und Schleifen, das nur von einer der Truhen stammen konnte, die über den Boden geschoben wurde. Als sie das Laboratorium betrat, starrte sie erschrocken auf ihre Stieftochter, die gerade den Stein aus der Wand löste, mit dem das Geheimfach verschlossen wurde.

«Griet, was machst du?», rief sie leise.

Griet blickte nur kurz über ihre Schulter, hatte jedoch im nächsten Moment den Stein in der Hand und legte ihn beiseite. Ohne zu zögern, griff sie in die Öffnung und zog mehrere Bücher daraus hervor. Mit fliegenden Fingern stöberte sie darin, blätterte Seiten um und griff dann noch einmal in das Fach. «Hier ist es», verkündete sie schließlich triumphierend und hielt Adelina eines der Bücher hin.

«Was ist das?», wollte diese verständnislos wissen. «Und was hat das zu bedeuten, dass du einfach in diesem Geheimversteck herumwühlst? Wenn jemand ...»

«Was geht hier vor?», kam von der Treppe her Greverodes Stimme.

Adelina verdrehte entsetzt die Augen. Fieberhaft überlegte sie, wie sie ihn zurückhalten könnte, doch da stand er bereits in der Tür und blickte aufmerksam von ihr zu Griet und dann zu der Öffnung in der Wand.

«Geheimnisse?», fragte er mit schneidender Stimme.

Adelina seufzte. «Jetzt wohl nicht mehr.» Sie wandte sich wieder zu Griet. «Sag mir sofort, was das zu bedeuten hat. Was willst du mit diesem Buch?»

Bereitwillig stand Griet auf und gab ihr den schmalen Lederband. «Schau, Mutter», sagte sie eifrig und schlug das Buch auf. «Es ist mir eingefallen, als Ihr eben von Teufeln und Dämonen und so gesprochen habt. Vater hat mir vor einer Weile die Bücher hier gezeigt und gesagt, dass sie ...» Erschrocken hielt sie inne, als ihr bewusst wurde, dass Greverode anwesend war. Sie wurde rot.

«Dass sie was?», fragte er prompt.

Adelina seufzte. «Dass sie verboten sind», sagte sie und war sich gleichzeitig Griets bestürzter Miene bewusst. «Neklas sammelt diese Schriften.»

Greverode schüttelte leicht den Kopf. «Na sicher, was sonst», sagte er leise und wohl mehr zu sich selbst als zu ihr. Dann nahm er ihr das Büchlein ab und studierte es eingehend. «Und was hat es hiermit auf sich?», wandte er sich an Griet.

Das Mädchen zögerte und schien seine Stimme verloren zu haben. Erst als er streng die Augenbrauen hob, sagte sie: «Das ist ein Buch auf Latein.»

Seine Augenbrauen wanderten noch ein Stück höher. «Das sehe ich.»

«Vater sagt, es handelt von der Transmutation.»

«Wie beinahe alle seine Bücher.» Adelina wurde langsam ungeduldig.

«Ja genau», bestätigte Griet. «Aber dieses hier, so erklärte er mir, behandelt das Thema ganz anders als seine übrigen Bücher. Deshalb ist es auch ... na ja, verboten, und deshalb darf es niemand sonst sehen.» Sie schluckte und fuhr dann fort: «Er sagt, da steht drin, wie man Dämonen herbeirufen kann, um ihre Kraft zu benutzen, wenn man Gold herstellen will.»

«Hat er das etwa selbst auch schon getan?», hakte Greverode nach.

Rasch schüttelte Griet den Kopf. «Nein! Er sagte, dass er

das für höllischen Unfug hält, weil die Transmutation nur bei Dingen funktioniert, die göttlicher Natur sind. Und Dämonen stammen doch aus der Hölle, also haben sie in einem Laboratorium nichts zu suchen.»

Adelina konnte nicht anders, beinahe hätte sie gelacht. Diese Argumentation war typisch für Neklas.

Griet fuhr eifrig fort: «Vater hat mir auch erzählt, dass es wirklich Männer gibt, die glauben, mit Hilfe des Teufels oder seiner Spießgesellen könnten sie schneller Erfolg haben. Sie zeichnen Kreise auf den Boden und führen ihre Versuche nur in deren Mitte durch, dann rufen sie die Dämonen und machen sie sich gefügig ...»

Greverode schnaubte. «Das halte nun wiederum ich für Unfug.»

«Es muss aber möglich sein», widersprach Griet. «Oder jedenfalls glauben sie das. Außerdem benutzen sie die Beschwörungen, um mächtiger zu werden oder Menschen verschwinden zu lassen und lauter solche Sachen.»

«Das klingt gefährlich», befand Adelina nach kurzem Nachdenken. «Thomasius hat vor den Schöffen schon einmal so etwas erwähnt. Ich erinnere mich erst jetzt daran. Er behauptete, Neklas habe möglicherweise versucht, ein Allheilmittel namens Panacea zu finden, und sich dafür dämonischer Kräfte bedient.»

Auf Greverodes Gesicht zeichnete sich Besorgnis ab. «Das klingt einleuchtend. Ihr habt eine kluge Tochter», sagte er zu Adelina, und sie meinte, ein Lächeln um seine Mundwinkel zu bemerken. Der Eindruck verflog jedoch so schnell, wie er gekommen war. «Seht zu, dass Ihr diese Bücher wieder verschwinden lasst», sagte er und verließ das Laboratorium. Griet und Adelina sahen einander kurz an, dann befolgten sie schweigend seinen Befehl.

✝

«Hauptmann Greverode, Ihr werdet von Stund an von Eurem Posten in diesem Haus abgezogen», verkündete Georg Reese, als er in Begleitung von Meister Jupp einige Stunden später im Hause Burka eintraf. «Ihr sollt eine Abordnung des Stadtrates nach Bonn begleiten, wohin sich der Erzbischof wieder einmal zurückzuziehen gedenkt. An Eurer Stelle soll nach Eurem Ermessen ein anderer Soldat Wache schieben, es sei denn, Wolfram Stache kommt hier alleine zurecht.»

«Nach Bonn?» Greverode runzelte halb verärgert, halb verblüfft die Stirn.

«Wie ich schon sagte», bestätigte Reese. «Ihr werdet umgehend im Rathaus erwartet.»

«Tja, dann …» Greverode warf Adelina einen kurzen entschuldigenden Blick zu, den diese mit einem Achselzucken erwiderte. «Sobald ich zurück bin, komme ich her, um nach dem Rechten zu sehen», sagte er leise zu ihr und ging hinaus, um sich von Ludowig sein Pferd satteln zu lassen, das er inzwischen im Stall untergestellt hatte.

Reese sah ihm etwas überrascht nach und wandte sich mit fragendem Blick an Adelina. Sie bat ihn mit einer Geste, sich an den Tisch zu setzen. «Dass der Hauptmann mein Haus verlassen muss, kommt uns gerade jetzt etwas ungelegen», sagte sie.

Reese legte erstaunt den Kopf auf die Seite. «Tatsächlich? Ich hatte bisher den Eindruck, Ihr könntet ihn sehr gut entbehren. Habt Ihr nicht selbst gesagt, dass Ihr Euch in seiner Gegenwart unwohl fühlt?»

Beklommen nestelte Adelina an den Ärmeln ihres Kleides herum. «Das habe ich gesagt, ich weiß. Aber zuletzt sind einige Ereignisse eingetreten, die …» Sie stockte und begann von vorne. «Es hat sich herausgestellt, dass der Hauptmann sehr darauf bedacht ist, die Vorfälle aufzuklären, durch die Neklas ins Gefängnis gekommen ist. Nun müssen wir auf seine Hilfe verzichten.»

«Ach.» Einigermaßen ungläubig musterte er sie. «Dann hätte ich mich also nicht dafür aussprechen sollen, dass er die Delegation nach Bonn begleitet?»

«Ihr habt das getan?»

Reese lächelte etwas gequält. «Ich dachte selbstverständlich, ich würde Euch damit einen Gefallen erweisen.»

«Das war gut gemeint», sagte Adelina betroffen. «Aber … nun ja, vielleicht könnt auch Ihr mir weiterhelfen.» Sie berichtete von dem erneuten Besuch des Dominikaners und den Vermutungen, die sie daraufhin angestellt hatten. Auch von ihrer ganz neuen Theorie über die Dämonenbeschwörung sprach sie, jedoch ohne im Einzelnen auf das Buch einzugehen, welches nun wieder sicher in der Kellerwand verborgen lag.

Der Gewaltrichter hörte sich alles schweigend an und dachte eine ganze Weile über ihre Worte nach. Plötzlich stand er auf und winkte ihr, ihm zu folgen. «Wir gehen noch einmal zur Kunibertsburg», verkündete er. «Dieser Sache will ich sofort auf den Grund gehen. Sollte hier womöglich eine Sekte von Teufelsbeschwörern am Werke sein, müssen wir das so schnell wie möglich verhindern. Allerdings», schränkte er ein, «müssen wir auch umgehend den Erzbischof informieren, denn für solche Dinge ist das Kirchengericht zuständig. Gottlob sind wegen der Pläne der Kurfürsten derzeit auch einige Inquisitoren in der Stadt – oder zumindest in erreichbarer Nähe.» Er hielt inne. «Verflucht! Wenn ich das früher gewusst hätte, dann hätte ich Greverode beauftragen können, gleich eine Nachricht mit nach Bonn zu nehmen.» Dann winkte er jedoch ab. «Was soll's, ich kann auch später einen Boten schicken. Beeilt Euch, Frau Adelina. Wir sollten keine Zeit verlieren. Oder wollt Ihr Eurem Gemahl etwas zu essen mitnehmen? Frische Kleider vielleicht?»

Adelina, die bereits losgegangen war, ihren Mantel zu holen, kehrte um. «Darf ich das denn?»

Reese lächelte. «Wenn ich es sage. Aber macht schnell. Der Weg zur Torburg ist weit.»

Also rief Adelina nach Magda und richtete mit ihr zusammen, so schnell es ging, einen Korb mit Brot, kaltem Eintopf, einer vom vergangenen Abendessen übriggebliebenen gebratenen Speckseite und frischen Beeren aus dem Garten, die die Mädchen kurz zuvor hereingebracht hatten. Auf Reeses Rat hin packte sie auch ein paar saubere Kleidungsstücke ein. Schwer beladen folgte sie schließlich Georg Reese durch die Stadt zum Gefängnisturm.

†

Neklas wirkte blass unter den dichter werdenden Bartstoppeln, schien jedoch einigermaßen gefasst und, soweit man davon in einem Gefängnis sprechen konnte, ganz guter Dinge. Reese gab dem Wachmann Pitter den Befehl, den Gefangenen für die Dauer des Gesprächs von seiner Eisenfessel zu befreien, auf diese Weise war es Neklas möglich, sich seiner verschmutzten Kleider zu entledigen und in die frischen Sachen zu schlüpfen, die Adelina ihm mitgebracht hatte. Allerdings, so hatte Reese ihr vorab erklärt, würde dieses Privileg sie einiges kosten. Die Wächter in der Torburg taten nichts ohne den entsprechenden Lohn. Doch Adelina störte sich nicht daran. Sie hätte ihr gesamtes Geld und mehr gegeben, um Neklas den Aufenthalt in der Zelle so bequem wie nur irgend möglich zu machen.

Er fiel wie ein ausgehungerter Wolf über den kalten Eintopf her und spülte mit dem Bier nach, das Magda ebenfalls in den Korb gepackt hatte. Erst als er mit einem Stück Brot die Schüssel auswischte, kam Reese auf den Grund ihres Besuchs zu sprechen.

Aufmerksam hörte Neklas ihm zu, der mit Adelinas Unterstützung die Ereignisse und ihre Schlussfolgerungen zusammenfasste.

Adelina fühlte sich in Neklas' Gegenwart seltsam befangen, weil sie immer wieder daran denken musste, dass sie vor kurzem so sehr an ihm gezweifelt hatte. Sie traute sich jedoch nicht, ihm davon zu erzählen, schon gar nicht in Reeses Gegenwart. Außerdem lauschte auch Endres ihren Ausführungen mit gespitzten Ohren, und einem abgerissenen Kerl wie ihm wollte sie lieber nicht auf die Nase binden, dass es einen unterirdischen Geheimzugang zu ihrem Haus gab.

Neklas schien zu spüren, dass etwas mit ihr nicht stimmte, doch auch er verlor kein Wort darüber. Als er erfuhr, dass Greverode sich ebenfalls für ihn einsetzte und Adelina versprochen hatte, sie nach Kräften zu unterstützen, wechselte er kurzfristig die Gesichtsfarbe, sagte aber auch hierzu kein Wort. Stattdessen sammelte er die restlichen Lebensmittel aus dem Korb heraus und legte die leere Schüssel und den Bierkrug wieder hinein. Die schmutzigen Kleider packte er obenauf, dann schob er Adelina schweigend und mit einem undeutbaren Blick den Korb zu. «Es könnte also, wenn ich das recht verstehe, um eine Sekte von Teufelsanbetern gehen», fasste er nüchtern zusammen. «Das würde erklären, weshalb der Schustersfrau das Kind aus dem Leib geschnitten wurde.»

«Wie meinst du das?», fragte Adelina und stellte den Korb neben sich. Sie fühlte sich unwohl, nicht nur, weil ihr schlechtes Gewissen sie plagte, sondern auch, weil sie Neklas' plötzliche Distanziertheit spürte und zu verstehen glaubte, woher sie rührte. Offenbar dachte er, zwischen ihr und Greverode könnte sich eine innigere Vertrautheit anbahnen, als einem Ehemann lieb sein konnte. Wie falsch er damit lag – oder vielmehr, von welch falschen Voraussetzungen er dabei ausging –, ganz abgesehen davon, dass sie ja immerhin sein Kind unter dem Herzen trug –, konnte und durfte sie ihm vorerst nicht verraten. Diese Tatsache ließ ihre Verzweiflung weiter anwachsen, doch um sich nichts anmerken zu lassen, gab sie sich betont sachlich und zog sich bewusst noch ein Stückchen mehr von Neklas zurück. Es war ärgerlich genug, dass man Greverode fortgeschickt hatte. Doch es bestand immerhin die Möglichkeit, dass er in ein, zwei Tagen zurück sein würde, um ihr zu helfen. Sie durfte dies nicht aufs Spiel setzen, indem sie ihre familiäre Verbindung zu früh preisgab. Ihr Herz jedoch blutete dabei.

Neklas' Miene blieb undurchsichtig, als er erklärte: «Soweit mir bekannt ist, gibt es Rituale bei solchen Beschwörungen, bei denen das Blut ungeborener Säuglinge verwendet wird.»

«Wie abscheulich!», rief Adelina entsetzt.

Neklas nickte. «Ich hatte gleich ein ungutes Gefühl, als ich erfuhr, dass man der Frau das Kind aus dem Leib geschnitten hatte. Thomasius sprach ja auch von meiner angeblichen Suche nach dem Panacea. Schon da erwähnte er die unheiligen Künste, derer ich mich bedient habe, nicht wahr?»

«Davon habt Ihr in den Befragungen aber nichts gesagt!», warf Reese verärgert ein.

Neklas zuckte mit den Achseln. «Hätte ich mich der Gefahr aussetzen sollen, dass der Vogt dies als eine Selbstanklage oder ein Geständnis gewertet hätte? Diese Gefahr besteht nach wie vor.»

Verärgert kräuselte Reese die Lippen. «Ihr traut mir nicht?»

Neklas lächelte kalt. «Ich traue derzeit niemandem außer mir selbst und meiner Familie.» Er warf Adelina einen kurzen Blick zu. «Jedenfalls passen so unter Umständen auch die gestohlenen Knochen aus dem Beinhaus ins Bild», fuhr er fort. «Aber was hat Thomasius nun tatsächlich mit der ganzen Angelegenheit zu tun?»

«Das haben wir uns auch gefragt», sagte Adelina. «Wir können uns jedoch keinen Reim darauf machen. Erst tritt er als dein Ankläger auf, dann kommt er mit Vater Emilianus zu mir, um mir zu drohen, und plötzlich gibt er mir versteckte Hinweise.» Sie hielt inne. «Kann es sein, dass er uns auf eine falsche Fährte führen will?»

Neklas rieb sich übers Kinn. «Möglich ist es. Damit würde er sich aber verdammt weit aus dem Fenster lehnen. Ich hielte es für sinnvoll, wenn Jupp noch einmal zu ihm geht und ihn zum Reden bringt.»

Adelina nickte. «Das hat Jupp auch gesagt und sich vorhin auf die Suche gemacht.»

«Habt Ihr möglicherweise eine Ahnung, wer hinter solchen Teufelsbeschwörungen stecken könnte?», wollte Reese wissen. «Solche Sekten tauchen doch nicht aus dem Nichts auf – und ohne Grund schon gar nicht. Wer in aller Welt könnte also höllische Mächte dazu benutzen wollen, um Gold herzustellen?»

Neklas setzte sich auf seiner Matratze bequemer zurecht und antwortete daraufhin lakonisch: «Vermutlich jemand, der in Geldnöten ist. In massiven Geldnöten.»

«Und wer könnte das sein?», fragte Adelina zweifelnd. «Er müsste aus höchsten Kreisen kommen, oder nicht? Immerhin muss er so gebildet sein, dass er über solche Rituale Bescheid weiß. Dieses Wissen ist nicht jedem Menschen zugänglich.»

«Nicht jedem, da hast du recht», stimmte Neklas zu. «Aber so geheim sind sie nun auch wieder nicht. Die meisten Theologen kommen während ihres Studiums damit in Berührung. Auch Alchemisten, Ärzte, manche Apotheker und Gelehrte anderer Fachrichtungen an der Universität kommen in Frage. Und nicht zuletzt gibt es einflussreiche

Leute – Patrizier und Adlige zum Beispiel –, die sich mit entsprechend gelehrten Männern umgeben können.»

«Das grenzt unseren Kreis der Verdächtigen nicht gerade ein», beschwerte Reese sich ungehalten. «So kommen wir nicht weiter.»

«Ihr rührt ja auch schon seit Tagen in der immer gleichen Pampe herum», kam es unerwartet von Endres. Seine nächsten Worte zeigten, dass er mehr Einzelheiten mitbekommen hatte, als sie vermutet hätten: «Wenn Ihr mich fragt, solltet Ihr nicht dauernd überlegen, wer hinter alldem steckt. Ich würde mir vielmehr überlegen, wer Euch das faule Ei, also die Leiche, ins Nest gelegt hat.» Als aller Augen auf ihn gerichtet waren, erhob er sich und grinste. «Das war nämlich ganz bestimmt nicht Euer Teufelsanbeter persönlich. Wenigstens nicht, wenn er wirklich zu den höchsten Kreisen gehört. Solche Männer haben immer ihre Handlanger. Nach denen solltet Ihr suchen.»

22

Es war bereits später Nachmittag, als Reese und Adelina sich wieder auf den Rückweg machten. Endres' Ausführungen über jene Männer, die sich zumeist in der Kölner Unterwelt herumtrieben und für Geld alles taten, hatten Adelina nicht zuletzt wegen der Gewölbe unter ihrem Haus Angst gemacht. Sie hatten Neklas' abgerissenem Zellengenossen jedoch recht geben müssen und daher beschlossen, sich nun noch mehr darauf zu konzentrieren, den Mord an der Schustersfrau aufzuklären. Auf ihrem Weg durch die Stadt gerieten sie bei der Dombaustelle in eine große Menschenmenge. Überrascht blieben sie stehen, denn rund um den Domhof war kein Durchkommen mehr. Handwerker, Hausfrauen, Mägde und Tagelöhner mischten sich mit Gassenkindern und Bauern zu einer bunt wogenden Masse, die offenbar auf die Kathedrale zustrebte.

«Was ist dort los?», wollte Reese von einem vorbeieilenden Gesellen in der Tracht der Zimmerleute wissen.

Der Mann blieb stehen und gestikulierte wild. «Da vorne spricht ein Pfaffe, der angeblich zum Domkapitel gehört. Die Leute behaupten, er sei ein großer Prediger, der vom Jüngsten Gericht zu berichten weiß. Ich muss los, einen besseren Platz suchen. Hier hinten kriegt man nichts mit.»

Reese und Adelina sahen einander zweifelnd an.

«Ein Prediger, der solche Menschenmassen anzieht?» Reese stellte sich auf die Zehenspitzen, um besser sehen zu können, gab es jedoch schnell wieder auf.

«Das kann nur Bruder Thomasius sein», vermutete Adelina. «Aber der ist kein Kanoniker.» Sie setzte sich wieder in Bewegung und drängte sich an einigen Scholaren der Universität vorbei, die aufgeregt auf Latein miteinander disputierten. Einige Worte, die sie gebrauchten, ließen sie aufhorchen.

«So wartet doch», rief Reese und schloss eilig zu ihr auf. «Wollt Ihr Euch das etwa anhören?»

«Unbedingt», antwortete sie und benutzte ihre Ellenbogen, um sich weiter durch die Menge zu drängen. Sie schaffte es bis auf Sichtweite des Domportals und blieb erneut stehen, da sie nun erkannte, um wen es sich bei dem Prediger handelte. Sie hatte es bereits vermutet. «Vater Emilianus», sagte sie zu Reese, als dieser es geschafft hatte, sich neben sie zu quetschen. Inmitten der vielen Menschen begann sie sich schnell unwohl zu fühlen. Der Himmel war den ganzen Tag über schon bedeckt gewesen, aber die schwüle Sommerluft hing wie eine Glocke über der Stadt. Kein Lüftchen regte sich. Schweiß-, Knoblauch- und Biergeruch mischten sich mit dem üblichen und allgegenwärtigen Gestank der Rinnsteine und ließen Adelina schwer atmen. Schweiß trat ihr aus allen Poren, dennoch harrte sie aus und bemühte sich nach Kräften zu verstehen, was der Geistliche zu verkünden hatte. Viel war nicht zu verstehen. Lediglich Wortfetzen drangen an ihr Ohr, die von Gottlosigkeit, Verdammnis und betrügerischer Auflehnung gegen die göttliche Ordnung handelten.

«Er predigt gegen die Pläne des Erzbischofs», sagte Reese, der offenbar mehr verstand als sie. «Ziemlich mutig; er verlangt, dass die Bürger der Stadt sich gegen ihren geistlichen Führer wenden und dem derzeitigen König die Treue halten sollen. Wenn ihm das mal nicht einen Rüffel seines kurfürstlichen Freundes einträgt.»

Adelina schüttelte den Kopf. «Greverode sagt, Vater Emilianus habe schon früher gegen Erzbischof Friedrich gewettert und sei nie dafür bestraft worden.» Sie schwankte leicht, weil von hinten immer mehr Menschen nachdrängten.

Reese griff nach ihrem Ellenbogen. «Kommt, wir gehen. Das ist nichts für Euch. Ihr seid ganz weiß im Gesicht, Frau Adelina.»

«Nein, schon gut.» Sie winkte ab. «Könnt Ihr erkennen, ob Thomasius auch dabei ist?»

«Nein.» Reese reckte sich erneut, um über die Köpfe der vor ihnen Stehenden zu blicken. «Ich kann ihn nirgends sehen.»

Als Adelina in diesem Moment einen heftigen Stoß von hinten bekam, der sie zu Fall gebracht hätte, wenn nicht ringsum so viele Schaulustige gestanden hätten, fasste er sie fester am Arm und schob sie weiter. «Ich bringe Euch jetzt nach Hause», bestimmte er und fügte nach einem Blick zum Himmel hinzu: «Ich fürchte, es fängt gleich an zu regnen.»

Wie zum Beweis seiner Worte wurde Adelina im nächsten Moment von einem dicken Regentropfen an der Stirn getroffen. Weitere folgten, was einige der Umstehenden veranlasste, ebenfalls den Rückzug anzutreten. Ein heftiges Gedränge begann, während der Regen immer stärker wurde. Leises Donnergrollen setzte ein.

Reese und Adelina schoben sich an den Rand des Platzes und strebten dem Dominikanerkonvent zu. «Wir müssen einen Umweg machen», erklärte er ihr. «Auf direktem Weg kommen wir jetzt nicht zum Alter Markt. Verflucht, wo sind die Stadtsoldaten, wenn man sie braucht?»

«In Bonn», antwortete Adelina und warf einen Blick über die Schulter zurück. Kurz meinte sie, eine weiße Kutte in dem Gedränge wahrzunehmen, sie konnte sich aber auch geirrt haben.

Reese stieß einen gereizten Laut aus. «Greverode hätte wohl gewusst, wie man gegen solche Hetzredner vorgehen muss.»

«Vermutlich», stimmte Adelina zu. Ihr stand noch sehr

genau vor Augen, mit welch drakonischen Maßnahmen ihr Bruder selbst unter seinen eigenen Leuten aufzuräumen gewillt war, wenn diese sich nicht an seine Anordnungen hielten. Sie schauderte ein wenig, konnte sich jedoch gleichzeitig eines plötzlichen Anflugs von Sympathie nicht erwehren.

Der Regen wurde immer stärker, sodass sie sich in dem Gewirr kleiner Gässchen hinter dem Dominikanerkonvent nach einem Hauseingang umsahen, in dem sie sich unterstellen konnten.

«Hier», rief Reese und winkte ihr, ihm unter das Vordach einer kleinen Schänke zu folgen. Hineingehen konnten sie nicht, denn durch die geöffnete Tür sah man, dass der Regen bereits so viele Männer in die Gaststube getrieben hatte, dass kaum noch ein Stehplatz frei war. Eine dicke Magd quetschte sich, die Arme voller Bierkrüge, durch diesen sicher höchst willkommenen Ansturm von Kunden.

In Sturzbächen leerten die Wolken ihre Last über Köln aus. Der Schauer war glücklicherweise so schnell vorüber, wie er begonnen hatte. Als es nur noch leicht nieselte, machte Reese Adelina ein Zeichen weiterzugehen. Nach wenigen Schritten blieb sie jedoch an der Auslage eines Eisenschmieds stehen, dessen Werkstatt gleich an die Schankstube angrenzte. Er hatte die Fensterläden zur Gasse hin weit geöffnet und einige seiner Arbeiten auf einer Lade ausgestellt. Eine dürre grauhaarige Frau – sein Eheweib vermutlich – saß daneben und hielt Ausschau nach Kundschaft. Um sich dabei die Zeit zu vertreiben, hatte sie eine Schüssel mit Erbsen auf dem Schoß, die sie ohne hinzusehen aus den Schoten pulte.

Da sie in der augenscheinlich gut betuchten Adelina Interesse an ihren Waren witterte, stellte sie die Schüssel rasch beiseite und erhob sich.

«Erstklassige Nägel, gute Frau», begann sie in schmeichlerischem Tonfall. «Werkzeug, Schürhaken ... Vielleicht benötigt Ihr eine neue Schöpfkelle?» Sie deutete auf einige solide gearbeitete Küchenutensilien. «Mein Mann fertigt auch sehr schöne Töpfe und Pfannen, die sogar in patrizischen Küchen benutzt werden.»

Adelina nickte abwesend. «Sehr schön», murmelte sie. Ihre Aufmerksamkeit galt jedoch etwas anderem. «Was sind das dort hinten für Klingen?», wollte sie wissen und deutete auf einen Korb im Inneren der Werkstatt, der seitlich auf einem Schemel abgestellt worden war.

Über die dünnen Lippen der Frau ging ein feines Lächeln. «Oh, das, liebe Frau, sind Messer. Köbes!», keifte sie schrill, woraufhin ein kahlköpfiger kleiner Mann von kräftiger Statur ans Fenster trat. «Gib mir mal den Korb heraus. Die wohledle Frau will unsere Messer sehen.»

Der Schmied nickte und reichte ihr den Korb.

Seine Frau wandte sich wieder an Adelina. «Seht her, gute Frau. Dies sind Klingen von bester Qualität. Solide und scharf. Nicht wahr, Herr, auch Ihr seht, wie kunstvoll sie gearbeitet sind.» Nun trat Reese gezwungenermaßen näher, gab jedoch keine Antwort. Auch Adelina schwieg, denn so zweckmäßig die dargebotenen Messer sein mochten – ihre Verarbeitung kunstfertig zu nennen, war weit übertrieben. Sie hatte aber eine Idee gehabt, die ihr nicht mehr aus dem Sinn ging. Sie befanden sich hier in einer ärmlichen Gegend. Einige Straßen weiter war der Berlich und die Schwalbengasse – eines der übel beleumdeten Viertel Kölns. Wo, wenn nicht hier, würde man besser an Informationen über jene Spießgesellen gelangen, von denen Endres gesprochen hatte? Und wo sonst könnte man in Erfahrung bringen, ob ein gewisses, möglicherweise gestohlenes Messer irgendwo aufgetaucht war?

Adelina war sich bewusst, dass die Wahrscheinlichkeit des Erfolgs sehr gering war, dennoch beschloss sie, es zu versuchen. Reese neben ihr räusperte sich deutlich hörbar. «Frau Adelina, wir müssen weiter. Sicher könnt Ihr ein andermal …»

«Einen Moment noch, Herr Reese», unterbrach sie ihn mit einem bittenden Lächeln. «Ich habe eine Frage an die gute Frau hier.» Sie blickte dem Weib des Schmieds freundlich ins Gesicht und senkte etwas die Stimme. «Diese Messer sind gewiss nicht schlecht, aber ich bin auf der Suche nach etwas …» Sie hielt bedeutsam inne. «Etwas noch Kunstfertigerem, Ihr versteht, was ich meine? Es muss nicht neu sein. Ein gebrauchtes Messer täte es auch, wenn es geschärft wurde und wenigstens ein paar Verzierungen am Griff aufwiese. Ich möchte es nämlich gern verschenken …»

Das Weib des Schmieds verstand und erwiderte ihr Lächeln mit einem verschwörerischen Zwinkern. «Aber ja, gewiss. So etwas haben wir zufällig vorrätig. Köbes!», schrie sie erneut, und wieder erschien der Schmied am Fenster. «Den anderen Korb. Du weißt schon, der unter dem Regal …»

«Ja, ja, schon gut, Else. Plärr nich so», grummelte der Schmied nur und verschwand wieder. Augenblicke später drückte er seiner Frau einen anderen, etwas kleineren Korb in die Hände. Sie stellte ihn vor Adelina auf der Lade ab und zeigte ihr nacheinander verschiedene Messer und kleine Dolche. Hehlerware, dessen war sich Adelina sofort sicher. Einige der Klingen waren gebogen und filigran gearbeitet und stammten bestimmt nicht aus dieser Werkstatt. Eines der Messer war am Griff mit feinen Ornamenten verziert, ein anderes besaß eine Öse zum Anhängen an den Gürtel. Auch mehrere Messerscheiden lagen in dem Korb, jedoch schien es, als würde nicht eine von ihnen zu einem der Messer passen. Adelina verlor kein Wort darüber, sondern gab vor, die Klingen eingehend zu mustern. Schließlich nahm sie eine davon in die Hand. «Diese ist sehr hübsch», sagte sie. Es handelte sich um einen kleinen Dolch, der dem von Neklas sehr ähnelte. Lediglich die Klinge war etwas länger und die Steine im Griff anders angeordnet. «Aber sehr schade, dass man es nicht am Gürtel tragen kann. Habt Ihr nicht ein vergleichbares mit einer Öse am Griff – und vielleicht der passenden Messerscheide?»

Die dürre Else nahm das Messer in die Hand und hielt es ins Licht. «Im Augenblick leider nicht, liebe Frau. Dies ist das einzige mit Edelsteinen im Griff. Ich könnte Euch einen kleinen Nachlass gewähren. Oder vielleicht dieses hier? Sehr schön, und eine Öse für den Gürtel hat es auch. Nein?»

Adelina schüttelte den Kopf. «Edelsteine sollten es schon sein», sagte sie in leicht hochfahrendem Ton. «Man schenkt so etwas ja schließlich nicht alle Tage, nicht wahr? Wisst Ihr, wo ich sonst noch nach so einem Messer fragen könnte.»

†

«Sie hat Euch erkannt», sagte Reese wenig später, als sie endlich den Alter Markt erreichten.

Adelina tat überrascht. «Wer? Die Else? Glaubt Ihr?» Auf ihre Lippen trat ein berechnendes Lächeln.

Reese seufzte. «Nicht sofort, aber als Ihr meinen Namen genannt habt, hat sie begriffen, wer Ihr seid.»

Erheitert nickte Adelina. «Wohl eher, als Ihr *mich* beim Namen genannt habt, Herr Reese. Also hat sich unser Unglück bereits bis in die hintersten Winkel Kölns herumgesprochen.»

Reese merkte auf. «Das klingt, als würdet Ihr Euch darüber freuen.»

«Na, das wäre wohl ein wenig übertrieben», antwortete Adelina. «Aber es kann durchaus nützlich sein. Jedenfalls weiß die Else jetzt, dass ich auf der Suche nach einem ganz bestimmten Messer bin. Wenn sie es weiß, dann sind inzwischen auch ihr Mann und wenigstens vier oder fünf Nachbarinnen im Bilde.»

«Und was bezweckt Ihr damit?»

Da sie beinahe an der Apotheke angekommen waren, griff Adelina nach dem Schlüsselbund an ihrem Gürtel. «Gerüchte», erklärte sie, «verbreiten sich zumeist sehr rasch, nicht wahr? Vielleicht rütteln wir damit jemanden auf.»

«Glaubt Ihr im Ernst, jemand würde Euch auf diese Weise zutragen, wo das Messer Eures Mannes abgeblieben ist?» Skeptisch runzelte Reese die Stirn.

«Nein, dieser Zufall wäre zu groß. Aber möglicherweise kommt das Gerücht ja den richtigen Leuten zu Ohren. Dann müssen sie handeln, weil sie vielleicht befürchten, ich könnte einen Hinweis erhalten.»

«Falls das Messer nicht längst auf dem Grund des Rheins liegt.»

Adelina zuckte mit den Schultern und steckte den Hausschlüssel in das große Schloss. «Selbst dann wissen sie, dass wir auf der Suche nach ihnen sind.»

«Das könnte gefährlich für Euch werden», gab Reese zu bedenken.

Adelina wandte sich zu ihm um. «Ich sitze in meinem Haus fest und werde von einem Soldaten bewacht.»

Er nickte. «Da habt Ihr auch wieder recht.» Lauschend hob er den Kopf. «Was ist hier überhaupt los? Heult da jemand?»

Auch Adelina war auf das Gebrüll aufmerksam geworden, das aus dem Inneren des Hauses ertönte und von Moses' wildem Gebell begleitet wurde. Rasch trat sie ein und wunderte sich dabei, dass Stache sie nicht gleich am Eingang in Empfang nahm.

Den Grund dafür erkannte sie, nachdem sie Apotheke und Hinterzimmer durchquert hatte und in den winzigen

Gang trat, der zu den Wohnräumen und der Küche führte. Hier stand der junge Soldat wie erstarrt und blickte auf das Spektakel, das sich zwischen Küche und Hintertür abspielte. Die Mägde, Ludowig und die Mädchen drängten sich aneinander und starrten auf die offene Tür. Erst als sich Adelina zwischen ihnen hindurchgedrängt hatte, sah sie ihren Bruder Vitus am Boden knien und laut schluchzen. Moses hüpfte neben ihm herum und kläffte wie verrückt. Da offenbar niemand ein Wort herausbrachte, trat Adelina neben ihren Bruder und schob ihn sanft beiseite. «Was geht hier vor?», fragte sie, stieß jedoch selbst einen entsetzten Schrei aus, als sie sah, was da auf der Türschwelle lag. Sie schluckte mehrmals heftig, um den Brechreiz niederzukämpfen. «Heilige Muttergottes, steh uns bei», presste sie heraus und versuchte dann, ihren Bruder hochzuziehen. Er wehrte sich jedoch mit einem Protestschrei.

Reese, der sich inzwischen neben sie gedrängt hatte, schnappte entsetzt nach Luft. «Was ist das?»

Adelina riss sich von dem grausigen Anblick am Boden los und versuchte sich zu beruhigen. «Eine tote Katze», sagte sie mit zittriger Stimme.

23

Adelina wandte sich an Mira, die ihr am nächsten stand. «Wie kommt das Tier hierher?»

Zögernd trat Mira einen Schritt vor. Sie war ganz bleich im Gesicht. «Ich weiß nicht genau. Vitus hat nach Fine gesucht, und Herr Stache hat geschimpft, weil er nicht gleichzeitig in der Apotheke Wache schieben und uns in den Garten begleiten konnte. Da ist Vitus allein raus und kam vorhin schreiend wieder.» Sie schluckte. «Er hat die Katze irgendwo im Hof oder im Garten gefunden.»

«Fine», jammerte Vitus schrill. «Wer hat Fine totgemacht?»

Adelina gab Ludowig ein Zeichen. «Bring ihn hinaus.»

Ludowig, der ebenso blass war wie die Mädchen, nickte und versuchte nun seinerseits, Adelinas Bruder dazu zu bewegen, mit ihm hinauszugehen. Doch Vitus war ein kräftiger junger Mann und durchaus in der Lage, den hünenhaften Knecht abzuwehren. Adelina trat neben ihn, bevor er um sich zu schlagen begann. «Komm, Vitus, wir müssen die Katze begraben …»

«Wer hat meine Fine totgemacht?», schrie er erneut.

Adelina zwang sich zur Ruhe. «Ich weiß nicht, wer …» Ihr Blick heftete sich auf den Kadaver. Man hatte der Katze den Kopf und den Schwanz abgeschnitten. Sie schauderte, doch dann stutzte sie. Vorsichtig ging sie in die Knie und betrachtete das Tier näher. «Vitus», sagte sie. «Das ist nicht Fine.»

«Doch, das ist sie», schrie Vitus aufgebracht. «Jemand hat sie totgemacht!»

Adelina zwang sich, die Katze noch einmal genau zu betrachten, dann stand sie umständlich wieder auf. Reese stützte sie zuvorkommend. «Vitus, beruhige dich bitte», sagte sie und fasste nach der Hand ihres Bruders. «Schau genau hin: Das kann gar nicht Fine sein. Sie hat doch nur ein weißes Pfötchen. Diese Katze hier hat zwei.»

Vitus schniefte, wischte sich mit dem Ärmel über die Nase und sein verquollenes Gesicht. Er beugte sich erneut über die Katze, dann nickte er. «Stimmt, Lina. Meine Fine hat nur ein weißes Pfötchen.» Als hätte es die ganze Aufregung nicht gegeben, ging er zur Tür. «Ich guck mal, wo sie ist», verkündete er und verschwand im Hof. Franziska, die sich weit nach hinten zurückgezogen hatte, da sie Colin auf dem Arm trug, hüstelte. «Ich geh mal hinterher.»

Adelina wandte sich zu den anderen um, die betreten herumstanden. «Warum habt ihr das nicht gleich gesehen?», fragte sie Griet. «Ihr kennt doch Fine. Vitus hätte sich nicht derart aufzuregen brauchen. Jetzt wird er wieder tagelang schlecht schlafen.» Sie blickte verärgert zu Stache. «Und Ihr? Warum habt Ihr nicht für Ordnung gesorgt?»

Der Soldat riss entsetzt die Augen auf. «Ich bin hier, um aufzupassen, nicht um Euren Haushalt zu beschicken.»

Strafend blickte sie ihn an. «Aufpassen, jawohl. Wie kommt diese tote Katze in unseren Hof?»

Stache zuckte mit den Schultern. «Ich kann ja nicht überall zugleich sein. Und jetzt, wo der Hauptmann nicht da ist …»

«Ja, ja.» Adelina winkte genervt ab. «Wenn der Hauptmann nicht da ist, geht immer alles drunter und drüber. Dann nehmt wenigstens jetzt wieder Euren Posten ein. Ludowig, tu mir einen Gefallen und schaff die tote Katze von hier fort. Magda, bitte mach mir etwas Milch mit Honig warm.»

Magda nickte und eilte in die Küche, Ludowig trat an die Tür und fasste den Kadaver vorsichtig am Fell, um ihn wegzutragen, und Stache zog sich bereitwillig in die Apotheke zurück.

«Kommt, setzt Euch, Herr Reese», murmelte Adelina und deutete auf die Ofenbank.

Er folgte ihrer Aufforderung mit besorgter Miene. «Mir scheint, Ihr habt bereits jemanden aufgescheucht», stellte er fest. «Offenbar war Eure Finte mit dem Messer gar nicht mehr nötig.»

Adelina nickte matt. «Es sieht so aus. Obwohl mir nicht einleuchten will, wer in aller Welt eine Katze so grausam verstümmelt.»

«Wer schneidet einer schwangeren Frau das Kind aus dem Leib?», gab Reese zu bedenken. «Könnte das nicht auch etwas mit diesen Ritualen zu tun haben, von denen Euer Gemahl vorhin gesprochen hat? Säuglingsblut, der Kopf einer Katze … Das scheint mir irgendwie zusammenzupassen.»

Adelina nickte vorsichtig. «Das wäre möglich. Aber ich frage mich, warum die tote Katze erst jetzt hier auftaucht.»

Bevor Reese darauf antworten konnte, pochte jemand laut an die Haustür. Kurz darauf erschien Stache mit zwei Männern in der Küche. «Hier sind zwei Büttel, Meisterin Burka», sagte er etwas unsicher. «Sie sagen, sie seien vom Vogt beauftragt, noch einmal Euer Haus zu durchsuchen.»

Adelina wurde blass.

Reese räusperte sich. «Ich fürchte, da habt Ihr Eure Antwort.»

†

«Aus welchem Grund soll mein Haus schon wieder durchsucht werden?», fragte Adelina den einen der beiden Büttel, einen großen dünnen Mann mit schiefer Nase und einem fehlenden Schneidezahn. «Das ist doch schon mehrfach geschehen.»

Der Büttel zuckte nur mit den Achseln. «Anweisung des Vogtes, nachdem Euch jemand anonym angezeigt hat.»

«Anonym?»

«Dem Vogt liegt ein Brief vor, in dem Ihr beschuldigt werdet, Eure Arzneien mit Hilfe von Gift und toten Tieren herzustellen. Dem sollen wir nachgehen. Wir durchsuchen zuerst das Haus, und dann müsst Ihr uns zu jeder Arznei, die Ihr in Eurer Apotheke bevorratet, die genauen Ingredienzien nennen. Dazu sollen wir später einen anderen Apotheker hinzuziehen, der Eure Aussagen überprüfen kann. Auch Euer Laboratorium, das sich, soweit uns bekannt ist, im Keller befindet, müssen wir noch einmal untersuchen.» Er gab dem anderen Büttel einen Wink. «Damit fangen wir gleich an. Geh hinunter und sieh nach, was dort vor sich geht.»

Adelina rang erschrocken nach Atem, als ihr die Falltür einfiel. In welche Schwierigkeiten würde es sie bringen, wenn die Büttel sie entdeckten?

Reese an ihrer Seite war indes aufgestanden und hatte die Arme verschränkt. «Das ist doch lächerlich», grollte er. «Wie oft will der Vogt die arme Frau denn noch mit unhaltbaren Verdächtigungen verfolgen? Anonymer Brief, dass ich nicht lache!»

Wieder zuckte der Büttel nur mit den Achseln. «Ich führe lediglich Befehle aus», sagte er gelangweilt. «Und das auch nur, weil der Hugo heute nicht da war. Ich bin sonst für die Marktwaage am Neumarkt zuständig.»

Reese hob den Kopf. «Hugo?»

Adelina räusperte sich. «Ich glaube, so hieß der Büttel, der nach dem Knochenraub unser Haus durchsucht hat. Ich habe ihn und seinen Helfer hinausgeworfen, weil sie meine Magd Franziska belästigt hatten.»

«Stimmt», bestätigte der Büttel und musterte sie mit neuer Aufmerksamkeit. «Ihr wart das. Hugo hat erzählt, Ihr wäret wegen nichts und wieder nichts wie eine Furie auf ihn losgegangen.»

«Also, das ist ja wohl ...» Adelina starrte ihn empört an.

Bevor sie sich weiter aufregen konnte, legte Reese ihr eine Hand auf den Arm. «Lasst gut sein, Frau Adelina. Ich werde sofort zum Vogt gehen und Beschwerde einlegen.» Er wandte sich zum Gehen. «Sobald es sich einrichten lässt, komme ich noch einmal vorbei», versprach er.

Adelina nickte mit finsterer Miene. Ihr Herz pochte heftig, und sie musste sich sehr zusammenreißen, um sich ihre Nervosität nicht anmerken zu lassen.

Wenig später schon kam der zweite Büttel aus dem Keller zurück. «Lauter Bücher und merkwürdige Gerätschaften», verkündete er missmutig. «Und ein riesiger Ofen.» Er wandte sich an Adelina. «Was sind das für Flüssigkeiten in den Gläsern?»

Adelinas Herzschlag beruhigte sich so schnell, dass sie im ersten Moment dachte, er habe kurz ausgesetzt. Der Büttel hatte keinerlei Andeutungen über die Falltür gemacht. Hatte Greverode sie also nicht nur wieder verschlossen, sondern auch alle Spuren verwischt? Sie räusperte sich, weil ihre Stimme ihr nicht gehorchen wollte. «In den Phiolen unten im Keller lagern wir Aqua Ardens, also Weingeist», erklärte sie, da beide Büttel sie fragend anblickten. «Man setzt ihn Arzneien zu. Und in einigen Gläsern befinden sich seltene Ingredienzien, die manchmal von Ärzten verlangt werden.»

«So so, werden sie das?» Der Büttel mit der Zahnlücke blickte sie neugierig an. «Nun gut, wenn Ihr meint. Meister Winkler wird uns sicher sagen können, ob das der Wahrheit entspricht. Wir werden ihn fragen, sobald er hier eintrifft.»

†

«Eine tote Katze, sagst du?» Besorgt musterte Ludmilla Adelina, die auf ihrem Bett saß und endlich an einem Becher Honigmilch nippen konnte. Die Durchsuchung ihres Hauses, aber noch viel mehr die langwierige und sehr ausführliche Befragung über die Arzneien, die sie in ihrer Apotheke herstellte, hatten sie an den Rand der Erschöpfung getrieben, sodass sogar Meister Winkler schließlich mit Rücksicht auf ihren gesegneten Zustand darauf gedrängt hatte, die Sache abzubrechen. Er war kein sonderlich freundlicher Mann, und Adelina argwöhnte, dass er sie als entbehrliche Konkurrenz betrachtete, dennoch war sie ihm dankbar, denn die Büttel hatten sich schließlich an seine Empfehlung gehalten. Zudem war, wie sie von Anfang an beteuert hatte, in ihrer Apotheke nichts zu finden gewesen, das Anlass für Verdächtigungen hätte geben können. Auch dies hatte Meister Winkler bestätigt. Dennoch blieb neben einer bleiernen Müdigkeit nun das ungute Gefühl, dass jemand ihr mit dieser Durchsuchung tatsächlich hatte Angst machen wollen. Ludowig hatte die tote Katze offenbar sehr gut vergraben oder aber in der Abortgrube verschwinden lassen, und Magda war gleich darum bemüht gewesen, die Blutflecken zu entfernen, sodass die Männer nichts bemerkt hatten.

Adelina lehnte sich gegen das Kopfteil ihres Bettes und stöhnte leise, da ihr wieder einmal der Rücken wehtat. «Vitus ist beinahe durchgedreht», erzählte sie mit geschlossenen Augen. «Du kannst dir vorstellen, wie sehr er sich erschreckt haben muss. Zum Glück hat er Fine vorhin mit ins Haus geholt, als sie von ihrem Rundgang zurückgekommen ist.»

«Mhm.» Ludmilla nickte nur. «Das kommt mir alles ziemlich merkwürdig vor. Eine verstümmelte Katze auf eurer Türschwelle, wenig später die Büttel, die behaupten, jemand habe dich anonym angezeigt. Da will jemand möglichst viel Staub aufwirbeln.»

Obwohl es ihr schwerfiel, öffnete Adelina die Augen wieder. «Du hast recht. Aber selbst der Vogt hätte wahrscheinlich nicht geglaubt, dass ich mir die Katze selbst vor die Hintertür gelegt habe.»

«Also ist jemand nervös geworden», stellte Ludmilla fest.

«Fragt sich nur, wodurch», ergänzte Adelina. «Wir haben doch bislang so gut wie nichts ausrichten können. Und die Sache mit dem Messer kann damit nichts zu tun haben.» Sie erzählte Ludmilla kurz von ihrer Begegnung mit Else, der Frau des Schmieds.

Ludmilla kicherte. «Das hätte mir auch einfallen können. Aber die Wahrscheinlichkeit, dass du so etwas herausfindest, ist denkbar gering.»

«Das hat Reese auch gesagt.» Nun schloss Adelina ihre Augen doch wieder. «Aber ich musste es einfach versuchen. Was soll ich sonst tun? Mir sind die Hände gebunden. Und jetzt ist Greverode auch noch fort. In wenigen Tagen beginnt der Prozess …»

«Ich weiß.» Ludmilla ließ sich neben ihr auf der Bettkante nieder. «Ich habe mich ein wenig in der Stadt umgehört, während Ihr bei Neklas wart. Bis auf Gerüchte scheint es aber nichts Neues zu geben.»

«In seiner Zelle sitzt noch ein weiterer Mann», berichtete Adelina. «Ein verboten aussehender Kerl namens Endres.»

«Ach!», rief Ludmilla. «Da steckt der Hundsfott also. Haben sie ihn mal wieder eingesperrt!»

Adelina starrte sie verblüfft an. «Kennst du ihn etwa?»

«Endres? Aber ja doch.» Ludmilla lachte. «Ein Schlitzohr, und gebrandmarkt ist er auch. Vertreibt sich die Zeit mit kleinen Betrügereien und Bettelei. Ich hab mir manchmal Sachen von ihm zu meiner Hütte tragen lassen, die mir zu schwer waren. Er macht so gut wie alles für eine warme Mahlzeit.»

Adelina stutzte. «Alles?»

«Na ja, fast alles», schränkte Ludmilla ein. «Er ist kein schlechter Kerl. Als Kind ist er in der Gosse gelandet und hält sich nun eben irgendwie über Wasser.»

«Aber ihm ist schon das Ohr geschlitzt worden.»

«Das kann dir schnell passieren, wenn du auf der Straße lebst», erklärte Ludmilla. «Aus der Stadt gejagt haben sie ihn immerhin noch nicht. Vielleicht, weil sie nicht recht wissen, was sie mit ihm machen sollen, die hohen Herrn und der Gewaltrichter. Etwas richtig Schlimmes hat er jedenfalls bisher nicht angestellt, das wüsste ich.»

«Betrügereien sind schlimm genug.» Adelina schüttelte den Kopf. «Er hat gesagt, dass es in Köln – in der Unterwelt – Männer gibt, die für Geld alles tun würden. Auch eine tote Frau in unsere Abortgrube werfen.»

«Oder eine verstümmelte Katze vor deine Tür legen», ergänzte Ludmilla. «Da könnte er recht haben. Er kennt sich wohl in Gegenden aus, die nicht mal ich freiwillig betreten würde», setzte sie nachdenklich hinzu, dann legte sie den Kopf auf die Seite. «Hast du deshalb bei dem Schmied nach dem Messer gefragt? Um diese Männer – wenn es sie denn gibt – aufzurütteln? Das könnte gefährlich sein.»

«Ich weiß. Aber ich glaube nicht, dass ich hier im Haus in Gefahr bin. Außerdem ...»

«... sind sie dir bereits zuvorgekommen.» Ludmilla tippte sich an die Lippen. «Ich könnte morgen versuchen, mich ein wenig in der Unterwelt umzuhören. Auf den Gedanken bin ich bis jetzt nicht gekommen.»

«Nein!» Adelina fuhr erschrocken auf. «Das kannst du nicht machen. Das ist viel zu gefährlich für dich. Was, wenn dir etwas passiert?»

Ludmilla lachte. «Einem alten Weiblein wie mir wird schon niemand was tun.»

«Nein», sagte Adelina entschieden. «Es wäre besser, wenn das ein Mann tun würde. Ein bewaffneter ...»

«Glaubst du, der würde auch nur ein Sterbenswörtchen aus den Gestalten herausbringen, die sich dort herumtreiben, wo du suchen willst? Glaub mir, jemand wie ich hat da weitaus mehr Möglichkeiten.»

†

Zwei Tage nachdem Ludmilla sich aufgemacht hatte, sich in der Kölner Unterwelt umzuhören, kehrte Greverode aus Bonn zurück. Adelina hatte sich gerade mit Jupp, Marie und den Mädchen zusammengesetzt, als er die Küche betrat. Sogleich schenkte Adelina ihm einen Becher Bier ein und bedeutete ihm, sich zu ihnen zu setzen. «Was gibt es Neues?», wollte sie wissen und ignorierte gleichzeitig die überraschten Blicke ihrer Freunde, die offenbar nicht recht einzuschätzen wussten, weshalb sie den Hauptmann seit neuestem so selbstverständlich in ihre Runde einbezog.

Greverode setzte sich neben sie und trank. Seine Stirn glänzte vom Schweiß, und seine Kleider waren mit dem Staub der Straßen bedeckt. «Nichts wirklich Gutes», berichtete er. «Die Kurfürsten scheinen fest in ihrem Entschluss, König Wenzel noch in diesem Monat zu entmachten. Nachfolger soll Ruprecht von der Pfalz werden.»

Jupp hob verwundert den Kopf. «Und der König lässt sich das so einfach gefallen?»

Greverode schnaubte. «Gegen die Übermacht sämtlicher Kurfürsten kann er kaum etwas ausrichten. Offenbar gibt es im Reich nur wenige Männer, die noch zu Wenzel stehen.»

«So wie Vater Emilianus?»

«Ja, vermutlich. Wenngleich Emilianus wohl keinerlei Einfluss auf den Erzbischof hat. Er scheint sich leidenschaftlich mit ihm darüber zu streiten, aber mehr auch nicht.»

«Und was ist mit den Hetzreden, die er hier in der Stadt

hält?», fragte Marie. «Kann der Erzbischof die einfach so ignorieren?»

«Hetzreden?» Greverode stellte den Becher auf den Tisch.

Adelina nickte. «Du …» Sie erschrak. «Ihr habt noch nicht davon gehört, vermute ich? Vater Emilianus hat neulich einen Menschenauflauf auf dem Domhof verursacht, als er forderte, die Bürger Kölns sollten sich gegen den Erzbischof und die Kurfürsten auflehnen.»

«Gestern hat er es noch einmal auf dem Neumarkt versucht», wusste Marie zu berichten. «Da haben Eure Männer aber Schlimmeres verhindert.» Während sie sprach, blickte sie sehr aufmerksam zu Adelina herüber. Offensichtlich war ihr der Versprecher nicht entgangen.

Adelina ärgerte sich, denn auch ihr Bruder warf ihr einen strafenden Blick zu. Sie tat jedoch so, als merke sie nichts, und fasste stattdessen zusammen, was sich außerdem in Greverodes Abwesenheit zugetragen hatte.

Er hörte ihr aufmerksam zu, ohne sie zu unterbrechen. Lediglich an seiner Miene konnte sie ablesen, dass er ihr Handeln bei dem Schmied nicht guthieß und dass seine Besorgnis wuchs. Als er von der toten Katze und der darauffolgenden Hausdurchsuchung hörte, knirschte er hörbar mit den Zähnen. «Ich könnte Scherfgin den Hals umdrehen», knurrte er. «Und Reese ebenfalls. Wusstet Ihr, dass er es war, der veranlasst hat, dass ich nach Bonn geschickt wurde?»

Adelina nickte bekümmert. «Er hat sich dafür entschuldigt.»

«Tatsächlich?»

«Er konnte nicht wissen, dass Ihr … dass wir …» Sie verhedderte sich und begann von vorne. «Ich habe ihm erklärt, dass Ihr uns helft, Neklas' Unschuld zu beweisen.»

«Was mich übrigens sehr erstaunt», mischte sich Jupp

mit argwöhnischem Blick ein. «Ich mag vielleicht ein einfacher Chirurg sein, aber dumm bin ich nicht. Ich konnte selbst oft genug beobachten, dass Ihr Adelina nicht leiden könnt und ihr das Leben schwergemacht habt. Woher kommt also dieser plötzliche Sinneswandel? Oder seid Ihr am Ende einer jener Männer, die das Unglück eines anderen zu ihrem eigenen Vorteil gestalten? Wie man hört, seid Ihr ja auf solchem Wege zu Eurer Gemahlin selig gekommen.»

Sowohl Adelina als auch Greverode starrten Jupp sprachlos an.

Marie fasste nach Adelinas Hand. «Es ist wahr, Adelina. Auch ich habe bemerkt, dass zwischen Euch etwas vorgeht. Ich hätte aber nie gedacht, dass du … Bitte sag mir, dass wir uns irren.»

Adelina schluckte und warf Greverode einen hilflosen Blick zu. Dieser biss jedoch nur die Zähne zusammen und sah aus, als wolle er Jupp im nächsten Moment an die Kehle gehen.

Die Mädchen, die offenbar nicht wussten, was sie von der plötzlich so spannungsgeladenen Stimmung halten sollten, drängten sich verschüchtert aneinander.

Schließlich sah sich Adelina gezwungen, die anderen aufzuklären.

«Ihr irrt euch wirklich», begann sie und versuchte kurz, Greverodes Blick aufzufangen. Er schüttelte den Kopf, doch sie sprach dennoch weiter. «Ich kann verstehen, dass ihr verwundert seid. Bisher wisst ihr nur, dass der Hauptmann und ich … nicht die besten Freunde waren.»

«Das ist ja wohl ziemlich untertrieben», warf Jupp zynisch ein.

Sie atmete tief durch. «Ich weiß, was Ihr denken müsst, und wenn unsere Situation nicht so schrecklich wäre, müsste ich wahrscheinlich darüber lachen. Aber auch ich habe erst kürzlich etwas erfahren, das ... nun ja, das meine Meinung über den Hauptmann verändert hat.»

«Hör auf!», zischte Greverode wütend.

Sie fasste nach seinem Arm. «Nein, Tilmann.» Bewusst sprach sie ihn zum ersten Mal mit seinem Vornamen an. Nicht nur er zuckte dabei heftig zusammen. Sie versuchte zu lächeln, doch es gelang ihr nicht ganz. «Ich kann meine Freunde nicht länger anlügen. Du siehst doch, wohin das führt. Sie werden misstrauisch und verdächtigen mich sogar des Ehebruchs.» Sie schüttelte bei diesem Gedanken den Kopf. «Obwohl sie es besser wissen müssten.» Demonstrativ streichelte sie über ihren Bauch und blickte dabei einen nach dem anderen eindringlich an.

«Verflucht!» Wutgeladen sprang Greverode auf und warf dabei seinen Becher um. «Das führt doch zu nichts!», schimpfte er. «Es bringt uns nur in noch mehr Schwierigkeiten.» Mit diesen Worten rauschte er zur Tür hinaus, die lautstark hinter ihm zufiel.

Jupp räusperte sich. «Ganz schön hitzig, der Kerl.» Dann suchte er Adelinas Blick. «Also, wenn er es nicht auf dich abgesehen hat – was dann?»

Adelina wartete, bis Magda, die sich die ganze Zeit still im Hintergrund gehalten, den Tisch gesäubert hatte. Erst danach verschränkte sie sorgsam ihre Hände und erklärte: «Tilmann Greverode hat es auf gar nichts abgesehen. Weder auf mich, noch darauf, Neklas zu schaden oder sich gar an seine Stelle zu drängen. Das ist lächerlich. Selbst wenn er nicht ...»

«Für lächerlich halte ich das nicht», unterbrach Marie sie besorgt. «Schon seit Tagen haben wir beobachten können, dass er sich merkwürdig verhält. Wir haben nur nichts gesagt, weil ...» Sie stockte. «Selbst mein Vater sagt, dass er seine erste Frau sozusagen auf dem Grab eines anderen Mannes ...»

«Marie, bitte!», fuhr Adelina sie harsch an, griff dann jedoch nach der Hand ihrer Freundin. «Tilmann Greverode ist mein Bruder.»

Die Wirkung ihrer Worte war erwartungsgemäß durchschlagend. Alle Anwesenden starrten sie mit großen Augen an.

«O mein Gott!», entfuhr es Mira, und sie schlug beide Hände vor den Mund.

«Er ist dein was bitte?», fragte Jupp verdattert.

«Mein Bruder», wiederholte Adelina und spürte gleichzeitig eine große Erleichterung in sich aufsteigen, weil sie ihr Geheimnis endlich losgeworden war. «Halbbruder, um genau zu sein. Wir haben dieselbe Mutter.» Sie hielt kurz inne. Schließlich sagte sie leise: «Ihr müsst mir versprechen, dass ihr vorerst kein Wort darüber verliert – zu niemandem. Wenn bekannt wird, dass wir verwandt sind, wird man Tilmann von seinem Posten hier im Haus endgültig abziehen. Das können wir auf keinen Fall riskieren. Er ist momentan bis auf euch und Reese der Einzige, der bereit ist, mir dabei zu helfen, Neklas' Unschuld zu beweisen.»

«Seit wann wisst Ihr, dass er Euer Bruder ist?», fragte Mira vorsichtig.

Adelina wandte sich ihr zu. «Noch nicht lange.» Und dann berichtete sie, was Greverode ihr vor kurzem anvertraut hatte.

Während sie sprach, kam ihr Bruder wieder herein, setzte sich missmutig auf seinen Platz zurück und starrte vor sich hin. Als Adelina fertig war, herrschte zunächst betroffenes Schweigen, bis Marie das Wort ergriff. «Es fällt mir schwer, das alles zu glauben», begann sie, lächelte aber leicht und wandte sich Jupp zu. «Wenn ich die beiden so betrachte …» Ihr Lächeln vertiefte sich. «Und wenn man Vitus hinzunimmt, muss man aber doch zugeben, dass es eine gewisse Ähnlichkeit gibt. Meinst du nicht auch, Jupp?»

Zweifelnd hob Jupp die Schultern. «Groß kann die Ähnlichkeit nicht sein, sonst wäre sie mir vorher schon aufgefallen.» Er musterte erst Greverode, dann Adelina eingehend. «Mag sein, um die Augen herum …»

«Auf jeden Fall gleichen sie sich im Temperament», kicherte Marie plötzlich erheitert. «Kein Wunder, dass ihr so oft aneinandergeratet. Zwei Sturköpfe wie ihr können ja nur miteinander verwandt sein.»

«Ich bin nicht stur», protestierte Adelina.

Und gleichzeitig fuhr Greverode auf: «Wie könnt Ihr es wagen, mich stur zu nennen?»

Die beiden sahen einander verblüfft an. Marie gluckste und prustete dann los. Sogar Jupp konnte sich ein Grinsen nicht mehr verkneifen. «Sagen wir, ihr seid beide äußerst hartnäckig in euren Ansichten», sagte er.

«Stur», bestand Marie auf ihrer Einschätzung. Sie lachte noch immer. «Ich bin wirklich froh, dass wir nun Bescheid wissen. Aber lasst uns endlich überlegen, was wir …»

Sie wurde unterbrochen, denn der Soldat Stache erschien in der Tür. «Die Alte ist wieder hier. Soll ich sie reinlassen?»

«Ludmilla?» Adelina straffte die Schultern. «Aber ja, schickt sie sofort zu uns herein!»

Das war jedoch gar nicht mehr nötig, denn Ludmilla war Stache bereits gefolgt und zwängte sich an ihm vorbei in die Küche. Überrascht blickte sie auf die Versammlung am Tisch. «Nanu, alle beisammen?» Sie ließ ihren Blick über die Anwesenden gleiten. «Gut, gut, so muss ich nur einmal berichten.»

Adelina bedeutete ihr, sich zu setzen. Magda stellte rasch einen weiteren Becher auf den Tisch. Ludmilla trank dankbar und wischte sich mit dem Ärmel ihres abgetragenen Kleides über die Lippen. «Ein gutes Bier ist das», lobte sie. «Genau recht bei diesem Wetter. Ich fürchte, wir bekommen heute noch ein heftiges Gewitter.»

«Was bringst du uns für Neuigkeiten?», fragte Adelina ungeduldig. «Warst du tatsächlich in der Unterwelt?»

«In der Unterwelt?» Überrascht hob Marie den Kopf. «Was meinst du damit?»

«Seid ihr jetzt völlig verrückt geworden?», fuhr Greverode dazwischen. «Sag bloß, du hast das alte Weib zu diesem Gesindel geschickt.»

Ludmilla lachte krächzend. «Immer mit der Ruhe, Herr Hauptmann. Mich hat noch niemals jemand irgendwohin geschickt.» Sie legte lauernd den Kopf auf die Seite. «Außer Euch. Ihr habt mich einst zu Turme bringen lassen, wenn ich mich nicht irre. Zumindest habt Ihr den Befehl dazu gegeben. Aber», ergänzte sie rasch, als sie seinen wütenden Blick bemerkte, «das soll jetzt gar nicht das Thema sein. Ich bin in diesem Fall ganz freiwillig losgezogen und habe mich ein bisschen umgehört. Die Gerüchteküche brodelt, wenn man erst einmal angefangen hat zu fragen.» Sie warf Adelina einen kurzen Blick zu. «Deine Suche nach besagtem Messer hat sich übrigens schon herumgesprochen, und mir wurde zugetragen, dass wir uns in dieser Sache an einen ganz bestimmten Hehler wenden sollen.»

Adelina blickte sie gespannt an. «Einen Hehler?»

Ludmilla nickte. «Sein Name lautet Michel Hornweber. Er ...»

«Michel?» Adelina erstarrte.

«Hornweber?», entfuhr es Greverode. «Das ist einer der Büttel des Vogtes. Er soll ein Hehler sein?»

Wieder nickte Ludmilla. «Es scheint, als nutze er seine Stellung gelegentlich, um in Häusern betuchter Leute Gegenstände zu entwenden. Einer der anderen Büttel unterstützt ihn dabei.»

«Hugo», sagte Adelina und spürte eine Gänsehaut auf ihren Armen.

«So heißt er», bestätigte Ludmilla. «Leider können wir die beiden nicht mehr befragen.»

«Warum nicht?» Greverodes Brauen hatten sich zusammengezogen.

Ludmilla legte ihre Hände auf den Tisch und betrachtete sie eingehend. «Weil man Hugo heute früh an den Poller Köpfen gefunden hat.»

Adelina stieß einen entsetzten Laut aus. «Er ist tot?»

«Ertrunken. Und Michel ist seit vorgestern verschwunden. Entweder hat er sich davongemacht, oder er hat sein Ende ebenfalls im Rhein gefunden.»

24

«Du setzt keinen Fuß mehr vor die Tür», sagte Greverode mühsam beherrscht zu Adelina. «Auch nicht in Begleitung. Ich werde sofort mit dem Vogt über Hugo und Michel sprechen, und auch die Schöffen sollte ich informieren. Offenbar hast du da mitten in ein Wespennest gestochen.» Er wandte sich an Jupp. «Was ist mit Eurem Onkel? Habt Ihr ihn noch einmal getroffen?»

Jupp schüttelte den Kopf. «Er scheint sich irgendwo verkrochen zu haben. Ich dachte zunächst, er sei vielleicht ebenfalls nach Bonn gereist. Da Vater Emilianus sich aber nach wie vor in der Stadt aufhält, vermute ich inzwischen eher, dass die beiden jetzt irgendwo zusammenglucken.»

«Aber Thomasius war nicht dabei, als Emilianus auf dem Domhof gepredigt hat», gab Adelina zu bedenken. «Zumindest haben wir ihn nicht gesehen. Dabei ist so etwas normalerweise genau nach seinem Geschmack.»

«Ob auch ihm etwas zugestoßen ist?» Marie schauderte.

«Das ist eher unwahrscheinlich», befand Jupp. «Thomasius ist wie Unkraut – selbst wenn man ihm zu Leibe rückt, wird man ihn niemals ganz los. Und er weiß, wann es für ihn zu gefährlich wird und er sich bedeckt halten muss. Genau das wird er wohl jetzt tun. Dennoch werde ich mich auf die Suche nach ihm machen. Vielleicht weiß man im Konvent der Dominikaner, wo er steckt. Immerhin ist er uns noch so manche Erklärung schuldig, nicht wahr?» Jupps Blick streifte Adelina, woraufhin sie nickte.

«Ich möchte wissen, warum er uns gewarnt hat.» Sie seufzte. «Es ist schrecklich, hier festzusitzen. In drei Tagen soll der Prozess beginnen, und wir haben nichts – rein gar nichts!»

«Das ist nicht wahr», widersprach Greverode, der bereits zur Tür gegangen war. «Wir haben schon einige Informationen. Jetzt müssen wir nur versuchen, sie richtig zusammenzusetzen.» Er kam zurück an den Tisch. «Wir können anhand von Thomasius' Andeutungen vermuten, dass hier Teufelsanbeter oder Dämonenbeschwörer am Werke sind. Sie haben, das nehme ich zumindest an, die Frau des Schusters getötet oder töten lassen, um ihr das Kind aus dem Leib zu schneiden, welches sie für ihre scheußlichen Praktiken benutzen wollen – oder bereits haben.»

«Das erscheint einleuchtend», bestätigte Jupp. «Diese Leute haben wiederum jemanden gedungen, die Leiche der Frau in eurer Abortgrube verschwinden zu lassen.» Er hielt kurz inne. «Das kann zwar ein Zufall gewesen sein, aber ich glaube eher, sie haben damit gerechnet, dass man sie findet.»

Adelina schüttelte den Kopf. «Aber wie konnten sie das? Es war wirklich reiner Zufall, dass Griet an jenem Tag den Grubendeckel geöffnet hat.»

Marie stieß einen erstickten Laut aus. «Adelina! O mein Gott, was ist, wenn sie die Goldgräber bestochen haben? Du weißt doch, dass ich dir erzählt habe, wie einer von ihnen mich ungehörigerweise angesprochen hat, um mir anzubieten, unsere Gruben ebenfalls leeren zu lassen, weil sie gerade in der Nähe wären. Er hat sogar irgendetwas von einer städtischen Verordnung gefaselt. Was, wenn es die gar nicht gibt?»

Adelina wurde blass. «Du meinst, das war alles Teil des Plans? Glaubst du, die Grube in der Nachbarschaft ist gar nicht wegen des Regens übergelaufen, sondern …»

«… weil man sie manipuliert hat?», vollendete Jupp ihren Satz. «Eine gewagte Theorie, aber wenn man bedenkt, wie klug und hinterlistig die Täter ansonsten vorgegangen sind, könnte es beinahe so gewesen sein. Zufall war also nur, dass Griet den Goldgräbern zuvorgekommen ist.»

«Nehmen wir an, dass es sich so zugetragen hat», fuhr nun wieder Greverode fort. «Wer auch immer dahintersteckt, hat die Leiche demnach absichtlich hier verstecken lassen, weil er von Neklas Burkas Vergangenheit wusste. Wer könnte das sein?»

Adelina hob die Schultern. «Außer uns hier im Haus nur Thomasius.» Sie zögerte. «Und der Erzbischof.»

Aller Augen richteten sich auf sie: «Als Neklas damals nach Köln kam, erzählte er mir, dass er von einem Legaten des Erzbischofs empfangen worden sei, um ihm zu zeigen, dass sie von der Sache in Italien wussten. Man hatte Neklas ja verboten, jemals an einer Universität zu lehren oder anderweitig sein Wissen zu verbreiten. Lediglich als Medicus durfte er arbeiten.»

Greverode blickte sie irritiert an. «Ich dachte, er sei damals aus dem Gefängnis geflohen?»

«Nein, ganz so war es nicht», erklärte Jupp. «Er kam frei, und das nur durch viel Geld und die Fürsprache einflussreicher Freunde. Wäre er geflohen, hätten sie ihn verfolgt und aus dem Weg geräumt.»

«Was sie nun vielleicht nachholen wollen», überlegte Greverode. «Ihr wisst also auch sehr genau über Magister Burka Bescheid.»

Jupp zuckte mit den Achseln. «So gut wie kaum ein anderer, Hauptmann Greverode, denn ich war damals dabei.»

«Auch das noch!», sagte Greverode, schien jedoch nicht weiter überrascht. «Also gut, sehen wir weiter. Man hat also alles so aussehen lassen, als habe Neklas Burka die Frau getötet. Thomasius beschuldigte ihn daraufhin, sie für irgendwelche Experimente missbraucht zu haben. Als Beweis hierfür sollte die Scheide seines Messers dienen, die man ebenfalls in der Abortgrube fand.»

«Jetzt wird mir auch klar, wie es dorthin kam!», rief Adelina erbost. «Das muss wirklich alles von langer Hand geplant gewesen sein!» Sie schlug die Hände vors Gesicht und rang um Fassung. «Nach dem Knochenraub in der Rheingasse kamen Hugo und Michel doch hierher, um das Haus zu durchsuchen. Ich warf sie hinaus, weil Michel Franziska belästigt hatte, oder …» Sie wurde blass. «Vielleicht tat er das mit Absicht, um mich abzulenken. Hugo war daraufhin eine Weile allein in unserer Schlafkammer. Er hätte Gelegenheit gehabt, das Messer zu stehlen. Kurz zuvor wurde Neklas zu einer Hinrichtung gerufen, und danach hat er das Messer vermisst. Wir dachten schon, jemand habe es ihm in der Menschenmenge auf dem Neumarkt entwendet.»

«Einen Fehler haben sie dabei allerdings gemacht», fügte Ludmilla an. «Welcher Mörder legt die Tatwaffe schon zu der Leiche?»

Greverode nickte. «Die Waffe fand man ja auch nicht. Wir können nun, nachdem wir erfahren haben, dass jene beiden Büttel sich als heimliche Hehler ein Zubrot verdienen, vermuten, dass sie das Messer einfach mitgenommen haben. Vielleicht dachten sie, es sei zu schade, um es in die Grube zu werfen, und dass die Messerscheide allein als Beweis reichen würde.» Greverode begann in der Küche auf und ab zu gehen. «Wenn sich alles tatsächlich so zugetragen haben sollte …» Er stockte und starrte Adelina an. «Wie sollen wir das beweisen? Wir wissen noch immer nicht, wer dahinterstecken könnte.»

«Es muss jemand sein, der Geld braucht, oder nicht?», wagte Griet sich mit zaghafter Stimme einzumischen. «Vater hat mir erklärt, dass solche Beschwörungen fast immer gemacht werden, um zu versuchen, schneller Gold herzustellen.»

Die Blicke aller richteten sich auf das Mädchen. Griet wurde rot und zog den Kopf ein, als erwarte sie Schelte für ihr ungefragtes Sprechen. Stattdessen nickte Greverode jedoch. «Du bist ein kluges Kind. Dummerweise grenzt das den Kreis der Verdächtigen nicht ein. Die hohen Herren, ob nun Adel, Patrizier oder auch der Erzbischof selbst, leiden doch so gut wie alle unter Geldnot. Zumindest behaupten sie das.»

Adelina stand ebenfalls von ihrem Platz auf und ging ein paar Schritte, wobei sie sich leicht den Rücken rieb. «Dann sollten wir versuchen herauszufinden, wer von ihnen derzeit am dringendsten Gold benötigt.» Sie dachte kurz nach. «Der Erzbischof!», rief sie. «Daran hätten wir gleich denken sollen. Wenn er und die anderen Kurfürsten den König wirklich stürzen wollen, brauchen sie dafür gewiss große Summen.»

«Der Erzbischof?» Skeptisch schüttelte Jupp den Kopf. «Also, man mag ihm ja einiges zutrauen, aber Teufelsanbetung ganz gewiss nicht.»

Adelina zögerte. «Neklas erwähnte einmal, der Erzbischof würde sogar Alchemisten beschäftigen, die das Geheimnis der Transmutation lösen sollen.»

«Dennoch», beharrte Jupp. «Das kann ich mir nicht vorstellen. Ganz abgesehen davon, dass es meines Wissens niemals jemandem gelungen ist, wirklich Gold herzustellen, weder mit noch ohne höllischen Beistand.»

«Er könnte es trotzdem versucht haben», entgegnete Marie. «Und Adelina sagte, dass er sehr genau über Neklas und seine Vergangenheit Bescheid weiß. Das könnte er ausgenutzt haben.»

«Jemand wie Erzbischof Friedrich würde doch keine städtischen Büttel oder Halsabschneider aus der Kölner Unterwelt anheuern, um ihm bei seinen Plänen zu helfen», wandte Jupp ein. «Er dürfte genug eigene Männer haben, denen er bestimmt eher traut.»

Greverode ging wieder zur Tür. «Ich spreche mit dem Vogt und den Schöffen. Der Erzbischof ist, soweit ich weiß, auf dem Weg nach Lahnstein. Dort soll es am nächsten Gerichtstag ein Treffen der rheinischen Kurfürsten geben. Wenn unser Verdacht sich bestätigen sollte, muss schnell etwas unternommen werden.» Damit verließ er den Raum.

«Gib auf dich acht!», rief Adelina hinter ihm her. «Jupp, wir müssen versuchen, Thomasius aufzutreiben. Er weiß etwas, ganz sicher.»

Jupp nickte und ging nun seinerseits zur Tür. «Ich versuche es noch einmal beim erzbischöflichen Palast. Irgendwo muss er ja stecken. Wenn ich ihn gefunden habe, kann er was erleben.» Er winkte Marie. «Komm, du solltest vielleicht mit deinem Vater sprechen. Auch wenn er keinen großen Einfluss mehr hat, fällt ihm vielleicht noch etwas ein, das uns weiterhelfen kann.»

Marie erhob sich zögernd. «Kommst du allein zurecht, Adelina?»

«Schon gut, Marie.» Adelina winkte ab. «Ich bin doch nicht allein. Die Mädchen sind hier, das Gesinde … Stache und Ludmilla ebenfalls. Ich wünschte nur, ich könnte irgendetwas tun, anstatt nutzlos hier herumzusitzen.»

†

«Meisterin, darf ich reinkommen?» Mira streckte den Kopf durch die Tür zu Colins Kammer.

Adelina saß auf dem Bett ihres Sohnes und sah ihm dabei zu, wie er mit der geschnitzten Ritterfigur über den Boden robbte und dabei fröhlich vor sich hin krähte. Zwischendurch rief er lauthals zum Angriff, jedoch waren die meisten seiner Worte wohl nur ihm selbst verständlich. Auf dem Schoß hielt Adelina ein Überkleid, an dessen Ärmeln die Spitze eingerissen war. Sie hatte sich bis eben bemüht, den Riss mit kleinen Stichen zu flicken, war aber von Colins Spiel abgelenkt worden und hob nun überrascht den Kopf. «Sicher, Mira, setz dich zu mir.»

Mira beäugte Adelinas Flickarbeit. «Meisterin, soll ich das für Euch machen?»

Verblüfft blickte Adelina ihr Lehrmädchen von der Seite an. «Du willst das Kleid flicken? Kannst du das denn?»

Mira lächelte. «O ja, Meisterin. Ich habe, seit ich fünf Jahre war, fast nichts anderes tun dürfen als nähen und sticken. Das erwartet man von einer adeligen Jungfer. Mit sieben konnte ich solche Risse schon blind flicken.»

Erheitert reichte Adelina ihr das Kleid. «Dann bitte sehr. Ich habe nicht die Geduld dafür. Das sieht man, fürchte ich, auch.»

Mira betrachtete den Ärmel näher und begann, Adelinas Arbeit wieder aufzuzupfen. Anschließend fädelte sie einen neuen Faden in die beinerne Nadel und begann geschickt, winzige Stiche auszuführen.

Adelina staunte. «Da bist du schon so lange bei uns, und ich wusste nicht, dass du so gut nähen kannst.» Sie schwieg einen Augenblick und musterte Mira. «Warum bist du heraufgekommen? Hast du etwas auf dem Herzen?»

Mira hob den Blick von der Handarbeit und verzog verlegen die Lippen. «Ich weiß nicht recht, ob … Vielleicht werdet Ihr böse, wenn ich …»

«Was ist los, Mira?»

Das Mädchen blickte wieder auf die Nadel hinab. «Ich … na ja, ich frage mich nur …»

«Was?»

Mira hob den Kopf wieder. «Wie kommt es, dass Ihr Hauptmann Greverode plötzlich vertraut? Ich meine, er war immer unfreundlich zu Euch, und manchmal hat er Euch sogar ganz abscheulich behandelt. Ich hab es selbst gesehen. Jetzt sagt er einfach, er ist Euer Bruder, und Ihr verzeiht ihm das alles?» Atemlos hielt sie inne.

Adelina dachte über die Worte des Mädchens nach, bevor sie antwortete. «Ob ich ihm verziehen habe, weiß ich gar nicht, Mira. Du hast recht, er war scheußlich zu mir. Aber nun weiß ich wenigstens, weshalb er sich so verhalten hat.» Als sie Miras fragenden Blick sah, erklärte sie: «Er war eifersüchtig auf mich.»

Miras Augen wurden kugelrund. «Eifersüchtig?»

Adelina nickte. «Er war es und ist es vielleicht noch immer, weil er glaubt, dass unsere Mutter mich mehr geliebt hat als ihn, verstehst du? Nach allem, was er mir erzählt hat, scheint es tatsächlich so gewesen zu sein.»

«Eure Mutter hat sich nie um ihn gekümmert?»

«Nie», bestätigte Adelina. «Sie hat seine Erziehung seinem Vater überlassen. Das ist etwas, was auch ich erst einmal überdenken muss. Sie war ja auch meine Mutter. Ich hätte so etwas niemals vermutet. Leider gibt es niemanden mehr, den ich danach fragen könnte.»

«Aber …» Mira atmete heftig ein und aus. «Was, wenn er sich das alles ausgedacht hat, um …»

«Um was, Mira?» Tadelnd schüttelte Adelina den Kopf. «Wozu sollte er sich eine so schlimme Geschichte ausdenken?»

Mira ließ den Kopf hängen. «Ich weiß auch nicht. Mir kommt das alles nur so seltsam vor. Wie kann ein Mann wie er Euer Bruder sein?»

Nun musste Adelina wider Willen lachen. «Kind, die Menschen sind nun mal verschieden. Wer weiß, ob er nicht ganz anders geworden wäre, wenn er unter anderen Umständen hätte aufwachsen können? Aber immerhin hat er es schon weit gebracht. Er ist Hauptmann der Stadtsoldaten. Das wird man nicht, wenn man dumm ist oder faul oder unehrlich.»

«Das weiß ich auch. Trotzdem fällt es mir schwer, ihm zu trauen.»

«Das verstehe ich, Mira. Ich weiß selbst nicht, was ich von der ganzen Angelegenheit halten soll. Tatsache ist aber, dass er uns helfen will – und Hilfe benötigen wir derzeit sehr.»

«Ich weiß.»

«Wie es später mit uns weitergehen wird, kann auch ich dir nicht sagen, Mira. Auch wenn er mein Bruder ist, bedeutet das noch lange nicht, dass wir jemals eine Familie werden.»

«Ihr glaubt aber, dass er es jetzt gut mit Euch meint.»

«Das glaube ich, Mira. Warum beschäftigt dich das so?»

Mira zuckte mit den Schultern. «Wenn ich das alles früher gewusst hätte, hätte ich mich wohl nicht getraut, so unverschämt zu ihm zu sein.»

«Nicht?» Adelinas Lippen zuckten, dann lächelte sie erneut. «Also, ich weiß nicht. Was dein freches Mundwerk angeht, könntest du wohl beinahe auch meine Schwester sein – oder meine Tochter.»

Mira starrte sie verblüfft an.

Adelina lachte. «Das soll aber nicht bedeuten, dass du wieder so vorlaut sein darfst. Weder zu meinem Bruder noch zu sonst irgendjemandem.» Sie hielt inne. «Schon gar nicht zu meinem Bruder. Ich fürchte, er hält dies hier sowieso schon für ein Narrenhaus. So ganz unrecht hat er damit nicht, fürchte ich.»

25

Das von Ludmilla angekündigte Gewitter entlud sich am frühen Abend, kaum dass die Familie das Abendessen beendet hatte. Adelina schickte Vitus und die Mädchen in ihre Kammern und brachte Colin selbst zu Bett, während Ludowig und die beiden Mägde überall im Haus nachsahen, ob die Fensterläden fest verschlossen waren. Die alte Ludmilla hatte sich bereits am Nachmittag verabschiedet, da sie unbedingt hinaus zu ihrer Hütte gehen wollte, um dort nach dem Rechten zu sehen. Bei dieser Gelegenheit wollte sie sich auch noch einmal in den Gassen und vor den Stadttoren umhören, ob es weitere Neuigkeiten gab.

Als Adelina in die Küche zurückkehrte, fand sie dort nur Fine und Moses vor, die sich die Reste des Essens teilten, die Magda ihnen in eine Holzschale gefüllt hatte. Müde ließ sich Adelina auf die Ofenbank sinken und lauschte dem Heulen des Windes, der sich immer wieder pfeifend im Rauchabzug verfing, und dem sich langsam nähernden Donnergrollen. Sie hatte eine Öllampe entzündet, denn obgleich es noch nicht spät war, hatten die düsteren Unwetterwolken den Himmel bereits verdunkelt.

Greverode war noch nicht zurückgekehrt. Vielleicht wartete er das Unwetter in einer Taverne ab oder war heimgekehrt. Adelina wurde sich bewusst, dass sie gar nicht wusste, wo er wohnte.

Sie streichelte sanft ihren Bauch, in dem das Kindchen wieder einmal fröhlich strampelte. Ihrer Gefühle Greverode gegenüber war sie sich längst nicht sicher, aber wenn er schon so nah mit ihr verwandt war, schien es ihr vernünftig, ihn näher kennenzulernen. Sie ließ die letzten Tage vor ihrem inneren Auge vorüberziehen und erinnerte sich an jeden Streit, den sie miteinander gehabt hatten, aber auch daran, wie er draußen im Garten erschienen war und Colin hinauf in den Baum gehoben hatte. Immer mehr Einzelheiten kamen ihr in den Sinn, und nach einer Weile wurde ihr bewusst, dass ihr Bruder offenbar ein ganz anderer Mensch war, als sie gedacht hatte – ja, als er selbst ständig vorgab. Er war ein harter Mann, aber nicht hartherzig. Er vermochte sich durchzusetzen – sogar mit Brutalität, das hatte sie ja selbst erlebt –, doch er schien seine Macht nicht unrecht auszunutzen. Zumindest war ihr nie dergleichen zu Ohren gekommen. Jähzornig war er ebenfalls – und stur. Sie schmunzelte. Wenn sie ehrlich war, musste sie natürlich zugeben, dass sie selbst ihm darin in nichts nachstand. Auch Neklas hatte sie weiß Gott schon oft genug stur und eigensinnig geschimpft.

Nachdenklich blickte Adelina zur Decke und beobachtete eine kleine Spinne. Ihr Bruder war also bei weitem nicht der ungehobelte Grobian, für den sie ihn lange Zeit gehalten hatte. Zumindest verfügte er über einen ausgeprägten Gerechtigkeitssinn und – auch wenn er es sehr gut zu verbergen wusste – über ein Herz und Gefühle, die es ihm trotz aller Vorbehalte schließlich verboten hatten, seine eigene Schwester im Stich zu lassen.

Ein greller Blitz tauchte die Küche für einen kurzen Moment in gleißendes Licht. Zwei Atemzüge später ertönte ein heftiger Donnerschlag, der Adelina zusammenzucken ließ. Moses bellte kurz und stupste sie mit seiner feuchten Nase an. Sie strich ihm über den Kopf. «Schon gut, Moses. Das ist nur ein Gewitter. Kein Grund zur Aufregung.»

Der Ton ihrer Stimme schien den Hund zu beruhigen, denn er rollte sich vor ihren Füßen zusammen. Fine sprang neben Adelina auf die Ofenbank und begann sich zu putzen.

Ein weiterer Blitz zuckte auf, diesmal fast sofort gefolgt von einem Donnerschlag, dann öffnete der Himmel seine Schleusen. Ein lautes Rauschen begleitete den Regenguss, der über Köln niederging. Adelina lauschte dem Trommeln auf dem Dach und gegen die Läden des Küchenfensters und richtete dabei ihre Gedanken auf Neklas. Sie vermisste ihn sehr. Die kurzen Besuche im Gefängnis hatten den Schmerz in ihrem Herzen nicht gemildert, sondern – im Gegenteil – noch verstärkt. Inzwischen wünschte sie, dass sie ihm die Wahrheit über Greverode erzählt hätte. Möglicherweise hätte Reese diese Information ja für sich behalten. Je länger sie darüber nachdachte, desto sicherer wurde sie, dass der Gewaltrichter ihnen auch in dieser Sache beigestanden hätte. Leider hatten ihre verwirrten Gefühle sie mittlerweile schon mehrfach zu unüberlegten Handlungen veranlasst. Sie ärgerte sich darüber, denn normalerweise hielt sie sich immer ihre vernünftige Urteilskraft zugute. Damit war es momentan wohl nicht weit her.

Wieder strich sie sanft über ihren Bauch. Vielleicht stimmte es ja auch, was man allgemein über schwangere Frauen sagte – dass sie neben häufigen Essgelüsten auch einen Mangel an Klarsicht besaßen, weniger noch, als man Frauen im Allgemeinen schon zusprach. Zudem hatte sie immer mehr mit ihren Gefühlswallungen zu kämpfen. So oft wie in letzter Zeit waren ihr noch nie die Tränen gekommen.

Adelina schüttelte den Kopf über sich. Anstatt sich in Selbstbetrachtungen und düsteren Stimmungen zu verfangen, tat sie besser daran, über die Lösung ihrer Probleme nachzudenken. Da war zunächst einmal die wichtigste Frage: Wer steckte hinter den Morden und hatte auf listigem Wege veranlasst, dass man Neklas die Schuld daran gab? Und eng damit verbunden war das Rätsel, das Thomasius ihnen mit seinem seltsamen Gebaren aufgegeben hatte. Wo mochte sich der Dominikaner verkrochen haben und vor allem – warum? Immerhin sah ihm ein solches Verhalten gar nicht ähnlich. Er liebte es, immer und überall im Vordergrund zu stehen und die Menschen mit seinen zweifelhaften Ansichten und Weisheiten in Angst und Schrecken zu versetzen. Das hatte er auch bei ihr trefflich geschafft. Adelina verspürte schon seit Tagen das dringende Bedürfnis, eine heilige Messe aufzusuchen. Vermutlich würden ihr Bruder oder Stache sie begleiten, wenn sie darauf bestand. Sie fürchtete lediglich die Blicke und das Getuschel ihrer Mitmenschen. Die wenigen Male, die sie in den vergangenen Tagen hinausgegangen war, hatte sie sich beobachtet und sogar begafft gefühlt. Kaum jemand hatte das Wort an sie gerichtet – sie war sich nicht sicher, ob sie sich darüber freuen sollte. Nicht einmal jemand von der Zunft war bislang bei ihr gewesen. Zwar glaubte sie, dass man auch dort alles daransetzte, ihren Hausarrest aufzuheben – vermutlich hatte Leuer bereits mehrfach Bürgen zu den Schöffen geschickt –, jedoch hielten sich die Zunftmeister wahrscheinlich vorsichtshalber an die Verfügungen der Schöffen, die beinhalteten, keinen Kontakt mit ihr aufzunehmen, bis der Prozess begann.

Fine hatte sich offenbar genug geputzt, denn sie kletterte auf Adelinas Schoß. Obwohl sie dort kaum Platz fand, rollte sie sich umständlich zusammen und begann zu schnurren.

Die Möglichkeit, dass der Erzbischof selbst der Mann war, der hinter all den unschönen Ereignissen stand, drängte sich immer wieder in den Vordergrund. Friedrich III. von Saarwerden war Kurfürst und besaß neben großer Macht selbstverständlich auch viele Informanten und jede Möglichkeit, von ihm oder seinen Gefolgsleuten verübte Taten ohne großes Aufheben auf einen Sündenbock zu schieben. Für Adelina stand das außer Frage. Lediglich Jupps Einwand, ausgerechnet der Erzbischof würde sich wohl kaum mit Dämonenbeschwörung abgeben, ließ sie zweifeln. Dieser Zweispalt wurde jedoch wiederum überlagert von der Gewissheit, dass der Erzbischof ganz sicher ein Mann war, der ständig Gold brauchte, nicht nur, um seinen aufwendigen Lebenswandel zu finanzieren, sondern – gerade im Augenblick – um all jene Mitstreiter auf seine Seite zu ziehen, die er benötigte, um den König seines Amtes zu entheben.

Was ihr unklar erschien, war seine Verbindung zu Thomasius. Dieser war zwar ein Aufrührer, jedoch als einfacher Dominikaner ganz bestimmt nicht wichtig oder einflussreich genug, um auch nur von einem Legaten Friedrichs wahrgenommen zu werden, geschweige denn von ihm selbst. Dennoch hatte er Thomasius zum Inquisitor ernannt, wenn auch bloß dem Titel nach.

Wie also hatte der Dominikaner in diese hohen Kreise aufsteigen können? Und warum tat er es erst jetzt? Thomasius war kein junger Mann mehr. Gemessen am Alter seiner Schwester Ludmilla musste er die fünfzig schon weit überschritten haben. Ein wenig spät für eine Karriere am erzbischöflichen Hofe, so kam es ihr vor.

Da er sich oft in der Gesellschaft von Vater Emilianus aufhielt, war anzunehmen, dass die beiden einander entweder schon länger kannten oder dass Thomasius sich – auf welchen Wegen auch immer – bei dem hohen Geistlichen beliebt gemacht hatte. Doch welche Ziele verfolgte er damit? Tat er das alles, um Neklas aus verletzter Ehre oder Eitelkeit etwas heimzuzahlen? Dass er nachtragend war, stand außer Zweifel, aber für derart niederträchtig hätte sie selbst ihn nicht gehalten. Es sprach trotzdem sehr viel dafür – nur eben nicht sein letzter Besuch. Oder hatten sie sich die versteckten Hinweise in seiner Rede bloß eingebildet, und er war, wie sie zunächst angenommen hatte, nur noch einmal gekommen, um in offenen Wunden herumzustochern?

«Nein», sagte Adelina laut, sodass Moses überrascht den Kopf hob und sie erwartungsvoll anblickte. «Er wollte uns irgendetwas mitteilen.» Adelina knabberte nachdenklich an ihrer Unterlippe. Was Thomasius auch tat, gewöhnlich verfolgte er ein Ziel damit. Er hatte sie auf die Teufelsbeschwörer hingewiesen und auf das verschwundene Messer. Dieser Hinweis hatte immerhin dazu geführt, dass sie erfahren hatten, wie die Büttel Hugo und Michel möglicherweise in die Sache verstrickt waren. Dass Hugo getötet worden war, sprach dafür, dass es sich nicht um einen Irrtum handelte. Vermutlich war auch Michel ermordet worden. Es war gewiss Zufall gewesen, dass Hugo am versandeten Ufer der Poller Köpfe an Land getrieben worden war. Das Gebiet dort wurde seit einiger Zeit mit jungen Weiden bepflanzt. Eine Maßnahme, die verhindern sollte, dass der Rhein sich auf der rechtsrheinischen Seite ein neues Flussbett suchte. Auch war bereits mit dem Bau diverser Schutzbauten zwischen Poll und Deutz begonnen worden. Es gab bei Poll dennoch schon länger einige leicht versandete Stellen, die schon Schiffe und Flöße zum Stranden gebracht hatten. Jetzt im Sommer, wo der Rhein Niedrigwasser führte, war die Gefahr sogar noch größer.

Wenn man auch Michel ertränkt hatte, war seine Leiche vielleicht mehr in der Mitte des Flusses geblieben und rheinabwärts getrieben worden. Falls er sich nicht in einer Mühle oder den Reusen der Fischer verfing, würde man ihn möglicherweise niemals finden.

Ärgerlich war natürlich, dass es nun keinerlei Möglichkeit mehr gab, von den beiden zu erfahren, in wessen Auftrag sie gehandelt hatten. Die Art und Weise, wie sie aus dem Weg geräumt worden waren, und vor allem die Tatsache, dass dies äußerst schnell geschehen war, nachdem sich herumgesprochen hatte, dass sie eine Spur verfolgten, ließ wieder darauf schließen, dass die Drahtzieher Männer waren, die ihre Augen und Ohren überall hatten und Verbindungen zu Leuten besaßen, die ihre Befehle umgehend ausführten.

Wie sie es auch drehte und wendete, die Fäden schienen immer wieder beim Erzbischof zusammenzulaufen. An die Möglichkeit, dass jemand von den aus Köln vertriebenen Patriziern seine Hand im Spiel haben könnte, glaubte Adelina weniger. Nicht nur, weil die meisten der Hintermänner, die die neue Stadtverfassung hatten hintertreiben wollen, inzwischen hingerichtet worden waren, sondern weil es ihr eher unwahrscheinlich erschien, dass sich jemand ausgerechnet den städtischen Medicus für seine Rachepläne ausgesucht hatte.

Nein, viel eher leuchtete ihr die Annahme ein, dass der Erzbischof Gold benötigte. Er hatte Macht und Verbindungen, und möglicherweise kam es ihm gelegen, dass er auf diese Weise einen unbequemen Mann loswurde. Unbequem war Neklas ihm sicher, hatte Friedrich in der Vergangenheit doch mehr als einmal öffentlichen Leichenöffnungen zustimmen müssen, was ihm ganz sicher nicht gepasst hatte. Vor allem deshalb nicht, weil ausgerechnet ein beinahe verurteilter Ketzer sie durchgeführt hatte. Oder er betätigte sich schon länger als Teufelsbeschwörer. Ausgerechnet er, ein christlicher Hirte! Doch der Erzbischof war nicht nur geistliches Oberhaupt der Stadt Köln, er war ebenso ein weltlicher Herrscher und als solcher wahrscheinlich nicht gegen Anfechtungen seitens höllischer Dämonen gefeit, die ihm möglicherweise größere Macht und Reichtum versprochen hatten.

Adelina hob die Katze von ihrem Schoß und setzte sie auf der Bank ab, dann stand sie schwerfällig auf und goss sich den Rest Würzwein vom Abendessen ein. Es war noch nicht spät, aber die Aufregung der letzten Zeit und ihre fortgeschrittene Schwangerschaft forderten immer öfter ihren

Tribut. Sie fühlte sich erschöpft. Eigentlich sollte sie sich zu Bett begeben und ausruhen. In drei Tagen würde der Prozess gegen Neklas beginnen. Sie spürte eine Gänsehaut auf ihrem Rücken, wenn sie daran dachte, dass er erneut befragt und womöglich auch der Tortur ausgesetzt werden würde. Die Zeit zerrann wie Sand zwischen ihren Fingern.

Den leeren Becher stellte Adelina auf dem Spülstein ab. Leider war kein Wasser mehr im Eimer, sonst hätte sie schnell noch abgespült. Stattdessen nahm sie die Öllampe und verließ die Küche, im Gefolge Fine und Moses, die jedoch beide sofort an ihr vorbeiwischten und auf flinken Pfoten die Stiege ins Obergeschoss erklommen. Adelina wandte sich ebenfalls in diese Richtung, entschied sich aber spontan anders und ging hinab in den Keller.

Das Laboratorium machte inzwischen einen verlassenen Eindruck auf sie, vor allem, weil die scharfen metallischen Gerüche, die sonst fast täglich aus dem Raum emporstiegen, nun endgültig verflogen waren. Die Holzkiste stand wieder an ihrem alten Platz, und es herrschte nicht die gewohnte Unordnung, die Neklas während seiner Versuche gerne verursachte.

Betrübt entzündete Adelina den Kienspan in der Halterung neben der Tür und griff nach einem der Bücher im Regal. Sie blätterte darin, ohne den Inhalt wahrzunehmen, und versuchte sich vorzustellen, wie ihr Leben gewesen war, bevor sie Neklas Burka zum ersten Mal begegnet war. Sie war zurechtgekommen, viele Jahre lang. Alles, was getan werden musste, hatte sie allein bewältigt. Sie hatte es auch nicht anders gewollt. Erst als der flämische Medicus mit der undurchsichtigen Vergangenheit, den anziehenden schwarzen Locken und der verblüffenden Bereitschaft, ihr zuzuhören, in ihr Leben getreten war, hatte sie entdeckt, dass es neben der Pflichterfüllung auch noch etwas anderes gab. Sie wehrte sich dagegen, denn einmal hatte sie es bereits zugelassen, dass ein Mann ihr Versprechungen machte, die er dann auf schändliche Weise gebrochen hatte. Trotzdem hatte Neklas es geschafft, sich in ihr Herz zu stehlen, und war seither ein fester Bestandteil ihrer selbst.

Sorgsam stellte sie das Buch an seinen Platz zurück. Sie würde nicht zulassen, dass man ihn verurteilte. Auch wenn sie nach wie vor nicht wusste, wie sie es verhindern sollte. Vielleicht hatten die Schöffen ein Einsehen, wenn der Hauptmann der Stadtsoldaten sich einsetzte und ihnen die bisherigen Erkenntnisse darlegte. Im Schöffenkolleg saßen kluge Männer, etliche von ihnen kannte Adelina, da sie Kunden ihrer Apotheke waren. Gewiss waren einige von ihnen bereit, ihr zu glauben. Sie hoffte sogar, dass die Mehrzahl von ihnen der Familie Burka wohlgesinnt gegenüberstand. Wirkliche Beweise fanden sich ja nach wie vor nicht. Wenn es darüber hinaus auch kein Geständnis gab, war eine Verurteilung nicht möglich.

Adelina ließ ihren Blick über die alchemistischen Gerätschaften wandern. Wenn sie Neklas nur nicht der peinlichen Befragung unterzogen. Der Vogt würde vermutlich darauf bestehen, denn sie war eine übliche Form der Wahrheitsfindung. Doch welcher Mann brachte es schon auf Dauer fertig, die verursachten Schmerzen zu ertragen, ohne alles zu gestehen, was man von ihm verlangte?

Sollte sich tatsächlich auch das kirchliche Gericht einmischen, stand es womöglich noch schlimmer. Reese hatte zwar bisher nichts davon erfahren, doch vielleicht hatte Emilianus beschlossen, mit seiner Klage bis zum ersten Prozesstag zu warten.

Was konnte sie also tun? Sie war Gefangene in ihrem eigenen Haus. Selbst wenn sie eine Idee gehabt hätte, wo sie mit ihren Nachforschungen beginnen sollte, waren ihr die Hände gebunden. Es wäre sicher viel zu gefährlich, sich selbst an jene Orte zu begeben, aus denen vermutlich die

Mordbuben stammten. Zwar war es ärgerlich, doch ihr Bruder hatte recht. Selbst ein bewaffneter Mann war dort nicht sicher, geschweige denn eine wehrlose schwangere Frau. Sie hoffte, dass er morgen wieder zurückkehrte, denn dann würde sie ihn bitten, sich trotz der Gefahr noch einmal in jene Unterwelt zu begeben. Wenn nämlich Michel und Hugo Hehler waren, dann hatten sie gewiss Helfer oder auch Feinde. Vielleicht gab es auf diesem Wege einen Hinweis auf ihren Auftraggeber. Möglicherweise konnte Jupp Greverode begleiten. Der Chirurg war ein gewitzter Mann und darüber hinaus eine imposante Erscheinung. Zwei Männer wie die beiden würden vielleicht etwas erreichen.

Adelinas Blick heftete sich auf die Holzkiste, unter der sich die Falltür verbarg. Eines hatten sie bisher gar nicht bedacht. Wenn hier tatsächlich eine Sekte von Dämonen- oder Teufelsanbetern zugange war, dann mussten sie sich irgendwo einen Ort für ihre Beschwörungen eingerichtet haben. So etwas tat man doch vermutlich nicht in der eigenen Wohnstube. Der Erzbischof verfügte zwar über ausgedehnte Ländereien und unzählige Häuser, aber würde er dort das Risiko einer Entdeckung eingehen? Nein, ganz gewiss nicht. Er – oder wer auch immer seine Handlanger waren – würde sein sündhaftes Werk im Verborgenen ausführen. Wo konnte man sich wohl besser verbergen als in jenem Gewirr von Gängen, Kellerruinen und römischen Wasserleitungen, das sich unter Kölns Häusern und Straßen befand? Selbst wenn dort unten wirklich so viel Gesindel hauste, wie Greverode und Ludmilla behaupteten, gab es bestimmt Winkel, in denen sich ein Laboratorium verstecken ließ. Immerhin war die Leiche des Säuglings ebenfalls in einem Gelass an der Ulrepforte entdeckt worden, das zu den römischen Gewölben gehörte.

Warum war noch niemand auf den Gedanken gekommen, dort weiter nachzuforschen? Oder hatte man es getan, aber einfach nichts gefunden? Adelina ärgerte sich, dass sie nicht früher darauf gekommen war und Reese oder ihren Bruder danach gefragt hatte. Wenn sie doch mehr Zeit zur Verfügung hätten!

Unsicher machte Adelina einen Schritt auf die Holzkiste zu, als sie hinter sich ein leises Scharren vernahm. Erschrocken fuhr sie herum und sah sich Griet und Mira gegenüber, die barfüßig und nur in ihren Unterkleidern in der Tür des Laboratoriums standen.

«Ach du liebe Zeit, was tut ihr denn hier?», entfuhr es Adelina, und sie legte eine Hand auf ihr pochendes Herz. «Ihr habt mich erschreckt!»

«Verzeihung, Mutter, das wollten wir nicht», sagte Griet verlegen. «Wir wollten nach dir sehen und haben dich nicht gleich gefunden. Erst als wir merkten, dass die Tür zur Kellertreppe offen steht … Was machst du denn hier unten? Suchst du etwas?»

«Nein. Ich habe nur nachgedacht, das ist alles.» Sie musterte die beiden Mädchen eindringlich. «Habt ihr etwas auf dem Herzen, dass ihr mich gesucht habt?»

Zögernd sahen die beiden Mädchen einander an und schüttelten dann die Köpfe. «Nein, Meisterin, nichts. Wir machen uns nur Sorgen um Euch. Ihr wart den ganzen Tag so blass und elend.»

«Es geht mir gut, Mira.»

«Können wir denn gar nichts tun?», fragte Griet traurig. «Ich will nicht, dass Vater etwas geschieht.»

«Das will ich auch nicht.» Rasch ging Adelina zu ihrer Stieftochter und nahm sie fest in ihre Arme. «Das will ich auch nicht.»

«Wir müssen unbedingt etwas tun!» Mira schob kämpferisch ihr Kinn vor. «Die Schöffen dürfen ihn nicht einfach so verurteilen.»

Adelina schob Griet wieder ein Stückchen von sich. «Das

werden sie auch nicht. Wir müssen eben einen Weg finden, zu beweisen, dass jemand anderer dahintersteckt.»

«Die Teufelsanbeter.» Mira bekreuzigte sich rasch. «Das müssen ganz furchtbar schlimme Menschen sein.»

«Das fürchte ich auch, mein Kind.»

«Und wie sollen wir es beweisen?», fragte Griet verzagt.

Adelina warf einen sinnierenden Blick auf die Holzkiste. «Das weiß ich noch nicht, aber mir wird bestimmt etwas einfallen.» Sie gab den beiden Mädchen ein Zeichen, ihr zu folgen. «Kommt jetzt, gehen wir zu Bett. Bei diesem Unwetter hat es keinen Sinn, lange aufzubleiben. Außerdem bin ich sehr müde.»

Während sie die Treppen hinaufstiegen, fragte Mira: «Diese Männer sind doch sehr gefährlich, nicht wahr?»

«O ja, davon müssen wir ausgehen.»

«Würdet Ihr trotzdem nach ihnen suchen, wenn … na ja, wenn Ihr hinausdürftet?»

Adelina blieb auf der obersten Stufe stehen. «Das würde ich, Mira.»

Mira nickte mit ernster Miene. «Ich auch, Meisterin.»

«Ich auch», fügte Griet sogleich hinzu.

«Aber das wiederum würde ich niemals zulassen», erwiderte Adelina streng. «Geht nun in Eure Kammern und versucht zu schlafen.»

«Ja, Meisterin.»

«Ja, Mutter.»

Die beiden Mädchen huschten die Stiege hinauf. Adelina blieb noch einen Moment nachdenklich im Laboratorium stehen. Schließlich löschte sie den Kienspan, schloss energisch die Tür und machte sich im trüben Licht des Öllämpchens ebenfalls auf den Weg in ihre Kammer.

26

Der Regen hatte kurz nach Mitternacht aufgehört, und auch das Gewitter war fortgezogen. Ein frischer Wind hatte die Wolken über Köln auseinandergetrieben, sodass nun ein Meer von Sternen am Firmament blinkte. Auch der Mond – fast voll gerundet – warf sein helles Licht auf die Dächer der Stadt.

Adelina hatte ein paar Stunden geschlafen, doch unruhige Träume hatten sie schließlich wieder geweckt, und nun stand sie in ihrem weiten, wadenlangen Hemd am Fenster und blickte über den stillen Alter Markt. Hin und wieder ertönte der Ruf eines Nachtvogels; einmal hatte sie die Schatten zweier Männer gesehen, die den Marktplatz überquert und sich dabei leise unterhalten hatten – die Nachtwächter auf ihrer Runde.

Von ihrem Ausguck sah es so aus, als glänzten die Trittsteine, die man für die höherstehenden Bürger auf dem Platz verlegt hatte. Nur in diesen frühen Morgenstunden, lange genug, bevor die Sonne aufging, herrschte in Köln eine solche Ruhe. Doch war sie nicht trügerisch? Irgendwo in der Stadt trieb ein gemeiner Mörder sein Unwesen. Schlimmer noch: ein Mörder, der seine Opfer für einen satanischen Kult missbrauchte. Sie schauderte bei der Vorstellung und bat die heilige Gottesmutter aus tiefstem Herzen um Hilfe und Unterstützung für sich und ganz besonders für Neklas.

Lange starrte Adelina nach oben zu den Sternen und betete um ein Einsehen der himmlischen Mächte – oder doch wenigstens um eine Eingebung, wie sie selbst etwas tun konnte.

Wenn sie ehrlich zu sich war, musste sie zugeben, dass der Gedanke an die unterirdischen Gewölbe sie nicht mehr losließ. Natürlich konnte sie sie nicht selbst betreten. Die Gefahr, in die sie sich damit begeben würde, war einfach zu groß. Was, wenn jemand sie überfiel oder wenn sie sich verlief und den Ausgang nicht mehr fand?

Vorsichtig ließ Adelina ihre Fingerspitzen über den Fensterrahmen gleiten und dachte angestrengt nach. Musste sie denn überhaupt in das Labyrinth von Gängen hinabsteigen? Reichte es nicht vielleicht, ganz nah beim Haus zu bleiben? Ihr Blick wanderte nach links zur Fassade des Nachbarhauses, welches im Erdgeschoss Meister Jupps Behandlungsräume und einiges von Neklas' Arztutensilien beherbergte. War es nicht möglich, dass es auch dort einen Zugang zu den Gewölben gab? Warum sollten sie nur vom Apothekenhaus zugänglich sein?

Adelinas Herz begann heftig gegen ihre Rippen zu pochen. Langsam zog sie sich vom Fenster zurück und griff nach ihrem Kleid, das über dem Fußende des Bettes hing.

†

Die Holzkiste erneut auszuleeren, war weniger problematisch als das möglichst leise Verrücken des Kastens. Jedes Geräusch schien in der nächtlichen Stille überlaut widerzuhallen. Zweimal meinte Adelina hinter der Tür, die sie vorsichtshalber fest verschlossen hatte, ein Geräusch zu hören, doch wenn sie nachsah, war niemand dort. Auch Stache nicht, den sie zuvor schlafend auf einem Stuhl in der Apotheke entdeckt hatte.

Schließlich war die anstrengende Arbeit bewältigt, und Adelina griff nach der Fackel, die sie sich für ihre Unternehmung aus der Speisekammer geholt hatte. Sie lauschte noch einmal angestrengt – im Haus war noch immer alles ruhig –, dann stieg sie vorsichtig die steile Treppe hinab in die Unterwelt.

So ganz allein hier unten fühlte sie sich mit einem Mal merkwürdig verlassen. Sie überlegte kurz, ob sie die Falltür hinter sich schließen sollte, unterließ es jedoch, da ihr Verschwinden sowieso recht schnell entdeckt und ihr Fluchtweg gefunden werden würde. Entschlossen schritt sie den Gang entlang bis zu dem alten Beinhaus. Ein Rascheln ließ sie zusammenschrecken, dann entdeckte sie im Schein der Fackel ein paar Ratten, die sich fiepend vor ihr in Sicherheit brachten.

Kopfschüttelnd über ihre Schreckhaftigkeit tappte Adelina weiter zu der Tür am hinteren Ende des Beinhauses. Durch das vergitterte Fensterchen meinte sie wieder einen Luftzug zu verspüren. Greverode hatte gesagt, der Gang dahinter führe in Richtung Judengasse und Mikwe. Vermutlich gab es dort einen Ausgang, aber konnte sie es wagen, bis dahin zu laufen? Immerhin bestand die Möglichkeit, dass sie einem der Bewohner der Unterwelt begegnete.

Zögernd wandte sie sich wieder um und leuchtete die Wände des Beinhauses und seine massive Gewölbedecke ab. Hier gab es keinen weiteren Ausgang. Etwas enttäuscht machte sich Adelina auf den Rückweg und kam dabei auf den Gedanken, auch die Decke des Ganges genauer zu betrachten. Sie bestand überall aus großen, mit Mörtel verfugten Bruchsteinen. Nirgendwo war eine Tür oder eine andere Öffnung auszumachen. Kurz vor dem Vorratsraum unter ihrem Keller machte Adelina wieder kehrt. Sie durfte jetzt nicht einfach aufgeben. Wenn es nur jenseits des Beinhauses einen Ausgang gab, dann musste sie ihn eben wohl oder übel suchen. So schnell sie konnte, lief sie den Weg zurück. Wieder scheuchte sie ein paar Ratten auf, diesmal jedoch beachtete sie sie nicht weiter.

Die Spuren, die Greverode an der hinteren Tür des Beinhauses hinterlassen hatte, waren deutlich zu erkennen. Adelina war dankbar, dass er die verrosteten Riegel vor ihr bewegt hatte, denn sie ließen sich einigermaßen leicht öffnen.

Der Gang führte nach links – wie erwartet – in Richtung der Judengasse. Sorgsam zog Adelina die Tür hinter sich zu und ging dann vorsichtig weiter. Der Weg schien sich endlos hinzuziehen; nach einigen Schritten blieb sie erneut stehen und lauschte, da sie meinte, hinter sich ein Geräusch zu vernehmen. Sie schüttelte den Kopf. Offenbar hatte sie nur den Widerhall ihrer eigenen Schritte gehört. Und irgendwo tropfte Wasser.

Sie ging immer weiter, ohne dass der Gang einmal abzweigte, und wunderte sich bereits, dass es nicht weitere Zugänge gab. Sie hatte schnell ihr Zeitgefühl verloren und konnte auch nicht recht einschätzen, wie weit sie bereits gekommen war, als sich der Gang plötzlich gabelte. Unentschlossen blickte sie erst in den linken, dann in den rechten Zweig. Sie ging rechts ein paar Schritte weiter und erschrak, als sie leise Stimmen und Lachen vernahm. Eine Gänsehaut zog sich über ihr Rückgrat. Das musste das Gelass sein, von dem Greverode vermutet hatte, es diene irgendwelchem Gelichter als Unterschlupf.

Rasch zog sich Adelina wieder zurück und hielt sich links, bis ihr Weg wenig später vor einer Wand endete. Hier hatte jemand den Durchgang vermauert. Ob sich dahinter die jüdische Mikwe befand? Ratlos starrte Adelina auf die Wand. Was sollte sie jetzt tun? Sie war schon zu weit gekommen, um jetzt einfach umzukehren. Also nahm sie doch wieder den rechten Gang. Diesmal war alles ganz still. Ob sich die Männer, die sie gehört hatte, zum Schlafen niedergelegt hatten? Sie glaubte nicht, dass sie es fertigbringen würde, so leise an ihnen vorüberzuschleichen, dass sie nicht aufwachten. Sie würde sich viel zu sehr fürchten, um nur einen Schritt in das Gelass zu tun.

Als sie in einiger Entfernung eine breitere Öffnung des Ganges entdeckte, blieb sie wieder stehen. Dort hinten flackerte ein schwaches Licht, dennoch würde man ihre eigene Fackel sofort entdecken, falls dies nicht schon geschehen war. Rasch ging sie ein Stück zurück und lehnte die Fackel gegen die Wand, dann tastete sie sich sehr vorsichtig und langsam weiter, bis sie die Öffnung erreicht hatte.

Der Durchgang mündete in etwas, das aussah wie ein Kellerraum mit festgestampftem Lehmboden. Rechts an der Wand hing eine Pechfackel in einer Halterung. Auf dem Boden lagen mehrere abgenutzte Strohschütten mit zerfransten Wolldecken; dazwischen stand benutztes Essgeschirr herum. An der linken Wand türmten sich ein Haufen Schuhe und Stiefel und mehrere sehr wertvoll aussehende Kleider. Adelina brauchte einen Moment, um zu begreifen, dass sie wohl gestohlen waren. Oder hatte der Schellenknecht von Melaten sie hierhergebracht, um sie später zu verkaufen, anstatt sie, wie eigentlich vorgesehen, dem Leprosenhaus zu bringen?

Was Adelina sehr erleichterte und zugleich ermutigte, war die Tatsache, dass sich keine Menschenseele mehr in dem Raum befand. Es sah aus, als seien die Bewohner eben von ihren Schlaflagern aufgestanden und nach einer kleinen Stärkung zu ihren Tätigkeiten aufgebrochen – woraus diese auch immer bestehen mochten. Dennoch klopfte Adelina das Herz heftig vor Aufregung. Um sich zu beruhigen, aber auch, um abzuwarten, ob doch noch jemand zurückkehren würde, verharrte sie sehr lange hinter dem Vorsprung des Durchgangs. Die Helligkeit der Fackel nahm langsam ab. In Kürze würde sie ganz verlöschen. Nachdem Adelina dies erkannt hatte, war sie sicher, dass die Männer nicht wieder zurückkehren würden. So rasch sie konnte, holte sie ihre eigene Fackel, die ebenfalls schon weit heruntergebrannt war, und durchquerte dann entschlossen die

Lagerstätte. Auf der gegenüberliegenden Seite führte ein schmaler Durchgang weiter. Adelina hoffte, bald einen Ausgang zu finden.

Ihre Hoffnung wurde schneller belohnt, als sie vermutet hätte. Schon nach weniger als dreißig Schritten gelangte sie an eine schmale Steintreppe. Sie führte zu einer Falltür hinauf, die der in ihrem Haus sehr ähnelte. Adelina lauschte kurz, dann versuchte sie die Falltür anzuheben, und atmete erleichtert auf, da sie sich ganz leicht bewegen ließ. Erst öffnete sie die Tür nur einen winzigen Spalt weit und lauschte erneut. Ein schabendes Geräusch ließ sie erschrocken zusammenfahren, dann vernahm sie ein lautes Schnauben und sah sich im nächsten Moment der riesigen Nase eines Tieres gegenüber. Entsetzt ließ sie die Klappe wieder zufallen und rang nach Atem, dann musste sie plötzlich über sich selbst lachen. Erneut hob sie die Falltür an, diesmal deutlich weiter, und blickte in die neugierigen Augen eines Pferdes. Im gleichen Moment erkannte sie, dass rings um die Falltür Stroh verstreut lag. Deshalb schloss sie die Tür noch einmal und brachte ihre Fackel an den Fuß der Treppe, wo sie gefahrlos ausgehen mochte. Dann kletterte sie etwas umständlich hinauf in den Stall. Das Pferd beschnupperte sie aufmerksam, schien jedoch keine Einwände gegen den Eindringling zu haben. Vermutlich war es daran gewöhnt, dass hier Leute ein und aus gingen. Adelina verschloss die Falltür wieder, schob mit den Füßen etwas Stroh darüber und machte sich auf die Suche nach dem Ausgang.

†

Der Stall gehörte zu einem Wohngebäude, das sich in unmittelbarer Nähe zu der erst kürzlich erbauten jüdischen Synagoge befand. Seitlich hinter diesem Gotteshaus erhob sich der alte Turm, den die jüdischen Baumeister einst über der Mikwe erbaut hatten. Adelina rieb sich über die Arme, weniger, weil ihr kalt war, sondern weil sie vor Freude, einen Ausweg aus der Unterwelt gefunden zu haben, eine Gänsehaut bekommen hatte. Sie atmete tief die frische Nachtluft ein und huschte im Schatten des Wohnhauses hinüber zu dem mannshohen Tor, das sie noch von der Judengasse trennte. Sie schob den schweren Holzbalken zurück und schlüpfte hinaus. Da der Mond noch immer sein Licht auf die Stadt warf, war es nicht schwer, den Weg zu erkennen. Adelina ging mit entschlossenen Schritten los. Ein Blick zum Himmel sagte ihr, dass es bis Sonnenaufgang noch mindestens zwei Stunden waren – genug Zeit, bis zur Ulrepforte zu gelangen und sich dort umzusehen.

Der Weg erschien Adelina weniger weit als sonst, vielleicht, weil sie so aufgeregt war, dass sie kaum merkte, wie schnell sie voranschritt. Nur einmal versteckte sie sich in einem Hauseingang vor den Nachtwächtern, und ein andermal wich sie zwei auffällig gekleideten Frauen aus, die den roten Kopftüchern nach wohl Hübschlerinnen auf dem Heimweg von einem Freier waren.

Als sie sich dem von zwei halbrunden Türmen flankierten Stadttor näherte, wurde Adelina bewusst, dass sie keine Ahnung hatte, wo genau sich die Gewölbe befanden, in denen man den toten Säugling gefunden hatte. Zudem musste sie sich sehr in Acht nehmen, nicht von einem der beiden Tortürme, die zur Stadtseite hin offen waren, durch einen der Wachmänner entdeckt zu werden. Die Ulrepforte lag in einem kaum besiedelten Gebiet der Stadt. Lediglich die Töpfer hatten hier ihre Werkstätten und Wohnhäuser, wegen der Brandgefahr, die von ihren Brennöfen ausging. Ansonsten wurde das Gebiet von Bauern bewirtschaftet. Auch weitläufige Gärten und Obstgärten gab es hier. Adelina hielt sich im Schatten einiger Apfelbäume und blickte zur Wachstube hinauf, hinter deren Fenstern ein Licht brannte. Dort oben hatte Neklas seinen Wachdienst verrichtet, während irgendjemand das tote Kindlein zusammen mit den Schuhen hier in der Nähe versteckte. Plötzlich hörte sie vom Turm her laute Rufe. Sie konnte nicht viel erkennen, aber den Geräuschen nach schien gerade die Wachablösung stattzufinden. Abschätzend blickte sie zum Himmel. Der Mond stand tief und verblasste langsam, auch die Sterne funkelten nicht mehr so hell wie noch kurz zuvor. Im Osten meinte sie sogar schon einen dunkelblauen Schimmer am Horizont wahrzunehmen. Der Morgen war nicht mehr fern.

Da sie leicht gebückt stand, begann ihr Rücken zu schmerzen. Sie reckte sich ein wenig und merkte dabei, dass ihre Blase heftig drückte. Also suchte sie sich ein von Büschen umgebenes Plätzchen, um sich zu erleichtern, was ihr wegen ihres Leibesumfangs gar nicht so leichtfiel. Zu Hause auf dem Abtritt hatte sie wenigstens links und rechts einen Balken, auf dem sich sich abstützen konnte. Während sie noch ihre Röcke richtete, beobachtete sie einen Trupp Männer, der sich lachend und scherzend in Richtung Stadt bewegte. Nachdem die Wächter außer Sichtweite waren, ging Adelina zum linken der Tortürme und versuchte, die Tür zu öffnen. Sie war nicht verschlossen. Weshalb auch, wo ja schließlich ausreichend Wachleute hier ihren Dienst verrichteten. Sie hörte eine Stimme, wohl die des Befehlshabenden, der seinen Männern sehr laute Anweisungen gab.

Leise schob sich Adelina ins Innere des Turmes. Hier brannte eine Fackel und spendete Licht. Ohne recht zu wissen, was sie tat, eilte Adelina zu dem schmalen Regal neben der Treppe, die nach oben und auch nach unten zu den Kellerräumen führte, nahm sich eine neue Fackel, entzündete sie an derjenigen, die an der Wand brannte, und stieg die Stufen hinab. Unten war es kühl und sehr still. Es gab eine

Kammer, in der mehrere Kisten und sogar Weinfässer gelagert wurden, und einen größeren Raum mit niedrigen Gewölbedecken, in dem ein Tisch mit zwei Bänken stand. Erst auf den zweiten Blick sah Adelina die winzige Tür, die rechts hinten in die Wand eingelassen war. Ob es dort noch weiterging? Die Tür war mit einem breiten Balken verschlossen, der sich jedoch leicht aus der Verankerung heben ließ. Da sich frische Kratzspuren an der Tür befanden, schloss Adelina, dass die kleine Pforte wohl lange verschlossen gewesen und erst kürzlich geöffnet worden war.

Sie leuchtete in die Finsternis hinter dem Türchen und erkannte mit Erleichterung, dass eine Treppe weiter nach unten führte. So einfach hatte sie sich ihre Suche nicht vorgestellt. Vielleicht hatte die Muttergottes doch ein Einsehen mit ihr und lenkte sie auf sicherem Pfad.

Adelina zog die Tür wieder hinter sich zu. Obgleich die Scharniere etwas quietschten, glaubte sie nicht, dass jemand das Geräusch hören würde. Und nur wenn einer der Wachleute in den Keller hinabstieg, würde er sehen, dass jemand den Balken fortgenommen hatte. Mit neuem Mut stieg Adelina die Treppe hinab und folgte einem engen Gang, der nach nur wenigen Schritten vor der Tür zu einer weiteren Kammer endete. Die Tür war nur angelehnt, der Raum dahinter offenbar Teil einer alten Ruine. Er war beinahe quadratisch und mehr als fünfzehn Schritt lang. Zu beiden Seiten ragten die Überreste von behauenen Steinquadern und Säulen aus dem Mauerwerk. Hatte man hier den toten Säugling gefunden? Es gab keinerlei Spuren, die darauf hinwiesen, doch der Beschreibung nach musste es der Raum sein, von dem Reese gesprochen hatte.

Verborgen hinter einer der Halbsäulen auf der rechten Seite entdeckte Adelina einen weiteren schmalen Durchgang. Sie versuchte sich hindurchzuwängen, da sie im Schein ihrer Fackel auf der anderen Seite einen weiteren

Raum entdeckte. Allerdings schaffte sie es nur mit Mühe und wäre beinahe stecken geblieben. Sie befand sich doch nicht in einem Raum, sondern in einem weiteren Gang, der leicht nach rechts abknickte und fast unmerklich bergab führte. Sollte sie dem Weg weiter folgen? Er schien zurück in Richtung Stadt zu führen, und wer wusste schon, wo er mündete und ob es noch einen anderen Ausgang gab. War es nicht sehr unvernünftig, hier so alleine entlangzuwandern? Was hatte sie sich nur davon versprochen? Hier gab es nichts als alte Ruinen und ein Labyrinth von Gängen, von dem sie bisher nie wirklich eine Ahnung gehabt hatte. Fast schien es ihr, als sei ganz Köln unterkellert.

Umkehren war aber auch gefährlich, da die Wachmänner inzwischen ihre Posten bezogen haben mussten und ein ungesehenes Verlassen der Ulrepforte vermutlich unmöglich sein würde. Unschlüssig wanderte sie ein Stück weiter bis zu einer Gabelung. Sie hielt sich rechts und atmete auf, als sie bemerkte, dass der Gang wieder anstieg und schließlich in eine Falltür mündete. Doch wo befand sie sich? Gab es hier Häuser? Sie drückte versuchsweise gegen die Tür, doch sie ließ sich kaum bewegen. Durch den winzigen Spalt wehte jedoch ein kühler Luftzug, also befand sie sich wahrscheinlich irgendwo im Freien.

Adelina drückte noch einmal mit aller Kraft gegen die Tür und schaffte es, sie fast bis zur Hälfte hochzustemmen. Im Licht der beginnenden Morgendämmerung erkannte sie, dass sie sich offenbar am Rand eines Obstgartens befand. Ein Brombeerstrauch hatte die Falltür mit seinen dichten stacheligen Ranken überwuchert. Beinahe war sie versucht, hinauszuklettern und den Heimweg anzutreten, doch dann machte sie sich bewusst, dass ihr Ausflug auf diese Weise vollkommen unnütz gewesen wäre. Andererseits hatte sie ja keine Ahnung, wonach sie eigentlich suchte. Die Dämonenbeschwörer konnten einfach überall ihr Versteck eingerichtet haben. Vielleicht sogar außerhalb der Stadtmauern. Was sie hier tat, war die berühmte Suche nach der Nadel im Heuhaufen.

Verzagt schloss Adelina die Klappe wieder und ließ sich auf die Stufen der schmalen Treppe sinken. Sie kam sich mit einem Mal dumm und töricht vor. Wer auch immer diese Beschwörungen durchführte, ob es der Erzbischof mit seinen Männern war oder jemand anderer, würde doch bestimmt nicht ein Versteck wählen, das so nah an jenem Gelass lag, in dem er als falsche Fährte das tote Kindchen hinterlassen hatte. Warum war sie nicht früher darauf gekommen? Am besten war es bestimmt, so rasch wie nur möglich heimzulaufen und zu versuchen, ungesehen in ihren Hof zu gelangen.

Wieder ließ Adelina ihre Fackel zurück, öffnete die Falltür, so weit es trotz des Gestrüpps möglich war, und kletterte umständlich, um sich ihr Kleid nicht zu ruinieren, hinaus.

†

Stöhnend rieb sich Adelina über ihre Arme, die trotz des Kleiderstoffs von den Stacheln der Brombeere zerkratzt worden waren. Der Saum ihres Rocks war an zwei Stellen eingerissen. Rasch entfernte sie sich von der Falltür und blickte sich um. Sie stand in der Nähe des Stadttors in einem Gebüsch, das offenbar zu einem ehemaligen Töpferhaus gehörte. Es schien schon vor längerer Zeit verlassen worden zu sein, denn das Unkraut hatte bereits die Oberhand gewonnen. Als Adelina das Häuschen umrundete, begriff sie auch den Grund dafür: An der Rückseite klaffte ein riesiges rußgeschwärztes Loch in der Wand. Offenbar hatte es hier einen Brand gegeben, der die Bewohner gezwungen hatte, ihre Wohnstatt zu verlassen.

Adelina sah sich um, dann machte sie sich auf den Rückweg zum Alter Markt und versuchte sich innerlich schon gegen den Ärger zu wappnen, der ihr möglicherweise bevorstand. Sie hielt sich in Richtung der Stiftskirche St. Severin und hoffte, noch vor Öffnung des Severinstores zurück beim Alter Markt oder wenigstens beim Heumarkt angekommen zu sein, damit sie den Strömen von Kaufleuten und Bauern entging, die sich immer schon sehr früh auf den Weg zu den Marktplätzen machten. Auch das Severinstor, das südlichste Stadttor, durch das man gewöhnlich die Stadt verließ, wenn man nach Bonn wollte, grenzte an Gärten und Felder. Trotzdem war die Bebauung etwas dichter als an der Ulrepforte. Die ersten Ausläufer der Stadt begannen hier bereits.

Sie bog auf die Severinstraße ein und blickte sich beim Gehen unbehaglich um. Zu dieser frühen Stunde wirkte die Gegend etwas unheimlich, vor allem, wenn man bedachte, dass die römischen Bewohner Kölns einst links und rechts der Straße große Gräberfelder angelegt hatten, heidnische Gräber. Adelina schauderte. Man hatte viele alte Grabmale gefunden, als man das Land zur Bewirtschaftung durch die Bauern freigegeben und urbar gemacht hatte. Einige große Grabmonumente ragten noch heute wie einsame Mahnmale aus dem Boden.

Adelina blieb stehen, als sie seitlich hinter einer Baumgruppe, höchstens zwanzig Schritt von der Straße entfernt, ein Pferd erblickte, das jemand dort angebunden hatte. Verwundert trat sie näher. Diesen großen Rappen kannte sie doch! Er trug Sattel und Zaumzeug aus edlem Leder. Suchend blickte Adelina sich um. Wo war der Besitzer des Tieres? War er vielleicht nur abgestiegen, um sich irgendwo im Gebüsch zu erleichtern?

Sie trat an das Tier heran und betrachtete es genauer. Sie wusste, dass sie es schon einmal gesehen hatte, kam aber nicht darauf, wo das gewesen sein könnte. So war ihre Neugier geweckt, und sie umrundete das Wäldchen einmal und entfernte sich dabei ein gutes Stück von der Straße. Sie kam an einem jener uralten Mausoleen vorbei, in denen reiche römische Bürger oder verdienstreiche Soldaten beigesetzt worden waren. Es war wie ein Tempel erbaut, mit verzierten Säulen und einer verwitterten lateinischen Inschrift auf einer mannshohen Sandsteinplatte an der Vorderseite. Das Grabmal war ein riesiger Bau, fast zehn Schritt lang und sieben breit. Wer immer hier seine letzte Ruhe gefunden haben mochte, er musste ein hochangesehener und sehr reicher Bürger gewesen sein. Mit einigem Erstaunen bemerkte Adelina, dass die verzierte Eisentür auf der Rückseite, die normalerweise fest verschlossen hätte sein sollen, einen Spalt weit offen stand. Wieder schauderte Adelina, diesmal heftiger. Hatte jemand es gewagt, die Ruhe der Toten, auch wenn es Heiden gewesen waren, zu stören und in das Grabmal einzudringen? Grabräuber vielleicht oder – Gott bewahre! – jene Männer, die die Knochen aus dem Beinhaus in der Rheingasse gestohlen hatten? Bei diesem Gedanken schlug Adelinas Herz schneller, nicht nur vor Furcht, sondern auch, weil ihr klar wurde, dass sich ihr in diesem Fall eine unschätzbare Möglichkeit böte, die Täter zu überführen.

Andererseits konnte es auch sein, dass sich hier weiteres Gesindel oder Bettler eingenistet hatten. Wahrscheinlich gehörte das Pferd demjenigen, der in das Grab eingedrungen war. Ihr Herz pochte immer heftiger, als Adelina sich langsam und äußerst vorsichtig der Tür näherte. Sie lauschte, hörte aber zunächst nichts als das Gezwitscher der Vögel, die ihr Morgenlied anstimmten. Adelina linste durch den winzigen Türspalt, konnte aber nichts erkennen außer einem kleinen Öllicht, das auf dem Boden stand. Also befand sich tatsächlich jemand dort drinnen. Was sollte sie also tun? Alarm schlagen? Aber wo? Bis jemand hier auf sie aufmerksam wurde, hätte sich der Eindringling längst aus dem Staub gemacht oder – schlimmer noch – sie überwältigt. Also zog sie sich hinter ein dichtes Gebüsch zurück und wartete. Irgendwann musste der Mann ja schließlich das Mausoleum wieder verlassen. Dann würde sie sehen, wer es war.

Sie verharrte eine geraume Weile gebückt hinter dem Strauch. Schließlich ließ sie sich auf die Knie nieder, um ihren schmerzenden Rücken zu entlasten. Die Morgendämmerung ließ die Konturen ringsum immer deutlicher hervortreten; der Himmel verfärbte sich von Dunkelblau in ein helleres Blaugrau, und im Osten zeigte sich bereits ein dünner rötlicher Streifen. Eine Fliege surrte um Adelinas Kopf. Gerade als sie nach ihr schlagen wollte, nahm sie beim Grabmal eine Bewegung wahr. Sie hielt die Luft an und blickte hinüber zu der Gestalt, die ihr den Rücken zuwandte und sich offenbar gerade an einem Baumstamm erleichterte. Dann wandte sich der Mann um und ging mit ausholenden Schritten in Richtung der Baumgruppe, an der das Pferd wartete. Über der Schulter trug er ein unförmiges Bündel. Schließlich kam er an dem Busch vorbei, hinter dem Adelina atemlos kauerte. Als sie ihn und sein weißes Dominikanerhabit erkannte, hätte sie beinahe laut aufgeschrien und sich damit verraten.

27

Kaum waren die Schritte des Pferdes verklungen, richtete Adelina sich auf und blickte sich vorsichtig um. Noch immer hatte sie das Gefühl, vor Schreck wie benommen zu sein. Sie eilte zu dem Mausoleum, dessen Tür nun mit einem runden Holzklotz verschlossen war. Da vermutlich selten jemand hier vorbeikam, genügte dies wohl, um zu verhindern, dass die Tür vom Wind aufgeweht wurde.

Entschlossen rückte Adelina den Klotz beiseite und zog die Eisentür auf. Zögernd blickte sie in das dunkle Mausoleum, dann bekreuzigte sie sich dreimal und trat ein. Viel war nicht zu erkennen, dazu reichte das spärliche Licht des anbrechenden Tages nicht. An der hinteren Wand standen zwei steinerne Sarkophage; beide schienen vollkommen unberührt zu sein. Im Geiste bat Adelina die Toten um Vergebung für ihr Eindringen. Unter anderen Umständen hätte niemand sie dazu bewegen können, eine heidnische Grabstätte zu betreten, doch jetzt war sie schon so weit gegangen, dass sie keine andere Möglichkeit mehr sah.

Sie stieß die Tür, die halb zugefallen war, wieder ganz auf und klemmte einen Ast darunter, damit sie offen blieb. Wenn sie nur etwas mehr Licht hätte! Doch inzwischen wurde es draußen immer heller, sodass sie nach einer Weile auch in der Grabkammer mehr sehen konnte.

Zunächst hatte sie gedacht, dass es keinerlei Hinweise auf Eindringlinge gäbe, doch nun sah sie am Boden die Reste eines Kreidekreises, der offenbar notdürftig verwischt worden war. Als sie den Kopf hob, erstarrte sie vor Schreck und bekreuzigte sich erneut. Ein tonloses Gebet auf den Lippen, wich sie Schritt um Schritt zurück, konnte ihren

Blick jedoch nicht von der Zeichnung an der Wand abwenden.

Ein auf dem Kopf stehendes Kreuz prangte dort, umgeben von alchemistischen Zeichen und Symbolen, die sie an die Bilder in jenem Büchlein erinnerten, das Griet aus dem Wandversteck im Keller geholt hatte.

Die Gedanken begannen sich in ihrem Kopf zu drehen. Was hatte das alles zu bedeuten? Verwirrt versuchte sie, ihre Entdeckung mit dem Mann in Verbindung zu bringen, den sie soeben hatte fortgehen sehen. Was tat er hier? Hatte er diesen Ort zufällig gefunden, oder nutzte er ihn selbst für Beschwörungen? Aber wozu? Tat er es wirklich, wie sie vermutet hatten, um die bösen Geister zu bitten, ihm beim Goldherstellen zu helfen?

Sie rieb sich fassungslos über die Stirn. Der Erzbischof hatte ihn zum Inquisitor ernannt, damit er Neklas' Schuld bewies. Wollte er damit von sich ablenken? Es musste so sein, etwas anderes konnte Adelina sich kaum vorstellen. Aber wer würde ihr glauben, wenn sie keine Beweise hatte? Hier in der Grabkammer gab es außer den Beschwörungsformeln an der Wand keinerlei Hinweise auf ein Laboratorium oder irgendwelche Hinterlassenschaften, die auf den wahren Täter hindeuteten. Vermutlich hatte er alle Utensilien in dem Bündel verpackt, das er bei sich getragen hatte.

Wohin war er geritten? Gab es in der Nähe ein Laboratorium, oder hatte er es in einem der Häuser des Erzbischofs eingerichtet? Doch weshalb kam er für die Beschwörungen ausgerechnet hierher? Mussten sie nicht dort ausgeführt werden, wo auch die Goldherstellung stattfinden sollte?

«Offenbar wurdet Ihr mir vollkommen richtig beschrieben», erklang hinter ihr eine dunkle Männerstimme. «Ihr seid ein unerträglich neugieriges Weib. Heute allerdings kommt Ihr mir wie gerufen.»

Adelinas Herz blieb beinahe stehen. Langsam drehte sie sich zum Eingang der Grabkammer um. Eine imposante Gestalt trat ein, die den Türrahmen so weit ausfüllte, dass kaum noch Helligkeit hereinfiel.

Sie schluckte und starrte in ein Paar dunkler Augen, die im Licht einer kleinen Öllampe boshaft blitzten. Sie wollte etwas sagen, doch im ersten Moment versagte ihre Stimme. «Vater Emilianus», kam es schließlich über ihre Lippen.

†

Einen langen Moment herrschte Stille, dann verzog der Geistliche seinen Mund zu einem süffisanten Lächeln. «Ihr habt also mein kleines Versteck gefunden. Ich muss zugeben, im ersten Moment war ich versucht, Euch den Schädel einzuschlagen. Vielleicht sollte ich Euch noch den Rat geben, auf den Zweigen, die dort draußen herumliegen, etwas vorsichtiger zu gehen. Doch was soll Euch das jetzt noch nützen, nicht wahr?»

Adelina rang nach Atem. «Was habt Ihr getan?»

«Ich?» Emilianus hob amüsiert die Brauen. «Gar nichts habe ich getan. O nein, ich bin über jeden Zweifel erhaben. Aber wie wird man mir danken, dass ich eine Sekte übelster Teufelsanbeter entdeckt und dingfest gemacht habe, Meisterin Burka. Schaut mich nicht so verblüfft an – es ist doch eindeutig: Euer Gemahl ist der Kopf der Sekte. Ihn konnten wir glücklicherweise sehr rasch einsperren. Aber seine Helfer waren lange genug auf freiem Fuß, um weiter ihr Unwesen zu treiben. Und nur Ihr, Meisterin Burka, wusstet von alldem nichts. Traurig, denn dadurch habt Ihr Euch in Gefahr begeben und seid ihnen zum Opfer gefallen.»

«Ihr seid verrückt! Das wird Euch niemand glauben.»

«Aber sicher wird man. Wenn herauskommt, dass Meister Jupp schon damals in Italien dafür gesorgt hat, dass sein

Freund Burka freikam, ist es doch nur allzu einleuchtend, dass er auch jetzt alles versucht hat, ihm zu dienen.»

«Zu dienen?» Adelinas Stimme begann zu zittern. «Was soll das bedeuten?»

Emilianus' Lächeln verbreitete sich zu einem Grinsen. «Das dürftet selbst Ihr mit Eurem beschränkten Frauenhirn begreifen. Er wird natürlich Euch als Opfer darbringen, um die satanischen Mächte auf seine Seite zu ziehen und damit Neklas Burka aus dem Gefängnis zu befreien.»

«Das ist doch absurd!» Langsam wich Adelina ein Stück vor ihm zurück, obwohl sie wusste, dass es keinen anderen Ausweg aus dem Mausoleum gab. «Niemand wird das glauben. Die Schöffen kennen uns und sogar der Vogt …»

«O doch, Meisterin Burka. Sie werden mir glauben und vor Entsetzen die Augen gen Himmel verdrehen. Der Erzbischof selbst wird den Reinigungsgottesdienst abhalten, nachdem man die üblen Ketzer dem Feuer übergeben hat.»

Adelina wurde kalkweiß und machte noch einen Schritt rückwärts. «Wa… warum tut er das?», stammelte sie.

«Wer?» Vater Emilianus legte überrascht den Kopf auf die Seite.

Verzweifelt bemühte Adelina sich, ihre Stimme unter Kontrolle zu bringen. «Der Erzbischof. Warum will er ausgerechnet alles auf Neklas schieben?»

«Der Erzbischof?» Nun schien der Geistliche deutlich verwirrt.

«Und warum will er selbst zum Ketzer werden, indem er sich mit höllischen Mächten zu verbinden versucht?»

«Was redet Ihr da?» Verblüfft fuhr sich Emilianus mit gespreizten Fingern durchs Haar. «Der Erzbischof hat doch nicht …» Da lachte er plötzlich auf. «Liebes bisschen, das also glaubt Ihr?» Kopfschüttelnd kam er näher und zwang Adelina damit zu einem weiteren Rückzug, der jedoch abrupt endete, als sie mit dem Rücken gegen einen der Steinsärge stieß. «Meine liebe Meisterin Burka, da seid Ihr einem Irrtum aufgesessen. Wie kommt Ihr denn darauf, Friedrich III. von Saarwerden, seines Zeichens Kurfürst des Reiches, würde sich der Teufelsanbeterei verschreiben? Das, meine Liebe, ist absurd.»

«Aber ...» Hektisch schluckte Adelina. «Wir dachten ... Er und die anderen Kurfürsten planen doch, den König zu stürzen, und dazu benötigen sie bestimmt viel Gold ...»

«Gold?» Emilianus runzelte die Stirn, dann lachte er wieder. «Aber sicher! Ihr glaubt, er will sich den Beistand der Dämonen für die Goldherstellung sichern! Das ist köstlich, also wirklich.» Seine Miene wurde wieder ernst. «Nein, meine Liebe, mit alchemistischen Experimenten hat der Pakt mit dem Teufel nichts zu tun.» Er musterte sie grimmig. «Mit unserem vortrefflichen König Wenzel allerdings sehr wohl.» Er machte noch einen Schritt vorwärts und stand nun ganz dicht vor Adelina. Entsetzt blickte sie nach links und rechts, sah aber keine Möglichkeit, ihm zu entfliehen. Stattdessen lauschte sie mit Bestürzung seinen nächsten Worten: «Friedrich will einfach nicht auf mich hören. Wie oft sagte ich ihm schon, dass er und die weiteren Kurfürsten gegen die göttliche Ordnung verstoßen, wenn sie es wagen, Wenzel zu stürzen und an seine Stelle einen der ihren zu setzen. Ruprecht von der Pfalz!» Emilianus spuckte den Namen geradezu aus. «Was soll dieser Hurensohn auf dem königlichen Thron? Soll er gar zum Kaiser gekrönt werden? Nein, das kann ich nicht zulassen.»

«Aber sagt man nicht, Wenzel sei ein schlechter König?», wagte Adelina einzuwenden. Sie hoffte, so Zeit zu schinden, damit sie sich einen Fluchtweg suchen konnte. «Es heißt doch, er sei faul und interessiere sich nur für Wein und seine Dirnen.»

«Schweigt, verdammichtes Weib!», brüllte Emilianus sie unversehens an. In seinen Augen glänzte Zorn. «Wenzel ist König von Gottes Gnaden, und er hat es zu bleiben, bis er stirbt. Diese Hohlköpfe von Kurfürsten wollen nur ihre eigenen Interessen durchsetzen. Wenn sie ihn absetzen, machen sie sich einer großen Sünde vor dem Herrn schuldig.»

Vorsichtig schob sich Adelina ein Stückchen nach rechts, um einen Blick auf den Ausgang werfen zu können. Nur wenige Schritte trennten sie von der Freiheit. Wieder blickte sie dem Geistlichen ins wutverzerrte Gesicht. Erst allmählich begriff sie, was seine Worte bedeuteten. «Dann habt also Ihr diese Beschwörungen durchgeführt? Hier in dieser Grabkammer? Aber macht Ihr Euch damit nicht ebenso einer großen Sünde schuldig? Wie wollt Ihr die göttliche Ordnung ausgerechnet mit der Hilfe von Dämonen retten? Das ist doch auch Ketzerei, oder nicht?»

Emilianus schob sein Kinn vor. «Das ist das Opfer, das ich für unseren geliebten König bringen muss», sagte er. «Niemand will auf mich hören, niemand meine Argumente akzeptieren. Die Menschen in Köln sind für meine Mahnungen so taub wie überall sonst. Würden sie sich gegen Friedrich erheben ... Aber nein! Sie kommen gelaufen, wenn man zu ihnen spricht, doch keiner von ihnen traut sich zu handeln! Friedrich ist bereits auf dem Weg nach Lahnstein, wo auf dem Gerichtstag über das Schicksal des Königs entschieden werden soll. Wie, wenn nicht durch die Hilfe des Satans und seiner Dämonen, soll ich die Sache jetzt noch aufhalten? Es besteht keine andere Möglichkeit mehr. Wenn ich damit auch meine unsterbliche Seele verdamme, so weiß ich doch, dass es für den guten, den einzig richtigen Zweck geschehen ist.» Ohne Vorwarnung schoss seine Hand vor und krallte sich in Adelinas Oberarm. «Ihr werdet mich nicht daran hindern, Meisterin Burka, o nein. Im Gegenteil! Da Ihr Euch nicht heraushalten konntet – wie oft muss man Euch eigentlich drohen? –, werdet Ihr nun das Vergnügen haben, selbst Teil des Rituals zu werden. O ja, das ist eine hervorragende Sache. In der kommenden Nacht haben wir Vollmond. Das ist genau der richtige Zeitpunkt.» Adelina zuckte entsetzt zusammen, als er seine andere Hand fast zärtlich auf ihren Bauch legte. «Sehr schön», säuselte er, und in seinen Blick trat ein unheimliches Funkeln. «Die Frucht Eures Leibes steht kurz vor der Geburt, nicht wahr? Eine wunderbare Fügung, denn mein höllischer Meister liebt es, wenn die Opfer, die man ihm darbringt, schon menschliche Formen angenommen haben. Stellt Euch nur vor, wie es ihn freuen wird, diesem kleinen Kindlein die unschuldige Seele rauben zu dürfen. Vielleicht lebt es sogar noch, wenn ich es ihm darbringe.»

Adelina hatte das Gefühl, als krieche Eiseskälte in ihre Glieder. Sie hatte die Augen weit aufgerissen und betete innerlich um den Beistand der Heiligen Gottesmutter. «Ihr … wollt …» Sie konnte es nicht aussprechen. Zu entsetzlich war die Vorstellung, er würde mit ihr ebenso verfahren wie mit der armen Schustersfrau.

«Ach nein, meine Liebe. Ich will nicht, ich muss! Das reine Blut eines ungeborenen Säuglings enthält die größte Macht, die Ihr Euch vorstellen könnt. Damit kann ich nicht nur ein Heer von Dämonen gefügig machen – damit kann ich sogar den Satan höchstpersönlich herbeilocken.»

«Aber Ihr habt schon Frau Katharinas Kind. Warum wollt Ihr noch eines?»

«Wie?» Emilianus schüttelte den Kopf. «Gar nichts habe ich! Ihr habt mich ja gezwungen, es wieder herzugeben, bevor ich dazu kam, es zu benutzen. Wenn ich es nicht zusammen mit den Schuhen bei der Ulrepforte hätte verstecken lassen, wäre Euer Gemahl vielleicht sogar wieder freigekommen. Hätte ich das riskieren sollen? Einfach unglaublich, dass jemand wie er – ein verurteilter Ketzer – hier in Köln in derart hohem Ansehen steht. Selbst der Erzbischof hält große Stücke auf ihn, das stelle man sich einmal vor. Aber das ist nun glücklicherweise vorbei.» Er lächelte wieder. «Die Beweislage steht so eindeutig gegen Euren Gemahl, dass Friedrich vermutlich dem Prozess gegen ihn höchstpersönlich beiwohnen wird. Wenn ich mit Euch fertig bin, wird es ihm ein Vergnügen sein, den Scheiterhaufen unter dem Ketzerpack selbst zu entzünden.» Endlich ließ Emilianus von ihrem Bauch ab, doch im nächsten Moment hielt er ein kleines Messer in der Hand.

Adelina starrte benommen darauf und hatte das Gefühl, ihr Herz zerspringe.

Der Geistliche nickte ihr vielsagend zu. «Erkennt Ihr es?» Er hob das Messer leicht an, damit sie den Griff besser sehen konnte. Er war mit kleinen Edelsteinen verziert. «Ein kluger Schachzug, Euch bei den Hehlern und Hökern danach zu erkundigen», fuhr er fort. «Wenn ich nicht eingeschritten wäre, hätte dieser Esel Hugo es wahrscheinlich sogar wieder hergegeben. Als ich hörte, dass er es nicht, wie vereinbart, in Eurer Grube versenkt hatte, hätte ich ihn besser sofort beseitigen lassen. Aber Männer wie er und Michel sind einach unbezahlbar, wenn es darum geht, schmutzige Arbeiten zu verrichten. Leider wurde Hugo mit seiner Gier nach Geld zuletzt wirklich lästig.»

«Ihr habt ihn ihn Rhein ertränkt.»

«Nicht ich, Meisterin Burka», antwortete er milde. «Der gute Michel war so gut, mir diesen Handgriff abzunehmen. Zum Dank bin ich bereit, zu gegebener Zeit mit ihm weniger hart zu verfahren, als es mir zunächst vorschwebte.» Er hielt inne. «Über die Wirkung von Arsenik muss ich eine Apothekerin wohl nicht aufklären, wie?» Er lachte abfällig. «Wie dem auch sei, ich bin froh, dass Ihr nun hier seid. An diesem Ort werdet Ihr noch längere Zeit verweilen müssen, fürchte ich. Erst bei Mondaufgang kann ich mit dem Ritual beginnen.» Er näherte die Messerklinge gefährlich ihrem

Leib. «Das lässt Euch immerhin genügend Zeit, Euch innerlich auf das wundervolle Opfer vorzubereiten, das Ihr meinem höllischen Meister darbringen werdet.»

Er lockerte ein wenig seinen Griff um ihren Arm. Adelinas Blick irrte wieder zum Ausgang. Sollte sie es wagen?

«Rührt Euch nicht von der Stelle», drohte Emilianus. Er war ihrem Blick gefolgt und griff wieder fester nach ihrem Arm. «Wenn Ihr nur daran denkt wegzulaufen, werde ich dafür sorgen, dass Ihr Eurem Schöpfer schneller ins Auge blickt als geplant.»

Adelina erstarrte, als er das Messer hob und mit der Spitze leicht über ihren Bauch strich. «Ärgerlich wäre es obendrein», fügte er hinzu, «denn damit würdet Ihr mir einen großen Schatz vorenthalten.»

Unvermittelt ließ er sie los und ging rückwärts zum Ausgang. «Ich fürchte, ich muss Euch nun alleine lassen», sagte er in höflichem Plauderton. «Leider gibt es hier nichts, das Euch den Aufenthalt bis heute Nacht angenehmer gestalten wird.» Er legte den Kopf auf die Seite und musterte sie. «Falls Ihr versuchen möchtet, Euch durch Rufen bemerkbar zu machen – nur zu. Dieses Mausoleum ist weit von der Straße entfernt, und seine Mauern sind aus großen Sandsteinquadern errichtet. Ihr werdet also eher heiser werden, als jemanden hierherzulocken.» Er lächelte verbindlich. «Mich müsst Ihr nun entschuldigen, denn ich muss noch einiges in die Wege leiten.»

Adelina stockte der Atem. «Was habt Ihr vor?»

«Was glaubt Ihr denn? Wenn ich den Verdacht auf Meister Jupp und die seinen richten will, muss noch allerlei vorbereitet werden. Und dazu werde ich den guten Michel benötigen.»

«Das dürft Ihr nicht tun!»

Emilianus zog unwirsch die Brauen zusammen. «Weib, sagt Ihr mir nicht, was ich tun darf und was nicht.»

«Sie werden Euch nicht glauben», sagte Adelina verzweifelt. «Ganz gleich, was Ihr oder Bruder Thomasius den Schöffen vorlügt. Wahrscheinlich sucht man jetzt bereits nach mir, und wie wollt Ihr beweisen, dass ausgerechnet Jupp mich entführt haben soll, wenn er die ganze Zeit bei seiner Frau gewesen ist.»

Emilianus schüttelte den Kopf. «Lasst das meine Sorge sein.» Plötzlich runzelte er die Stirn. «Was sagtet Ihr eben von Bruder Thomasius?»

Adelina trat einen Schritt vor in der Hoffnung, Emilianus vielleicht doch ablenken zu können. Doch er stand mitten in der Tür, und in ihrem Zustand war die Wahrscheinlichkeit gering, schneller zu laufen als er. Dennoch sprach sie weiter, auch weil seine Gegenfrage sie verblüffte. «Habt nicht Ihr diese ganze Sache zusammen mit ihm ausgeheckt? Er war es doch, der Neklas vor den Schöffen angeklagt hat.»

«Thomasius? O ja, richtig, so war es.» Emilianus nickte. «Ein guter Mann. Sehr eifrig, das muss ich sagen. Und nützlich. Nachdem er erfahren hatte, dass ich eng mit dem Erzbischof verkehre, wich er nicht mehr von meiner Seite und gab sich die größte Mühe, mich mit seinen Geschichten aus Italien zu erheitern. Damit brachte er mich ja erst auf den vortrefflichen Gedanken, Euren Gemahl in meine Pläne einzubeziehen. Als Zeichen des Danks habe ich mich bei Friedrich dafür eingesetzt, dass er Thomasius den Titel des Inquisitors verleiht. Das schien ihm zu gefallen.»

«Dann habt Ihr ihn also nur benutzt?»

«Wenn Ihr es so nennen wollt – ja. Er erwies sich als sehr dankbarer Gefolgsmann. Leider ist sein Geschwätz auf Dauer etwas lästig. Ich hoffe, dass ich ihn nach dem Prozess alsbald wieder loswerde.» Er machte einen Schritt rückwärts, schob mit dem Fuß den Ast weg, den Adelina unter die Tür geschoben hatte, und schloss sie bis auf einen Spalt. «Ich wünsche Euch einen angenehmen Tag, Meisterin Burka.« Damit knallte er die Tür ganz zu und überließ sie der vollkommenen Dunkelheit. Adelina entnahm zu ihrem Schrecken den Geräuschen auf der anderen Seite, dass Emilianus wohl ein Schloss an der Tür anbrachte.

Kraftlos ließ sie sich auf die Knie sinken und schlug die Hände vors Gesicht. Die Gedanken drehten sich wie verrückt in ihrem Kopf. Was sollte sie jetzt tun? Aus dieser Grabkammer würde sie allein nicht herauskommen, und keine Menschenseele wusste, wo sie sich befand.

28

Eine Weile war Adelina wie gelähmt und starrte in die undurchdringliche Finsternis. Sie konnte noch immer nicht recht begreifen, was sie soeben erfahren hatte. Außerdem ärgerte sie sich, dass sie nicht doch versucht hatte zu fliehen. Gewiss, sie war recht behäbig in ihrem Zustand, aber Vater Emilianus war ein großer, sehr beleibter Mann. Vielleicht hätte sie ihm doch entkommen können. Andererseits hatte er ein Messer auf sie gerichtet. Sie hatte in seinen Augen gesehen, dass er nicht einen Wimpernschlag gezögert hätte, es zu benutzen. Sie legte ihre Hände auf ihren Bauch und spürte sehr deutlich die Bewegungen des Kindes. Hätte sie riskieren sollen, dass es verletzt oder gar getötet wurde?

Auf allen vieren kroch Adelina bis zur Tür und stemmte sich dagegen. Sie wackelte zwar ein wenig, doch es war offensichtlich, dass Emilianus sie von außen irgendwie gesichert hatte. Mit fliegenden Fingern tastete sie an den Rändern der Tür entlang in der Hoffnung, dabei ein schadhaftes Scharnier zu finden. Es schien jedoch, als hätte diese Tür die Jahrhunderte in außergewöhnlich gutem Zustand überdauert. Zwar spürte sie etwas Rost unter ihren Fingerspitzen, aber nichts, was sie ermutigt hätte, zu glauben, sie könne die Tür irgendwie mit Muskelkraft öffnen.

Was also nun? Es blieb ihr nichts anderes übrig, als abzuwarten, bis der Geistliche zurückkehrte – wenn er das überhaupt vorhatte. Eine Gänsehaut rann ihr das Rückgrat hinab bei dem Gedanken, er könne sie ebenso gut hier drinnen verhungern lassen. Nein. Adelina schüttelte sich. Sie würde sich eher die Seele aus dem Leib schreien, als sich diesem Schicksal zu überlassen.

Bei genauer Betrachtung kam sie allerdings zu dem Schluss, dass Emilianus sehr wohl wiederkommen würde. Er hatte ihr nicht einfach nur ein Schauermärchen erzählt. In der kommenden Nacht war tatsächlich Vollmond. Er würde also zurückkehren – vielleicht mit seinem Helfer Michel – und sein grausiges Werk vollenden wollen.

Auch wenn allein die Vorstellung sie zittern ließ, bemühte Adelina sich um einen klaren Kopf. Sie musste ihm entkommen. Wenn er noch einmal durch diese Tür trat, würde sie ihn angreifen oder sich zumindest mit aller Kraft zur Wehr setzen. Ihr Kindlein würde er nicht seinen höllischen Dämonen zum Fraß vorwerfen. Eher würde sie ihm das Herz mit bloßen Händen herausreißen.

Da ihre Knie auf dem harten Steinboden zu schmerzen begannen, wollte sie aufstehen, doch im gleichen Moment schoss ihr ein heftiges Ziehen durch den Rücken. Erschrocken rang sie nach Luft, drehte sich vorsichtig um und setzte sich hin, den Rücken gegen die Wand gelehnt. Sie atmete tief ein und aus, um den Schmerz zu vertreiben. Erst als er langsam nachließ, erkannte sie ihn. «Nein!», sagte sie laut und merkte dabei, wie jämmerlich ihre Stimme klang. Sie durfte jetzt keine Wehen bekommen. Es war noch viel zu früh für das Kind, und ganz sicher wäre sie niemals in der Lage, es hier in der Grabkammer ganz allein zur Welt zu bringen. «Nein!», wiederholte sie etwas lauter und entschlossener. «Nicht jetzt!» Sie versuchte sich zu entspannen und wieder gleichmäßig ruhig zu atmen. Da der Schmerz keine Anstalten machte zurückzukehren, beruhigte sich ihr Herzschlag allmählich.

Plötzlich nahm sie vor der Tür ein Geräusch wahr. Zweige knackten. Im ersten Moment war Adelina wie erstarrt. Kam Emilianus etwa zurück? Wollte er sein Opfer doch lieber gleich jetzt darbringen? Vielleicht war es aber auch ein Bauer oder sonst irgendjemand, der ihr hier heraushelfen konnte. Gerade wollte sie Luft holen, um zu rufen, da kratzte etwas an der Tür.

«Mutter, geht es dir gut?»

Adelina fuhr hoch und starrte in der Finsternis in Richtung Tür. «Griet? Bist du das?»

«Ja, Mutter, ich bin es. Und Mira.»

«Mira?»

«Ja, Meisterin», erklang die Stimme ihres Lehrmädchens. «Wir sind Euch heute Nacht gefolgt, als Ihr in die Gänge unter dem Keller gegangen seid.»

«Ihr habt was getan?» Adelina wusste nicht, ob sie erleichtert oder verärgert sein sollte.

«Wir konnten dich doch nicht alleine da runtergehen lassen», übernahm nun wieder Griet das Wort. «Ein paarmal war es ganz schön schwierig, dich nicht zu verlieren. Vor allem, als du in den Turm der Ulrepforte gegangen bist.»

«Wir haben uns erst nicht getraut, hinterherzugehen», berichtete Mira weiter. «Aber dann dachten wir, was passiert, wenn Ihr Euch verlauft oder verletzt ... also haben wir uns reingeschlichen. War gar nicht schwierig, weil die Wachmänner noch oben in der Stube geredet haben. Aber die kleine Tür im Turmkeller hätten wir fast übersehen.»

«Wisst Ihr eigentlich, wie gefährlich das war?», schimpfte Adelina halbherzig.

«Ja, Mutter», antwortete Griet. «Aber dafür haben wir alles mitbekommen, was Vater Emilianus gesagt hat. Will er wirklich dein Kind ... ich meine ...»

«Ich fürchte ja.» Adelina versuchte sich etwas bequemer hinzusetzen, doch das kalte Gemäuer tat ihrem Rücken nicht gut. «Geht und holt Hilfe, so schnell ihr könnt. Oder lässt sich die Tür von außen öffnen?»

«Er scheint wahnsinnig zu sein», vermutete Mira. «Was er gesagt hat, war vollkommen wirr. Einerseits wettert er gegen Magister Burka, weil er ein Ketzer sei, und andererseits will er den König mit der Hilfe von Dämonen retten.» Etwas klapperte an der Tür. «Nein, Meisterin, das ist ein neues und ganz solides Schloss. Das kriegen wir ohne Werkzeug nicht auf.»

«Dann lauft und holt jemanden her!»

Einen Moment lang war es still vor der Tür, dann meinte Adelina, aufgeregtes Tuscheln zu hören.

«Was ist, Mädchen? So lauft doch endlich!»

«Griet geht und holt den Hauptmann und Meister Jupp», drang Miras Stimme zu ihr. «Sie läuft, so schnell sie kann. Ich bleibe solange bei Euch und passe auf, falls jemand kommt.»

Adelina schüttelte den Kopf, obwohl doch niemand sie sehen konnte. «Nein, Mira, geh mit ihr. Es ist viel zu gefährlich, da draußen herumzulungern. Wenn Emilianus zurückkehrt, könnte er dich ebenfalls gefangen nehmen. Möglicherweise bringt er sogar diesen Michel mit.»

«Vielleicht kann aber auch ich ihn überwältigen», widersprach Mira. «Ich suche mir einen Ast – einen schweren Knüppel. Wenn er kommt, um Euch zu holen, schlage ich ihn damit nieder.»

«Nein, Mira!»

«Doch, Meisterin. Wir können nicht riskieren, dass er kommt, während wir weg sind, und Euch etwas antut. Griet ist schon losgelaufen. Erst wollte sie jemanden auf der Straße ansprechen, dass er uns hilft. Aber ich habe gesagt, das ist sinnlos, weil so früh noch kaum jemand unterwegs ist. Das Severinstor ist ja noch geschlossen. Deshalb soll sie gleich nach Hause rennen. Außerdem können wir ja nicht wissen, was die Leute denken, wenn man Euch hier findet. Am Ende glauben sie noch die schlimmen Sachen, die dieser Emilianus erzählen will, und halten Euch für eine Hexe oder so was.»

Adelina schüttelte erneut den Kopf. «Mira, das ist Unsinn. Ich bin hier eingesperrt! Geh und such jemanden, der diese Tür aufbrechen kann!» Sie rang nach Atem, als ein erneutes Ziehen ihr durch Rücken und Unterleib fuhr. Keuchend stieß sie die Luft wieder aus.

«Meisterin, ist alles in Ordnung mit Euch?», rief Mira draußen alarmiert.

«Ja – nein.» Adelina schnaufte verzweifelt. «Mira, geh endlich und hol Hilfe. Ich fürchte, das Kind kommt zu früh.»

«O nein! Nein, Meisterin, das darf nicht sein. Lieber Gott und alle Heiligen im Himmel.» Vor der Tür raschelte es. «Ich kann Euch aber doch nicht allein lassen!»

«Geh jetzt! Schlag Alarm, wenn es sein muss.» Der Schmerz ließ allmählich nach, und Adelina atmete etwas ruhiger. «Da draußen wird doch irgendwer sein, der dir helfen kann, die Tür aufzubrechen.»

«Aber ...»

«Bitte, Mira!»

Das Mädchen schwieg und schien mit sich zu ringen. «Also gut, Meisterin. Ich sehe nach, ob das Stadttor mittlerweile offen ist und Leute auf der Straße sind. Ich komme, so schnell es geht, zurück.»

«Gut.» Adelina schloss die Augen und lehnte ihren Kopf gegen die Wand. «Lauf zu.» Sie hörte, wie die Schritte ihres Lehrmädchens sich entfernten, und betete dafür, dass Mira rasch jemanden fand, der sie hier herausholte.

†

Adelina schrak hoch, als ihr Kopf schwer nach vorne fiel. War sie etwa eingenickt? Verwirrt blickte sie sich um. Wie

«Oh, meine Liebe, bis jetzt noch gar nichts», säuselte Emilianus in ihr Ohr und stieß sie durch die Tür nach draußen. Das helle Licht der Morgensonne blendete Adelina, sodass sie zunächst gar nichts sehen konnte. Erst nachdem sie mehrmals heftig geblinzelt hatte, erblickte sie Griet am Boden neben dem Rappen. Sie war an Händen und Füßen gefesselt, und zwischen ihren Lippen steckte ein Knebel. Angstvoll verdrehte sie die Augen, als sie Adelina sah.

«Ihr dürft ihr nichts tun», stammelte Adelina. Dabei spürte sie die Schneide des Messers an ihrem Hals. «Sie ist doch noch ein Kind.»

«Aber sicher ist sie das. Wie überaus passend.» In der Stimme des Geistlichen schwang bösartige Erheiterung mit. «Schade nur, dass sie das Erwachsenenalter niemals erreichen wird, Meisterin Burka. Das hättet Ihr Euch früher überlegen sollen, bevor Ihr sie mit in die Verderbnis geführt habt.»

Adelina rang nach Atem. «Ich habe nicht …» Sie brach ab. Es war sinnlos, Emilianus zu erklären, dass Griet und Mira ihr heimlich gefolgt waren. Vielmehr musste sie versuchen zu verhindern, dass er ihrer Stieftochter etwas antat. «Was habt Ihr jetzt vor?», fragte sie deshalb in der Hoffnung, ihn abzulenken.

Emilianus stieß sie noch ein Stückchen vorwärts. «Ihr habt meine Pläne durchkreuzt, elendes Weib.» Seine Heiterkeit wich erneutem Zorn. «Also musste ich sie gezwungenermaßen ändern. Ich binde Euch jetzt Arme und Füße wie der Kleinen, damit Ihr mir nicht weglauft. Und dann werde ich alles für meine Opfergabe vorbereiten.» Während er sprach, hatte er plötzlich einen Strick zur Hand. Er bog ihr schmerzhaft die Arme hinter den Rücken und fesselte sie. Dann stieß er sie zu Boden, knebelte sie mit einem nach Kräutern riechenden Leinentuch und band ihr zum Schluss die Füße. Sie versuchte sich zu wehren, doch er trat ihr so heftig in die Seite, dass sie vor Schmerz aufschrie. Anschließend riss er sie wieder halb hoch und zerrte sie zurück in die Grabkammer, wo er sie achtlos wie einen Sack alter Kleider zu Boden fallen ließ.

Adelina krümmte sich. Nicht nur die Stelle, an der sein Stiefel sie getroffen hatte, schmerzte. Eine erneute Wehe erfasste sie mit Macht und ließ sie beinahe ohnmächtig werden. Sie schreckte hoch, als im nächsten Augenblick Griet neben ihr auf dem harten Steinboden landete. «Zählt Eure Atemzüge», sagte Emilianus und blickte mit einem irren Flackern in den Augen auf sie herab. «Es werden Eure letzten sein, Meisterin Burka. Ich hole jetzt meinen Gehilfen, und dann werden wir gemeinsam das Opfer darbringen.»

29

Adelina versuchte ruhig zu atmen, doch Angst und Schmerzen machten ihr das beinahe unmöglich. Griet neben ihr wimmerte und versuchte etwas zu sagen, hustete jedoch, weil der Knebel ihr wohl den Mund ausgetrocknet hatte. Adelina hätte sie gerne beruhigt, merkte aber, dass sie selbst zu panisch war. Griet schien das zu spüren, denn sie robbte näher zu ihr heran und drückte ihr Gesicht gegen Adelinas Schulter.

Es dauerte eine Weile, bis der Wehenschmerz ganz nachgelassen hatte, ihr Herzschlag beruhigte sich etwas, und sie konnte wieder denken. Emilianus hatte also Griet erwischt, bevor sie überhaupt bis zum Alter Markt gelangt war. Wo aber steckte Mira? Offenbar hatte er sie nicht gesehen, denn er hatte kein Wort über sie verloren. War sie also in Sicherheit? Hatte sie mitbekommen, dass Emilianus Griet gefangen genommen hatte? Konnte sie sich vor ihm verstecken? Würde sie jemanden finden, der das Schloss öffnen konnte? Aber was würde geschehen, wenn Emilianus mit Michel zurückkehrte? Zusammen mit seinem Handlanger wäre er durchaus fähig, auch zwei Menschen zu überwältigen. Das Schlimmste daran war, dass Greverode nicht alarmiert worden war. Niemand würde ihnen zu Hilfe kommen. Selbst wenn ihr Bruder mit Jupp und vielleicht Wolfram Stache dem unterirdischen Gang bis zur Judengasse folgte, würde er von dort aus nicht weiterwissen. Adelina glaubte nicht, dass es ihm in den Sinn kommen würde, bei der Ulrepforte zu suchen. Und selbst wenn er es tat, würde auch das gar nichts bringen. Kein Mensch würde je darauf kommen, dass sie sich in einem römischen Mausoleum an der Severinstraße befand.

†

Die Zeit verstrich quälend langsam. Adelina spürte, dass Grit neben ihr langsam ebenfalls in Panik geriet und verzweifelt versuchte, sich von ihren Fesseln zu befreien.

Inzwischen bekam Adelina kaum noch Luft durch den Knebel. Das Schlucken fiel ihr bereits schwer, ihre Kehle war ganz rau. Fast war sie so weit, sich in ihre Angst derart hineinzusteigern, dass ihr wahrscheinlich die Sinne schwinden würden. Doch sie riss sich zusammen. Niemandem wäre damit gedient, wenn sie jetzt womöglich einen hysterischen Anfall bekäme. Sie musste versuchen, klar zu denken und zu überlegen, wie sie und Griet heil aus dieser Sache herauskommen konnten. Dabei machte sie sich die schlimmsten Vorwürfe, dass sie die Mädchen, wenn auch unwissentlich, in derartige Gefahr gebracht hatte. Sie schalt sich selbst eine Närrin, weil sie kopflos und ohne an die möglichen Folgen zu denken, allein auf Mörderjagd gegangen war. Der Erfolg, den sie errungen hatte, indem sie Emilianus als den wahren Täter erkannt hatte, war ja nun mehr als zweifelhaft. Sobald er zurückkehrte, würde er sie umbringen.

Adelina richtete sich ein wenig auf. Würde er tatsächlich ein solches Risiko eingehen? Immerhin war es inzwischen heller Morgen, und so weit war die Severinstraße nicht entfernt, dass nicht die Gefahr bestand, jemand könne ihn bei seinem Tun entdecken. Solange sie und geknebelt waren, würden weder Griet noch sie selbst sich wehren oder um Hilfe rufen können. Hier drohte ihm also wenig Gefahr. Doch wenn jemand zufällig vorbeikam, ein Bauer vielleicht, und ihn entdeckte ... Oder hatte er ihnen nur Angst machen wollen und in Wirklichkeit beschlossen, sie einfach hier zurückzulassen? Er musste doch selbst merken, dass ein Ritualmord mitten am Tag viel zu riskant war. Also würde er, wenn er vernünftig war, entweder bis zur Nacht warten oder ganz von seinem Plan ablassen und sich möglicherweise ein anderes Opfer suchen.

Viel Zeit blieb ihm freilich nicht. Adelina erinnerte sich, dass in Kürze der Gerichtstag in Lahnstein angesetzt war, an dem über das Schicksal des alten und die Zukunft des neuen Königs entschieden werden sollte. Wenn Emilianus wirklich mit allen Mitteln – auch der Teufelsbeschwörung – gegen das Vorhaben der Kurfürsten vorgehen wollte, blieb ihm nicht mehr viel Zeit. Adelina hatte etwas in seinen Augen aufblitzen sehen, das sie nur als Wahnsinn interpretieren konnte. Ihre Befürchtung bestätigte sich, als in diesem Moment die Tür wieder aufgeschlossen wurde und Emilianus mit dem Beutel, den er zuvor schon bei sich getragen hatte, eintrat. Er warf ihn achtlos zu Boden und beugte sich über Adelina. «Seid Ihr bereit?» Sein Lächeln ließ ihr die Haare zu Berge stehen. Abrupt richtete er sich wieder auf. «Michel? Wo steckst du? Komm her und hilf mir, einen neuen Schutzkreis anzulegen. Die Kreide ist im Sack. Aber sieh zu, dass diesmal keine Lücke in dem Kreis ist. Uns darf kein Fehler unterlaufen, hast du verstanden?»

«Klar. Ich mach das schon richtig.» In der Tür tauchte nun der Büttel auf, der mit Hugo zusammen Adelinas Haus durchsucht hatte. Fast schien es ihr, als liege dieses Ereignis schon eine Ewigkeit zurück, dabei waren seither lediglich ein paar Tage vergangen.

Michel hob den Sack auf, entnahm ihm ein Stück Kreidestein und begab sich daran, seine Aufgabe zu erfüllen. Danach packten die beiden Männer in stillem Einverständnis Adelina bei Schultern und Füßen und trugen sie in die Mitte des Kreises. Sie strampelte, doch war sie nicht fähig, den beiden etwas entgegenzusetzen. Auch fürchtete sie eine erneute Wehe, die alles noch schlimmer gemacht hätte.

Griet lag nun allein an der Wand neben der Tür und stieß verzweifelt Laute aus. Sie versuchte davonzurobben.

«Halt, Mädchen, hiergeblieben.» Ohne Umstände packte Emilianus sie an den Haaren und zerrte sie zurück. «Mit dir habe ich auch etwas Hübsches vor. Das wird ein mächtiger Zauber, Michel, wart es ab. Frisches Säuglingsblut und dazu noch das einer reinen Jungfer. Besser hätte ich es wahrlich nicht treffen können.»

Wieder versuchte Griet zu schreien und fuhr gleichzeitig heftig mit den Beinen herum. Sie traf Emilianus mit den Füßen in den Kniekehlen. Er strauchelte und knickte beinahe weg, fing sich jedoch und schlug dem Mädchen heftig ins Gesicht. «Das lässt du schön bleiben, Kleine, sonst überlege ich es mir und bringe dich als erstes Opfer dar.»

Griet duckte sich mit einem ängstlichen Blick auf Adelina, die in der Zwischenzeit vergeblich versucht hatte, sich aufzurichten.

«Los, bereite den Altar vor», befahl Emilianus, woraufhin Michel einen kleinen zusammenklappbaren Altar mit Triptychon aus dem Sack hervorzog und zusammenbaute. Anstelle der sonst üblichen christlichen Zeichnungen zierten den dreiflügligen Altaraufsatz Malereien von mehrköpfigen Dämonen und unheimlichen Fratzen. In der Mitte prangte, wie an der Wand der Grabkammer, ein umgedrehtes Kreuz. Adelina starrte voll Grauen darauf und merkte dabei erst verspätet, dass Emilianus sich an ihrem Kleid zu schaffen machte.

Sie zappelte, doch da hielt er wie aus dem Nichts wieder den kleinen Dolch in der Hand. «Haltet still, Weib. Ich kann Euch das Kleid auch vom Leib schneiden, wenn Ihr das wollt. Mir ist das gleich, solange Ihr meinem höllischen Meister mit nacktem ...»

Hinter Emilianus raschelte es, und noch bevor er den Satz beenden konnte, sauste etwas mit einem dumpfen Schlag auf ihn herab. Er knickte ein und fiel wie ein gefällter Baum neben Adelina zu Boden.

Sie stieß einen erschrockenen Laut aus, als sie Mira erkannte, die sich jetzt mit erhobenem Knüppel auf Michel stürzen wollte. Dieser hatte sie aber rechtzeitig bemerkt und wich ihr flink aus. «Mistdreck, wo kommt die denn her?», schimpfte er, während sein Blick kurz Vater Emilianus streifte, der sich jedoch nicht rührte. Entschlossen ging Michel zum Angriff über. Er packte den Knüppel, mit dem Mira gerade erneut ausholen wollte, und entriss ihn ihr.

Mira starrte ihn für einen Augenblick an, dann flüchtete sie nach draußen. Michel folgte ihr und erwischte sie nur wenige Schritte vor dem Mausoleum. Grob zerrte er sie an sich, und da sie sich heftig wehrte, gingen beide zu Boden.

Adelina konnte durch die offene Tür sehen, wie die beiden erbittert miteinander rangen. Michel war zwar sehr dünn, doch trotzdem wesentlich kräftiger als Mira und zudem ein gutes Stück größer. Schnell gewann er die Oberhand und schaffte es, sich rittlings auf sie zu setzen. Mira wand sich und bockte wie ein wildes Pferd und schaffte es auf diese Weise, Michel wieder ins Schwanken zu bringen. Blindlings griff das Mädchen neben sich, bekam Erde zu fassen und warf sie ihm ins Gesicht.

Michel fluchte und ließ von ihr ab. So fest sie konnte, boxte Mira ihm in den Magen und schaffte es, sich zu befreien. Kaum war sie wieder auf den Füßen, hatte Michel sich gefangen und packte sie erneut. Er riss sie an den Haaren, dass sie einen Schmerzenslaut ausstieß, und drehte ihr die Arme auf den Rücken.

Adelina versuchte Mira eine Warnung zuzurufen. Während das Mädchen wie wild um sich trat, hatte Michel aus einem Versteck unter seinem Wams ein gemeines kleines

Messer gezogen, das er ihr im nächsten Moment an die Halsschlagader hielt.

Mira erstarrte; Michel stieß ein triumphierendes Kichern aus. «Jetzt hab ich dich, Kleine. Scheinst ja eine ganz Wilde zu sein, wie? Wenn mein Herr nich so streng wär, wüsst ich schon, was ich mit dir anstellen ...»

«Lass das Messer fallen, du Hurensohn!»

Adelina robbte ein Stückchen vor, um besser sehen zu können. Auch Griet rutschte auf allen vieren näher, so gut es ging. Seitlich neben Michel und Griet stand Tilmann Greverode mit gezücktem Schwert, ein Stückchen hinter ihm erblickten sie sein Pferd und ein weiteres, von dem gerade Jupp absprang.

Michel fuhr zu den beiden Männern herum, jedoch ohne Mira loszulassen, und starrte sie wild an. «Nix da!», rief er mit überkippender Stimme. «Ihr kriegt die Kleine nich. Und auch nicht die anderen dadrinnen. Mein Herr hat noch was mit ihnen vor. Ich muss achtgeben, dass sie ...»

Wieder kam er nicht dazu, den Satz zu vollenden, denn unvermittelt traf ihn ein Stein. Michel schrie erbost auf und lockerte für einen Moment seinen Griff. Das genügte Mira. Sie stieß ihm mit aller Macht ihren Ellenbogen in den Magen und warf sich zur Seite, als er zusammensackte.

Sofort war Greverode über Michel und riss ihn wieder hoch. Mehrere dumpfe Faustschläge trafen den ehemaligen Büttel, bis Jupp dazutrat und Greverode aufhielt. «Hauptmann, lasst noch ein bisschen von ihm übrig», sagte er ruhig. «Damit der Gewaltrichter was hat, das er verurteilen kann.»

Daraufhin ließ Greverode tatsächlich von dem Mann ab, der stöhnend und blutend am Boden lag.

«Ich gebe auf ihn acht, bis Eure Männer hier sind, Herr Hauptmann», drang eine andere Stimme an Adelinas Ohr, und sie erblickte eine weiße Dominikanerkutte, die an der Tür vorbeihuschte.

«Ich wäre schon allein mit ihm fertig geworden», sagte Mira mit leicht zittriger Stimme. Adelina beobachtete, wie das Mädchen sich die Haare zu ordnen versuchte und ihr verschmutztes Kleid glatt strich.

Greverode gab einen Laut von sich, der irgendwo zwischen Spott und Anerkennung lag. «Das habe ich gesehen, Jungfer. Wenn Ihr …»

«Meisterin!» Mira hatte sich umgedreht und Adelina am Boden der Grabkammer erblickt. Mit wenigen Schritten war sie bei ihr und befreite Adelina flink von dem Knebel. «Kommt her, Hauptmann Greverode!», rief sie über die Schulter. «Meine Meisterin braucht dringend Hilfe. Und Griet …» Rasch zog sie auch ihr den Knebel aus dem Mund.

Inzwischen waren Greverode und Jupp ebenfalls in das Mausoleum eingedrungen.

«Ach du liebe Zeit», rief der Chirurg entsetzt aus, als er die Malereien an der Wand und den kleinen Opferaltar erblickte. «Was ist das denn?» Da er Griet am nächsten stand, zückte er schnell sein Messer und schnitt ihre Fesseln durch.

Mira machte sich indes an den Stricken zu schaffen, mit denen Adelinas Hände gebunden waren. «So schneidet sie schon auf!», forderte sie unwirsch von Greverode, der daraufhin neben Adelina in die Knie ging und sie endlich ebenfalls von den Fesseln befreite. Erst dann fiel sein Blick auf den bewusstlosen Mann, der mit blutender Kopfwunde neben Adelina lag. «Vater Emilianus», knurrte er. «Also stimmt es tatsächlich.»

«Habt Ihr mir etwa nicht geglaubt?» Mira richtete sich auf und starrte den Hauptmann erbost an. «Ich hab Euch doch gesagt, was sich zugetragen hat.»

«Mira, bitte!» Adelina hustete. «Hol mir Wasser.»

Mira wandte sich wieder um und nickte betroffen. «Natürlich, Meisterin. Sofort.»

«An meinem Sattel hängt eine Trinkflasche», rief Greverode ihr hinterher, als sie nach draußen eilte. Dann wollte er sich aufrichten und Adelina mit sich hochziehen. «Komm, wir verlassen diesen Ort jetzt. Du musst ...»

«Nein, Tilmann.» Sie schüttelte den Kopf und hielt ihn an der Hand fest. «Ich kann nicht.»

Irritiert ging er wieder neben ihr in die Hocke. «Warum nicht? Dies ist doch wirklich kein angenehmer Ort.»

Adelina hustete erneut, weil sie nicht mehr fähig war zu lachen. «Ob angenehm oder nicht», krächzte sie und atmete heftig ein und aus. «Das Kind kommt.»

«Wie bitte?» Entgeistert stierte er sie an.

«Es kommt. Jetzt.» Sie umklammerte mit aller Kraft seine Hand. «Hol mir Ludmilla her. Bitte. Ich brauche sie!»

«Ludmilla?»

«Beeil dich!» Adelina rang nach Atem und stieß einen Schmerzensschrei aus, als sie von einer heftigen Wehe erfasst wurde.

30

Adelina hatte das Gefühl, in flaumige Daunen gehüllt zu sein. Alles um sie herum fühlte sich warm und weich an. Verschwommene Bilder eines Traums zogen an ihr vorüber. Dann roch sie plötzlich das scharfe Aroma von Kräutern und den verführerischen Duft von Brathähnchen. Sie versuchte herauszufinden, ob sie wachte oder noch immer schlief.

«Seht Ihr, Herr Magister, sie rührt sich schon wieder», erklang die wohlbekannte Stimme der alten Hebamme neben ihr. «Ich sag Euch ja, ist alles halb so schlimm. Sie brauchte nur ein bisschen Schlaf, weiter nichts.»

«Ein bisschen Schlaf? Sie ist seit gestern Mittag nicht einmal aufgewacht!»

Als Adelina Neklas' Stimme erkannte, schlug sie die Augen auf.

«Ah, da ist sie ja wieder», kicherte Ludmilla, beugte sich über Adelina und tätschelte ihr fröhlich die Wange. «Na, Liebelein, ausgeschlafen?»

«Neklas!» Adelina drehte den Kopf. Sofort war er an ihrer Seite und ergriff ihre Hände.

«Ja, mein Schatz, ich bin da!»

«Wie …?» Sie schloss kurz die Augen und öffnete sie dann wieder. «Träume ich?» Plötzlich fiel ihr wieder alles ein, und sie fuhr entsetzt hoch. «Mein Kind! Was ist …»

«He, he, ganz ruhig.» Ludmilla drückte sie sanft in die Kissen zurück. «Deiner Tochter geht es hervorragend.» Sie winkte jemandem, und einen Moment später kam Franziska herbei und legte Adelina ein frisch gewindeltes Bündel in die Arme.

«Tochter?» Verwirrt blickte Adelina in das kleine Gesichtchen, aus dem sie zwei strahlend blaue Augen mit offenbar größtem Erstaunen ansahen.

«Sie ist ganz schön kräftig, wenn man bedenkt, dass sie mindestens drei Wochen zu früh auf die Welt gekommen ist», stellte Ludmilla fest. «Eine kleine Kämpferin, wie es scheint. Und gefräßig. Sie hat schon dreimal bei dir getrunken, ohne dass du es auch nur gemerkt hättest. Die denkwürdigen Umstände ihrer Geburt hat sie ohne sichtbaren Schaden überwunden.» Wieder kicherte Ludmilla. «Diese Geschichte wird sie wahrscheinlich zeit ihres Lebens verfolgen. Wer kann schon von sich behaupten, in einem heidnischen Mausoleum das Licht der Welt erblickt zu haben?»

«Eine Tochter.» Adelinas Stimme zitterte leicht. Tränen der Erleichterung und des Glücks kullerten über ihre Wange, und sie gab ihrem Kind einen zärtlichen Kuss.

«Ich habe sie natürlich notgetauft», erklärte Ludmilla. «Weil ich keinen Namen wusste, hab ich sie Gotteskind genannt. Da sie aber gesund und stark ist, solltet ihr alsbald eine richtige Taufe nachholen.»

«Das werden wir.» Neklas strich Adelina sanft eine Haarsträhne aus der Stirn. «Das werden wir ganz bestimmt.»

Adelina hob den Kopf. «Du bist wieder frei?» Sie hob eine Hand und ergriff damit die seine.

«Ja, seit heute Morgen», antwortete er lächelnd.

«Und Vater Emilianus …?»

Neklas' Blick wurde wieder ernst. «Er wird in einigen Tagen auf dem Neumarkt gehängt.»

†

Nachdem Adelina aufgewacht war, scheuchte Ludmilla alle Anwesenden hinaus, um eine rasche Untersuchung durchzuführen. Danach half sie Adelina, ein frisches Unterkleid anzuziehen, und ließ ihr schließlich eine ordentliche Portion der Hähnchen heraufbringen, die Magda zubereitet hatte.

Inzwischen hatte sich der gesamte Haushalt in der Schlafkammer eingefunden, und auch Jupp und Marie hatten sich dazugesellt. Obgleich die Kammer damit heillos überfüllt war, hätte Adelina sich nicht besser fühlen können. Colin spielte mit seiner Ritterfigur zu ihren Füßen, ihre kleine Tochter schlief in ihren Armen, und Neklas saß an ihrer Seite und ließ sie nicht aus den Augen.

Nachdem sie sich nun gestärkt hatte, fühlte Adelina, wie ihre Lebensgeister allmählich zurückkehrten und mit ihnen einige drängende Fragen zu den Vorfällen des gestrigen Tages. Bevor sie allerdings dazu kam, auch nur eine von ihnen zu stellen, wurden irgendwo im Haus Geräusche laut. Schritte erklangen auf der Treppe. Ludowig, der an der Tür stand, spähte hinaus und trat dann eilig beiseite, als zwei Männer eintraten.

Greverode blickte sich in der dichtgedrängten Runde erstaunt um. «Nanu?», sagte er. «Ich dachte schon, das Haus sei vollkommen ausgestorben.» Dann trat er auf Adelina zu und warf einen Blick auf den Säugling in ihren Armen. «Wie ich sehe, bist du wohlauf, Schwester.» Mit strenger Miene musterte er sie. «Du kannst froh sein, dass du gerade ein Kind zur Welt gebracht hast und deshalb der Schonung bedarfst. Andernfalls müsste ich dich mindestens übers Knie legen für deine Dummheit, einfach nachts alleine durch die Unterwelt davonzuschleichen.» Er schüttelte den Kopf. «Was hast du dir nur gedacht?»

«Nichts», gab Adelina unumwunden zu. «Ich habe die Untätigkeit einfach nicht mehr ausgehalten. Immerhin schwebte der Vater meiner Kinder in Gefahr, wegen Ketzerei und Schwarzer Künste zum Tode verurteilt zu werden. Irgendetwas musste ich tun.» Ihr Blick heftete sich auf den zweiten Mann, der sich hinter Greverode in den Raum gequetscht hatte. «Was habt Ihr hier zu suchen, Bruder Thomasius?» Sie tat nichts gegen den abweisenden Ton in ihrer Stimme. «Wenn ich mich recht entsinne, habe ich Euch kürzlich aus dem Haus geworfen und Euch zu verstehen gegeben, dass ich Euch nicht mehr wiederzusehen wünsche.»

Thomasius nickte ihr freundlich zu. «Das weiß ich sehr wohl, meine Tochter.»

Sie blitzte ihn verärgert an. «Nennt mich nicht so!»

Thomasius nickte erneut. «Also gut, Meisterin Burka. Ich verstehe Eure Reaktion sehr gut und ebenso Eure Abneigung gegen mich. Dennoch bin ich gekommen, um Abbitte zu leisten, denn das ist das mindeste, das mir die Nächstenliebe gebietet nach allem, was ich Euch angetan habe.» Er blickte zu Neklas, der ihm mit eherner Miene zuhörte. «Das gilt für Euch im gleichen Maße, Magister Burka. Ihr dürft mich zu Recht hassen für die unangenehme Lage, in die ich Euch und Eure Familie gebracht habe. Leider blieb mir nichts anderes übrig ...» Er stockte. «Nein, ich muss es anders ausdrücken.» Nach einem Räuspern fuhr er fort: «Als Ihr Euch hier in Köln niedergelassen hattet und ich Euch für so weit geläutert hielt, dass ich mich von meinem Posten als Euer Beobachter zurückziehen konnte ...»

«Mein Beobachter?» Neklas starrte ihn an.

Thomasius lächelte schmal. «Nun, könnt Ihr Euch das nicht denken? Der Erzbischof setzte mich zu diesem Zweck hier in Köln ein, nachdem er von Eurer Ankunft in der Stadt hörte. Ich hatte zunächst Bedenken, doch nach Eurer Heirat konnte ich mich selbst davon überzeugen, dass Ihr hier unter gutem Einfluss lebt.» Er kräuselte die Lippen. «Vor einiger Zeit beschloss ich, die Stadt wieder zu verlassen, aber dann erreichte mich die Bitte des Erzbischofs, einen seiner engsten Freunde zu beschatten, da dieser im Verdacht stand, ketzerische Machenschaften zu betreiben, um so den Kurfürsten des Reiches zu schaden.»

«Vater Emilianus», sagte Adelina tonlos. «Warum Ihr, Bruder Thomasius?»

Der Dominikaner trat einen Schritt vor. «Ich bin Inquisitor, gute Frau.»

«Titular-Inquisitor.»

«Nein.» Zu Adelinas Überraschung schüttelte Thomasius den Kopf. «Ich bin schon seit vielen Jahren ein offizielles Mitglied der Heiligen Inquisition.»

Neklas sprang von seinem Platz neben Adelina auf und starrte Thomasius erbost an. «Wie lange?»

Thomasius erwiderte seinen Blick ruhig. «Lange genug, um zu wissen, dass ich möglicherweise mit einigen Entscheidungen, die ich im Laufe der Jahre getroffen habe, zu weit gegangen bin.» Sein Blick streifte Jupp. «Mag sein, dass ich damit Schmerz und Verdruss verursacht habe. Doch auch ich bin nur ein Mensch und nicht frei von Fehlern.» Er hielt kurz inne und fuhr dann fort: «Der Befehl Friedrichs beinhaltete, mit allen Mitteln den ketzerischen Wolf im Schafspelz zu entlarven. Also schloss ich mich Vater Emilianus an, schmeichelte seiner Eitelkeit und gab ihm die Geschichte Eurer Vergangenheit zum Besten, Magister Burka.»

«Warum?», fragte Adelina verständnislos. «Wie konntet Ihr einen unschuldigen Mann derart in Bedrängnis bringen?»

«Tja nun ...» Thomasius faltete die Hände vor dem Bauch. «Der Verdacht gegen Vater Emilianus erhärtete sich sehr bald, jedoch gab es keinerlei Beweise. Dieser Mann ist äußerst klug und gerissen. Wir hofften, dass wir ihn dennoch auf frischer Tat ertappen würden. Dummerweise gelang uns das nicht. Allerdings ging unser Plan insoweit auf, dass Emilianus sich Magister Burka als Sündenbock aussuchte und alles so aussehen ließ, als habe er die Frau des Schusters ermordet.»

«Was sagst du da?», rief Jupp entsetzt. «Willst du behaupten, du und der Erzbischof hätten den Tod dieser armen Frau einfach in Kauf genommen, nur um einen wahnsinnigen Teufelsanbeter zu entlarven?»

Thomasius reagierte nicht darauf.

Marie stieß einen erstickten Laut aus. «Wie abscheulich!»

«Ich könnte dir den Hals umdrehen», spuckte Jupp erzürnt. «Und dem Erzbischof ebenfalls, dass er so etwas duldet.»

Nun hob Thomsius begütigend die Hände. «Selbstverständlich waren wir entsetzt über den Mord, wenn er auch nicht ganz unerwartet geschah, wie ich zugeben muss. Seid versichert, dass ich jeden Tag meines Lebens für die Seelen jener Frau und ihres Kindes beten werde.»

«Das macht die beiden auch nicht wieder lebendig», sagte Adelina bitter. «Wenn ich Euch bisher noch nicht gehasst habe, Bruder Thomasius, dann seid gewiss, dass ich es jetzt tue. Ich seid verabscheuungswürdig. Verlasst mein Haus!»

«Das werde ich tun, Meisterin Burka, sobald ich meine Abbitte vollständig geleistet habe.»

«Wollt Ihr behaupten, da ist noch mehr?»

«Ich möchte, dass Ihr begreift, wie wichtig es war, Vater Emilianus das Handwerk zu legen. Wir wissen nicht, ob sein Geist vollständig dem Wahnsinn verfallen ist oder ob er klaren Verstandes zum Ketzer wurde. Was wir unbedingt herausfinden mussten, war, ob er seine teuflischen Rituale allein durchführte oder gar einen Clan von Männern um sich geschart hatte. Stellt Euch vor, eine neue Sekte von Dämonenbeschwörern wollte den Stuhl des Erzbischofs untergraben und die Kurfürsten des Reiches bedrohen! Nach dem Tod der Schustersfrau gab Friedrich mir Vollmacht, alle Mittel anwenden zu dürfen, die dazu angetan wären, Beweise gegen Emilianus zu finden. Der sicherste Weg erschien uns, ihm zunächst zuzuarbeiten und den Verdacht, den er auf Neklas Burka geschoben hatte, zu erhärten und durch eine öffentliche Anklage meinerseits zu untermauern.»

«Das war alles von Euch geplant?» Adelina konnte es kaum glauben und starrte den Dominikaner fassungslos an.

«Wir mussten Emilianus in Sicherheit wiegen», fuhr Thomasius rasch fort, obgleich er zu spüren schien, dass die Luft für ihn immer dünner wurde. «Und es glückte uns auch. Dass ich Euch, Frau Adelina, besonders zugesetzt habe, tut mir leid. Jedoch schien es mir vonnöten, denn Emilianus ist glatt wie ein Aal, und es stand zu befürchten, dass wir trotz aller Anstrengung nicht zum Ziel kommen würden. Da ich aber weiß, wie beharrlich Ihr die Euren verteidigt und dass Ihr obendrein für eine Frau mit ungewöhnlicher Tatkraft und Witz gesegnet seid, wollte ich Euch auch ein wenig aufrütteln. Wie es scheint, habt Ihr meine versteckten Hinweise, was das Messer Eures Gemahls und die Dämonenbeschwörer angeht, durchaus richtig gedeutet.»

«Wollt Ihr damit sagen, Ihr wolltet, dass ich Euch helfe?»

Thomasius lächelte. «Ihr habt mir die ganze Zeit geholfen, Frau Adelina, indem Ihr Euch genau so verhalten habt, wie ich es erwartet habe. Zuletzt dachte ich, es könne nicht schaden, Euch ein wenig mehr in die richtige Richtung zu stoßen, denn die Zeit drängte. Zudem war die Angelegenheit in den Augen des Erzbischofs so delikat, dass er mir verbot, weitere Männer des Ordens einzuweihen. Auch weil wir nicht wussten, wer tatsächlich Freund und wer Feind war. Gestern schien es mir an der Zeit, Euch in die Pläne des Erzbischofs einzuweihen, doch da wart Ihr mir bereits zuvorgekommen und durch den Geheimgang in Eurem Keller entschwunden. Das hatte ich natürlich nicht ahnen können, wähnte ich Euch doch hier im Haus in Sicherheit. Aber Eure Flucht, so unvernünftig und kopflos sie gewesen sein mag, führte uns ja glücklicherweise schlussendlich ans Ziel, nämlich Emilianus auf frischer Tat zu ertappen.»

«Das ist unglaublich», fuhr Neklas den Dominikaner entrüstet an. «Du behauptest, Teufelswerk verhindern zu wollen? Dass ich nicht lache. Was hätte der Erzbischof denn gesagt, falls ihr Adelina nicht mehr rechtzeitig gefunden hättet? Wenn ich es recht verstanden habe, war es reiner Zufall, dass Mira es geschafft hat, bis hierher zu gelangen. Hätte Emilianus auch sie gefasst, müssten wir heute gleich eine mehrfache Totenwache halten!» Er schüttelte den Kopf. «Stell es hin, wie du willst, Thomasius. Die Sünden, die ihr damit auf euch geladen habt, werden euch ganz sicher nicht die Pforten zum Paradies öffnen. Weder dir noch dem Erzbischof.»

«Das, Magister Burka, lasst unsere Sorge sein», entgegnete Thomasius. «Natürlich ist Friedrich sich bewusst, in welch prekäre Lage er Eure Familie gebracht hat. Deshalb wird er veranlassen, dass sämtliche Anklagepunkte gegen Euch, die die Schöffen niedergeschrieben haben, aus den Gerichtsbüchern gelöscht werden. Auch die Berichte über jenen Prozess in Italien werden aus den Büchern getilgt.»

Neklas schnaubte spöttisch. «Aus den Büchern vielleicht, aber nicht aus den Köpfen der Menschen.»

Thomasius' Brauen zogen sich zusammen. «Hör zu, Neklas», sagte er plötzlich scharf und in wesentlich ungeduldigerem Ton. «Der Erzbischof entschuldigt sich für die Sache, ich tue es ebenfalls. Uns blieb keine andere Wahl, ob du es glaubst oder nicht. Friedrich hält seine schützende Hand über dich. Du bleibst städtischer Medicus, deine Frau behält ihre Apotheke, und es wird alles getan, um euren Ruf wiederherzustellen.»

«Und wie soll das gehen?», fragte Adelina zweifelnd.

Thomasius nickte ihr zu. «Unterschätzt nicht die Macht eines guten Gerüchts. Auch der Klüngel zwischen Schöffen,

Rat und Erzbischof wird Euch nicht unerheblich zugutekommen.»

«Das wollt Ihr uns versprechen?»

«Versprechen kann niemand etwas. Aber ich denke, Ihr lebt schon lange genug in Köln, um zu wissen, was alles möglich ist.» Nach diesen Worten verneigte Thomasius sich leicht. «Nun denke ich, dass es besser ist, wenn ich Euer Haus verlasse. Gehabt Euch wohl, Frau Adelina, und die besten Wünsche für Eure neugeborene Tochter.» Er legte den Kopf auf die Seite. «Hat sie schon einen Namen?»

Adelina blickte ihn an. «Katharina», sagte sie und freute sich insgeheim, als sie sah, wie der Dominikaner zusammenzuckte.

Er ließ sich jedoch nichts weiter anmerken, sondern lächelte ölig. «Gott, der Allmächtige, sei mit Euch und Eurer Familie.» Damit verließ er die Kammer.

«Soll ich ihm nachgehen?», fragte Greverode.

«Nein, lass ihn», antwortete Adelina. «Für heute hatte ich genug Aufregung.»

«Er hätte aber eine Abreibung verdient.»

Neklas lachte bitter auf. «Da beißt du bei ihm auf Granit, Schwager.» Er trat auf Greverode zu und reichte ihm die Hand. «Ich weiß zwar auch noch nicht, was ich von dir halten soll, aber ich denke, es ist an der Zeit, dir zu danken, dass du meine Frau und meine Kinder vor diesem Scheusal Emilianus gerettet hast.»

«Das war meine Pflicht», sagte Greverode spröde, ergriff aber Neklas' Hand. «Und sie ist meine Schwester.»

«Zu deinem Glück, Mann.» Neklas grinste. «Du hast mir nämlich einiges an Kopfzerbrechen bereitet.»

«Ich?» Greverode blickte ihn verblüfft an.

Neklas warf Adelina einen kurzen Blick zu, unter dem sie verlegen errötete, dann winkte er ab. «Weißt du was, vergiss es einfach.»

31
Zwei Wochen später

«Das glaubst du jetzt nicht, Adelina!», rief Neklas aufgebracht, als er die Küche betrat. Sein Arztmantel war staubig und auch seine Stiefel verschmutzt. «Ich komme geradewegs vom Neumarkt, wo eigentlich gerade Vater Emilianus gehängt werden sollte.»

Adelina, die mit Katharina auf der Ofenbank saß, hob erstaunt den Kopf. «Ist etwas vorgefallen?»

«Ich sag ja, du wirst es mir nicht glauben», schimpfte Neklas erneut und drehte sich kurz um, als Greverode hinter ihm durch die Tür trat. «Ah, da bist du ja. Komm rein und setz dich.» Neklas griff nach dem Weinkrug auf dem Tisch und schenkte sich und seinem Schwager großzügig ein. «Erzähl meiner Frau, was wir eben miterleben durften.»

Greverode nahm den angebotenen Becher mit einem Nicken an und trank einen Schluck. Auch seine Miene wirkte gewittrig. «Wir waren auf dem Neumarkt», begann er.

Adelina nickte. «Das weiß ich doch.»

«Dort sollte Emilianus heute gehängt werden.»

«Ja, und weiter?» Allmählich wurde sie ungeduldig.

Greverode blickte sie unfreundlich an, aber sie hatte den Eindruck, dass sein Zorn diesmal nicht ihr galt. «Der Henker war gerade dabei, Emilianus die Schlinge um den Hals zu legen, als ein Schreiber des Erzbischofs auf seinem Pferd durch die Menge preschte und lautstark forderte, man möge die Hinrichtung aussetzen.»

«Wie bitte?» Entgeistert starrte Adelina ihren Bruder an.

«Der Mann führte einen Brief des Erzbischofs mit sich, in dem dieser anordnete, Vater Emilianus unverzüglich in die Hacht zu überstellen und dort einzukerkern.»

«Er soll nicht mehr hingerichtet werden?»

«Es geht noch weiter», mischte Neklas sich ein. «Friedrich hat tatsächlich den zuständigen Richter sowie die Schöffen gebannt!»

«Das darf doch wohl nicht wahr sein», rief Adelina empört. «Wie kann er das tun, nach allem, was geschehen ist? Will er Emilianus etwa davonkommen lassen?»

Greverode schüttelte den Kopf. «Das glaube ich nicht. Der Erzbischof ist anscheinend verschnupft, weil die Stadt Emilianus vor ein weltliches Gericht gestellt hat. Er will aber selbst über ihn urteilen. Soweit ich es verstanden habe, gilt der Bann wohl nur so lange, wie die Schöffen sich weigern, dieses Recht des Erzbischofs voll anzuerkennen.» Er zuckte mit den Schutern. «Es heißt, Friedrich wolle Emilianus irgendwann in den nächsten Tagen auf die Schandleiter vor dem Dom setzen lassen.»

«Das soll seine Strafe sein?» Adelina konnte es noch immer nicht glauben. «Die Schandleiter für einen Mord?»

«Nein, für seinen Verrat», erwiderte Neklas. «Für den Mord wird er Emilianus, soweit ich das verstanden habe, auf eine Pilgerreise nach Jerusalem schicken.» Er hielt inne. «Zu Fuß.»

Greverode runzelte grimmig die Stirn. «Barfuß und auf den Knien», ergänzte er. «Gegeißelt werden soll er auch.»

Adelina schnaubte abfällig. «Und wenn er von der Pilgerreise zurückkehrt, wird er sich rächen.»

«Nein, Adelina.» Neklas nahm ihre Hand. «Er wird ganz sicher nicht zurückkehren. Dessen zumindest können wir wohl sicher sein. Vermutlich wird er es nicht einmal lebend bis Koblenz schaffen.»

Einen Moment lang blickte Adelina ihn ratlos an, dann begriff sie. «Du meinst, sie werden ihn zu Tode geißeln?» Sie schauderte. «Das ist grausam.»

Neklas hob die Schultern. «Wenn ich bedenke, was er

dir antun wollte, ist es noch lange nicht grausam genug. Andererseits ist es eine unglaubliche Anmaßung des Erzbischofs, der Stadt auf diese Weise ihre Gerichtsmacht zu untergraben. Das wird wieder eine Menge böses Blut geben.»

«Und das jetzt, wo gerade Ruhe eingekehrt war», fügte Greverode an. «Außerdem muss der Erzbischof sich vorsehen, den Rat nicht dauerhaft gegen sich aufzubringen. Immerhin hat die Stadt ihn bisher unterstützt und toleriert, dass König Wenzel abgesetzt wurde.» Er stellte seinen leeren Weinbecher beiseite. «Gestern erfuhr ich zufällig, dass Aachen sich bisher weigert, den neuen König Ruprecht anzuerkennen. Wer weiß, was da noch auf uns zukommt. Irgendwo muss er ja schließlich gekrönt werden.»

«Du meinst, Köln könnte sich als Krönungsstadt anbieten?», fragte Neklas zweifelnd.

Greverode nickte vage. «Wer weiß. Wenn die Aachener ihre Meinung nicht ändern ...»

«Meisterin?» Die Küchentür flog auf, und Mira rauschte freudestrahlend herein. In der Hand hielt sie einen Briefbogen, an dem noch ein Stück Siegelwachs klebte. «Wie habt Ihr das geschafft?», rief sie. «Wann habt Ihr denn mit meinem Stiefvater gesprochen? Ihr wart doch gar nicht ...»

«Mira!», unterbrach Adelina sie verwundert und zugleich amüsiert. «Wovon sprichst du überhaupt? Ich verstehe kein Wort. Was soll ich geschafft haben?»

Mira holte Luft und begann erneut: «Ich habe eben diesen Brief von meinem Stiefvater erhalten. Er schreibt, dass ich unter den gegebenen Umständen nicht heiraten werde und meine Lehrzeit bei Euch beenden soll. Ich danke Euch so, Meisterin. Wie habt Ihr ihn bloß dazu überreden können? Wann habt Ihr überhaupt mit ihm gesprochen? Seit Katharinas Geburt habt Ihr doch das Haus gar nicht verlassen.»

Adelina schüttelte, nun noch verblüffter, den Kopf.

«Mira, ich habe nicht mit deinem Stiefvater gesprochen. Dazu hatte ich noch keine Gelegenheit. Wenn er sich das mit deiner Heirat noch einmal überlegt hat, muss es einen anderen Grund dafür geben.»

Ungläubig starrte Mira sie an. «Aber ... das ... das kann doch nicht sein! Er war so gemein zu mir und hat mir gedroht, mich so lange zu prügeln, bis ich ihn anflehe, verheiratet werden zu dürfen. Und jetzt soll ich plötzlich bei Euch bleiben. Irgendwer muss ihm ...» Sie erschrak, als Greverode sich leise räusperte. Miras Kopf ruckte zu ihm herum; offenbar hatte sie ihn bisher noch nicht bemerkt. «Oh! Hauptmann Greverode, Ihr seid auch hier?» Sie schluckte hektisch und wurde tiefrot. «Das wusste ich nicht, ähm, ich, also ...»

«Kein Grund zu stottern», sagte er und musterte sie mit mildem Spott. «Aber es freut mich, Euch zu Diensten gewesen sein zu können, edle Jungfer. Nun dürft Ihr nach Herzenslust noch ein paar Jahre Eurer Meisterin auf die Nerven gehen.»

Mira riss die Augen weit auf und schnappte nach Luft. «Ihr wart das? Warum? Ich meine ... Ihr wolltet doch ...»

Greverode runzelte leicht gereizt die Stirn. «Was ich wollte oder nicht, ist allein meine Sache, Jungfer. Fest steht allerdings, dass mir eine Schwester wie Adelina vollauf genügt. Da werde ich den Teufel tun und mir noch ein aufmüpfiges Eheweib aufhalsen.»

«Einen Augenblick mal», unterbrach Adelina die beiden. «Verstehe ich das richtig, Tilmann? Du bist derjenige, den Mira hätte heiraten sollen?»

Greverode nickte. «Schien ein guter Handel zu sein, allerdings nur, bis ich die Jungfer näher kennenlernen durfte. Da ich ja inzwischen weiß, dass sie ebenfalls nicht gewillt ist, mit einem ungehobelten Greis wie mir verheiratet zu werden, habe ich ihrem Stiefvater nahegelegt, sie einstweilen hier in der Lehre zu lassen. Mag sich später ein anderer, unglückseliger Mann das Kreuz aufbürden, sie zu ehelichen.» Er grinste unvermittelt. «Hoffentlich ist es mir vergönnt, dabei zuzusehen.» Ohne Mira erneut anzusehen, ging er zur Tür, nickte Adelina und Neklas jedoch freundlich zu. «Gehabt euch wohl. Es wird Zeit, dass ich mich wieder meinen Pflichten widme.»

Als er verschwunden war, schüttelte Adelina verwirrt den Kopf. «Das ist ja ungeheuerlich!», murmelte sie und wandte sich Mira zu, deren Gesichtsfarbe mittlerweile ein noch dunkleres Rot angenommen hatte. «Du wusstest die ganze Zeit, dass er es ist, und hast mir nichts gesagt?»

Mira nestelte verlegen an ihrer Schürze herum. «Ich hab mich nicht getraut, Meisterin. Am Anfang nicht, weil ich dachte, er will Euch etwas Böses und dann, als ich erfuhr, dass er Euer Bruder ist, konnte ich es Euch erst recht nicht mehr sagen.»

«Ungehobelter Greis?» Neklas schaute sie fragend an.

Mira biss sich auf die Unterlippe.

«Kind, er mag vielleicht etwas raue Manieren haben, aber er ist gerade zwei Jahre älter als deine Meisterin. Noch keine dreißig.»

Nun schob Mira trotzig das Kinn vor. «Selbst wenn er erst zwanzig wäre. Einen Mann wie ihn könnte ich niemals heiraten.»

«Also gut, sprechen wir nicht mehr davon.» Adelina seufzte. «Dann geh jetzt hinüber in die Apotheke. Ich kann zwar selbst noch nicht wieder mitarbeiten, aber bis ich ausgesegnet bin, sollten du und Griet zumindest die einfachen Arzneien wieder zum Verkauf anbieten.»

«Ja, Meisterin. Sofort.» Mira schien froh zu sein, der Küche entfliehen zu dürfen.

Neklas blickte ihr hinterher. «Dein Bruder war also auf der Suche nach einer adeligen Ehefrau.»

«Er ist ehrgeizig», antwortete Adelina und streichelte Katharina über die Wange, woraufhin diese leise gurrende Laute ausstieß. «Aber dass er nicht auf dem Ehevertrag besteht, finde ich sehr großherzig.»

«Ach ja?»

«Du etwa nicht?»

Neklas verzog skeptisch die Lippen. «Ich weiß nicht. Irgendwie werde ich das Gefühl nicht los, dass in dieser Angelegenheit das letzte Wort noch nicht gesprochen ist.»

Historische Nachbemerkung

Bei der Suche nach einem passenden historischen Hintergrund für diese Geschichte stieß ich in der Kölner Stadtchronik auf einen Eintrag zum 20. August 1400. An jenem Freitag erklärte der Erzbischof Johann von Mainz auf dem Gerichtstag in Oberlahnstein in seinem und im Namen aller Kurfürsten König Wenzel für abgesetzt. Er sei ein «unnützer, fauler, unachtbarer Minderer und unwürdiger Verwalter des Reiches» gewesen. An seiner Stelle wurde schon am darauffolgenden Tag der Kurfürst Ruprecht von der Pfalz zum neuen König und zukünftigen Kaiser gewählt.

Diesen Eintrag fand ich zunächst nicht sonderlich erstaunlich. Bei genauerem Hinsehen entdeckte ich jedoch eine weitere Textstelle, die sich auf den Zeitraum vom 20. August bis zum 12. September 1400 bezog und in der beschrieben wird, dass ein Kleriker in Köln verhaftet und vom Schöffengericht zum Tode durch den Galgen verurteilt worden war. Der Offizial des Erzbischofs entsandte daraufhin seinen Schreiber zur Hinrichtungsstätte, der dem Richter befahl, jenen Kleriker umgehend in den Kerker des Domes zu überstellen. Der Richter beugte sich der Anordnung, wurde jedoch, ebenso wie die Schöffen, vom Erzbischof gebannt, was in der Stadt großen Zorn erregte. Am 12. September wurde der Kleriker dann vor dem Dom auf die Schandleiter gesetzt.

Mehr Informationen zu dem Vorfall konnte ich der Chronik nicht entnehmen. Auch andere Bücher brachten keine weiteren Details zum Vorschein. Leider war es mir durch den Einsturz des Kölner Stadtarchivs im Jahr 2009 nicht möglich, dort nach weiteren Einträgen, zum Beispiel in Gerichtsakten oder Ratsprotokollen, zu suchen. Es wird Jahre, wenn nicht Jahrzehnte dauern, bis diese wertvolle Fundgrube der Geschichte wieder zugänglich sein wird.

Was sollte ich also tun? Ich fand die Geschichte jenes Klerikers höchst interessant, gerade weil sie sich in solch zeitlicher Nähe zu den Geschehnissen um den Königssturz abgespielt hat.

Nach einigen Überlegungen entschloss ich mich, jenem Kleriker meine ganz eigene Version der Hintergründe seiner Verhaftung und Verurteilung anzudichten. Sehr wahrscheinlich erging das Todesurteil gegen ihn aus gänzlich anderen Gründen als im vorliegenden Roman. Außerdem ist anzunehmen, dass er mit den politischen Verwicklungen nichts zu tun hatte.

GLOSSAR

Alembik: Destillierhelm, ein Gefäß zur Trennung von Stoffen durch Erhitzen und anschließendes Abkühlen (Destillation), z. B. in der Alchemie. Der Alembik ist am Boden offen und weist ein langes, seitlich nach unten führendes Rohr auf, durch das das Destillat in ein Auffanggefäß abfließen kann.

Ambra-Apfel: Name für Duftstoffzubereitungen mit Zutaten wie Ambra oder Moschus sowie die tragbaren, meist annähernd kugelförmigen Behälter, in denen sie aufbewahrt wurden. Ambra-Äpfel (auch Bisam-Äpfel genannt) wurden bis ins 17. Jahrhundert hinein zu medizinischen Zwecken verwendet, dienten oftmals gleichzeitig als Schmuck.

Aqua Ardens: «brennendes Wasser», Weingeist (Branntwein), der durch die Destillation von Wein entsteht.

Athanor: Philosophischer Ofen, in ihm sollte der Stein der Weisen hergestellt werden, indem eine Substanz in einem verschlossenen Gefäß über eine längere Zeit mit milder und gleichmäßiger Wärme behandelt wurde. Der Aufbau des Ofens war turmförmig, und in seinem Inneren befand sich ein ovales, zugeschmolzenes Gefäß *(philosophisches Ei)*, welches die Substanz enthielt, die zum Stein der Weisen umgeformt werden sollte.

Blidenhaus: städtische Waffenkammer Kölns im späten Mittelalter, benannt nach den Bliden, mittelalterlichen Wurfmaschinen. Im 16. Jahrhundert wurde an der Stelle des Blidenhauses das Zeughaus erbaut.

Geißler: Flagellanten, eine christliche Laienbewegung im 13. und 14. Jahrhundert. Der Name geht auf das lateinische Wort *flagellum* (Geißel, Peitsche) zurück. Ihre Anhänger praktizierten die öffentliche Selbstgeißelung, um auf diese Weise Buße zu tun und sich von begangenen Sünden zu reinigen.

Gewaltrichter: Bezeichnung für eines der Gerichtsämter in Köln. Der Gewaltrichter war meist für kleinere Vergehen wie Diebstahl, Betrug usw. zuständig. In seltenen Fällen auch für Mord und Totschlag, die meist in den Bereich des Vogtes oder Schultheißen fielen.

Hacht: erzbischöfliches Gefängnis am Kölner Dom

Inquisition: spätmittelalterliche und frühneuzeitliche Gerichtsverfahren, die sich unter der Mitwirkung oder im Auftrag von Geistlichen hauptsächlich der Verfolgung von Häretikern / Ketzern widmeten

Kanoniker: Kleriker, die als Mitglieder eines Kapitels an einer Kathedrale, Basilika oder Ordenskirche an der gemeinsamen Liturgie, also der Feier der heiligen Messe und des Stundengebets, mitwirken. Kanoniker leben im Gegensatz zu anderen Priestern und Diakonen in Gemeinschaft. Der Vorsteher eines Kapitels ist in der Regel ein Propst oder Abt, manchmal ist die Leitung auch einem Dekan oder Prior übertragen.

Melaten: Name des Kölner Leprosenhospitals

Panacea: vom griech. Panakeia («alles heilend»), ein mythisches Universal-Heilmittel. Die Suche nach einem derartigen Mittel galt wie die Suche nach dem Stein der Weisen als eine Aufgabe der Alchemie.

Philosophisches Ei: lat. *Ovum philosophorum*, ein eiförmiges, hermetisch versiegeltes Glasgefäß, in dem die Alchemisten den Stein der Weisen zubereiteten. Das philosophische Ei wurde dazu längere Zeit in einem philosophischen Ofen, dem sogenannten Athanor, bei milder, gleichmäßiger Wärme «ausgebrütet».

Schellenknecht: durch die Stadt angestellter Sammler

bzw. Bettler für Almosen in Form von Lebensmitteln, Kleidern und Geld für die Hospitäler, speziell die Leprosenhäuser

Stein der Weisen: lat. *Lapis philosophorum*, eine Substanz, von der Alchemisten glaubten, man könne mit ihr unedle Metalle, wie etwa Quecksilber, in Gold oder Silber bzw. alles Unedle in einen edleren Seinszustand verwandeln.

Surcot: auch Cotte oder Cotta genannt, ursprünglich eine Ärmeltunika, die beide Geschlechter und alle Stände trugen. Im 14. und 15. Jahrhundert entwickelte sie sich beim Mann zu einem engen, an der Brust gepolsterten, vorn zugeknöpften Kleid, das über den halben Oberschenkel reichte. Für die Frau entwickelte sich der Surcot ab dem 13. Jahrhundert zum wirklichen Kleid bzw. Überkleid mit eng an der Hand abschließendem Ärmel, einer Schleppe und mit oder ohne Gürtung.

Theriak: galt im Mittelalter als Universalheilmittel gegen alle möglichen Krankheiten und Gebrechen und wird heute noch – jedoch mit abgewandelter Rezeptur und Indikation – hergestellt. Die bedeutendste Fabrikationsstätte für Theriak war Venedig. Die Zubereitung wurde als öffentliche, mehrtägige Zeremonie in Anwesenheit höchster Autoritäten mit großem Prunk und Pomp begangen, der weltweite Handel damit trug nicht unwesentlich zum Reichtum Venedigs bei. Auch in Deutschland und Holland wurde Theriak hergestellt.

Transmutation: Umwandlung chemischer Elemente in andere chemische Elemente

Triptychon: ein dreigeteiltes Gemälde, das aus einer Mitteltafel und zwei meist schmaleren Flügeln besteht, manchmal ergänzt durch eine Predella unter dem Mittelteil. Ein Triptychon mit christlichen Motiven und mit beweglichen Seitenteilen zum Verschließen des Mittelteils ist eine mögliche Form eines Flügelaltars. Die Größe variierte je nach Verwendungszweck. So gab es kleine, handliche Reisealtäre ebenso wie große Altäre in Kirchen und Kathedralen.

Vierundvierziger: Nach Einführung der neuen Stadtverfassung Kölns, des Verbundbriefs, 1396 gab es neben dem Stadtrat, der sich aus Vertretern der 22 Gaffeln (Zunftzusammenschlüsse) zusammensetzte, noch dieses weitere Gremium. Bei wichtigen Beschlüssen musste der Rat die Vierundvierziger hinzuziehen. Sie setzten sich aus je zwei Vertretern aller Gaffeln zusammen.